무자비한

ruthless marriage

결혼

1

무자비한 결혼 1

1판 1쇄 찍음 2020년 12월 10일
1판 1쇄 펴냄 2020년 12월 17일

지은이 | 김지운
펴낸이 | 고운숙
펴낸곳 | 봄 미디어

기획 · 편집 | 오복실, 박나영, 이조은, 최수향
표지 디자인 | 우물

출판등록 | 2014년 08월 25일 (제387-2014-000040호)
주소 | 경기도 부천시 길주로 64, 1303(굿모닝 오피스텔)
영업부 | 070-5015-0818 **편집부** | 070-5015-0817 **팩스** | 032-712-2815
E-mail | bommedia@naver.com
소식창 | http://blog.naver.com/bommedia

값 9,000원

ISBN 979-11-6632-088-0 04810
    979-11-6632-087-3 04810(세트)

무자비한

ruthless marriage

결혼

ㅣ지운 장편 소설

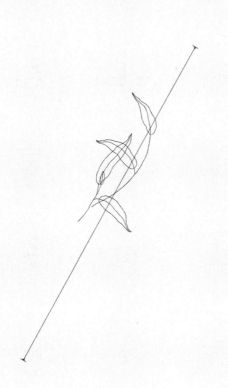

0. 서재이와 나

　문을 열고 들어서자, 창가에 서 있는 남자의 뒷모습이 보였다.

　짙은 색 슈트 덕분에 강인한 어깨가 더욱 돋보이는 그는 손무영 대표였다.

　기척이 들렸을 텐데도 깊이 뿌리박힌 나무처럼 꿈쩍도 않는 그를 잠시 바라보던 재이는 부러 소리 나게 문을 닫았다. 그럼에도 그는 재이 쪽으로 돌아서지 않았다.

　호출한 사람은 그였지만, 호출의 이유를 모르는 바 아니었으므로 재이는 침착하게 기다렸다.

　손 엔터테인먼트에 들어온 지 2년. 대표의 방은 처음이었다.

　재이가 일하는 사무실은 3층. 여기까지는 대표 전용 엘리베이터를 타고 7층을 더 올라와야만 다다를 수 있었다.

　실내는 조금 어두웠다. 소파와 티 테이블은 새것처럼 정갈하고 너른 책상 또한 깔끔하게 정돈되어 있었다. 평소에 재이가 상상해 왔던 그대로였다.

무영이 응시하고 있는 유리창 너머의 도시에서는 저녁 어스름이 내리는 중이었다. 이제 곧 불을 밝혀야 할 시간. 비로소 그가 침묵을 깼다.

"서재이 씨."

워낙 건조한 어조의 소유자여서도 그렇겠지만, 오늘은 더더욱 속내를 짐작하기가 어려웠다.

재이는 차분히 대답했다.

"네, 대표님."

"율하고는 어떤 관곕니까?"

진상 파악은 이미 마쳤으리라 생각했다. 오늘 아침에 뜬 기사가 인터넷을 달구자마자 율에게 가장 먼저 확인했을 것이다.

그리고 인기 아이돌 이카로스의 멤버 율은 자신이 속한 소속사 대표에게 당연히 합당한 대답을 주었을 것이다.

"율한테 들으신 그대로예요."

"율한테?"

"네."

"그렇게 부르나?"

"……네?"

"율, 이라고."

율을 율이라 부르지 그럼 뭐라 부르나.

질문의 의도를 파악하느라 잠깐 멍해 있는데, 무영이 천천히 뒤돌아섰다. 무영과 재이 사이의 거리는 3미터쯤.

무영의 눈빛이 재이에게로 날아들었다. 도무지 감정을 알 수 없는 표정은 여느 때와 같은데 눈빛만이 형형했다.

"무슨 말씀이신지⋯⋯."

"그러니까 율하고는 단지 초등학교 동창일 뿐이다?"

보육원 동기이기도 했지만 그것까지는 굳이 꺼내 놓진 않았다. 율이 거기까지만 말했다면 그 이상을 말할 필요는 없을 테다.

"네."

"한밤에 율의 집에서 나온 이유도 단지 그것뿐이다?"

마치 잘못을 추궁하는 것처럼 들렸다.

율에게도 이런 식으로 물어 댔을까? 재이는 살짝 혼란스러웠다.

그날 밤 율의 집에서 율과 재이 사이에 어떤 일이 있었는지를 반드시 알아내고야 말겠다는 태도처럼 느껴졌던 것이다.

"사진은 거짓말을 하지 않습니다, 서재이 씨."

율의 열애 기사와 함께 실린 그 사진.

사진 속에서 재이는 한밤에 율의 배웅을 받으며 율의 집을 나서는 여자였다.

그 상황 뒷면에 숨어 있는 율의 여자는 따로 있었지만, 그 또한 율이 직접 말하지 않는 한 꺼내 놓을 수 없었다.

"그날은 공교롭게도 일이 그렇게 됐지만⋯⋯."

"공교롭게도."

"네, 단지 그것뿐이에요. 다른 이유 같은 건 없어요."

"다른 이유는 없다?"

"네, 없습니다."

"그렇다면 복잡해질 일도 없겠군."

"네, 사실이 아니라는 해명을 소속사 차원에서 내면……."

"나는 보다 정확한 수습을 원합니다."

무영의 어조는 단호하고도 강경했다.

"먹히지도 않을 그런 식상한 대처 말고, 완벽하게 해결하는 방법."

최근에 율은 지고지순한 순애보를 다룰 드라마의 연하남 주인공 역을 따냈다.

상대가 정상급 한류 여배우라 제작에 들어가기 전부터 중국과 일본을 비롯하여 동남아 여러 나라에 판권이 팔렸다.

주인공 이미지에 심각한 타격을 입힐 수 있는 사건이 발생할 경우, 계약은 파기되고 그에 따라 배상해야 할 금액은 가히 천문학적이다.

율을 지키기 위해서, 그리고 회사를 지키기 위해서, 이 사태에 대한 책임을 지고 회사를 나가라는 뜻일까?

율과의 연결 고리를 완전히 차단함으로써 해결하겠다는 의미일까? 그 과정을 위해 일종의 이해를 구하고 있는 것일까?

그러나 일개 직원의 사표를 직접 받기 위해 이곳까지 부르는 것은 손무영 대표의 스타일이 아니다.

재이가 알고 있는 그는 직원들에게 그렇게까지 섬세하게 배려하는 타입은 아니었다.

개개의 직원들에게 냉정하다 싶게 무심하고, 웃는 얼굴을 본 기억이 없을 만큼 차가운 데다, 주변에 보이지 않는 벽을 둘러

놓은 듯 선뜻 범접하기 어려운 사람.

그러므로 상사로 모시기에는 몹시 까다로운 사람. 율의 표현 대로라면 두뇌와 심장이 얼음으로 가득 차 있을 사람.

그런 무영에게 재이는 조심스럽지만 단정하게 물었다.

"따로 생각해 두신 방책이라도 있으세요?"

"결혼."

"결혼……이요?"

얼른 이해할 수 없어 재이는 그를 향해 되물어야 했다.

"누가, 누구랑 결혼을 한다는 거예……?"

질문을 채 끝맺기도 전에 무영의 대답이 닥쳐왔다.

"서재이와 나."

재이는 할 말을 잃었다. 어이가 없어 멍하니 그를 쳐다만 보았다.

하지만 재이에게로 오는 무영의 시선은 변함없었고, 무감한 표정도 마찬가지였다.

"방금 하신 말씀, 진심이세요?"

"진심입니다."

사막에서 불어오는 메마른 바람 같은 저 어투만 아니라면 고백이라도 받고 있는 줄로 착각하겠다.

"만약, 제가 거절하겠다고 하면요?"

"서재이 씨에게 모든 책임을 묻겠습니다."

"책임이라 함은 아마도 경제적으로 제가 감당해 내기 어려운 수준이겠죠?"

"어려운 수준이 아니라 불가능한 경지일 겁니다."

이쯤 되면 협박에 가깝다는 생각이 들었다.

정작 책임을 물어야 할 사람은 율. 그러므로 부당한 처사가 아니냐고 따지고도 싶었지만, 재이한테는 오히려 파릇한 오기가 돋아났다.

손무영 대표가 어떻게 나오는지 지켜보고 싶어지는 마음도 없지 않았다.

"그렇다면 저로서도 어쩔 도리가 없겠네요. 내키진 않지만, 제게 주어진 독배를 받아들이는 수밖에."

"독배라⋯⋯."

"⋯⋯아닐까요?"

무영에게서 대답은 건너오지 않았다.

창 너머 스카이라인 위로 연붉은 노을이 물들고 있었다. 그새 실내는 한결 어두워져 그의 표정도 어둠 속에 흐릿하게 지워졌다.

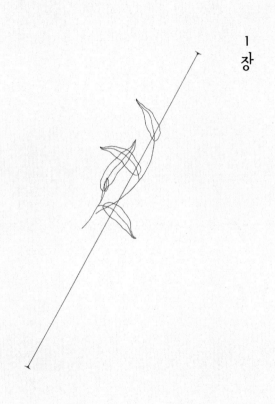

1
장

없어도 있어야 할 겁니다

문 두드리는 소리에 잠을 깼다.

출근 준비로 동동거리지 않아도 되는 토요일. 이른 아침의 방문객은 주은이었다.

"으, 추워."

들어서자마자 어깨를 잔뜩 움츠리는 주은을 방으로 들이고, 재이는 찻주전자에 물부터 올렸다.

"도어 록 좀 달라니까."

방에서 주은이 투덜거렸다.

"그럼 너 안 깨우고 조용히 들어올 수 있잖아."

3층짜리 낡은 주택의 옥탑방. 한 평 남짓한 주방과 세 평이 채 안 되는 방이 나란히 있었다.

주방을 통과해야만 방으로 들어갈 수 있는 구조인데, 난방이 안 되는 주방은 겨울의 끝 무렵인 이즈음에도 꽤나 싸늘했다.

또 현관문이랄 수도 없는 불투명한 유리문이라 도어 록을 설치하기엔 영 어색해 이래저래 미루고만 있었다.

"주은이 너 오늘 천안 내려간다고 하지 않았어?"

"율이는 아예 연락도 안 되지, 너는 이상한 소리나 하고 있지. 내가 지금 맘 편히 집에 내려갈 상황이겠어?"

어제 밤늦게 재이는 주은에게 전화를 걸었다. 맨입에 소주 두 잔을 곱씹듯 찬찬히 마신 뒤였다.

나 그냥 결혼해 버릴까 봐.

장난처럼 투정처럼 했던 그 말이 주은의 가슴에서 밤새 소화되지 않은 채 남아 있었나 보았다. 아침부터 부랴부랴 달려온 걸 보면.

"매니저한테 휴대폰을 뺏겼을 거야."

궁금해할 율의 처지부터 말해 주자, 주은이 대뜸 치받았다.

"인권 침해 아니냐, 그거?"

"기자들이랑 통화하면서 괜히 상황만 더 악화시킬까 봐 관리 들어가는 거지."

"하긴 뭐, 율이 좀 욱하는 면이 있긴 하지."

"잘 있을 거야."

"잘 있어야지, 그럼. 우리가 이렇게 걱정해 주고 있는데."

재이는 머그잔에 믹스커피를 두 잔 타서 주은 옆에 앉았다. 두 손으로 머그잔을 감싸고는 호호 불어 마시며 주은이 말했다.

"난 요 믹스커피가 왜 이렇게 정다운지 몰라."

"나도."

"아메리카노가 주식이라면 얘는 추억의 별미랄까?"

"그렇지."

"우리 어릴 때, 원장님 방에 몰래 숨어 들어가서는 믹스커피 두 개씩 훔쳐 갖고 나왔던 거 기억나?"

"율이랑 너랑."

"맞다. 재이 넌 그때도 지켜만 봤어. 묵인은 하되 뛰어들진 않는 거."

"내가 그랬나?"

"지금도 그렇잖아, 너. 언제나 두어 걸음쯤 뒤에서 초연히 지켜보며 사는 사람 같아."

그러는 게 안전하니까.

온몸으로 뛰어들지 않고 한두 템포 정도 두고 보는 거. 함부로 몰입해 버리기 전에 생각할 여지를 두는 거.

그래야 날 보호할 수 있으니까. 상처도 덜 받고.

변명하듯 말하는 대신 재이는 커피만 한 모금 마셨다.

"그러고 보니 원장님 찾아뵌 지도 오래됐네. 우리 고등학교 졸업하고 갔었으니까, 6년쯤 됐나?"

"그러게. 벌써 그렇게 됐네."

"날 따뜻해지면 같이 가자."

"그래."

"율이도 같이 갈 수 있으면 좋을 텐데."

원장님의 묘가 있는 그 외진 산.

아마 율은 함께 가려 하지 않을 것이다. 어딜 가든 사람들이 얼굴을 알아보는 아이돌이 되어서가 아니라, 그 시절을 생에서 모조리 지우고 싶어 하니까.

"아마 시간 내기 어려울 거야."

"율이 스타 된 거 보면 엄청 자랑스러워하실 텐데."

"엄주은이 유치원 선생님 된 걸 더 기뻐하고 계실걸?"

"천방지축 엄주은, 사람 다 됐다고 그러시겠지?"

"이러니저러니 해도 원장님 제일 자주 웃게 해 드린 게 주은이 너였잖아."

율 때문에 많이 속상해하고, 나 때문에 자주 눈물짓고.

"그래서, 기분이 어떠셔?"

재이는 주은을 돌아보았다. 주은이 두 눈에 웃음을 매달고서 덧붙여 물었다.

"전 국민에게 율의 여자 친구로 오해받는 느낌. 막 설레고 있지?"

"어차피 오해인 걸 뭐."

"설레긴 하고?"

"그건 엄주은 관점."

주은이 눈을 흘기며 툴툴거렸다.

"기분 나빠."

"왜?"

"넌 왜 율한테 하나도 안 설레는 건데?"

왜.

그것에 대해 설명하자면 지극히 단순 명쾌하다.

소녀 팬들이 열광하는 아이돌 율은 자신한테는 어디까지나 어린 날의 보육원 동기 김율에 불과하다는 것.

그 어떤 경우에도 서로 간에 이성이 될 수 없는, 서로에게는 그저 형제 같은 존재라는 것. 주은이 그런 존재인 것처럼 말이다.

"가족끼리 막 설레고 그러는 거 아니잖아."

"그 정도야?"

"응."

"그럼 어젯밤 그 얘긴 뭔데?"

드디어 본론이 나온다.

"술김에 해 본 말이었다고 둘러댈 생각은 마. 너 술주정 같은 건 절대 안 하는 앤 거 내가 너무나도 잘 아니까."

말해도 될까. 어제저녁 손무영 대표의 사무실에서 있었던 그 대화들에 대해서.

거짓말 같은 그 시간들에 대해서 주은에게 다 말해 주어도 괜찮을까.

비밀처럼 간직해야만 되는 순간들은 아닐까. 무영이 공표하기 전에는. 사실이 되어 세상에 알려지기 전까지는.

혹시 손무영 그 사람이야말로 독한 술 뒤 끝에 공연한 헛소리들을 지껄여 버린 것이나 아니었을까. 그래서 지금쯤 후회하고 있는 것은 아닐까.

재이는 고개를 저었다.

그러기에는 그 순간이 너무도 또렷이 각인되어 있었다. 술주정 따위는 죽었다 깨어나도 안 할 사람이 바로 그, 손무영이었다.

"주은아."

주은이 머그잔을 내려놓고 제 두 손을 깍지 껴 모았다.

"말해 봐. 뭐든 다 들어 줄 테니."

무슨 생각을 하고 있는지 주은은 제법 비장하기까지 했다.

재이도 머그잔을 내려놓았다. 그러고는 올려 세운 무릎에 두 손을 얹고 거기다 턱을 괴었다.

"있지……."

"응, 나 여기 있어."

"꼭 순서대로만 살아지는 건 아닐 거야."

"무슨 뜻이야?"

"너나 나나 세상이 정해 놓은 틀 안에서 원칙대로만 살아오 진 않았잖아."

보육원에서 시작된 어린 날들. 위탁 가정에서 보내야 했던 사춘기. 그다음엔 힘겨운 홀로서기. 그러한 나날들에 대해서 말 하고 있는 거였다.

주은도 수긍했다.

"그야 그렇지. 근데 도대체 뭔 얘길 하려고 이다지도 뜸을 들 이는 거야?"

"결혼."

"연애도 안 하고 갑자기?"

"선 결혼, 후 연애. 나쁘지 않잖아?"

"미쳤구나, 너. 아무래도 제정신이 아닌 거지. 설마, 그새 율 이 청혼이라도 해 버린 건 아니겠지? 스캔들 덮으려고 위장 결 혼 뭐 그런 거?"

흥분해서 늘어놓는 주은을 보며 재이는 말없이 미소만 지었 다.

"그렇게 좀 웃지 마. 기분 나빠. 서재이가 엄주은보다 월등히 예뻐 보일 때가 딱 두 가지 있는데, 언젠지 알아?"

"언젠데?"

"세상에 오로지 저 혼자인 듯 가만히 생각에 잠겨 있을 때랑, 방금처럼 고요히 웃을 때야."

"엄주은보다 예뻐 보여서 미안."

"됐고, 그 결혼 난 결사반대야!"

주은의 다소 과장스런 단언에 재이는 웃으며 말했다.

"율하고는 아냐."

"그치? 그럴 리가 없지? 그럼, 그럴 리가 없고말고."

반색하는 주은에게 재이는 단단히 다짐해 주었다.

"그럴 리가 없지."

율한테 여자는 너, 엄주은뿐이니까. 너는 모르겠지만, 그리고 율도 잘 모르고 있는 것 같지만, 내 눈에는 그게 환히 보이거든.

"그럼 누구? 누가 너랑 결혼하고 싶어 하는데?"

눈을 빛내며 채근하는 주은에게 재이는 그를 말해 버렸다.

"손무영."

그의 이름 세 글자를 마침내 입에 올려 버렸다.

"손무영? 그게 누군……"

일순 주은의 두 눈이 휘둥그레졌다. 입도 둥그렇게 벌어졌다.

"그, 그, 그러니까 지금 네가 말하는 손무영이…… 손 엔터테인먼트의 그 손무영?"

재이는 눈으로 끄덕였다.

"대박⋯⋯."

얼이 빠진 얼굴로 중얼거리던 주은이 믿기지 않는다는 듯 재차 확인했다.

"희망 사항 아니지?"

"이루지 못할 꿈같은?"

"로또 같은!"

"로또라. 그 정도일까?"

"아니라고 하지 마. 그러는 즉시 너 미워하게 될지도 모르니까."

재이는 다시금 조용히 웃음 지었다.

"그렇게 웃지 좀 말라니까?"

짐짓 째려보는 주은에게 재이는 웃음을 거두어들이지 못한 채로 대꾸했다.

"미안."

"말해 봐, 서재이. 하나부터 열까지, 숨김없이 전부 다."

막 입을 떼려는 찰나, 휴대폰 울리는 소리가 들렸다. 재이는 베개 곁에 둔 휴대폰을 집어 들고 발신자를 확인했다. 저장되어 있지 않은 낯선 번호였다.

"이 시간에 누구야?"

휴대폰을 넘겨다보며 주은이 물었다.

"모르는 번호야."

안 받으려 휴대폰을 내려놓으려는데 주은이 말했다.

"받아 봐. 율일지도 모르잖아."

주은의 말마따나 율이 누군가 다른 이의 휴대폰으로 걸었을 수도 있겠단 생각에 통화 버튼을 터치했다.

"여보세요."

―손무영입니다.

툭. 가슴이 내려앉았다.

엊저녁의 그 시간들이 되살아났다. 진심입니다, 하던 무영의 그 목소리도 함께.

―서재이 씨.

"네, 대표님."

―오늘 시간 낼 수 있습니까?

"……오늘요?"

―없어도 있어야 할 겁니다.

그럴 거면 애초에 묻기는 왜 묻는 거냐고, 재이는 항의하지 못했다.

그가 바라는 대로 없어도 있다고 대답해야 될 것만 같은 기분. 당혹스럽지만 그다지 불쾌하지는 않은 이 이상한 느낌.

그 묘한 기분과 느낌을 떨쳐 내려 재이는 담담히 대꾸했다.

"오늘은 곤란한데요."

―곤란하다?

"네."

―이유가 뭡니까?

"지금 집에 친구가 와 있거든요."

주은이 서둘러 두 손을 저었다. 동그래진 눈으로 고개도 바삐 저어 댔다. 자긴 괜찮으니 상관 말라는 의미일 터였다.

—한 시간이면 되겠습니까?

"……네?"

—아침부터 집으로 들이닥친 그 친구 말입니다. 앞으로 한 시간이면 충분하겠느냐고 묻고 있는 겁니다.

아침부터 들이닥친?

어감으론 주은을 책망이라도 하는 듯한데, 건조하기 짝이 없 는 음색 덕분에 트집을 잡기도 애매했다.

"아뇨, 한 시간으론 충분하지 않은데요."

—두 시간.

옆에서 주은이 소리 죽여 '난 괜찮아, 난 괜찮다고'를 연거 푸 속삭여 댔다. 귓가로는 무영의 목소리가 파고들었다.

—두 시간 뒤에 나와요.

회사에서 아랫사람에게 지시를 내릴 때의 무영을 떠올리게 하는 목소리였다. 더 이상은 허용할 수 없다는, 더는 용납하지 않겠다는.

한 시간에서 두 시간으로 두 배나 늘여 준 셈이니 재이로서 도 더는 버틸 명분이 없었다.

"알겠습니다, 대표님. 어디로 나갈……."

전화가 끊겼다. 재이의 말도 다 듣지 않고 무영이 먼저 끊어 버린 것이었다. 재이는 휴대폰을 귓가에서 내려 가만 들여다보 았다.

"묻긴 뭘 물어. 집 앞에 와 있으니까 나오란 소리지. 딱 보면 몰라?"

주은이 타박했다.

"그런 거 아냐. 두 시간 뒤에 나오래."

"나 땜에? 나 정말 괜찮다니까 그러네. 기다리게 하지 말고 그냥 지금 나가."

"기다리긴 누가 기다려. 시간 넉넉하니까 신경 쓰지 마."

말은 그렇게 했지만 발등에 불이 떨어진 느낌이 드는 건 사실이었다. 예상치 못한 상황이어서 더 그랬다.

이럴 거면 어제 미리 약속을 잡아 두든가. 아침부터 이게 웬 난린지 모르겠다.

조바심을 다독이려 휴대폰만 만지작거리고 있으려니, 주은이 백을 챙겨 들고 일어났다. 재이는 주은을 올려다보았다.

"궁금한 게 가득이지만 오늘은 온 힘을 다해 참아 줄게. 왜냐하면 오늘은 서재이와 손 대표님과의 역사적인 첫 데이트니까."

"아닐걸?"

"뭐야. 첫 데이트가 아니란 거야?"

"아니, 데이트 그거 아니라고."

"아 참. 선 결혼, 후 연애랬지. 그럼 뭐라고 부르면 좋을까? 오늘을 비롯해서 결혼하기 전까지의 만남들 말이야."

주은이 산뜻하게 굴었으므로 재이 또한 가볍게 받았다.

"결혼에 필요한 형식적인 과정들?"

"형식적인 과정, 중요하지. 그런 과정 없이 결혼식을 치를 수야 없으니. 아무튼 너 예쁘게 하고 나가. 나가서 아까 내가 가르쳐 준 너의 필살기를 꼭 쓰란 말이야."

"필살기?"

"오롯이 생각에 잠긴 모습이랑 고요히 웃는 얼굴."

재이는 웃으며 받아 주었다.

"그래 볼까?"

"누가 알아? 계획과는 달리 선 연애, 후 결혼으로 뒤바뀔지."

계획과는 다르게 흘러가는 일들이 부지기수인 삶이니, 절대로 그런 일은 일어나지 않으리란 보장이야 할 수 없겠지만.

헛된 기대나 이루지 못할 꿈은 재이와 멀었다.

물론 재이에게도 반드시 이루고 싶은 꿈이 하나 있긴 했다.

그렇지만 그것은 달콤한 연애도, 로맨틱한 결혼도 아니었다.

열 살이던 그 봄날부터 스물여섯이 된 지금까지 늘 마음 한편에다 간직해 온 꿈. 어쩌면…… 이뤄지지 않아야 더 평화로울지도 모를. 그래서 외롭고도 쓸쓸한 꿈.

"문득 생각에 잠겼다, 서재이. 앞에 있는 날 잊은 것처럼."

"응, 그랬나 봐. 미안."

"무슨 생각했어?"

"멀고 먼 꿈."

"이루지 못할 꿈? 그럼 그새 손무영 대표님 생각?"

재이는 미소 띤 채 고개 저었다.

주은이 고운 눈 흘김과 더불어 입을 비죽였다.

"내 앞에선 예쁨 주의. 예쁨 폭발은 손 대표님 앞에서나 하란 말씀이야."

"알았어. 엄주은 앞에선 예쁨 절대 금지."

주은이 생긋 웃었다.

"난 그럼 원래 계획대로 천안 집에나 내려가야겠다. 이번 주에 못 가면 언제 갈지 몰라. 다음 주 토요일이랑 다다음 주 토요일이랑 둘 다 당직이걸랑."

"2주 연속으로?"

"다다음 주는 신입 선생 부탁으로 대신 해 주는 거야. 실은 오늘 너도 데려갈까 싶었는데."

위탁 가정의 임시 보호자에서 결국 주은의 엄마가 되어 버린 분. 다정하신 그분을 떠올리며 재이는 안부를 전했다.

"아줌마한테 인사 전해 줘. 다음엔 나도 같이 찾아뵙겠다고 말씀드리고."

"그럴게. 이따 데이트 다녀와서 나한테 전화해야 돼?"

"데이트 아니라니까."

"아무튼."

"알았어."

"꼭?"

"꼭."

몇 번이나 다짐을 받고서야 주은이 갔다.

재이는 주방 안쪽의 비좁은 욕실에서 샤워를 했다.

한기 때문에 어깨를 옹송그리고 선 채로 거울 속의 자신에게 말을 건넸다.

"독배가 아닐지도 몰라."

위로처럼, 혹은 격려처럼.

나쁘지 않다, 아직까지는

　외출 준비를 마치고 나가려던 재이는 계단참에서 1층에 사는 집주인 할머니를 만났다.

"예쁘게 하고 어디 가?"

"예뻐요, 할머니?"

"응, 손자며느리 삼고 싶게 예뻐."

"할머니 손자분 대학생이라고 하셨잖아요."

"요즘은 연하가 대세라던데?"

"그런 것도 아세요, 할머니?"

"드라마에 맨 그런 얘기만 나오던데 뭘. 우리 손자 한번 만나 볼 테야?"

　아들 가족이 미국에서 산다던 할머니 말을 떠올리며 재이는 웃음과 더불어 사양했다.

"장거리 연애는 싫어요, 할머니."

"교환 학생인지 뭔지 한다고 이제 곧 들어올 거랬어."

"진짜요? 할머니 좋으시겠네요."

"좋긴 뭘. 밥 해 먹이려면 귀찮기나 하지."

말은 그러면서도 할머니는 싱글벙글 웃는 얼굴이었다.

"이리 주세요."

할머니한테서 빨래 바구니를 받아 든 재이는 계단을 되짚어 옥상으로 올라왔다. 할머니도 재이를 뒤따라 올라왔다.

"아이고, 숨차다."

"앉아 계세요, 할머니. 제가 널어 드릴게요."

아니라고 손사래를 치던 할머니가 못 이기며 평상에 걸터앉았다.

"우리 재이는 살뜰하기도 하지."

우리 재이.

이래서 2년째 이 옥탑방에서 산다. 때때로 챙겨 주는 김치며 밑반찬들도 고맙지만, 이렇게 문득 마음을 파고드는 한마디 때문에.

"할머니, 제 이름 안 까먹으셨네요?"

"예쁘니까 안 까먹지."

재이는 할머니를 향해 웃어 보였다. 할머니도 자애롭게 웃었다.

"좀 춥긴 해도 볕이 좋아서 잘 마르겠어요."

"그러게나 말이야. 이젠 봄이 코앞이야. 근데 저놈의 차는 뭘 하느라 몇 시간째 저기서 꼼짝을 안 하는지 모르겠네."

무심코 할머니 시선을 따라가던 재이는 흠칫 놀라 빨래 널던 손길을 멈추었다.

골목 초입에 멈춰 서 있는 그 까만 승용차는 대표 전용 주차장에 세워져 있던 차였다.

"몇 시간째는 아닐걸요?"

"아침부터 저러고 서 있던데? 이 골목에 저런 차 끌고 다니는 사람도 없고. 저거 미국 차 맞지?"

재이는 웃으며 말해 주었다.

"독일 차예요, 할머니."

"독일 차야? 하도 번쩍번쩍해서 난 미국 차인 줄 알았지."

아들 부부 자랑을 할 때마다 미국이 최고라고 내세우던 할머니였으므로 재이는 가만히 웃기만 하고 더 말을 보태지 않았다.

무영의 차를 발견하고 나니 공연히 마음이 바빠 빨래를 너는 손길도 빨라졌다.

재이는 할머니를 부축해 1층의 집 안으로 모셔다드리고, 현관의 큰 거울 앞에서 옷매무새를 가다듬었다.

진한 네이비색 코트가 조금 두꺼운 감이 있었지만 화사한 봄옷을 꺼내 입기에는 아직 쌀쌀한 날씨였다.

"다녀올게요, 할머니."

"얼른 가. 차 조심하고."

할머니가 손을 흔들며 배웅해 주었다.

대문을 나선 재이는 되도록 느리게 걸었다. 일방적인 호출이 아니라 며칠 전에 정해 둔 약속을 지키러 나가는 것처럼.

그의 차 앞에 이르자, 조수석 쪽 차창이 한 뼘쯤 내려갔다. 운전석에 앉은 무영이 보였다. 그는 정면만 보고 있었다.

재이는 차 문을 열고 그의 옆자리에 앉았다. 미리 데워 두었는지 시트가 따뜻했다.

"저 여기 사는지는 어떻게 아셨어요?"

"우문이군요."

"그럼 현답을 하시면 되겠네요."

"나는 서재이 씨가 일하는 회사의 대표입니다."

새삼 오너로서의 권위를 내세우는 것인가. 틀린 말은 아닌데 썩 유쾌하지도 않았다.

"현답은 아닌 것 같은데요."

"그럼 정답이라고 해 둡시다."

"정답이라……. 직원들에 관해서라면 시시콜콜한 모든 개인정보를 다 꿰고 있다. 그리고 그걸 이용하는 건 대표로서의 정당한 권리다. 뭐 그런 뜻일까요?"

"화내는 겁니까?"

"아닌데요."

"솔직하지 못한 면이 있네."

"화내는 게 아니라 부당하게 느껴지는 부분에 대해 말씀드리고 있는 거예요."

"결혼을 수락한 사람이, 고작 그런 시시콜콜한 부분 때문에 부당함을 따진다?"

말문이 막혔다.

"졌네요."

"판단이 빠른 면도 있고."

칭찬으로 들리지는 않아 잠자코 있으려니, 무영이 말했다.

"모든 정보를 꿰고 있지는 않습니다. 관심도 없고."

"알아요."

"뭘?"

재이는 무영을 돌아보았다. 여전히 앞을 향해 시선을 둔 채로 그가 다시 물었다.

"뭘 안다는 겁니까?"

"관심도 없고, 그거요."

잠시 침묵하던 그가 불쑥 말했다.

"압니다, 나도. 셋이서 보육원 동기라는 거."

"셋이서……라면?"

"김율, 엄주은, 그리고 서재이."

"……아."

보육원 출신이라는 것을 아니까. 나서서 참견할 부모도, 든든히 뒤를 받쳐 줄 배경도 없다는 것을 아니까.

그래서 스캔들의 완벽한 수습책으로 결혼이라는 극약 처방을 감히 내세울 수 있었던 것일까.

쓰다 버릴 수 있으니까. 쓸모가 다했을 땐 언제든지 손쉽게, 뒤탈 같은 것 걱정할 필요도 없이.

재이는 씁쓸한 심정으로 고개를 끄덕이며 말했다.

"위기 관리를 위해서 꼭 필요한 정보였겠어요."

무영이 고개를 재이 쪽으로 틀었고, 그와 눈이 마주쳤다.

이토록 가까이에서 마주친 눈빛은 처음. 그러나 재이는 깊은 우물 같은 그 눈빛을 외면했다. 다만 가방 위에 느슨히 두었던 제 두 손을 힘주어 움켜쥐었다.

뺨에 따갑게 부딪쳐 오던 시선이 마침내 물러갔다.

"벨트 매요."

무영의 말에 재이는 안전벨트를 끌어다 맸다. 차창이 올라가고, 차가 서서히 앞으로 나아갔다.

어디로 가는 건지 재이는 묻지 않았다. 어디로 가든 무영이 원하는 대로 쓰일 테니 관심 둘 필요는 없다고 생각했다.

주은의 명랑함에 휩쓸려 잠깐이나마 로또라고 여겼던 순간이 창피스러웠지만, 그 또한 녹록지 않은 삶이 마련해 둔 모든 과정들 가운데 하나라고 생각했다.

'선 결혼'은 있어도 '후 연애' 따위는 계획되어 있지 않다는 것을 일찌감치 깨닫게 된 자신이 대견했다.

나쁘지 않다, 아직까지는.

나쁘지 않은 정도면 괜찮은 거야.

스스로에게 되새기며 재이는 꽉 움켜쥔 두 주먹에 힘을 풀었다.

그의 왼손, 약지에

무영의 차가 멈춘 곳은 헤어숍 앞이었다.

손 엔터테인먼트 소속의 연예인들이 주로 드나드는 곳으로, 인턴 시절에 일 때문에 재이도 와 본 적이 있었다.

급한 일이 있어 잠깐 들른 줄 알았다.

그랬기에 내려서는 무영을 보고도 재이는 그대로 앉아 있었다. 대표와 둘이서 함께 들어갈 수 없으니 당연히 차 안에서 기다리고 있어야겠다고 생각했던 것이다.

그런데 차 앞을 돌아온 무영이 재이 쪽의 차 문을 열었다. 내리라는 뜻으로 그가 턱도 까딱였다.

재이는 차에서 내려섰다. 본의 아니게 무영의 시중을 받은 셈이어서 좀 민망했다. 차 문을 열어 줄 때까지 버티고 앉아 있는 여자가 되어 버린 꼴이었다.

"대표님, 저는 여기서 기다리는 게 좋……."

무영이 재이의 말을 잘랐다.

"들어갑시다."

그가 성큼 앞장을 섰다. 별수 없이 재이는 그의 뒤를 따랐다.

무영이 들어서자 40대 초반의 여자가 반색하며 맞이했다.

"지각이에요, 손 대표님. 저희 팀 모두 올 스톱하고 기다리고 있는데 이러시면 곤란하죠."

웃음 섞인 그녀의 말에 무영이 대꾸했다.

"나야말로 곤란하다는 사람을 겨우 모셔 오느라."

재이는 뜨끔했다. 아까 그와 통화할 때 '곤란한데요.'라고 말했던 자신을 은근히 힐난하는 것처럼 들려서였다.

한편으론, 오늘 이곳에 온 무영의 목적이 재이 자신임을 인지하곤 내심 놀랐다. 그가 이러는 이유가 뭘까, 궁금하기도 했다.

"준비 다 됐으면 시작하죠."

무영이 지시했고, 숍의 사람들이 일사불란하게 움직이기 시작했다.

재이는 연예인들이나 앉는 의자에 앉아 거울과 마주 보았다. 거울 속에서 무영의 모습은 찾아볼 수 없었다.

메이크업 아티스트에게서 메이크업을 받고, 헤어 디자이너한테서 머리 손질을 받았다. 난생처음 겪는 일에 어색하지만 그리 싫지만은 않은 경험이었다.

"어쩜 얼굴에 잡티가 하나도 없어. 피부과 좋은 데 다니나 봐요?"

재이의 머리를 매만지던 헤어 디자이너가 말을 걸어왔다. 아까 무영에게 애교 어린 인사를 건네던 여자였다. 사람들을 거느리는 태도로 보아 숍의 대표인 모양이었다.

전문적인 피부 관리 같은 건 한 번도 받아 본 적 없지만 인사치레려니 하고, 재이는 엷은 미소로 대답했다.

"아니에요, 고맙습니다."

"신인이죠?"

"네?"

"손 대표님이 같이 오신다 해서 어떤 분일까 엄청 기대하고 있었는데, 처음 보는 얼굴이라서."

"아, 네……."

뭐라 말해야 좋을지 몰라서 재이는 대답을 얼버무렸다. 헤어 디자이너의 말이 이어졌다.

"이런 경우는 처음이라 제가 막 두근거리더라고요."

이런 경우? 어떤 경우?

재이의 눈에 담긴 의문을 읽었는지 여자가 웃으며 말했다.

"오늘처럼 이렇게 대표님이 직접 모셔 오는 경우 말예요."

"아, 네……."

이번에도 재이는 그저 어렴풋한 대답만 했다.

여자를 따라 활짝 웃을 수도, 정색을 하며 그런 게 아니라고 정정해 줄 수도 없어 난감했다. 무영이 어떻게 말해 두었는지 알 수 없으니 조심할 수밖에.

그가 왜 이런 경우를 만들고 있는지 궁금증이 더해졌다.

"가르마를 왼쪽으로 조금만 옮겨 볼게요."

어차피 전문가에게 맡겨 놓은 상태라 재이는 미소 띤 눈으로 끄덕여 보였다.

"지금도 괜찮긴 한데 너무 단정하기만 해서. 봐요, 이렇게 옆으로 살짝만 옮겨 놔도 느낌이 확 달라지잖아."

재이는 거울 속 자신의 얼굴을 바라보았다.

과연 그녀의 말이 맞았다. 2센티 정도 옮겨 간 가르마로 인해 이마를 지나 뺨까지 타고 흐르는 머리칼의 곡선이 한결 부드러워졌다.

우아하다고 해야 할까. 아련하다고 해야 할까.

"훨씬 매혹적인 분위기로 변신했죠?"

"네."

미소를 머금은 채로 대답하자, 헤어 디자이너도 만족스러운 표정을 지었다.

"우리 손 대표님, 어디서 원석을 잘도 캐내 오셨네. 손길 한 번 갈 때마다 두 배 세 배씩 예뻐지잖아. 밑바탕은 청초한데 순간순간 이지적이야. 나중에 스타 되면 나 모른 척하기 없기예요?"

"그럴 일 없을 거예요."

스타, 뭐 그런 거요. 속에 담긴 뜻은 그러했지만, 디자이너가 맘대로 해석하곤 맞장구쳤다.

"그럼, 그럼. 그럴 일 없어야지. 자기 맘에 든다. 난 자기처럼 단정하고 겸손한 사람이 좋더라. 우리 손 대표님은 단정하긴 한데 겸손미가 없지."

재이는 미소만 지었다.

"하긴 뭐, 저렇게 멋있는 사람이 겸손미까지 갖추면 그것도 불공평한 일이겠지만."

그러고는 그녀가 덧붙여 말했다.

"자기를 위한 뷰티 팁 하나. 머릿결도 최상급인데 머리 좀 길러 봐요. 지금보다 열 배는 더 예뻐 보일 테니까."

지금껏 재이는 목 언저리에서 찰랑거리는 단발을 고수해 왔다. 크게 신경 쓰지 않아도 돼 편했다. 하지만 오늘의 드라마틱한 변화를 보니 길러 봐도 괜찮을 것 같다.

"그래 볼까요?"

"그럼. 내 말 들어서 후회한 사람 없다니까?"

재이는 다시금 미소를 지었다. 그리고 거울 속 달라진 자신의 모습을 향해 속으로 다독였다.

거 봐. 나쁘지 않잖아. 새로운 변화를 시도해 보려는 마음도 갖게 되었으니.

헤어와 메이크업이 끝난 다음의 재이를 기다리고 있는 것은 새 옷과 새 구두와 새 가방이었다.

세련된 아이보리색 모직 원피스와 윤기가 차르르 흐르는 블랙의 핸드메이드 코트. 원피스와 잘 어울리는 적당한 높이의 구두. 흔히들 명품이라고 부르는, 그러나 로고가 도드라지지 않는 가방.

전부 다 재이의 일상하고는 한참이나 거리가 있는 제품들이었다.

"우리 손 대표님 눈썰미 끝내준다. 안 입어 봐도 사이즈가 딱이네. 근데 프로필 사진용으론 너무 단아하기만 한 거 아닌가?"

"프로필 사진이요?"

"왜 그렇게 놀라? 예쁘게 꾸며서 프로필 사진 찍으러 가려나 했는데, 아닌가 봐?"

"아닐 거예요."

"그럼 다른 스케줄? 영화 제작자라도 만나러 가는 거예요?"

"그게……."

어쩔 줄을 모른 채 머뭇거리고 있는데, 두어 뼘 정도 열린 문밖에서 무영의 목소리가 뛰어들었다.

"정 선생님."

헤어 디자이너가 네, 하고 소리쳐 대답하곤 연이어 말했다.

"곧 나가요, 대표님."

그녀는 재이한테도 속삭였다.

"안 도와줘도 되지? 입고 나와요."

문이 닫히고 방 안엔 재이 혼자 남았다. 괜한 오해가 더 쌓이기 전에 얼른 이곳을 벗어나고 싶었다.

재이는 준비된 옷으로 갈아입고, 구두를 신고, 가방을 손에 쥐고 문밖으로 나섰다. 오픈된 홀 안엔 오직 한 사람 외엔 그 누구도 보이지 않았다.

손무영.

그는 정면의 1인용 소파에 등을 기대어 앉아 있었다. 두 팔은 팔걸이에 느긋하게 얹어 놓고, 다리는 오만한 자세로 꼰 채였다.

재이에게로 그의 시선이 날아들었다. 재이로부터 무영까지는 열 걸음쯤, 아래에서 위로 비스듬하게 치솟는 그 눈빛이 재이의 몸을 휘감는 듯했다.

재이는 꼼짝도 할 수 없었다. 몸 둘 바를 모르겠다는 느낌이 이런 것인가 싶었다.

수다스런 정 선생이라도 끼어들어서 숨 막히는 이 긴장의 상태를 깨뜨려 주었으면 좋겠다. 하지만 둘뿐인 실내엔 밀도 높은 고요만이 가득했다.

무영의 시선을 견디다 못해 고개를 옆으로 살짝 틀었을 때였다. 그가 소파에서 몸을 일으키는 기척이 나고, 뒤이어 걸음을 떼는 소리가 들려왔다.

막상 그가 고요를 깨고 움직이기 시작하자 재이는 방금 전보다 더 긴장이 됐다.

뚜벅뚜벅 걸어와 재이 앞에 선 그가 왼손을 올려 재이 귓가의 머리칼을 들추었다. 재이는 숨을 멈추었다. 뭐 하는 거냐고 묻고 싶은데 입이 얼어 버렸다.

"귀."

"……네?"

"귀걸이는 못 쓰겠군."

무슨 얘긴지 알아챈 재이는 그제야 낮은 숨을 내쉬었다. 머리칼에 머물러 있던 그의 손길도 제자리로 물러갔다.

재이는 귀걸이를 비롯한 액세서리 종류를 즐기지 않았고, 그러므로 여태껏 귀도 뚫지 않았다.

그걸 직접 확인하고자 이토록 밀접한 침범을 감행하다니.

여기까지 걸어와 본인의 손을 쓰지 않고도 저 소파에 느른히 앉아서 물어보면 그만이었을 것을. 그러는 편이 그에게는 더 자연스러울 것을.

참으로 종잡을 수 없는 사람이었다.

"다음엔 그냥 물어보시는 게 좋겠어요."

무영의 미간에 선이 그려졌다. 지금처럼 가까이에서 올려다
보지 않으면 모를 만큼 아주 미세한 선이었다.

이 사람도 감정 표현이란 걸 하는구나. 눈에 잘 띄진 않지만,
그래서 다들 잘 모르겠지만. 이렇게 순간적으로, 자기도 모르는
사이에.

그렇지만 지금 그가 정확히 어떤 감정을 드러내고 있는지는
재이로서도 헤아리기 어려웠다.

의문? 못마땅함? 불편함? 그중에서 첫 번째가 아닐까 생각
하며 재이는 풀어서 덧붙였다.

"손부터 덥석. 그러지 마시고요."

"덥석?"

되짚으며 그의 입술 끝이 슬쩍 비틀렸다.

착각일지도 모르겠다. 미간에 그려졌던 미세한 선만큼이나
극히 희미한 균열이었으니 말이다. 그러니 행여 웃음의 전조라
고는 생각하지 않는 것이 좋을 테다.

"귀걸이를 필수로 착용해야 하는 자리일까요?"

재이의 물음에 무영이 약간 시니컬하게 대꾸했다.

"그런 자리가 있을 리가."

"그럼 굳이 왜."

"이미 준비된 것들이니까."

"아하."

가볍게 내뱉곤 고개도 끄덕였다. 문득 코끝에 감겨 오는 은

근하고도 묵직한 향. 무영에게서 기인한 것임을 느끼며 재이는 다시금 숨쉬기가 힘들어졌다.

그러니까 이토록 가까이에서, 이토록 오래 서 있어야만 감지할 수 있는 그의 냄새. 남자의 냄새.

"가방에 들어 있을 겁니다."

사뭇 건조한 무영의 그 말이 아니었다면 재이는 두 눈을 감을 뻔했다.

"……뭐가요?"

"준비된 것들."

"아."

"착용하고 내려와요."

명령을 남긴 뒤 무영이 재이에게서 돌아섰다. 이리로 걸어올 때처럼 뚜벅뚜벅 발자국 소리를 남기며 그가 멀어져 갔다. 그가 지니고 있던 냄새도 사라졌다.

텅 비어 버린 공간에 다시 재이만 홀로 남겨졌다. 긴장이 풀어지며 두 다리에도 힘이 풀렸다. 재이는 그가 앉아 있던 소파로 가서 앉았다.

가방을 열고 안에 든 납작한 상자를 꺼냈다. 상자를 열어젖히자, 목걸이와 귀걸이 세트, 그리고 반지가 보였다. 화려하지 않으면서도 기품이 있었다.

재이는 목걸이를 꺼내 목에 걸었다. 귀걸이는 그대로 두었다.

마지막은 반지였다. 반지 중앙에 알맞은 크기로 박혀 있는 투명한 것은 아마도 다이아몬드. 이미테이션 따위를 미리 준비하라고 시킬 사람은 아니니까 말이다.

반지 앞에서 재이는 뭔가 모르게 망설여졌다.

준비된 보석 세트 중의 하나일 뿐인데. 반지라고 해서 유독 특별한 의미를 부여할 이유도 없는데. 그럼에도 선뜻 손가락에 끼우지 못하고 들여다보게 되는 것은 역시 고정 관념 때문일까.

생의 어느 순간에 누군가에게 반지를 받게 된다면, 그 누군가의 손길에 의해서 반지가 손가락에 끼워져야 한다는. 영화 속의 한 장면들처럼 로맨틱한 환상이 마음 저 깊은 데에 도사리고 있었던 까닭일까.

"정신 차려, 서재이."

재이는 자신을 따끔하게 다그쳤다.

지금은 꿈도 환상도 아니었다. 영화는 더더욱 아니었다.

스타라도 된 듯이 전문가의 케어를 받고 마치 변신이라도 해 버린 것 같지만, 현실은 냉혹하기 그지없다.

재이는 반지를 집어 왼손 약지에 꼈다. 꼭 끼어 불편하지도, 틈이 남아돌지도 않고 딱 맞았다.

"눈썰미는 진짜 좋으시네요, 우리 손 대표님."

짐짓 정 선생의 말투를 흉내 내어 말해 보았다. 의식적인 거리 두기. 그러자 조금은 가뿐해졌다.

헤어숍을 나오니 무영의 차가 기다리고 있었다. 재이가 차에 오르자마자 그가 차를 출발시켰다.

"거의 연예인 급 스케줄이네요."

무영이 묵묵했으므로 재이는 좀 머쓱해졌다.

이젠 또 어디로 가는지, 오늘의 최종 목적지가 어디인지 그에게 물어보려다 말았다. 이런 식이면 어차피 친절하게 대답해 주지도 않을 테니까.

안전벨트를 끌어다 매던 재이는 일순 멈칫했다. 핸들에 얹힌 그의 손에 재이의 것과 똑같은 디자인의 반지가 끼워져 있었다.

차가 완전히 멈춰 설 때까지 재이는 여러 번 그에게로 눈길을 두었다. 반지를 낀 그의 왼손, 약지에.

내 옆에 있는 것

고층 빌딩 지하 주차장에서 무영을 따라 엘리베이터에 올랐다.

무영이 버튼 6을 눌렀다. 엘리베이터 벽면에 붙어 있는 안내판을 본 재이는 무영이 원하는 오늘의 목적지를 비로소 알게 되었다.

층별로 입점한 회사 이름이 적혀 있는 안내판의 6층엔 '미디어 필'이 있었다. 그리고 '미디어 필'은 율의 열애설을 최초로 보도한 인터넷 언론이었다.

예상을 벗어난 무영의 선택에 재이는 놀랐다.

차가 달려오는 동안 재이가 할 수 있었던 예상은 지금과는 다른 종류의 것이었다.

이를테면 무영의 부모님 앞에 그녀를 데려가는 것. 결혼을 진행하기 위해 필수적으로 거쳐야 할 과정, 즉 부모님께 인사를 시키는 일.

그런데 전혀 생각지도 못했던 방면에서의 정공법을 선택하다니. 엘리베이터에서 내려섰을 때 재이는 무영에게 물었다.

"제 역할은 뭐죠?"

재이를 돌아보지도 않은 채로 그가 답했다.

"내 옆에 있는 것."

다른 장소, 다른 시간이었다면 심장이 쿵 내려앉았을지도 모를 한마디였지만, 재이는 허세를 절반쯤 섞어 대꾸해 주었다.

"어렵진 않겠네요."

그가 계획해 둔 일이 무엇일지 빤히 짐작되는 지금. 저 사무실 문을 열고 들어간 다음부터 어떤 표정을 지으며 그의 시간을 견뎌야 할지 일말의 두려움도 없지 않았다.

무영이 걸음을 뗐다. 재이는 그의 곁에서 걸었다.

'미디어 필'의 문이 열렸다. 사무실 안에 있던 사람들의 시선이 일제히 무영과 재이에게로 쏟아졌다. 그들 중에서 한 여자가 다가와서는 무영에게 인사를 했다.

"늦으셨네요, 대표님. 안 오시는 줄 알고 이제 막 나가려던 참이었어요."

서른을 갓 넘겼을까. 젊은 기자 특유의 자신감이 고스란히 엿보이는 말투였다.

"안녕하세요."

재이는 여기자에게 인사를 건넸다. 자리가 사람을 만든다고들 하는데, 상황도 그런 작용을 해 내는구나 싶었다. 이 순간 무영보다 앞서 담담한 인사말을 하는 걸 보면.

언론사 사무실 안에서 그의 옆에 있는 것만으로도 힘겨운 시간이 되리라 생각했건만. 당사자에게 확인도 없이 사진을 싣고 기사를 작성해 일파만파로 퍼뜨린 기자를 눈앞에서 대하니 묵혀 둔 울분이 고개를 쳐든 것인지도 몰랐다.

"어머. 율의 여자 친구분이시네요? 못 알아 봬서 죄송해요. 그날 밤이랑은 달라도 너무 달라서 말예……."

"내 약혼녀입니다."

무영의 서늘한 단언에 소스라친 사람은 재이뿐만이 아니었다. 앞에 선 기자는 물론이려니와 사무실 안의 모든 이들이 화들짝 놀란 얼굴을 했다.

재이는 놀라움을 내색하지 않으려 애썼다. 오늘 무영의 목적을 제대로 달성하기 위해서는 그래서는 안 되었다.

그래서 재이는 입가에 보일 듯 말 듯 은은한 미소를 머금었다. 전문가의 솜씨로 잘 가꾸어진 외모가, 고귀해 보이기까지 하는 옷차림이 미소를 유지하는 데에 뒷받침이 되어 주는 것도 같았다.

"제, 제가 잘못 들은 건 아니겠죠?"

기자의 음성이 떨려 나오고 있었다.

"잘못 들었다?"

"그게, 제가 취재한 사실과는 다른 것 같……."

기자의 말은 무영에 의해 잘렸다.

"앉아서 얘기하죠."

부하 직원에게 업무 지시를 내리듯 명확하고도 여지를 남기지 않는 어조였다.

기자가 무영과 재이를 안쪽의 회의실로 안내했다. 차를 내오겠다며 나가려는 기자에게 무영이 차갑게 만류했다.

"필요 없습니다."

기자가 주춤주춤 되돌아와 무영 앞에 앉았다.

그녀의 얼굴엔 당황한 기색이 역력했다. 조금 전의 오만하리만치 당당하던 그 자신감은 온데간데없었다.

"죄송해요, 대표님. 약혼하신 줄은 몰랐어요. 진작 말씀을 해주셨으면 그런 기사는 내지 않았……."

"내 약혼 사실을 그쪽한테 미리 알려 주어야 할 의무라도 있다고 생각하는 겁니까?"

"아뇨, 그런 얘기가 아니라, 저는 그저 대표님께 죄송하다는 말씀을 드리려……."

"사과를 받아야 할 사람은 내가 아닙니다."

"……네?"

어리둥절한 얼굴의 기자에게 무영이 못 박아 말했다.

"사과는 내 약혼녀, 서재이 씨한테 해야 될 겁니다."

이름 앞에 붙여진 수식어 '내 약혼녀'가 어색하기 짝이 없었지만 재이는 말간 눈으로 기자를 건너다보았다.

인터넷 커뮤니티마다 폭발했던 온갖 종류의 악플들을 생각하면 새삼 화가 치밀었지만, 재이는 그 또한 드러내진 않았다.

손무영 대표의 약혼녀로서 단아함을 잃지 않으려 노력했고, 그건 그의 옆을 지키고 있는 것만큼이나 쉬웠다.

기자가 풀 죽은 목소리로 재이에게 말했다.

"미안하게 됐어요."

"미안하게 됐다?"

무영의 말은 여느 때와 같이 건조하기만 한 되새김이 아니었다. 불쾌한 감정이 반 스푼쯤 들어간 어조였다.

그래 봐야 밥숟가락이 아니라 겨우 티스푼일 테지만, 재이는 여실히 느낄 수 있었다. 그리고 그 느낌이 그리 나쁘지 않았다.

그가 불쾌해하는 것. 그 불쾌함을 상대에게 드러내는 것.

재이를 위해서가 아니라 해도 괜찮았다. 그 자신을 위해서라도 상관없었다.

"죄송합니다."

정중한 사과와 함께 기자가 재이에게 머리를 숙였다.

"그것뿐입니까?"

무영의 단단한 질타에 기자가 그를 쳐다보며 억울하다는 듯 항변했다.

"제가 무릎이라도 꿇어야 하나요?"

"그깟 무릎 따위."

"그깟…… . 그럼 뭘 원하시는지 말씀해 보세요."

"정정 보도를 내고, 사과문을 싣기를 원합니다."

"너무하시네요. 정정 보도는 내겠지만, 사과문까지 실어야 한다는 건 좀 지나친 처사 아닌가요?"

"지나치다?"

"네, 지나치다고 생각합니다."

"거짓 보도로 입은 유무형의 피해에 대해서 민사상의 책임을 묻지 않는 것만으로도 지극히 너그러운 처사라고 생각합니다만."

기자의 얼굴이 하얗게 질렸다. 무영이 탁자 위에 두 손을 겹쳐 올렸다. 그의 왼손 약지에서 반짝, 빛나는 반지로 기자의 눈길이 꽂혔다.

"내 사람들에게 또 한 번 같은 일이 반복될 경우, 본인 확인도 없이 몰래 찍은 사진을 배포해 거짓 기사를 퍼뜨릴 경우, 그땐 여기까지 찾아오는 과정 같은 건 없을 겁니다."

기자가 입술을 지그시 깨물었다.

"그땐 사과 따위가 아니라 민형사상 법적인 책임을 묻겠다는 뜻입니다. 아시겠습니까?"

"……네."

기어들어 가는 대답을 듣고서야 무영이 자리에서 일어났다. 재이도 따라 일어나 그의 곁에 섰다.

기자는 일어서지 않았다. 고개를 푹 떨어뜨린 채로 그 자리에 앉아만 있었다.

차로 돌아온 재이는 무영에게 말을 걸었다.

"소질 있나 봐요, 저."

무영이 재이를 돌아보았다. 무슨 소린지 묻고 있는 눈이 틀림없었다.

눈빛에 환히 담겨 있는 것은 아니었지만 이번에도 느낌이었다. 그를 밀접한 근거리에서 지켜본 사람으로서의 섬세한 직감.

"옆에 있는 것. 대표님 약혼녀 역할 연기하는 일. 생각보다 잘하지 않았어요?"

"실제가 될 겁니다."

"네?"

"연기가 아니라."

"아."

언론사를 찾아가 기자들 앞에서 약혼녀라고 공표해 버렸으니, 없었던 일로 돌이킬 수는 없을 터.

정말 진행하려나 보다. 이 결혼, 정말 진행되려나 보다. 그의 말처럼 실제가 되려나 보다.

여전히 실감은 나지 않지만. 소품처럼 준비된 반지들도 각자의 손에서 빼 버리면 그만이겠지만.

그렇지만 오늘은 오늘에 충실하기로 하자. 기자로부터 기어이 사과를 받게 해 준 데 대해서, 그리하여 맛보는 후련함에 대해서 집중하기로 하자.

"어쨌거나 오늘 계획했던 일은 잘 마친 거겠죠?"

"덕분에."

"그럼 이제 밥 좀 먹으러 가도 될까요?"

그가 손목시계를 보고는 허락하듯 말했다.

"배고프겠군요."

"네."

"뭘 좋아합니까?"

"대표님은 뭘 좋아하세요?"

"날것 빼고, 대체로 다."

"날것. 회 싫어하시나 봐요?"

"좋아합니까?"

"네. 그렇지만 싫어하시니까 오늘은 다른 걸 먹겠어요. 오늘을 마음껏 누릴 수 있는 것으로요."

더 묻지 않고 무영이 차를 출발시켰다. 어두운 지하를 빠져나온 차가 한낮의 도시, 부신 햇빛 속으로 나아갔다.

✦   ✦   ✦

분위기 좋은 레스토랑에 무영과 마주 앉았다.

메뉴판을 펼쳐 든 재이는 잠시 고심했다. 말도 안 되게 비싼 가격도 가격이지만 어떤 걸 골라야 될지 알 수 없었다. 개중에 가장 저렴하다 싶은 단품 메뉴를 들여다보고 있는데, 무영이 말했다.

"A코스로 합시다."

스테이크에 랍스터가 곁들여 나오는 코스였다. 재이는 동의의 의미로 연하게 미소 지으며 메뉴판을 접어 내려놓았다.

웨이트리스의 물음에 그는 미디엄을, 재이는 웰던을 주문했다.

"덕분에 잘 먹겠습니다."

"육류 싫어합니까?"

"아뇨, 좋아하는데요. 왜요?"

"어딘가 불편해 보여서."

"그렇게 보인다면 옷 때문일걸요?"

"옷에 무슨 문제라도 있습니까?"

"그런 게 아니라."

"그럼 뭡니까?"

"아무래도 제 옷으로 갈아입고 올 걸 그랬나 봐요. 먹다가 뭐라도 흘리거나 묻히기라도 할까 봐 신경 쓰여서요. 곱게 입고 돌려드려야 될 텐데."

무영의 미간에 흐린 선이 스쳤다. 의문과 불만이 반씩 섞인 표정이었다.

"협찬 받은 거 아니에요?"

"아닙니다."

하긴, 유명 연예인도 아닌 사람에게 협찬해 줄 리도 없겠다. 그렇다면 소속사 연예인들 중 누군가에게서 빌려 온 옷일지도.

"그럼 어떻게, 누구한테 돌려드리면 될까요?"

"마음에 들지 않습니까?"

"옷이요? 마음에는 들어요. 그렇……."

"그럼 됐습니다."

'되긴 뭐가요?' 하고 재이는 되묻지 못했다. 그럴 수 없었다. 음식이 나오기 시작해서이기도 했지만 그의 말이 품은 의미를 깨닫게 되어서였다.

그러니까 오늘을 위해서 준비된 의상과 구두와 가방과 보석들은 누구한테도 되돌려줄 필요 없다는 의미였다.

협찬 받은 제품도, 급히 빌려 온 것도 아닌, 오로지 재이를 위해 그가 직접 마련한 것들이라는 뜻이었다.

불편했다. 이제야말로. 그리고 조금 무거웠다. 친밀하지 않은 관계의 사람에게서, 더구나 아무런 대가도 없이 무언가를 받는다는 것에 재이는 익숙하지 못했다.

"지출이 너무 과하신 것 같은데요, 대표님."

"앞으로는 그 호칭도 교정해야 될 겁니다."

"앞으로는……."

앞으로 일어날 모든 일들에 대해서 지금은 상상하지 않는 것이 좋겠다. 하나하나 상상하고 있다가는 이 비싼 음식들이 목에 걸릴지도 모르니까. 결국 체해 버릴지도 모르니까.

재이는 음식 맛에만 몰두하기로 했다. 다행히도 차례로 나오는 음식들은 하나같이 재이 입에 꼭 맞았다. 처음 먹어 보는 이름 모를 것들까지도.

주은에게 해 줄 말들이 더 늘어났다. 눈을 빛내며 즐겁게 들어 줄 주은을 생각하니 마음이 한결 가벼워졌다.

해가 설핏 기울어 갈 무렵, 집 앞에 도착했다.

무영의 차에서 내려 골목 안으로 걸어가는데 휴대폰이 울렸다. 발신자는 무영이었다.

재이는 차가 있는 쪽을 등지고 선 채로 전화를 받았다.

—서재이 씨.

"네, 대표님."

—궁금한 거 없습니까?

"무엇에 대해서요?"

—앞으로의 진행 상황에 대해서.

"뭐든 대표님께서 다 알아서 하시겠죠."

—나를 믿는다는 뜻입니까?

믿는다는 말은 아무한테나 함부로 쓸 수 없다고 생각하는 편이었지만, 지금으로선 별다른 대안이 없었다. 재이는 무심히 대답했다.

"아마도요."

―나쁘지 않은데, 만약…….

"만약 뭐요?"

―돌발 상황이 발생할 경우, 나한테 보고하는 게 좋을 겁니다.

"……."

―혼자 해결하려 애쓰지 말고.

뒤에 덧붙여진 말이나 맥락과는 달리 배려라고는 느껴지지 않았다. 보고라는 어휘 탓도 있겠지만, 역시 건조하기 짝이 없는 어조 때문일 것이다.

―내일은 쉬고, 월요일에 봅시다.

아마도 월요일부터는 파란만장한 나날들이 펼쳐지겠지. 그러므로 쉴 수 있는 시간은 내일뿐이겠지.

주사위는 이미 던져졌다. 주사위를 던지는 사람은 언제나 무영. 그러니 언제든 경우의 수를 따를 수밖에.

재이는 차분히 대답했다.

"네, 대표님."

무영이 전화를 끊었다. 차가 출발하는 소리가 들렸다. 재이는 뒤돌아보지 않았다.

참으로 긴 하루. 거짓말 같은 무영과의 시간들이 끝났다.

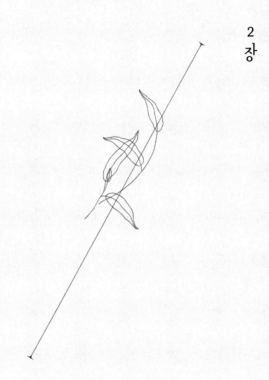

2
장

서재이에 대해 말했다

일요일 한낮.

침묵에 휩싸인 점심 식사를 마치고 고 여사가 자리에서 막 일어서려 할 때, 무영은 입을 뗐다.

"드릴 말씀이 있습니다."

무영의 시선은 여전히 식탁으로 드리운 채였다.

잠시 냉랭한 여백이 지나간 뒤 고 여사가 말했다.

"찻상을 준비하게."

아들에게가 아니라 도우미 아주머니에게 건너간 말이었다.

"네, 사모님."

아주머니가 공손하게 대답했다. 찻상은 늘 그렇듯 고 여사의 방으로 들여갈 것이었다.

고 여사의 발자국 소리가 멀어져 아주 지워진 다음에야 식탁을 벗어난 무영은 너무 넓어 휑하기까지 한 거실을 가로질러 테라스로 나왔다.

연푸른 잔디가 돋아나기 전의 정원은 한겨울인 듯 황량해 보였다. 담장 가장자리의 나무들도 아직은 겨울 빛이었다.

초조해지려 하는 것인가. 불현듯 5년 전에 끊은 담배 생각이 났다.

모질게 담배를 끊으려 애쓸 때까지만 해도 희망이라는 게 한 조각쯤은 남아 있었는지도 몰랐다.

고 여사의 둘째 아들로 돌아올 수 있으리라는. 다시 어머니라고 부를 수 있으리라는.

부질없는 짓인 줄 알았더라면 애초에 시도하지 않았을 일이었다. 금연은 끝내 이뤄 내지 못했을 결과였을 것이다.

"저……."

등 뒤에서 아주머니의 조심스런 목소리가 들렸다. 무영은 뒤돌아섰다.

"사모님 방에 찻상을 들여놨어요."

"네."

무영은 어머니의 방으로 향했다.

고 여사는 고운 수가 놓인 보료 위에 앉아 있었다. 집에서 늘 입는 한복 차림에 긴 은발을 뒤통수에 깔끔하게 틀어 올린 모습이었다.

올해 예순 아홉. 그러나 나이보다 예닐곱은 더 들어 보이는 얼굴이었다.

염색을 하지 않고 두는 은발 때문에 그리 보이기도 하지만, 아픈 세월을 겪어 온 여자로서의 분위기가 고스란히 드러나는 표정 때문이기도 했다.

찻상을 중심으로 고 여사 맞은편에 방석이 놓여 있었다. 무영은 거기로 걸어가 앉았다.

고 여사가 도자기로 된 찻주전자를 쥐고 두 개의 잔에다 차를 따랐다. 녹차 향이 그윽하게 풍겼다.

"할 말이 무엇이냐."

고 여사가 물었다. 높낮이가 거의 없어 홀로 앉아 책을 낭독하는 것처럼 들리는 목소리였다.

"결혼을, 하겠습니다."

"결혼을."

"네."

고 여사가 찻잔을 들어 한 모금 마셨다.

무영은 잔을 들지 않았다. 지금 뜨거운 차를 입에 머금었다간 사레가 들 것만 같았다.

고 여사 앞에서 그런 모습을 보이고 싶지 않았다. 오늘은 더더욱 그래서는 안 되었다. 서늘해야 했다. 평온해야 했다. 그 어느 때보다도 강건해야 했다.

"설마 내 허락을 구하고 있는 것은 아니겠지."

"허락을 청하는 겁니다."

"그래?"

"네."

"내가 허락하지 않는다면 어찌할 셈이야?"

"허락해 주실 거라 믿습니다."

그러지 않을 이유가 단 한 가지라도 있을 리 없을 테니 말입니다. 그렇지 않습니까?

목으로 치받는 말들을 무영은 무감동한 얼굴로 잘 다스릴 줄 알았다.

"여자가 있는 줄은 몰랐구나."

"있습니다."

"그래?"

"네."

"언제부터냐?"

무영은 찻상으로 비스듬히 내려 두었던 눈을 들어 고 여사를 마주 보았다.

여자를 사귄 지 얼마나 되었는지 묻고 있는 것인가. 이 시점에 그다지 궁금하지도 않고 그리 중요하지도 않을 부분을 왜 알려고 하는지 의아했다.

찻잔을 내려놓으며 고 여사가 덧붙여 말했다.

"이 집을 나가려는 생각 말이다."

허를 찔렸다. 그러나 무영은 당황하지 않았다.

무표정의 가면을 쓰는 건 무영의 오랜 습관이어서, 언제 어디에서든 조금도 어려울 게 없었다. 무영은 태연히 역공했다.

"그러길 원하십니까?"

"뭐라?"

"제가 이 집에서 나가기를 원하시냐고 물었습니다."

고 여사가 입을 한일자로 붙여 물었다. 억누르고 있을 감정들이 보이는 듯했다.

무영은 찻잔을 들어 입에 댔다. 마시기에 적당한 온도가 되어 있었다.

고 여사도 다시 찻잔을 들었다. 한동안 녹차를 삼키는 소리만이 빈 벌판 같은 방 안을 맴돌았다.

이윽고 고 여사가 입을 열었다.

"데려오너라."

찻잔을 내려놓고는 고 여사가 말을 이었다.

"너와 결혼할 여자인데 내가 한 번은 봐야 하지 않겠니?"

"언제가 좋겠습니까?"

"나는 내일이라도 상관없다."

"그럼 내일 데려오겠습니다."

"마음이 아주 급했구나."

마음.

그 마음이란, 결혼을 빌미로 이 집에서 하루빨리 떠나겠다는 것임을 이미 간파해 버렸을 테지만.

"대체 어떤 여자기에 네가 결혼하고 싶어 안달이 났는지, 무척 궁금하구나."

아들만큼이나 속내를 잘 다스릴 줄 아는 어머니를 보며 무영은 쓴웃음을 감추었다.

"어떤 여자냐고 물었다."

서재이.

그녀를 어떤 여자라고 말할 수 있을까.

먼 바다를 담은 것 같은 두 눈에, 잘 웃지 않고, 주눅 들어 마땅한 상황에서도 제 할 말은 가감 없이 하는 여자.

단정하고 얼핏 연약하게도 보이는 외모 저편에 곧은 심지가 있어, 꺼지지 않는 촛불 하나를 간직하고 살아가는 듯한 여자.

굳이 분류하자면, 외유내강.

그런 느낌들에 대해서 구구절절 늘어놓을 필요야 없을 터.

"평범한 여자입니다."

"그래?"

진실을 토해 내라는 듯 매번 확인하려 드는 저 억양.

새삼 마음이 쓰라렸지만 무영은 내색하지 않고 무덤덤하게 대답했다.

"네."

"그 애한테 속속들이 캐묻지 말라는 뜻으로 들리는구나."

"상처가 될 일은 만들지 않기를 바란다는 뜻입니다."

"상처라……."

네가 감히 내 앞에서 상처를 들먹이고 있는 것이야?

고 여사의 소리 없는 외침이 무영의 귓가에 선연히 울려 댔다. 무영은 고개를 숙였다.

"죄송합니다."

"그만 나가거라."

일어나 방을 나서는 무영의 등으로 고 여사의 낭독 같은 말들이 따라붙었다.

"네가 결혼해서 가정을 꾸린다니. 아버지가 기뻐하시겠구나."

아버지.

울컥, 목이 죄어 왔지만 무영은 아무런 대꾸 없이 방을 나왔다.

거실 벽에 걸린 가족사진 액자가 무영의 눈에 들어왔다. 고 여사의 방을 나설 때마다 정면으로 마주 보는 위치였다.

어머니와 아버지, 그리고 두 아들.

모르는 이들의 눈에는 나무랄 데 없이 단란한 가족으로 보일 그 사진 속엔 없는 사람이 있었다.

꼭 존재했어야 마땅하나, 그 가족사진을 찍기 6년 전에 이미 없어져 버린 사람.

무영에게 날마다 그 사실을 되새겨 주듯 집의 한가운데에 커다랗게 자리 잡은 액자를 무영은 차갑게 외면했다.

✢　　�　　✢

해가 저물어 갈 무렵, 무영은 아버지의 병원으로 향했다.

아버지 손 원장이 설립한 병원이자, 3년째 식물인간 상태로 누워 계신 곳이었다.

아버지에게도 결혼 소식을 알려야 했다. 알아듣지도, 고 여사의 말처럼 기뻐하지도 못할 테지만 말이다.

"오랜만에 오셨네요?"

전담 간호사가 무영을 보곤 반갑게 인사했다.

"네, 수고 많으십니다."

가져온 꽃을 건네자, 두 손으로 받아 든 간호사가 코를 갖다 대고 향기를 맡았다. 마치 제게로 온 꽃다발을 받은 여자처럼 수줍어진 얼굴이었다.

무영은 간호사에게 현실을 일깨워 주었다.

"병실의 꽃이 다 시들었겠군요."

"시들기 전에 치웠답니다. 며칠 전에 사모님께서도 꽃을 한 아름 사 들고 오셨고요."

"며칠 전에?"

"네, 수요일이었을 거예요."

"수요일."

"모르셨어요? 한참을 계시다 가셨는데."

몰랐다.

병원에서 재단 차원의 특별한 행사가 있지 않는 한, 고 여사는 병원은 물론 병실에도 거의 걸음을 하지 않는 편이었다.

사고 이전에도 아버지와는 다정한 사이가 아니었으므로 어찌 보면 당연한 일이었다.

"사모님께서 말씀 안 하셨나 보다……."

실수라도 한 듯 어쩔 줄 모르는 간호사를 뒤로하고 무영은 묵묵히 병실로 들어섰다.

병원의 최상층에 손 원장을 위해 마련된 특실은 기이할 정도로 평화로웠다. 주렁주렁 매달린 생명 유지 장치들만 아니라면 정갈한 호텔 룸이라 여겨질 정도였다.

무영은 아버지 곁에 앉았다.

막상 아버지 얼굴을 대하니 무슨 말부터 해야 좋을지 막막한 기분이었다.

고 여사에게는 이제 냉정해질 수 있었다. 어떤 말이건 자신의 페이스대로 꺼내 놓을 수가 있었다.

그러나 아버지에게는 아직도 그러지 못했다. 아니, 그럴 수가 없었다.

집을 아주 떠나려는 마음을 독기처럼 품고 있으면서도. 어머니를 등지려는 결심을 해 온 지 꽤 되었음에도.

"네 어머니를 혼자 두지 마라. 가여운 사람이다."

사고가 있던 날 아침, 어떤 예감처럼 아버지가 남긴 그 당부 때문인지도 몰랐다.

너도 알지 않느냐고 말할 때 아버지의 그 눈빛 때문에…….

"아버지."

대답이 있을 리 없건만, 무영은 얼마간 틈을 두었다가 다시 말을 이었다.

"결혼하려고 합니다."

결혼은 집을 떠나기 위한 정당한 명분이자 허울일 뿐이라고, 무영은 차마 말할 수 없었다.

유언이 되어 버린 그날 아침의 말씀을 지킬 수 없노라고 고백할 수 없었다. 이제 더는 여력이 없다고, 완전히 지쳐 버렸다고도 무영은 아버지에게 말할 수 없었다.

다만 그녀, 서재이에 대해 말했다.

"괜찮은 여자입니다."

고 여사한테 했던 표현과는 다르게. 아버지가 안심하도록.

"외로운 사람이기도 하고요."

저처럼, 이라는 말까지 덧붙이진 못했다.

그러니 마음을 기댈 수 있지 않을까. 언젠가는 그렇게 될 수도 있지 않을까. 지금은 무자비하게 시작해도 먼 어느 날엔가는.

못다 한 말들이 목 안에 비릿하게 남았다.

희망은 아니었다. 차라리 위안에 가까웠다. 간질간질한 희망 따위는 삶에서 버린 지 오래였다.

아버지의 마른 등걸 같은 손에다 제 손을 겹치고서 무영은 어지러운 마음을 다스렸다.

창 너머 하늘에 노을이 물들어 가고 있었다. 무영은 창가로 다가섰다.

창가에 놓인 화병엔 고 여사가 두고 간 꽃이 여태 화사했다. 색이 하도 생생해 영원히 시들지 않을 조화 같았다.

차츰 짙어 가는 노을로 눈길을 둔 채 무영은 휴대폰을 열었다. 신호가 여러 번 울린 연후에야 그녀, 서재이의 목소리가 귓가로 건너왔다.

—네, 대표님.

일정량의 거리를 두는 호칭과 어조.

나쁘지 않았다. 질척거리는 여자는 질색이었다. 빈틈을 노리며 기어오르려는 여자들도 싫었다.

그런 면에서라면 서재이는 썩 괜찮은 여자였다.

"내일 저녁에 우리 집에서 식사하게 될 겁니다."

—내일…… . 부모님을 뵙게 되나요?

"어머니만."

—아.

"어제 입었던 옷 그대로면 됩니다."

—네.

"반지도 잊지 말고."

—끼고 있어요.

끼고 있다고?

뜻밖이라 무영은 좀 놀랐다. 집에 들어가자마자 어제 받은 모든 것들을 깡그리 벗어 놓았을 줄 알았던 것이다.

—놀라신 것 같네요.

대수롭지도 않은 일에 아니라고 잡아떼기 구차해서 잠자코 있었더니, 재이가 이내 화제를 바꾸었다.

—어머님께선 뭘 좋아하세요? 아무래도 취향에 맞는 선물을 준비하긴 어려울 것 같은데, 꽃은 어떨까요?

꽃을 좋아하던 분은 아버지. 꽃과 같은 마음으로 살아오셨던 분도 아버지.

"서재이 씨가 따로 뭘 준비할 필요는 없습니다."

—처음 뵙는데 빈손으로 갈 순 없…….

"내가 합니다."

잠깐 조용히 있던 그녀가 제법 강단 있게 물어 왔다.

—그럼 왜 미리 전화를 주셨어요?

"무슨 뜻입니까?"

—내일 회사에서, 퇴근하기 한두 시간쯤 전에 지시하시면 되는 거였잖아요. 그게 대표님 방식이잖아요.

옳은 말이다. 그랬어야 자연스럽다. 그랬어야 했다.

그런데 왜. 왜 지금 그녀에게 전화를 걸었을까. 더구나 아버지의 병실에서.

적절한 해답을 찾아내는 건 어렵지 않았다.

"어른께 인사를 드리러 가는 일에는 마음의 준비가 필요할 테니까."

—아하. 그러니까 저를 배려해 주시는 거네요?

젠장. 해답을 찾아낸 쪽은 재이였다.

영민한 여자구나. 그렇게 말하는 아버지의 인자한 음성이 귓가에 들려오는 것만 같았다. 얼굴 가득 온화하게 번지는 미소도 눈에 선했다.

—그럼, 마음의 준비, 단단히 하고 있을게요.

귓가의 재이가 사라졌다. 창 너머엔 여전히 노을이 아름다웠다.

노을 때문일지도 모르겠다. 오늘 저녁 그녀에게 전화를 걸었던 진짜 이유는. 서녘 하늘을 온통 붉은빛으로 물들이고 있는 저 노을이 정답일지도 모르겠다.

밀려드는 어둠이 노을을 다 지워 버릴 때까지 무영은 창가에 그대로 서 있었다.

그녀가 보였다

새벽에 무영은 윤 팀장의 전화를 받았다.

손 엔터테인먼트의 매니지먼트를 총괄하는 그는, 직함만 팀장일 뿐 사실상 무영의 오른팔 격인 사람이었다.

사적으로는 무영의 고등학교 후배이기도 하지만, 회사에서나 어디에서나 윤 팀장은 항상 깍듯한 존대어를 썼다.

─대표님, 접니다.

"무슨 일이야?"

─대표님 약혼 얘기가 있던데 사실이에요? 방금 친한 기자 녀석한테 연락을 받았는데, 기사 내보내기 전에 확인이 필요하다고 해서요.

미디어 필의 기자라면 지난 토요일에 무영 본인에게 직접 들은 말이니 우회해서 확인하려 들진 않았을 것이다.

그날 일도 있고 해서 몸을 사리느라 자기네서는 먼저 쓰지 않고 다른 곳의 기자에게 흘린 듯했다.

"기자 소속은?"

윤 팀장이 매체 이름을 댔다. 메이저 언론사 중 하나였다.

—오늘 중으로 기사가 뜰 거라던데. 어떻게 할까요?

"그냥 둬."

—사실이군요.

"결혼할 거야, 곧."

—곧……이라고요?

놀라고 있을 윤 팀장의 얼굴이 눈에 선했다. 모르고 있었음에 얼마쯤은 서운해하고 있을 표정도.

"자세한 건 나가서 얘기하지."

—대표님.

"말해."

—제가 듣기로는 상대가 율하고 스캔들 터진 그 여자애라던…….

"여자애?"

전화 너머에서 윤 팀장이 숨을 멈추는 게 느껴졌다. 무영의 표정을 보지 않고도, 몇 음절의 언어만으로도 불편한 기미를 읽어 내는 데에 탁월한 부하 직원다웠다.

—제가 실언을 했습니다.

"알았으면 됐어."

—제휴 사업 팀 사원이라는 것까지 기사에 쓰겠다고 하던데요. 그건 막을까요?

"상관없어. 내버려 둬. 구체적으로 써야 율의 스캔들 기사가 바로잡히니까. 정정 보도만으로는 안 돼."

─대표님.

"왜."

─혹시…….

윤 팀장이 머뭇거렸다.

"말해 봐."

─아닙니다.

지금 윤 팀장이 묻고 싶은 말이 무엇인지 무영은 능히 짐작할 수 있었다.

아마 윤 팀장은 율의 스캔들을 바로잡기 위한 결혼이냐는 말을 하려다 말았을 것이다. 윤 팀장에게도 구도가 빤히 그려졌을 테니 말이다.

만약 윤 팀장이 물어 왔다면 어떤 대답을 주었을까. 사실이라고 말했을까. 말도 안 되는 소리라고 타박했을까.

윤 팀장처럼 무영 또한 머뭇거렸을 것이었다. 어느 쪽으로도 선뜻 대답하기 어려웠을 것이었다.

왜냐하면……. 서재이, 그녀 때문에.

결혼이란 일방의 일이 아니니까. 쌍방의 문제니까.

사실이라 대답한다면, 그래서 윤 팀장을 비롯한 누군가가 이 결혼의 배경을 알게 된다면, 그녀가 비참해질 테니까.

단칼에 거절하지 않고 의연하게 결혼을 수락해 준 그녀에게 그렇게까지는 만들고 싶지 않았다.

아마도 오늘 뜰 기사에서는 신데렐라 스토리로 끌고 갈 가능성이 높았다. 그녀에겐 차라리 그편이 나을 터였다.

그러므로 무영은 윤 팀장에게 말해 보라고 더 종용하지 않았다. 윤 팀장의 지휘 아래 집에 갇혀 있다시피 할 율의 안부를 물었다.

"율은 어때?"

—갑갑해 죽으려고 하지만 그럭저럭 잘 버티고 있습니다.

"마무리될 때까지 잘 지켜."

—네, 알겠습니다.

무영은 휴대폰을 사이드 탁자에다 내려놓고 침대 헤드에 몸을 기댔다. 리모컨을 눌러 커튼을 열자, 창밖에 여명이 깃들기 시작했다.

그녀가 보였다. 서재이.

회사 사옥 1층, 카페테리아 안의 그녀는 주문을 해 놓고 음료가 나오기를 기다리는 모양인데, 평상시와 다를 바 없이 흑백의 수수한 옷차림이었다.

주차장으로 돌아 들어가려던 무영은 차를 그 자리에 세워 두고 카페 안으로 들어갔다.

문이 여닫히는 소리에 재이가 무심히 고개를 틀었고, 무영과 눈길이 맞부딪쳤다. 그녀의 입술이 살짝 벌어지다가 이내 다물렸다.

무영은 천천히 걸어가 그녀와의 거리를 좁혔다.

"앗, 대표님!"

좋아하는 연예인이라도 본 것처럼 감탄 어린 반응을 보인 것은 카페 알바였다.

재이는 무영에게 가벼운 눈인사조차도 하지 않고 앞만 보고 있었다.

"커피 드릴까요, 대표님?"

알바가 다정스레 물었다.

"커피는 됐고, 뭐 힘든 점은 없습니까?"

쓸데없는 질문이었다. 회사에서 운영하는 카페이긴 하나, 일개 알바한테 고충 같은 걸 물어본 적은 무영에겐 전에 없던 일이었다.

게다가 사내 카페에 드나드는 것 자체가 드문 일이기도 했다.

"감동이에요, 대표님. 그런 걱정을 다 해 주시고. 힘든 거 하나도 없어요. 날마다 스타들도 보고 얼마나 재미있는데요."

알바가 마음껏 늘어놓는 동안 무영은 스스로를 되짚어 보고 있었다. 왜 안 하던 소릴 지껄였는지에 대해서.

아마도 좀 거슬렸던 것 같다.

서재이, 그녀가 뜻밖의 조우에 대해 반가움을 드러내지 않은 것. 의례적인 미소조차 띠지 않고 즉각 시선을 거두어 버린 것.

종이컵에 담긴 커피 넉 잔을 받아 든 재이가 역시 무영은 일별도 하지 않고 돌아섰다.

그러고는 회사 내부로 통하는 문 쪽으로 걸어간 그녀가 곧 무영의 시야에서 사라졌다. 어제저녁의 통화에서 제 할 말을 다 한 다음 미련 없이 무영의 귓가에서 사라져 버렸듯이.

놓쳤다고, 무영은 생각했다.

즉흥적으로 차를 어정쩡하게 세워 둔 채 여기 들어온 애초의 목적도 이루지 못하고 눈앞에서 놓쳐 버렸다.

확인하고 싶었던 것이다.

오늘 저녁의 식사를 잊은 것은 아닌지. 끼고 있다던 반지가 지금도 그녀의 손가락에 제대로 자리 잡고 있는지를.

"대표님, 그럼 커피 말고 다른 거 드릴……."

"필요 없습니다."

곧장 카페를 나온 무영은 차를 대표 전용 주차장에 넣어 놓고, 10층으로 오르는 전용 엘리베이터에 올랐다.

같이

무영은 10층의 사무실로 들어서자마자 내선으로 재이를 호출했다.

얼마 후 재이가 무영의 눈앞에 다시 나타났다. 지난 금요일 저녁, 방으로 처음 불러들였을 때의 그 모습 그 자세였다.

그러니까 그제와 어제 둘 사이에 공유했던 시간들은 까맣게 잊어버린 사람처럼. 그 시간들은 아예 존재하지도 않았던 것처럼.

"서재이 씨."

"네, 대표님."

"옷이 그게 뭡니까?"

"……네?"

"걸치고 다닐 게 그런 것들밖에 없어요?"

오늘 저녁 약속을 상기시키려는 생각이었는데, 돼먹지 않은 트집이나 잡고 말았다. 그런 자신이 한심했지만 무영은 내친김에 한마디 더했다.

"거짓말로 내 환심을 사려 들 필요는 없을 겁니다."

비어 있는 그녀의 왼손, 약지를 이제야 발견했기 때문이었다.

지금 무영의 왼손 약지엔 반지가 자리 잡고 있었다. 어제저녁 그녀와 통화 중에도 그러했듯이. 고 여사한테 결혼을 알릴 때도 그러했듯이.

"제가 대표님께 어떤 거짓말을 했을까요?"

한 치의 일렁거림도 없이 단정한 자태를 유지하면서 재이가 차분히 물어 왔다.

거짓말은 한 적 없다고 항변하는 것보다 효력 있는 대응이었다. 빙빙 돌려서 말하지 말고, 하고 싶은 말을 정확히 하라고 채근하는 것 같았다.

반지 얘길 꺼낼 수는 없었다. 설혹 어제의 그 말이 거짓말이었다 한들 무슨 대수이겠는가. 그 말에 미혹이라도 되어 버린 것도 아닌데 말이다.

"거짓말이든 진실이든, 대표님의 환심을 사려 노력할 일은 없을 거예요. 그러니까 괜한 걱정은 안 하셔도 될 거예……."

"서재이 씨."

재이의 대답은 긴 호흡을 내쉴 만큼 틈을 두고서야 건너왔다.

"네, 대표님."

"걱정이 아니라 경고입니다."

재이가 무영을 물끄러미 쳐다보았다.

"내가 서재이 씨를 걱정할 이유 따윈 없다는 뜻입니다."

이번에도 심호흡을 할 정도가 지난 뒤에 그녀로부터 대답이 나왔다.

"알겠습니다."

무영은 지갑에서 신용 카드 한 장을 꺼내 그녀에게 건넸다.

"나가서 제대로 된 옷으로 사 입고 와요. 그 차림으론 심히 곤란하니까."

"갖고 왔어요."

"뭘?"

"대표님께서 철저한 계획하에 준비해 주신 그 옷들, 가방이랑 구두도 다 싸 가지고 왔다고요."

무영은 입을 꾹 다물었다.

퇴근 직전에 갈아입고 가려 했나 본데. 거기까진 미처 생각지 못했다. 왜 그런 번거로움을 자처하는지 이해할 수 없었다.

"잊은 거 아니에요."

재이가 담담히 말을 이었다.

"저녁 약속 말이에요. 잊은 거 아니라고요."

"잊었다고 한 적 없습니다."

"그럼 뭔가, 약간의 오해가 있으셨나 보네요."

오해 따위가 아니라고 말할 수 없었다. 내가 그따위 오해에나 휘말릴 사람으로 보이느냐고 내지를 수도 없었다. 사실이니까. 재이의 말이 옳으니까.

무영은 다만 명령했다.

"받아요."

감정을 배제한 아주 건조한 목소리로.

잠시 버티고 있던 재이가 무영의 손에서 카드를 받아 들었다. 무영은 두 손에 쥔 카드를 내려다보고 있는 그녀에게 말했다.

"이제 곧 약혼 기사가 뜰 겁니다."

재이가 고개를 들고 무영을 올려다보았다.

"서재이 씨가 공식적으로 내 여자가 될 거란 말입니다. 심히 곤란하다고 말한 이유, 알겠습니까?"

재이 입가에 흐린 미소가 스쳐 갔다.

"손무영 대표의 여자가, 이렇게 허접한 차림으로 돌아다니면 몹시 곤란하다는 말씀을 하시는 거겠죠? 네, 잘 알겠습니다."

"허접하다고는 안 했어."

"얼마까지 가능해요?"

"뭐?"

"이 카드, 한도가 얼마냐고요."

모욕적이라 느낄 만한데도 전혀 기죽지 않은 얼굴로 카드 한도를 묻고 있는 재이를 보며 실소가 흘렀다.

"화내는 거 아니에요. 얼마까지 써도 되나, 정말 궁금해서 묻고 있는 거예요."

"쓰고 싶은 만큼."

"아하."

"아하?"

"오늘 횡재했네요. 일하기 제일 싫은 월요일, 나가서 돈이나 실컷 쓰고 오라니. 완전 신나지 뭐예요. 고맙습니다, 대표님. 대표님은 부자시니까 이 은혜는 절대 안 갚아도 되겠죠?"

잘도 종알거린다, 이 여자. 비아냥대고 있음이 분명한데도 거슬리지 않는다. 차분한 어조 때문일까. 침착한 표정 때문일까. 단정한 자태 때문일까. 아니면 촉촉한 저 눈빛 때문일까.

모르겠다. 잘 모르겠다, 아직은.

"더 하실 말씀 없으시면 그만 나가 봐도 될까요? 오늘도 연예인급 스케줄로 무척 바쁠 것 같거든요."

나가 보라고 말해야 마땅했다.

그런데 이상했다. 무영은 그러기가 싫었다. 그녀를 조금 더 눈앞에다 두고 싶었다. 찬찬히 종알거리는 모습을 조금 더 지켜보고 싶었다.

"잃어버렸습니까?"

불쑥 내던진 질문을 그녀가 용케도 잘 받아 냈다.

"그럴 리가요."

재이가 청바지 주머니에서 반지를 꺼내 무영에게 보여 주었다.

"좀 전에 손 씻으면서 빼 놨었는데, 다시 끼는 걸 깜박했어요."

무영은 재이에게로 손을 펴 내밀었다. 의미를 캐듯 무영의 손을 잠시 보고만 있던 그녀가 반지를 손바닥 위에 올려놓았다.

"손."

나지막한 무영의 명에 그녀가 왼손에 쥐고 있던 카드를 오른손으로 옮기고는 왼손을 무영 앞에 들어 올렸다.

무영은 그녀의 왼손을 받쳐 들고 약지에다 반지를 되돌려 놓았다. 창으로 드는 아침 햇빛에 반지가 반짝, 빛났다.

그녀가 손을 거두어 갔다. 가만히 움켜쥔 왼손에 그녀의 눈길이 오래 머물렀다. 무영의 눈길도 그랬다.

평온한 정적을 깨뜨린 것은 벌컥 문이 열리는 소리였다. 무영과 재이의 시선이 동시에 한 방향으로 날아갔다.

노크도 생략한 채 방으로 뛰어든 사람은 율이었다.

무영과 재이를 번갈아 보더니 율이 으르렁거리듯 씹어 뱉었다.

"이게 무슨 개수작이야."

누구라고 특정하진 않았지만 율의 그 말이 자신에게로 날아드는 항의임을 무영은 알 수 있었다.

눈빛 때문이었다. 이카로스의 팬들이, 특히 율을 최애로 둔 팬들이 종종 치명적이라 표현하는 그 눈빛.

율에게는 어딘가 비극적인 분위기가 있었다. 처음 대면하던 순간부터 무영은 율에게서 풍겨 나오는 그 비극미를 간파했다.

시장에서 먹힐 거라 확신했고, 확신은 곧 현실로 이루어졌다.

율은 이카로스의 다른 멤버들에 비해 가창력이 유난히 뛰어나지도, 작사나 작곡 실력이 돋보이지도 않았다. 그렇다고 해서 춤 실력이 독보적인 것도 아니었으며, 흔히들 말하는 꽃미남류도 아니었다.

그런데도 멤버들 다섯이 함께 모여 있을 땐 제일 먼저 눈에 띄었다. 눈길을 확 잡아끄는 매력이 있었다.

평범하지 않은 성장 과정이 율이 지닌 비극적 매력의 근원일 거라고 무영은 줄곧 생각해 왔다.

지나온 시간들을 깨끗이 지우고 싶어 하지만, 실은 늘 제 안에서 되새기고 또 되새기는 습성. 그리하여 스스로를 비극적 서사의 한가운데에 두려 하는 본능.

율의 그런 습성을 무영은 굳이 교정하려 들지 않았다. 치명적인 매력을 발산할 수만 있다면 누구도 갖지 못할 율만의 특장점이 되어 줄 테니 말이다.

그러나 오늘, 재이와 같이 있는 지금 이 순간.

무영은 율의 눈빛이 조금 버거웠다. 치명적이다 못해 푸르른 살기마저 번득이는 저 눈빛이.

율에게 재이가 여자이기라도 한 것인가. 심각한 의혹이 무영의 뇌리를 맴돌았다.

율의 팽팽한 응시를 걷어 낸 것은 재이였다.

"율아."

그저 나직이 이름을 부름으로써.

율이 꽤나 반항적인 걸음걸이로 다가왔다. 이를 악문 듯 턱이 온통 굳어 있었다. 마구 퍼붓고 싶은 말들을 재이 때문에 참고 있는 듯했다.

"약혼 기사가 뜬 모양이군."

무영의 말에 율이 눈을 치떴다. 치명적 매력 대신 원색적인 분노만이 그득했다.

"앉아."

율에게 말했다. 지시나 명령이 아닌 권유였다. 무영으로선 여느 때와 달리 최대한 어조를 누그러뜨린 셈이었다.

하지만 율은 듣지 않았다. 매서운 눈길로 무영을 쏘아보기만 했다.

율의 키는 185센티미터. 무영보다 3센티 작을 뿐이어서 눈높이가 거의 대등했다.

"앉아요."

무영은 재이한테도 권했다. 재이가 율의 팔을 끌어 소파에 앉히고, 그녀도 그 옆에 앉았다.

못마땅했다. 그녀가 앉아야 할 자리는 율의 곁이 아니어야 했으므로.

거슬렸다. 그녀가 스스럼없이 율을 터치하는 것. 비록 소맷부리일지언정 접촉함으로써 잠깐이나마 서로 연결되는 것.

그렇지만 무영은 별다른 내색 없이 중앙의 1인용 소파에 앉았다. 둘을 대각선으로 건너다보는 위치였다.

"얌전히 있으라는 윤 팀장 지시가 있었을 텐데."

무영이 입을 떼자, 율이 파르르 튀어 올랐다.

"얌전히 있었어. 시키는 대로 집에 처박혀 지냈다고요. 그런데 일을 이따위로 만들어요? 내가 잘못했는데 왜 재이한테 뒤집어씌워요? 재이가 왜 책임을 져야 하냐고요!"

여기까지 오는 동안 열심히 머리를 굴려 생각했나 보다. 기사 이면의 맥락을 제힘으로 파악해 버렸나 보다. 생각보다 영리한 녀석이었다.

"잘못한 건 알아?"

"알아요. 안다고요. 여자앨 집에 불러들인 것도 나고, 걔랑

술 퍼마신 것도 나고, 다 내가 잘못했어. 근데, 재이는 왜? 재이가 뭘 잘못했어요? 네?"

인사불성으로 취한 그 여자애가 욕조에 주저앉아 토를 해 옷을 다 버렸다고 했다. 집에서 재울 수는 없고, 매니저가 오기 전에 보내야 하긴 하는데.

서재이는 그러니까 매니저 모르게 뒷수습을 해 주러 율의 집에 갔던 거라고 했다. 여자애가 입을 만한 옷들을 챙겨 들고 갔다가, 나오는 길에 율과 같이 사진이 찍혀 버린 거였다.

율의 집 안에 정작 여자애는 따로 있었던 것인데.

그러나 그 여자애의 존재 또한 드러나면 절대 안 되었다. 그것이야말로 진짜 대형 스캔들 감이었다.

윤 팀장에게 전후 관계를 들어 무영도 알고 있는 사실들이었다.

금요일 저녁에 재이를 불러 올려 물었던 것은, 재이와 율의 관계를 재확인하고자 함이었다. 둘 사이에 그 어떤 감정의 씨앗도 있어서는 안 되었으니까. 그런 불씨를 살려 둔 채 결혼을 진행할 만큼 무영은 어리석지 않았다.

그런데.

재이 옆에서 재이 때문에 흥분하고 화내는 율을 보고 있자니, 조금씩 의아해진다.

미처 깨닫지 못한 무엇이 둘 사이에 존재하고 있는 것은 아닌지. 정말 그렇다면 어떻게 처리해야 좋을지.

"율아."

잠잠하던 재이가 입을 열었다.

율이 재이를 돌아보았다. 재이는 율을 돌아보지 않았다. 그대로 말을 계속했다.

"내가 선택한 거야."

율의 얼굴이 일그러졌다. 차마 믿지 못하겠다는 듯 대꾸했다.

"뭐라고?"

"내가 선택했어, 율아. 그러니까 화내지 마. 속상해하지도 말고. 난 이대로 흘러갈 거야. 지금보다 더 나빠질 일 같은 건 없어. 그럴 거야."

"좋아하니?"

율의 날 선 물음에 그제야 재이가 율을 돌아보았다.

"너, 손 대표님 좋아하냐고."

따지듯 들이대는 율의 말에도 재이 표정엔 특별한 변화가 없었다.

정작 긴장한 쪽은 무영이었다.

무영은 자신이 여자들에게서 어떤 시선을 받고 있는지 알고 있었다. 회사 내에서도 마찬가지였다.

그러므로 재이한테서도 그런 식의 대답이 나오면 퍽 난감할 터였다. 그래서다. 대답을 기다리며 신경이 바짝 곤두서는 까닭은.

덤덤한 침묵을 깨뜨리며 마침내 재이가 말했다.

"싫어하진 않아."

싫어하진 않는다, 라.

무영은 기분이 묘했다.

방금 전만 해도 생각지 못했던 대답이 나올까 봐 긴장까지 되었건만, 막상 맹탕 같은 답을 듣고 나니 은근히 불쾌해지는 것이다.

"싫어하진 않아?"

불퉁스레 되짚는 율에게 재이가 덧붙였다.

"그런 것 같아."

"뭐야, 그게. 말이 돼? 고작 그 정도 감정으로 결혼을 하겠다고?"

"그런 사람들도 있을 거야. 결혼이, 그리고 삶이, 판에 박힌 것처럼 똑같이 진행되기만 하진 않을 거야. 너하고 나, 주은이가 살아온 날들처럼."

"뭔 개소리야."

율이 다시금 으르렁댔다. 과거 이야기를 끄집어내기만 하면 질겁하며 넌더리를 내는 그였으니 당연했다.

아니나 다를까. 율이 대뜸 재이에게 반격했다.

"기회다, 싶었어? 그래서 온 힘을 다해 잡고 싶었어?"

재이가 그런 율을 막막히 쳐다보았다. 흔들리고 있었다. 그녀의 눈동자가 오늘 처음으로 눈에 띄게 흔들리는 중이었다.

정곡을 찔린 모양이군.

무영은 긴장을 풀고 소파 등받이에 느긋하게 몸을 기댔다.

나쁘진 않다고 생각했다. 그 정도 마음가짐이라면 나쁠 것 없었다. 필요한 것을 주고, 원하는 것을 받고. 서로가 그만큼의 관계라면 딱 적당하다.

"신데렐라라고 썼더라. 평사원에서 일약 손 엔터의 안주인으

로 등극. 뭐 이따위로들 써 났더라고. 봤어? 기사들 보기나 했
냐고!"

"그만해, 율아."

제 다리 위에 얹은 두 손을 힘주어 움켜쥔 채 재이가 말했다.
낮지만 단단한 말투였다.

율은 그만하지 않았다.

"너야말로 당장 그만둬. 너 계속 이런 식으로 나가면, 내가
가만 안 있어. 그날 그 여자애 데리고 나가서 기자 회견 해 버
리는 수가 있어. 사실은 그날 밤에 걔랑 같이 있었다, 같이 진
탕으로 술 마시고 놀았다, 이실직고해 버리면 그만이라고."

"그러면……."

"그러면 뭐!"

"주은이가 슬퍼할 거야."

돌연 율이 이가 부서져라 입을 악다물었다. 두 눈엔 예의 그
비극적이고 치명적인 눈빛이 어른거렸다.

무영은 비로소 안심했다.

율에게 여자는 엄주은이구나. 다른 건 다 헛짓에 불과할 뿐
이구나. 율에게 재이는 결코 여자가 될 수 없구나.

그 사실에 어째서 마음이 놓이는지를 헤아리던 무영은 다시
금 살짝 불쾌해졌다.

마음이 놓이는 게 아니라 결혼 계획에 차질이 없게 되는 거
라고, 서둘러 생각을 바로잡았다. 그럼에도 뭔가 찜찜한 느낌은
떨쳐 낼 수 없었다.

"김율."

무영의 부름에 율이 독기 어린 눈으로 무영을 노려보았다.

"지금 당장 집으로 가서, 네가 사인한 드라마 계약서를 처음부터 끝까지 차근차근 다시 읽어 보는 게 좋을 거야."

기자 회견이니 뭐니 쉰 소리를 하기 전에 계약서에 명시된 배상 관련 조항을 염두에 두라는 의미였다.

성질을 버리고 냉엄한 현실로 돌아온 율이 차분해진 목소리로 물어 왔다.

"정말 재이랑 결혼할 거예요?"

무영은 턱만 한 번 까딱였다. 얼마나 오만해 보이는지 알고 있지만, 의도적으로 그랬다. 때로는 여러 마디의 말보다 단순한 행동 하나가 굳은 의지를 규정한다.

율이 일어섰다. 재이는 여전히 두 주먹을 꽉 눌러 쥔 채 자리를 지키고 앉아 있었다. 재이한테는 아무 말도 하지 않고 율이 방에서 나갔다.

아무도 없이 텅 비어 버린 듯 실내엔 침묵만이 감돌았다. 그만 내려가 보라고 말해야 할 텐데, 그러고 싶지 않았다.

이제 이 방을 나간 그녀가 사무실로 돌아가면, 모두가 그녀를 향해 호기심 어린 질문들을 퍼부어 댈 것이었다. 찬사나 환호도 있겠지만, 질시나 미움도 있을 것이다.

그런 것들을 견뎌 낼 각오쯤이야 그녀도 이미 해 두었을 테지만, 적어도 오늘만큼은 그 속에 혼자 내던져만 두고 싶지 않았다.

무영은 소파에서 몸을 일으켰다.

"내려갑시다."

재이가 무영을 올려다보았다.

"제휴 사업 팀으로. 주인공들이 등장하길 기다리고 있을 테니까."

"주인공들? 그러니까 지금 대표님 말씀은……."

"같이 가자는 겁니다."

"……같이요?"

믿을 수 없다는 듯 되묻는 그녀에게 무영은 확답을 주었다.

"같이."

내내 힘겹게 움켜쥐고 있던 그녀의 두 주먹이 스르르 풀어졌다.

둘이서 같이 엘리베이터에 올랐다. 둘이서 같이 그녀가 일하는 제휴 사업 팀 사무실로 들어섰다. 환호와 박수도 둘이서 같이 받았다.

"질문은 거절합니다."

무영의 선언은 강력한 힘을 발휘했다.

누구도 함부로 저급한 호기심을 드러내지 않았다. 앞으로 재이한테도 그래야만 할 것이었다.

"이거 실화냐!"

놀라움을 감탄으로 치환한 누군가의 목소리가 모두의 웃음을 증폭시켰다.

무영은 재이의 손을 끌어다 잡거나 어깨에 팔을 두르는 일 같은 건 하지 않았다. 그런 행위야말로 어색하고 부자연스러워 보일 것이었다.

그들의 대표가 사람들이 보는 앞에서 애정 表현에 거리낌이 없을 캐릭터가 아님을 다들 너무도 잘 알고 있을 테니 말이다.

다만 무영은 재이와 나란히 서서, 입가에 희미한 미소를 머금은 채로 폭죽 같은 축하의 순간들을 견뎠다.

재이와 같이 돌아서서 사무실을 나올 때, 슬쩍 돌아본 그녀의 뺨이 연붉은 노을빛으로 물들어 있었다.

부드럽게 상기된 여자의 얼굴을 바로 곁에서 보는 일. 싫지 않았다.

싫어하진 않아.

재이가 했던 그 말이 불현듯 되살아나 무영의 심장을 찔렀다.

상관있는 건 뭐예요?

종일 여기저기서 걸려 오는 전화들이 성가셔서 꺼 두었던 휴대폰을 무영은 퇴근 무렵에야 다시 켰다.

켜자마자 걸려 온 첫 전화는 고 여사였다.

"네."

—어디냐?

"회삽니다."

—기사 봤다.

박 기사가 전해 주었을 것이다. 날마다 그날의 주요 기사를 스크랩해 고 여사에게 올리는 것이 박 기사가 해야 할 일들 중 하나니까.

—양가 상견례도 없었는데 약혼이라니? 어이가 없더구나.

"상견례는 없을 겁니다."

—뭐라?

"약혼식도 생략했습니다. 되도록 빠른 시일 내에 결혼할 겁니다."

—애라도 생긴 거냐?

무영은 저도 모르게 미간을 찌푸렸다. 고매하신 고 여사의 입에서 나오기에는 천박하기 짝이 없는 질문이었다.

—대답을 못 하는구나.

"못 하는 게 아니라 안 하는 겁니다."

—아니면 아니라고 말을 하면 될 것을, 무에 어렵다고 안 한다는 것이야?

일순 목에서 뜨거운 것이 치받쳐 올랐다.

아니라고 말했다. 그런 게 아니라고, 절대로 그런 것만은 아니라고 수도 없이 말했다. 엎드려 빌다시피 눈물로 호소도 해 보았다.

다 소용없었다. 이미 벌어진 일에 대해서, 돌이킬 수 없게 된 그날 그 순간에 대해서, 말하고 또 말해 봐도 원인은 결국 무영인 것으로 귀결되고 말았다.

말의 범위를 벗어난 영역이 있다는 걸 열세 살 무영은 절감해 버렸다. 진실이 얼마나 무력해질 수 있는지를 깨닫고 절망해 버렸다.

"아니라고 말씀드렸습니다."

—나는 들은 기억이 없다.

"오래돼서 잊으셨나 봅니다."

—오래되다니? 조금 전의 이야기가 아니더…….

고 여사가 말끝을 맺지 못했다.

옛 기억이 소환되어 온 것인지, 그래서 새삼 차가운 증오를 되살려 낸 것인지, 무영은 알고 싶지 않았다. 그저 현재의 질문에 대한 답만을 명확히 해 두었다.

"아닙니다."

―그래?

"네."

―그나마 다행이구나.

"지금 출발합니다."

대꾸 없이 전화가 끊겼다. 무영이야말로 그나마 다행이라 생각했다.

머리가 아프구나, 몸살 기운이 있구나, 컨디션이 좋지 않구나.

그런 식의 핑계를 대며 오늘 재이와의 만남을 기약 없이 미루려 들지 않았으니 말이다.

어차피 거쳐야 할 과정이라면 하루라도 빨리 치러 버리는 게 나았다. 재이는 물론 자신한테도 그러는 편이 좋았다.

상대의 눈치를 살피며 하루하루 조바심을 태우는 일. 혹여 일이 틀어질까 봐 내내 긴장해야 하는 나날들.

겪고 싶지 않았다. 재이에게도 그런 것들까지 겪게 하고 싶지는 않았다.

무색무취의 결혼 생활이 될 것이었다.

그런 날들을 살아가야 할 그녀에게 시작 전의 불가피한 과정들만이라도 최소화하고 신속하게 지나가도록 해 주고 싶었다.

어제의 통화에서 그녀가 언급했던 배려. 그 마음이 조금이라도 있다면 그러한 부분일 것이었다.

무영은 코트를 팔에 걸치고 방을 나섰다. 엘리베이터에서 내려 주차장으로 들어서자 출구 쪽에 서 있는 재이가 보였다.

싸 들고 왔다던 옷으로 갈아입었는데 지난 토요일과는 분위기가 좀 달랐다.

그날은 흰 바탕에다 세련되게 덧입힌 전문가의 솜씨였다면, 오늘은 훨씬 독립적인 느낌이었다. 누구의 손길도 거치지 않고서 본연의 미를 드러낸 모습이랄까.

그날은 그날대로, 오늘은 오늘대로 괜찮았다.

무영은 재이 쪽으로 걸어갔다. 재이에게서 몇 걸음을 앞두었을 때, 돌풍이 불어와 가지런하던 재이의 머리칼을 마구 흩뜨려 놓았다.

성큼성큼 걸어간 무영은 바람으로부터 가두듯 그녀 앞을 막아섰다. 흐트러진 머리칼을 손빗으로 쓸어 다듬던 그녀가 말했다.

"엉망이 돼 버렸죠."

당황스러워 어쩔 줄 모르는 모습은 아니었다. 겨우 요만큼의 하찮은 일에 연연해하는 여자가 아니라는 것은 무영도 이미 느끼고 있었다.

남자 앞에서 예쁘게 보이고 싶었는데 그게 어그러져 낙심하는 모습도 아니었다. 지나치게 초연하다고 해야 할까. 그래서 더 안쓰럽다고 해야 할까.

안쓰럽다니. 무영은 자신을 스쳐 가는 그 감정이 마땅찮았다.

"상관없습니다, 그런 건."

서늘한 무영의 말을 되새기듯 가만히 있던 재이가 무영을 쳐다보며 물었다.

"그럼, 상관있는 건 뭐예요?"

물음과 더불어 그녀의 짙고 까만 눈동자가 무영의 눈에 담겼다.

눈동자 때문인지, 뜻밖의 질문 때문인지, 다른 무엇 때문인지는 모르겠다. 잠시 말문이 막혀 버린 것.

그러자 그녀가 말했다.

"생각에 잠기지 않으셔도 돼요."

"……뭐요?"

"그렇게 문득 복잡해지는 얼굴 안 하셔도 된다고요."

"복잡해지는?"

"자기 얼굴은 자기가 잘 모르니까 대표님은 잘 모르시겠지만……. 그래 보였거든요, 저한테는."

내 표정을 읽어 내는 건가, 이 여자. 순간의 표정 너머 내밀한 속내까지도 읽어 내려 들면 어떡하나. 곤란하다, 그런 건.

"조금 낯설지만, 나쁘진 않았어요, 그런 얼굴."

"싫어하진 않아."

재이의 그 목소리가 다시금 귓가에서 재생되었다.

"나쁜 건 뭡니까?"

"……네?"

"서재이 씨한테 나쁜 건 뭐냐고 묻고 있는 겁니다."

"이젠 제가 생각에 잠길 차례일까요?"

스치듯 웃으며 말하고선 재이가 차 쪽으로 걸음을 옮겼다. 걸어가는 그녀의 뒷모습을 바라보다가 무영도 무거운 걸음을 뗐다.

집 앞에 도착했다. 차에서 내리기 직전, 무영은 재이에게 말했다.

"내 어머니에게 잘 보이려고 애쓸 필요는 없습니다."

"경고인가요?"

아침에 했던 말을 떠올리게 하는 물음이었다. 그때 무영은 그녀에게 걱정이 아니라 경고라고 그랬었다.

엄밀히 말하자면 지금도 걱정보다는 경고에 더 가까웠지만, 무영은 덤덤히 대답했다.

"걱정입니다."

"걱정 안 하셔도 될 거예요. 좋아하지도 않는 사람의 어머니에게 잘 보이려 애쓸 이유까진 없으니까요."

좋아하지도 않는.

재이의 그 표현이 가시처럼 목에 걸렸다. 그러나 아주 조그만 가시였으므로 무영은 개의치 않고 삼켰다.

"아무튼 걱정씩이나 해 주신 건 고마워요."

"들어갑시다."

무영은 준비해 온 과일 바구니와 선물 상자를 챙겨 차에서 내렸다. 먼저 내린 재이의 손에는 무영이 사 준 가방 말고도 자

그마한 쇼핑백이 하나 들려 있었다.

차에서도 흘낏 보았으나 뭐냐고 묻진 않았었다. 필요 없다고 말해 두었건만 그녀 나름의 선물을 준비해 온 모양이었다.

그게 무엇이건 간에 쓸데없는 짓임을 미리부터 일러 줄 필요야 없을 터. 고 여사를 직접 대면해 보면 그녀 스스로 느낄 것이었다.

그녀로 말미암은 소소한 것들에 자꾸만 신경이 쓰인다는 점. 무영으로선 그것이 적잖이 성가셨지만 무시해 버렸다.

육중한 대문이 열렸다. 무영이 앞장서고 재이가 뒤를 따랐다. 대문에서 안채까지의 거리가 새삼 멀게 느껴졌다.

비나 눈이 거칠게 퍼붓는 날이면 시야가 흐려져 자칫 길을 잃을 것만 같은 느낌마저 들게 하는 곳.

어릴 때 무영은 집과 대문 사이의 이 막막한 거리가 두려웠더랬다.

건물의 크기로 보자면 사람을 압도할 정도라고는 할 수 없었다. 집은 높기보다는 넓고 깊었다.

어린 날의 기억 때문일까. 문득 뒤를 돌아보게 됐다. 서너 걸음 뒤에서 재이는 차분히도 따라 걷고 있었다.

무영과 눈이 마주치자, 걸음을 멈춘 그녀가 입가에 엷은 미소를 길어 올렸다. 맑은 날이어서 다행이었다.

현관으로 들어섰다. 도우미 아주머니가 현관 앞에 다소곳한 자세로 마중 나와 있었다.

확인하듯 올려다보는 재이에게 무영은 눈짓으로 저어 보였다. 어머니가 아니라는 뜻이었다. 재이가 허리만 굽혀 아주머니에게 인사했다.

무영에게서 과일 바구니를 받아 들며 아주머니가 말했다.

"사모님은 방에 계세요. 오시면 방으로 들이라고 하셨어요."

재이를 데리고 올 줄 뻔히 알면서도 방에서 꼼짝도 않고 있는 사람의 마음이란 무엇인가.

만나기도 전에 어깃장을 놓고 싶은 건가. 새파랗게 어린 여자를 상대로 자기만의 공간에서 기선 제압이라도 하려 드는 것인가.

무영은 불쾌한 심정을 짓누르며 차갑게 말했다.

"나오시라고 하세요."

아주머니가 난처한 기색을 했다.

"저희가 들어가요."

재이였다. 돌아보는 무영에게 재이가 태연스레 물었다.

"어머님 방은 어느 쪽이에요?"

무영은 묵묵히 앞장을 섰다. 뒤를 따르는 재이의 걸음이 사뿐했다.

"저희 왔습니다."

고 여사의 방 앞에서 얼결에 재이처럼 말해 버렸다. 저희, 라고.

대답은 없었다. 무영은 문을 열고 안으로 들어섰다. 보료 위에 고아한 한복 차림으로 정좌한 채 바라보고 있는 고 여사가 보였다.

방문에서 고 여사까지의 거리도 한참이나 멀었다. 물리적으로도 그랬지만 심리적으로도 그랬다.

문밖에 서 있던 재이가 무영 옆으로 다가섰다. 그리고 먼 고 여사를 향해 공손히 몸을 숙였다.

"처음 뵙겠습니다. 서재이라고 합니다."

그녀답게 단정한 음성이었다.

재이를 머리부터 발끝까지 꼼꼼히 훑어본 연후에야 고 여사가 입을 뗐다.

"몇 살이라고 했지?"

"스물여섯입니다."

"우리 손 대표 회사에서 일한다고."

"네, 2년 됐습니다."

"말들이 많겠구나."

대답을 고르듯 틈을 두는가 싶더니, 재이가 선선히 인정했다.

"네."

와서 앉으라는 말조차 없고 웃음 한 자락 내보이지 않는 사람 앞에서 기가 질릴 만도 하련만, 재이는 담담할 뿐이었다.

당당함하고는 달랐다. 그녀 주변에 둥그런 원이 하나 있고, 그 원 안에만 서 있으면 다칠 것도 위험할 것도 없다는 식의 태도라고나 할까.

가까이로 불려 가 코앞에서 관찰당하지 않는 편이 재이에게는 더 나을지도 모르겠다. 이만큼의 거리를 두면 그녀가 두른 안전한 보호막에 금이 가지 않아도 될 테니까 말이다.

그러니 서로가 떨어진 자리에서, 선 채로 이 만남을 재빨리 끝내 버리는 것도 나쁘지만은 않겠다고 생각할 때였다.

"이리 와 앉아라."

재이가 무영을 한번 돌아보곤, 차분히 걸어가 고 여사 앞에 무릎을 꿇고 앉았다. 별수 없이 무영 또한 재이 옆으로 가서 앉았다.

고 여사와의 시간이 길어지는 건 결코 좋은 징조라 할 수 없었다. 무영의 직감을 맞추듯 고 여사가 말했다.

"이 아이 건강 검진을 받게 한 다음, 그 결과를 가져오너라."

고 여사의 눈을 똑바로 보며 무영은 단호하게 말했다.

"그런 건 필요 없습니다."

"나는 필요하다."

"필요 없습니다."

"근본도 모르는 아이 아니냐? 건강은 한지, 혹여 몹쓸 유전병이라도 갖고 있는 것은 아닌지 확인을 해야겠다."

무영은 재이를 돌아볼 수 없었다. 아니, 돌아보지 않았다. 지금 그녀의 표정을 눈으로 보고 나면, 터뜨리지 않으려 노력해 온 날들에 실금이 생길지도 몰랐다.

그녀의 표현처럼 '좋아하지도 않는' 여자다. 그러니 제 몫을 감당하도록 두면 그만이다.

"받겠습니다."

또 재이였다.

"덕분에 난생처음 종합 검진도 받아 보겠네요. 고맙습니다, 어머님."

낭랑한 목소리였다.

고 여사의 입가엔 심술궂은 미소가 머물렀는데, 그걸 보는 무영은 어쩐지 상쾌했다. 고 여사가 불편한 감정을 깔끔하게 감추는 데에 실패했음을 알아챘기 때문이었다.

"제법이구나."

재이에게 눈길을 꽂은 채로 고 여사가 말을 이었다.

"결혼하고 1년 동안은 본가에서 지내며 가풍을 배워야 한다. 그럴 수 있겠느냐?"

기가 막힌 무영은 재이를 앞질러 대답했다.

"그럴 수 없습니다."

"너한테 묻지 않았다."

"누구한테 물어도 답은 똑같습니다."

"그래?"

"네."

"그것참 유감이구나. 그렇다면 나는 이 결혼을 절대로 허락하지 않겠다."

결혼을 허락하지 않으려는 게 아니라, 집에서 나가 당신을 떠나는 것을 허용하지 않겠다는 의미가 분명했다. 그걸 번연히 알면서도 말려들 순 없었다.

"허락하지 않으셔도 진행합니다."

"아버지 앞이었어도 그리 말했을까."

"아버지는 지금 여기 안 계십니다."

"여기에 안 계셔도 번연히 살아 계시는 분이거늘!"

무영이 애틋이 여기는 아버지를 들먹이는 것은 심리적 협박이나 다름없었다. 무영은 어금니를 꽉 악물어야 했다.

고 여사가 나긋나긋 말을 계속해 나갔다.

"없는 근본을 가르쳐서 되는 일이겠느냐만. 그래도 가르치지 않는 것보다야 낫지 않겠니? 고작 1년도 마다하겠다는 아이를 가족으로 들일 수는 없……."

무영은 고 여사의 말을 자르고 들어갔다.

"3개월. 그 이상은 안 됩니다."

"6개월."

"3개월입니다."

고 여사가 냉랭한 표정으로 입을 다물었다. 그때였다.

"저는 괜찮습니다."

이번에도 재이 목소리였다. 무영은 이번에도 그녀를 돌아보지 않고 버텼다.

"괜찮다는 게 무슨 뜻이지?"

고 여사의 물음에 재이가 대답했다.

"1년이건 6개월이건 저는 상관없습니다."

제멋대로 굴지 마라, 서재이. 네가 관여할 바가 아니야. 너는 그저 내가 이끄는 대로만 따라오면 그만. 함부로 나서지 마라.

재이에게 쏟아 내지 못한 말들이 무영의 입속에서 메아리쳤다.

무영은 다시금 힘주어 고 여사에게 말했다.

"3개월. 그 후엔 나갑니다."

고 여사가 한 올도 흐트러짐 없는 올림머리를 공연히 매만졌다. 어떤 말로 제동을 걸지 생각할 시간을 버느라 그런 줄 알았는데.

"결혼식은 언제쯤 할 예정이냐?"

지금까지 오간 대화들은 다 잊은 듯 천연덕스러운 태도였다.

"한 달 내로 할 겁니다."

"3월이면 아직 추울 때가 아니냐?"

"상관없습니다."

"나는 상관이 있다. 무호가 5월에 들어온다더구나. 무호 들어오거든, 그때 식을 올리는 게 좋겠다."

무호.

뜻밖의 복병을 만난 기분에 무영은 나오려는 한숨을 간신히 눌렀다.

"제 결혼식 따위엔 관심도 없을 겁니다."

"관심이 있건 없건 가족 아니냐? 하나뿐인 동생인데 그 애도 없이 결혼식을 치르다니, 안 될 일이다. 그렇지 않니?"

마지막에 덧붙인 물음은 재이한테로 던져진 것이었다. 재이의 대답은 듣지 않아도 알 수 있었다.

"네, 어머님."

잠시 재이를 건너다보던 고 여사가 특유의 그 낭독하는 듯한 어조로 말했다.

"너는 첫 대면에 어머님 소리가 잘도 나오는구나."

무영은 무안해져 있을 재이를 대신해 대꾸했다.

"무호 생각이 나시나 봅니다."

고 여사의 입술이 한일자로 굳었다. 무영을 보는 두 눈엔 한기가 돌았다. 상관없었다. 수많은 날들 동안 익숙하게 부딪쳐 온 얼굴이므로.

"저녁 준비가 다 되었을 겁니다."

"나는 속이 좀 좋지 않구나."

그러고는 고 여사가 옆으로 돌아앉았다. 핑계일 터. 저녁 식사를 같이할 마음이란 애초에 없었음이었다.

어쨌거나 미련 둘 필요 없는 일. 무영은 더 권하지 않고 일어섰다. 재이도 무영을 따라 일어났다.

그대로 현관을 나와 대문 쪽으로 몇 걸음을 떼어 놓았을 때였다. 재이가 아, 하고 낮은 탄성을 흘렸다.

무영은 재이를 돌아보았다. 쥐고 있던 쇼핑백을 내려다보며 그녀가 말했다.

"이걸 드렸어야 했는데 깜박했네요."

"뭡니까?"

"대단한 건 아니에요."

"내가 전해 드리겠습니다."

물론 그럴 생각은 조금도 없었다. 어떤 선물이건 눈썹 하나 까딱하지 않을 고 여사였다. 되레 흠이나 잡히지 않으면 다행이었다.

"그럼, 부탁드려요."

쇼핑백을 무영에게 건네고는 다시 걸음을 옮기던 재이가 문득 생각난 것처럼 말했다.

"상관있는 거, 알았어요."

"……뭐요?"

"대표님이 상관있어하는 거. 그게 뭔지 적어도 하나는 알았다고요."

재이가 알아낸 그 하나가 무엇인지 무영은 묻지 않았다. 영민한 여자이니 알아차리고도 남았을 터였다.

대문을 나서자, 재이가 무영을 막아서듯 마주 보며 말했다.

"오늘은 안 태워다 주셔도 돼요. 오늘도 많은 일들이 지나갔잖아요. 그래서 지금부터는 좀 자유롭고 싶거든요. 그래도 괜찮겠죠?"

대답을 기다리지도 않고서 재이가 총총 앞으로 걸어갔다. 그리하여 점점 무영으로부터 멀어져 갔다.

재이의 뒷모습이 길모퉁이를 돌아 완전히 사라지기 직전, 무영은 성큼성큼 큰 걸음을 내디뎠다. 곧 그녀를 따라잡았고, '서재이 씨' 하고 이름을 부르기보다 손이 먼저 나갔다.

졸지에 팔을 휘어 잡힌 재이가 놀란 얼굴로 무영을 쳐다보았다.

"저녁, 같이합시다."

"같이……."

"같이."

동그래져 있던 그녀의 두 눈이 차츰 평온해졌다. 뿌리치거나 달아나지 않겠다는 얼굴. 무영은 잡고 있던 그녀의 팔을 놓아주었다.

그대로 두었다

이렇게 보내서는 안 된다고 생각했다.

어두운 거리를 저렇게 혼자 걸어가게 두어서는 안 된다고. 많은 것들을 견뎌 낸 사람을 밥도 못 먹이고 집으로 돌아가게 해서는 안 되는 거라고.

허기가 슬픔으로 진화해 버리도록 방치해서는 안 된다고. 그건 인간으로서 무책임한 짓이라고.

그것뿐이었다. 바삐 걸어가 재이를 붙잡은 이유는. 다른 건 없었다. 다른 감정 같은 것은 한 줌도 없었다.

그런데…….

소주잔을 기울이는 그녀를 보고 있으려니 마음이 편치 않았다. 명백히 불편하다기보다는 어딘가에 불안하게 떠 있는 상태라고나 할까.

부유하는 마음을 다잡으려 무영은 제 잔에도 술을 채웠다.

그리고 단숨에 들이켰다.

"대표님도 소주 잘 드시네요?"

웃음기 어린 얼굴로 재이가 말했다.

그녀가 소주를 먹고 싶다고 해서 온 곳. 식탁 가운데에선 해물탕이 보글보글 끓어 대고, 지금 그녀는 무영이 따라 준 세 번째 잔을 절반쯤 남겨 둔 상태였다.

"못 마실 줄 알았습니까?"

"못 마시는 게 아니라, 안 마실 줄 알았죠."

그녀 말이 맞다. 안 마시는 거다, 소주는.

솔직히 말하자면, 소주의 쨍한 독기를 좋아하는 편이다. 헛배를 불리지 않으면서 즉시 취기에 빠져들 수 있는 술이라서.

그러나 취기에 빠져든 상태를 멀리하려는 마음이 오래된 습관처럼 무영을 지배해 왔던 것도 사실이었다.

곧게 자란 나무처럼 살아왔다. 그러려고 무진 애를 써 왔다.

흔들리지 않는 것. 비틀거리지 않는 것. 독하게 중심을 지키는 것. 그럼으로써 목표를 이루는 것. 홀로 강해지는 것.

그것이 무영이 견지해 온 삶의 방식이었다.

앞으로도 그건 변하지 않을 것이며, 변해서도 안 되었다. 결혼해서 재이가 옆에 있더라도 상관없이 지금까지처럼 그렇게 흘러갈 것이었다.

잔에 남은 술을 마저 마시고는 재이가 말했다.

"사실은 그거요. 깜박한 게 아니라 드릴 타이밍을 못 찾은 거였어요."

무영은 옆에 놓인 쇼핑백을 돌아다보았다.

날도 포근한데 걸어가자는 그녀의 말에 응했기에 차를 갖고 오지 않았고, 그녀에게서 건네받은 쇼핑백도 손 가까이에 함께였다.

"생각해 보니까, 어머님께서 그걸 받고 즐거워하시진 않을 것 같아서 좀 걱정스럽네요."

"내가 따로 준비한 선물이 있으니 그걸 드리면 될 겁니다."

"뭐예요? 대표님이 따로 준비하신 선물,"

"스카프."

"아. 스카프 좋아하시는구나. 다음엔 제대로 준비할게요."

"그럴 필요 없습니다."

"경고인가, 걱정인가, 배려인가."

낭랑한 혼잣말에 술기운이 배어 귀여운 데가 있었다.

무영은 얼른 빈 잔을 새로 채웠다. 귀여운 데가 있다니? 쓸데없는 생각을 씻어 내듯 술잔을 한 입에 비웠다.

"돌려주세요."

"뭘?"

"그거요."

재이가 턱으로 가리키는 것은 쇼핑백이었다.

"어머님께 못 드릴, 아니, 안 드릴 거니까 그냥 돌려 달라고요."

"싫다면?"

"싫으세요? 왜?"

오롯이 다가드는 그녀의 눈길 앞에서 무영은 할 말을 잃었다.

왜일까. 도대체 왜, '싫다면?' 이라는 의문형의 단서를 내걸었을까. 달라는 대로 돌려줘 버리면 그만일 것을.

"이미 받은 선물을 되돌려 주는 건 잔인한 짓이니까?"

자문자답하는 재이의 눈가에 아련한 웃음이 머물러 있었다. 웃음 아래의 두 뺨은 다시금 연붉은 노을빛이다.

무영은 묵묵히 그녀의 빈 잔을 채워 주었다. 술잔을 앞에 놓고 재이가 장난 걸듯 말했다.

"기왕 차려입은 김에 아버님께도 인사드리러 갈까 봐요."

"어딘 줄 알고."

"멀어요? 많이? 오늘 중으로는 도저히 못 가는 곳?"

멀다. 많이. 가 봐야 마주 닿을 수도 없다. 그렇지만, 그렇다고 하여 못 갈 건 또 뭐란 말인가.

"앗. 오늘은 술 마셔서 안 되겠구나. 그럼 다음에 가야겠……."

"갑시다, 오늘."

"그래도 돼요?"

무영은 눈으로 끄덕였다. 순간 재이가 웃었다. 환해졌다.

병실은 언제나처럼 고요했다.

세상 모든 일들을 잊은 채 평화로운 모습으로 누워 있는 고원장 앞에 무영은 재이와 나란히 섰다.

이 여자입니다, 아버지. 괜찮은 여자라고 말씀드렸었지요.

아버지 보시기에 어떻습니까? 괜찮아 보입니까? 영민해 보이지요?

닿을 수 없는 말들에 사로잡혀 있을 때, 재이가 한 걸음 다가섰다.

"아버님."

여기까지 오는 동안 걸음걸이도 말짱했고 딱히 취한 것 같지도 않았는데, 부러 그러는 듯 살짝 혀가 꼬인 목소리다.

소주 세 잔의 힘에 기대어 오늘 겪었던 일들을 늘어놓으며 위로를 얻고 싶은 것인지도 모르겠다. 술에 기대지는 않았지만 이곳에 올 때면 무영이 자주 그러했듯이.

"많이 외로우시죠?"

답을 들을 리 없건만 재이는 가만히 기다리는 자세였다.

이렇게 세상과 단절되어 누워 있지만 않았다면 온 마음을 다해 재이를 반겨 주었으리라 생각하니, 울컥해져 왔다.

그랬더라면, 아버지가 건강한 모습으로 집에 계셨더라면, 재이와의 이런 결혼은 아예 없었을 테지만.

재이가 아니라 그 누구든 아들이 데려온 여자라면 존중하며 기꺼이 받아들여 주셨을 아버지이기에 더욱 마음이 복잡해지는 것이다.

무영은 창가로 가 두 사람을 등지고 섰다. 어둠을 배경으로 불빛들이 찬란한 도시를 바라보았다.

얼마 뒤에 뒤돌아섰을 때, 재이는 아버지의 침상에 머리를 기대고 엎드려 있었다. 부드럽게 휜 등이, 조그만 두 어깨가 애잔했다.

무영은 다가가 그녀의 어깨를 두드리지도, 이름을 부르지도 않았다. 뭐 하는 거냐고 핀잔을 주지도 않았다. 그대로 두었다. 저대로 잠이 들면 또 어떠랴 싶었다.

저렇게라도 잠시 오늘 하루의 버거움을 내려놓는다면, 힘들 때마다 무영이 그러했듯이 그녀에게도 다정한 시간이 될 것이니.

무영은 탁자 위에 두었던 쇼핑백을 갖고 와 창턱에 걸터앉았다. 정사각형의 상자를 꺼내 리본을 풀어냈다. 뚜껑을 열자, 비로소 무영 앞에 드러난 것은 스노우 볼이었다.

손에 쥐고 살짝 흔들어 보았다. 투명하고 둥그런 구 안에 든 조그만 집, 지붕 위로 하얀 눈꽃들이 아련하게 흩날리기 시작했다.

가만 들여다보고 있노라니, 무영의 가슴 안에서도 어떤 것들이 마구 흩날리기 시작했다.

작고 보드라운 것들. 연약하지만 아름다운 것들. 그리고 아련한 노을빛을 닮은 것들.

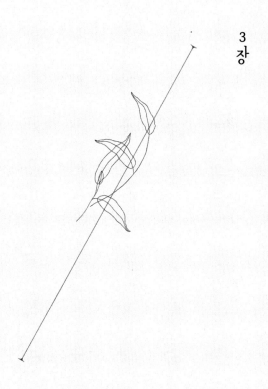

3
장

썸데이

무영과의 약혼 기사가 뜬 지 오늘로 나흘째.

예상했던 것보다는 비교적 무난한 시간들이 흘러가는 중이었다. 가끔 듣게 되는 이런 식의 말들을 제외하면.

"재이 씨, 어쩜 그렇게 영악해?"

평소에 뒤끝 없음을 자부하던 이 대리가 오늘도 천연덕스러운 얼굴로 재이를 긁었다.

다른 부서 사원들까지 몰려와 환호성으로 들썩였던 그 월요일.

이 대리는 마침 연차를 내고 집에서 쉬느라 그 광경을 직접 목격하지 못한 게 두고두고 속상하다고 했다.

"김율에 이어서 손무영 대표님까지? 나 재이 씨 완전 다시 봤잖아."

입사 2년 선배인 이 대리가 그럴 때마다 재이는 어렴풋이 미소만 지을 뿐이었다.

　무어라고 말을 보태기라도 하면, 이 대리의 입을 거쳐 회사 내의 다른 누군가에게 과장되거나 변형된 이야기로 전달될 가능성이 농후했다.

　재이는 뒤끝 없다고 내세우듯 말하는 이들을 믿지 않았다.

　본인의 감정을 여과 없이, 때로는 폭력적으로 드러내고서도 뒤끝은 없다며 자기만 편해지는 사람들이 대부분이었기 때문이다.

　대표의 약혼녀라고 그래도 나름 조심하는 듯싶더니, 오늘은 이 대리가 한 발 더 나갔다.

　"재이 씨가 그렇게 입 꼭 닫고 있으니까, 난 자꾸만 수상하다는 생각이 든단 말이지."

　"뭐가 수상한데요?"

　"그렇잖아. 율이랑 스캔들 기사 나오고 사흘 만에 대표님과 약혼 기사가 떴으니. 약혼으로 스캔들을 덮는다. 이런 느낌이 팍 드는 걸 어떡해?"

　미소를 지으려고 했지만 쉽지 않았다. 잘못을 들킨 사람이 된 것 같은 기분이었다.

　재이는 휴대폰을 터치해 시간을 확인했다. 점심시간 5분 전. 다행이었다. 식사 시간을 칼같이 지키는 이 대리가 이제 곧 자리에서 일어날 테니까.

　"정정 보도 못 보셨나 봐요, 이 대리님."

　침착하려 애쓰며 미디어 필에서 낸 정정 보도를 환기시켰으나, 이 대리는 의심을 접지 않았다.

"그건 그거고, 이건 이거지. 내가 워낙 촉이 좋은 편이라, 아무래도 뭔가 수상하단……."

"수상하면 신고하지 그래."

이 대리의 말을 투박하게 자른 것은 제휴 사업 팀의 리더 홍 팀장이었다. 외부로 나가는 길인지 백을 메고 서 있었는데 영 불편한 표정이었다.

"누구한테 신고할까요, 팀장님?"

생글거리며 농담조로 받아 내는 이 대리에게 홍 팀장이 웃음 한 조각 없이 대꾸했다.

"대표님한테."

이 대리가 웃음을 싹 지웠다. 야단맞은 학생처럼 고개도 조금 숙였다.

대체로 시크한 편인 홍 팀장은 사무실 내에 들뜬 분위기가 지속되는 게 마땅찮은 모양이었다.

월요일 이후로 재이한테도 특별히 대우를 다르게 한다거나 유난히 말조심을 한다거나 하지 않는 유일한 사람이 홍 팀장이었다.

재이로서는 그러는 게 더 편했다. 지금까지와는 신분이 달라진 듯 어색하게 대하는 이들 앞에선 재이도 어찌할 바를 모르게 되는 것이다.

홍 팀장이 사무실을 나가자마자 이 대리가 험담하듯 내뱉었다.

"으. 노처녀 히스테리."

정각 12시.

"밥이나 먹으러 가야겠다."

그러며 이 대리가 일어나는 순간, 재이의 휴대폰이 진동했다. 화면에 재이가 저장해 놓은 여섯 글자가 떴다.

목을 쭉 빼고 재이의 휴대폰을 넘겨다본 이 대리가 기어코 참견을 했다.

"손무영 대표님? 재이 씨 되게 드라이하다. 약혼자한테 손무영 대표님이 뭐야?"

"그러게요."

엷은 미소와 더불어 무심한 듯 대답하자, 이 대리가 입을 비죽였다. 휴대폰을 들고 사무실을 나선 재이는 복도 제일 끝으로 가 전화를 받았다.

"네, 대표님."

─내 방으로 올라와요.

"지금요?"

─바쁩니까?

"아니, 그렇진 않아요. 바로 올라갈게요."

전화가 끊겼다. 적당한 마무리 없이 뚝 끊어 버리는 무영의 스타일. 아직은 적응이 잘 안 된다.

그렇지만 그다지 나쁘지는 않다. 가깝지도 않은 사이에서 한도 끝도 없이 늘어지는 통화야말로 곤란할 테니까.

나쁘지 않은 점들을 하나씩 찾아내는 것. 그것이 무영과의 시간들일지도 모르겠다.

그가 상관있어하는 것들을 하나씩 찾아보는 것. 그것 또한 앞으로 주어질 그와의 시간들에 포함되겠지.

끄덕이듯 생각하곤 뒤돌아서는데, 저만치 엘리베이터 앞에 서 있는 이 대리가 보였다. 재이는 조금 기다리다가 이 대리가 엘리베이터 안으로 사라지고 나서 걸음을 뗐다.

버튼을 누르고 기다려도 누가 잡고라도 있는지 엘리베이터가 1층에서 움직일 생각을 안 했다. 덕분에 시간을 제법 지체한 연후에야 10층에 당도했다.

무영의 방으로 들어서자, 대뜸 질문부터 날아들었다.

"급한 일이라도 생겼습니까?"

"네?"

"10분이나 걸렸으니 하는 말입니다."

"애타게 기다리셨나 봐요."

웃음을 머금고 말했더니, 무영의 미간에 선이 패었다. 또렷하진 않았지만 이만큼의 거리에서도 확연하게 보일 정도였다.

늦은 것에 대한 불만일까. '애타게'에 대한 거부일까. 짜증 내지 않으려는 인내일까.

가장 쉬운 첫 번째로 추측하고서 재이는 그가 납득할 만한 변명을 내놓았다.

"엘리베이터가 1층에서 움직이질 않아서요. 다음에 또 그러면 계단으로 올라올게요."

"다른 엘리베이터가 있을 텐데?"

"대표님 전용 엘리베이터 말씀이시죠? 지금까지는 급할 때면 대표님 모르게 탈 때도 있었지만, 이젠 못 그러겠어요. 대놓고 표 내는 것처럼 보일까 봐."

"상관없으니까 타요. 시간 낭비하게 하지 말고."

무영이 소파로 가 앉았다. 재이한테도 턱짓으로 와 앉으라는 지시를 해 보였다. 재이는 그가 시키는 대로 했다.

무영 앞 탁자에는 진한 색의 파일이, 재이 앞에는 손바닥 크기만 한 스프링 노트와 펜이 놓여 있었다. 그가 미리 준비해 둔 것일 터. 오늘의 목적이 여기에 있나 보다.

"결혼식에 초대할 사람 명단을 작성해 봐요. 서재이 씨와는 어떤 관계인지도 기록하면 좋고."

"지금, 여기서요?"

"500명쯤 됩니까?"

재이는 웃음 섞어 대답했다.

"아니요. 50명도 안 될걸요?"

"그럼 곤란할 거 없겠군요."

"그래도 저는 좀 곤란한데요."

"왜?"

"지금 점심시간이잖아요. 대표님은 배 안 고프세요?"

"15분만 참아요."

"참으면요?"

"초밥이 올라올 겁니다."

웃음기라곤 없이 여느 때와 똑같이 건조한 말투인데도 슬며시 웃음이 났다. 애니메이션 캐릭터처럼 생긴 초밥들이 줄을 지어 올라오는 모습을 상상해 버린 것이다.

"하나 둘, 하나 둘, 초밥들이 열심히 올라오고 있겠다."

웃음 끝에 중얼거리고 말았다.

그러자 무영이 등을 뒤로 살짝 기댔다. 입을 굳게 다물었는데, 어쩐지 나오려는 웃음을 참으려는 것처럼 느껴졌다.

재이는 웃었다. 소리 없이, 그러나 좀 전보다는 환하게. 웃음을 전염시키고 싶었는지도 몰랐다. 그에게서도 웃음이 흘러나오도록.

하지만 그에게선 기대했던 웃음 대신 딱딱한 말이 흘러나왔다.

"생각보다 웃음이 헤픈 면이 있네."

"상관없을 거잖아요."

"뭐요?"

"제가 웃음이 헤프거나 말거나 대표님은 전혀 상관없어할 거라고요."

잠시 입을 꾹 다물고 있던 무영이 반격이라도 하듯 불쑥 물어 왔다.

"생각 다 했습니까?"

"무슨 생각이요?"

"나쁜 건 뭡니까, 에 대한 생각."

"아."

기억난다.

주차장에서 갑작스런 돌풍에 머리칼이 엉망으로 헝클어졌던 순간. 바람을 막아서듯 성큼 앞에 와서는 지그시 내려다보던 무영의 그 눈빛.

그날 그 순간의 그를 떠올리며 재이는 담담히 대답을 주었다.

"갈 데가 없는 것."

무영의 눈매가 갸름해졌다. 이해되지 않는다는, 설명을 바라는 표정이라 여겼으므로 재이는 단어를 더해 다시 말해 주었다.

"당장 갈 데가 없는 것."

"당장."

"네. 저한테는 그게 가장 나쁜 거예요."

한창 예민한 사춘기 시절, 위탁 가정 여러 군데를 전전해야 했던 나날들. 뿌리 내리지 못하고 이곳저곳을 불안하게 떠돌아야만 했던 시간들.

어느 날엔가는 낡은 캐리어에 옷가지들을 쓸어 담은 채 거리로 나온 적도 있었다. 두어 달 머물렀던 위탁 가정에서 쫓겨났던 것이다.

당장 갈 데가 없는 것. 날은 추워지고 배도 고파 오는데 돌아갈 집이 없다는 것.

그것이 재이의 삶에선 '나쁜 것' 영순위에 속했다.

기다려 주는 사람은 없어도 괜찮았다. 활짝 웃으며 반갑게 반겨 주는 이가 없더라도 상관없었다.

다만 편안히 몸 누일 공간 하나, 튼튼한 지붕 아래 따듯한 내 방 하나, 그러면 충분했다. 그거면 충분히 괜찮았다. 그러면 다른 건 다 견딜 수 있었다.

칼날 같은 관찰의 시선이나 배려 없는 말들도. 함부로 대하는 태도와 무시하는 표정도. 작은 마음의 선물조차 건넬 틈을 주지 않던 그 싸늘한 분위기도.

그런 것들이야 재이한테는 이미 익숙하고도 익숙했다. 그러므로 담담한 모습으로 버텨 내는 일쯤 조금도 어렵지 않았다.

"서재이 씨."

그제야 재이는 잠겨 있던 생각에서 벗어나 무영을 바라보았다. 그가 조금쯤 못마땅해져 있을 줄 알았는데 그렇지 않았다.

주은이었다면, 앞에 있는 사람은 까맣게 잊고 혼자 생각에 잠겨 있는 거냐며 고운 타박을 했을 터였다.

지금, 재이를 보고 있는 무영은 복잡해져 있었다. 주차장에서의 그 순간처럼.

어떤 한 가지 감정을 얼핏 드러내는 것도 아니고, 도무지 헤아릴 수 없을 수많은 감정들을 동시에 간직한 얼굴.

이젠 그날처럼 낯설지 않았다. 오히려 가깝게 느껴졌다.

"있잖아요, 대표님."

대표님하고 저, 어딘지 모르게 닮은 데가 있는 것 같아요.

차마 꺼내 놓지 못한 말을 삼키며 재이는 가만히 웃어 보였다.

주은이가 봤다면, 필살기 두 가지를 연타로 썼다면서 잘했다고 손뼉을 쳐 주었을지도 모르지만. 아무런 의도 없이 웃고 있는 지금이 재이는 편안했다.

무영이 앞에 놓여 있던 파일을 집어 들었다.

"그건 뭐예요?"

"아무것도 아닙니다."

아무것도 아닐 리가 없다. 그가 철저한 계획하에 준비해 둔 것들 중의 하나임을 한눈에 알 수 있었으니까.

"주세요. 뭐든, 제가 처리해야 될 일이면 해야죠."

"없습니다, 그런 건."

일어난 무영이 책상으로 걸어가서는 파일을 서랍에 넣었다. 그러고는 책상 앞 회전의자에 앉더니 의자를 빙글 돌려 창 쪽으로 향했다.

누군가의 뒷모습을 하염없이 바라보는 것은 그의 긴 그림자를 발견하는 것만큼이나 쓸쓸한 일이지만.

지금은 그렇지 않았다. 괜찮았다. 문득 마주친 저 외면도 '닮은 데' 들 가운데 하나일 거란 생각이 들었으니까.

아마도 실행하려다 접어 버렸을 파일 속 그의 계획이 궁금하긴 했다.

재이는 노트를 열었다. 제일 먼저 주은의 이름부터 썼다. 옆에다 가족 같은 친구라고도 썼다.

다음으론 율의 이름을 썼다가 두 줄을 그어 지웠다. 율의 스케줄을 확인해야겠지만, 참석하더라도 무영의 하객으로 앉을 가능성이 컸다.

아직도 화가 나 있는지 월요일 이후로 연락도 없는 율이었다. 주은과도 여태 통화가 안 된다고 했다.

천안에 계신 주은의 엄마를 두 번째로 썼다. 고등학생인 주은의 남동생 이름도 썼다. 신나서 달려올 녀석을 생각하니 흐뭇했다. 맛있는 거 실컷 먹여 보내야겠다.

대학 때 동기들 이름도 쭉 써 내려가다가, 다시 지웠다.

자주 만나지는 못하지만 결혼한다고 청첩장을 돌리면 다들 즐겁게 와 주기야 할 터였다. 하지만 이 결혼의 진실을 들킬 것 같아 두려워졌다.

보육원 원장님께서 살아 계셨으면 얼마나 좋았을까 싶었다.

누구보다도 기뻐하며 한달음에 달려와 주셨을 것이다.

원장님을 생각하고 있으려니 엇비슷한 느낌의 집주인 할머니 생각이 났다. 초대하면 기꺼이 와 주시기야 하겠지만, 그럴 만큼 가까운 관계도 친인척도 아니다.

기껏 작성한 명단이라고 해 봐야 겨우 셋. 다섯 명도 못 채우는데, 50명도 안 된다고 호기롭게 대꾸했던 게 민망할 지경이었다.

재이는 창 너머를 응시하며 앉아 있는 무영에게 말을 걸었다.

"무호라는 분, 외국에 나가 있나 봐요."

"시드니."

"유학 가신 거예요?"

"아닙니다."

"몇 살이에요? 저보다 많겠죠?"

"관심 둘 필요 없습니다."

관심이 아니라 동생에 대해 사전 정보를 구하는 차원이었지만 재이는 아무 대꾸도 하지 않았다. 살짝 무안해진 탓이었다.

무영이 침묵을 가르고 들어왔다.

"결혼식은 예정대로 진행할 겁니다."

"예정대로……."

5월에 들어온다던 동생을 기다리지 않고, 그러니까 어머니의 명을 거역한 채 그의 뜻대로 진행할 생각임을 말하는 듯했다.

그가 매우 상관있어하는 것. 아니, 추진하고자 하는 것. 그것은 결혼과 동시에 본가에서 나가는 것.

그날 그의 집에서 느낀 바로는 그랬다. 어머니가 조건으로 제시한 1년을 3개월로 깎아 내고도 썩 만족스럽지 않은 표정이던 그를 보았던 것이다.

그렇지만……. 그의 뜻대로 진행하게 두어도 될까. 결혼식이 5월로 미뤄진다 해도 고작 두어 달 차이일 텐데.

설혹 그대로 진행된다 할지라도, 당연히 동반될 어머니의 서슬 퍼런 노기는 누가 감당하나.

어머니가 뭐라고 하든 꿈쩍도 안 할 무영 대신 오롯이 재이가 감당해야 될 판이었다.

감당해 내지 못할 것 같아서가 아니라 시작부터 문젯거리를 안고 가기 싫었다.

"그럼 제가 좀 바쁠 것 같은데요."

"서재이 씨는 아무것도 준비할 거 없습니다."

"그러니까 바쁠 일 따위는 하나도 없을 거라는 말씀을 하시는 거네요."

회전의자가 빙그르르 돌아 무영의 얼굴이 재이 쪽으로 되돌아왔다. 손 엔터테인먼트의 수장 손무영 대표 본연의 그 무감한 표정이었다.

그러나 예전만큼 서늘하게만 느껴지진 않았다. 결혼을 앞두고 있는 사람이어서는 아니었다.

저 멀리에서 회사의 대표로서만 아득히 존재해 왔던 무영과 사적인 관계로 접어든 지 꼭 일주일.

길지 않은 그 며칠 동안에 그동안 몰랐던 그의 여러 얼굴들을 엿보았기 때문이었다. 그가 보여 주려 한 것은 아니지만 언뜻언뜻 보이고 감지되던 얼굴들.

그리고 지난 월요일 밤.

와락 팔을 붙잡아 가던 길을 멈춰 세우고, 길가의 소박한 식당에 마주 앉아 소주를 같이 마셔 주고, 난데없는 제안을 받아들여 아버지에게로 데리고 가 주었던 사람.

그 순간들 속에 깃들어 있었을 무영의 마음결이 재이의 가슴에 잔잔히 와 닿았기 때문이었다. 그러지 않았어도 됐을 텐데, 그가 굳이 그래 주었기 때문에.

"맞다. 저 건강 검진도 받아야 하잖아요. 종합 병원에 예약하고 결과 받고 하면 시간이 좀 걸릴 거예요."

"안 받아도 됩니다."

"받을래요."

"필요 없다고 했을 텐데?"

"어머님께서 받으라고 하셨잖아요."

"입사할 때 받은 기본 검진, 그거면 충분할 겁니다."

그건 그야말로 기초적인 검진에 불과했다. 그런 걸 가져가 봤자 어른 말을 귓등으로 듣느냐며 화나 돋울 게 뻔했다.

게다가 무영이 자꾸 우기니까 풋풋한 오기가 돋았다.

"크고 좋은 병원에서 저도 종합 검진이라는 거 한번 받아 보고 싶단 말이에요."

마치 일생의 꿈이라도 되는 양 말해 버리고 나니 살짝 후회도 되던 참인데, 무영이 툭 내던지듯 말했다.

"그럽시다."

저럴 거면서 뭐 하러 우겼는지 모르겠다. 저렇게 쉽게, 표정

하나 안 바꾸고 허용할 거면서.

이상한 시점에서 예외를 두는 사람이야, 생각하고 있을 때. 무영이 또 툭 내던졌다.

"3월 25일."

"……네?"

"디데이입니다."

"아."

디데이.

결혼식 날을 그렇게도 표현할 수 있구나. 낭만적인 상징이라 곤 한 톨도 없이, 설정해 둔 계획표의 일부인 듯이.

그런데, 아무리 그렇다고는 해도, 결혼식 날짜 같은 건 여자 와 상의하고 정하는 거 아닌가? 그러니까 그날 여자의 몸 상태 가 어떨지를 고려한 다음에…….

혼자 든 생각 끝에 목덜미가 따끈해져 왔다.

지금 무슨 생각을 하고 있는 거야?

스스로를 질책하며 재이는 저도 모르게 콧잔등을 찌푸리고 말았다.

"곤란합니까?"

무영의 단도직입적인 질문에 재이는 서둘러 대답해 버렸다.

"아니요."

그때쯤엔 생리 기간이지만, 그렇다고 해서 곤란할 게 무엇이 랴.

지금까지 무영의 태도로 보건대 결혼식 날이라고 해서 유독 특별할 리도 없거니와, 일반적이고 상식적인 의미에서의 허니문 같은 것도 없을 게 분명할 텐데.

저 남자에게 있어 이 결혼은 율의 스캔들로 초래될 회사의 손해를 아주 효과적으로 해결하는 방편이자, 본가에서의 탈출을 위한 수단에 불과할 뿐일 텐데.

그러니 다행이라고 해야 할까. 마음이 섞이기도 전에 몸을 섞어야 하는 일 같은 건 일어나지 않을 테니까.

그렇지만 언젠가……. 마음이 섞이는 날도 찾아올까?

그랬으면 좋겠다, 몸이 섞이기 전에 먼저 마음이. 가능하다면. 이 결혼에 그 정도의 희망이 허락된다면.

그러니까 기대하며 기다려지는 날은, 디데이가 아니라 썸데이.

"썸데이……."

입 밖으로 내어 나직이 중얼거려 보았다. 말이 씨가 되라고, 먼 희망의 씨앗이 되라고.

"방금 뭐라고 했습니까?"

"아무 말도 안 했어요."

무영이 의자에서 일어나 소파 쪽으로 다가왔다.

"다 썼습니까?"

"세 명뿐이라 딱히 명단이랄 것도 없네요."

담백한 재이의 말에 무영 또한 덤덤히 대꾸했다.

"잘됐군요. 어차피 스몰 웨딩으로 할 거니까."

"아. 스몰 웨딩."

"싫습니까?"

"뭐, 저야 싫을 건 없지만."

"없지만?"

"혹시 저 때문에 그러시는 거라면 그러지 않으셔도 되……."

"내가, 서재이 씨 때문에?"

부정의 말은 들어가지도 않았는데 단호한 부정으로 느껴지게 만드는 뉘앙스였다.

"아니겠다, 참. 그런 거 상관 안 하시지."

머쓱해져 중얼거리는 재이에게 무영이 손을 펴 내밀었다. 서 있는 무영을 올려다보니, 그가 턱으로 노트를 가리켰다.

재이는 그의 손에 노트를 건넸다. 노트를 펼쳐 들고 재이가 써 놓은 페이지를 눈으로 쓱 훑고 난 그가 낮게 읊조렸다.

"엄마와 남동생이라."

주은이 보육원 출신이란 걸 이미 알고 있는 그의 의문을 해소시켜 줄 겸, 재이는 찬찬히 설명했다.

"저희가 초등학교를 졸업할 무렵 원장님이 돌아가시고 보육원도 없어졌거든요. 얼마 남지 않은 아이들은 위탁 가정으로 흩어지게 됐고요. 천안의 어머니는 중학교 때부터 주은이를 맡아 지금껏 키워 주신 분이세요. 물론 친동생도 아니고요."

"위탁 가정에서 입양을 했다는 겁니까?"

"그런 셈이죠."

"서재이 씨는 없습니까?"

무영의 질문은 단순했지만, 그가 말하고자 하는 핵심이 무엇인지 재이는 단박에 알 수 있었다.

주은이 그러했듯이 재이 또한 위탁 가정의 보호자가 있었을 테고, 그렇다면 왜 결혼식에 초대하지 않느냐는 질문일 것이다.

"없어요, 전."

주은 같은 케이스는 아주 드물다고, 무영에게 말하지 않았다.

재이의 경우는 개중에서도 최악에 속했지만, 그런 것들까지 말해 봐야 그가 속속들이 이해할 수도 없고 상관하지도 않을 터였다.

살아온 날들이 다른 사람.

살아온 세계가 다른 사람.

의아해질 만큼 서걱거리긴 했지만 어머니가 있고, 따뜻이 소통할 수는 없어도 엄연히 아버지가 있는 사람. 서로 관심이 있건 없건 간에 동생을 가진 사람.

유형으로든 무형으로든 자신과는 비교할 수조차 없게 가진 것들이 많은 사람.

그런 사람이 부재를 알까. 결핍을 알까. 추위를 알까.

빈약한 상상에 근거한 동정은 받고 싶지 않았다. 차라리 멸시 쪽이 낫지. 파릇파릇한 오기라도 키워 주니까.

"없으니까 신경 안 쓰셔도 돼요."

"그럼 지금까지 어떻게……."

무영이 그답지 않게 말끝을 흐렸다.

"네?"

"아닙니다."

딱 잘라 대답하고는 무영이 노트를 닫았다.

대화를 접었는데도 아직 뭔가 남아 있는 것 같은, 얼마쯤 복잡해진 표정이었다.

이젠 그리 낯설지 않은 그 얼굴을 올려다보고 있을 때, 문밖에서 조심스러운 노크 소리가 들려왔다.

"드디어 초밥 도착."

재이는 미소 띤 채로 짐짓 산뜻하게 말했다.

복잡한 표정이 낯설지도, 싫지도, 나쁘지도 않지만. 웃는 얼굴이면 더 좋을 것이다. 누구든 웃을 땐 무장 해제되니까. 한 걸음 더 가까워지니까.

그것뿐이다. 손무영이란 사람이 웃기를 바라는 까닭은. 그가 아주 가끔은 웃어도 좋겠다고 바라게 되는 마음은. 다른 건 없다.

문이 열리고 사내 식당의 주방장이 들어왔다. 재이를 보곤 약간 놀라는 듯했으나 곧 표정을 수습했다.

회사 내의 어디든 퍼져 있는 결혼 소식이니 주방장도 모를 리가 없을 터. 재이는 잠자코 앉아만 있었다.

재이 앞 탁자 위에 음식들이 가지런히 세팅된 트레이가 놓였다.

무영과 재이에게 차례로 정중한 묵례를 하고는 주방장이 돌아서 나갔다.

먹음직스런 초밥을 내려다보며 재이는 조금 쓸쓸해졌다. 밥에 얹힌 각종 생선회는 더할 나위 없이 싱싱했지만, 1인분이었다.

"먹어요."

그가 말했다.

"같이 먹는 줄 알았는데요."

"날것은 안 먹는다고 말했을 텐데."

"아. 그러셨죠, 참."

"나는 점심 약속이 있습니다."

나는 속이 좀 좋지 않구나. 그러며 돌아앉던 그의 어머니가 떠올랐다.

집에 인사하러 온 아들의 여자에게 저녁 한 끼 맘 편히 대접하지 않으려는 사람의 심리가 무엇일까를 생각하며 재이는 잠시 마음이 허했더랬다.

생김새로만 보자면 별로 닮지 않은 모자라고 생각했었는데, 이렇게 불쑥 연상하게 만드니 핏줄이란 어쩔 수 없나 보다 싶기도 했다.

도시락이라면 뚜껑 덮어 가뿐히 챙겨 들고 일어나기라도 할 텐데. 곁들인 된장국이며 새우튀김이며 과일 샐러드며 간장 종지까지, 아기자기하게 펼쳐진 트레이를 들고 어디로 가나.

어디든 회사 사람들 눈에 띄면 공연히 뒷말들만 무성해질 터. 불편함을 감수하고 여기서 먹을 수밖에.

"그럼 얼른 먹고 일어날게요."

"천천히 먹어요."

지시하듯 건조한 목소리로 말하고는 저편으로 걸어간 무영이 옷걸이에서 코트를 내렸다. 지금 나가려는 모양이었다.

점심 약속에 늦어질까 봐 우려했던 것인데, 애타게 기다렸느냐고 말했으니 내심 어이도 없었겠다.

재이는 젓가락을 집어 들었다. 재이를 스쳐 지나간 그가 뚜벅뚜벅 걸어 문밖으로 나가 버렸다. 등 뒤에서 문 닫히는 소리가 유독 적막했다.

재이는 젓가락을 도로 내려놓고 숟가락을 들었다. 따뜻한 된장 국물을 떠 마셨다. 한 모금, 또 한 모금.

깊이 묻어 둔

"잠깐만."

주은이 재이의 말을 가로막았다.

퇴근길에 재이의 방으로 먹을거리를 사 들고 온 주은과 저녁을 함께 먹던 중이었다. 엄밀히 말하면 저녁을 먹는 쪽은 주은이고, 재이는 주로 그간의 이야기를 들려주는 쪽이었다.

"그러니까 그걸 곧장 돌려줬다는 거야?"

무영과 둘이서 같이 사무실에 내려갔던 월요일.

들뜬 열기가 넘치는 축하를 받고 같이 되돌아 나와, 엘리베이터 안에서 그에게 되돌려준 그의 신용 카드를 말하고 있는 거였다.

"그럼 계속 갖고 있어?"

"쓰라고 준 걸 왜 바로 돌려줘? 나 같음 그 즉시 백화점 뛰어가서 뭐라도 좀 사고 돌려주겠다."

아까워 죽겠다는 얼굴의 주은에게 재이는 농담 삼아 말해 주었다.

"다음엔 그럴게."

"다음에도 안 그럴 거면서."

"아니, 다음엔 꼭 그럴 거야. 주은이 너 갖고 싶은 거 있으면 말해. 내가 잘 기억해 뒀다가 사다 줄게."

"갖고 싶은 게 한두 가지가 아닌데? 그래도 괜찮아?"

재이는 대답 대신 그저 웃었다. 주은이 함께 웃었다.

떡볶이 국물에 순대를 찍어 맛있게도 먹던 주은이 무심한 듯 물어왔다.

"그래서, 너의 자존심은 안녕하셔?"

어느 포인트를 짚고 있는 건지 재이도 짐작할 수 있었다.

받게 된 경위야 어찌 됐건 신용 카드는 주은의 관점에선 신나는 보너스.

주은의 맘에 걸려 있는 것은 무영의 어머니. 그런 사람을 겪어 본 적이 없는 주은으로선 더더욱 마음이 쓰일 터였다.

재이도 무심한 척 대답했다.

"난 상관없어."

"나는 상관있거든?"

"같이 살 사람은 난데?"

"그래도 3개월이라서 다행이지 뭐야. 손 대표님이 겉으로만 차갑지, 사실은 재이 널 엄청 좋아하고 있는 거 아냐?"

"아닐걸요?"

말도 안 되는 소리라 장난스럽게 받았더니만, 주은이 개의치 않고 제 주장을 이어 갔다.

"시집살이 1년을 3개월로 확 줄였다면서? 그것도 너 있는 그 자리에서 어머니한테 맞서면서까지. 왜 그랬겠어? 그게 다 널 생각하고 아끼는 마음에 그런 거 아니겠어?"

"그런 거 아냐."

재이는 차분히 대답했다.

그런 게 아니라는 확신 때문이었는데, 어쩐지 쓸쓸해지는 부분이 있었다. 그가 없는 그의 사무실에서 혼자 남겨진 채 초밥을 먹던 순간처럼.

"긴지 아닌지 어떻게 알아?"

"하루 빨리 집에서 나가고 싶어 하는 것 같았어."

"누가? 손 대표님?"

"응. 나하고는 상관없이, 대표님 의지가 아주 강해 보였어."

"그거야 뭐 나쁠 거 없잖아. 죽을 때까지 어머니 모시고 같이 살고 싶다, 그러는 것보다 훨씬 낫지. 가만, 손 대표님 장남 아냐?"

"그런가 봐. 남동생은 외국에 있고. 거실에 가족사진 걸려 있는 거 봤거든. 아들만 둘인 거 같더라."

주은이 한숨을 폭 내쉬었다.

"왜?"

"속상해서 그러지. 가족 관계도 가족사진 보고서야 알고. 그게 뭐냐? 본인이 직접 말해 주면 입에 대왕 뾰루지라도 난대?"

"그래서, 이 결혼 결사반대야?"

웃음을 머금고 묻자, 주은이 눈을 흘겼다. 입술도 부루퉁해졌다.

"다 식겠다. 괜히 속상해하지 말고 얼른 먹기나 해."

재이는 순대가 수북이 쌓인 접시를 주은 쪽으로 밀어주었다.

"넌 왜 안 먹어? 김밥도 손도 안 댔네. 너 이 집 김밥 좋아하잖아. 내가 일부러 거기까지 가서 사 왔는데. 의리 없게 결혼식 앞두고 다이어트라도 하시겠다 이거야?"

"다이어트는 무슨."

김밥, 주먹밥, 초밥. 그런 종류의 음식들을 좋아한다.

반찬이 따로 필요 없고 한입에 먹을 수 있는. 몇 개만으로도 금세 허기를 지울 수 있는. 그래서 긴 식사 시간으로 누군가에게 폐가 되지 않는.

주은의 말마따나 재이를 위해 특별히 공수해 온 김밥인데도 오늘은 잘 먹히지 않았다. 낮에 먹은 초밥이 지금껏 명치 언저리에 얹혀 있는 느낌이었다.

"3월 25일이면 3주밖에 안 남았네. 그때까지 두 사람, 연애 비슷한 거라도 좀 해야 하지 않겠……."

주은이 갑자기 말을 멈추고는 놀란 듯 입을 헤벌렸다. 곧이어 울상도 지어 보였다.

"또 왜?"

"야! 너 진짜 밥통 아니냐? 곤란하다고 했어야지, 아니라고 그럼 어떡해. 그때 너 생리하잖아!"

주은이 너무 심각해서 재이는 되레 웃음이 나 버렸다.

"이 진지한 상황에서 웃음이 나와?"

"그럼 울어?"

"속상해. 왜 이런 결혼을 해야 돼?"

"주은아."

"왜!"

"이런 결혼, 나한텐 과분해."

"좋아하니?"

율과 똑같은 질문을 하고 있다.

"재이 너, 손무영 대표님 좋아하는 마음 손톱만큼이라도 있느냐고."

그때 재이는 율에게 대답했었다. 싫어하진 않아, 라고. 그게 사실이니까.

지금은…… 잘 모르겠다. 싫어하지 않는 것은 그때나 지금이나 똑같다. 다만, 플러스알파가 있다. 그런 것 같다.

알게 된 것. 그리고 느끼게 된 것.

손무영이란 사람에 대해서는 여전히 모르는 것들이 대부분이지만, 알게 되고 느껴지는 것들이 있다. 조금, 아주 조금.

그가 상관있어하는 것을 한 가지 알게 됐고, 그가 몹시 상관있어하는 사람이 그의 아버지라는 것도 느끼게 됐다.

"하긴 뭐, 그런 남자를 마냥 싫어하기도 어렵겠지."

체념과 위안이 반씩 섞인 주은의 말이 지금의 재이에겐 숨쉴 틈 같았다. 재이는 모호한 마음을 그 틈 속에 밀어 두었다. 그리고 늘 그렇듯 담담히 말했다.

"오래 걸리지는 않을 것 같아."

"뭐가?"

"좋아하게 되기까지."

그 사람은 몰라도, 나는.

아마도 그럴 것 같아. 닮은 데가 보이거든. 오늘은 그 사람의 어떤 행동 하나에 문득 쓸쓸해졌거든. 그 사람의 웃음을 바라게도 되었거든.

"긍정적이네. 그래, 선보고 한 달 만에 하는 결혼이라고 생각하지 뭐."

주은이 순대 여러 개를 볼이 미어터져라 씹어 먹고 나서는 지나가듯 말했다.

"율이 네 걱정 많이 해."

"통화했어?"

"응, 낮에 잠깐."

"나한테는 안 하네."

"미안하니까 못 하는 거지. 너한테 성질 있는 대로 부리고는 안 해야 될 말까지 해 버렸다던데?"

기회라고 생각했느냐는 말. 그래서 온 힘을 다해 잡고 싶었느냐는 그 말.

미처 의식하지 못했던 욕망을 율이 적확하게 들이댄 것 같아서 소스라쳤고, 이내 반박하지 못했다.

그런 마음, 무의식 저 깊은 곳에 과연 없을까?

있다고 재이는 생각했다. 다만 율 앞에서, 그리고 무영 앞에서 밑바닥까지 솔직해지기가 부끄러웠을 뿐이다.

상대가 손무영이 아니었다면. 손 엔터의 대표가 아니었다면. 그랬어도 이 결혼을 선선히 받아들였을까?

아니었을 것이다. 그렇지 못했을 것이다. 회사의 여직원들이

선망하는 남자. 흠잡을 데 없는 외모와 그가 갖춘 재력이 거부
감을 거의 지워 주었던 게 사실이다.

"우리 율 철들었네. 안 해야 될 말인 것도 깨닫고."

웃으며 가볍게 말하자, 주은 역시 동의했다.

"대책 없던 반항아께서 어른 다 됐지 뭐. 세월이 그냥 지나
가? 차곡차곡 쌓여 가는 거지. 쌓여서 점점 깊어지는 거지."

재이는 살짝 뜻밖의 느낌으로 주은을 가만히 보았다.

"왜 그런 눈으로 봐?"

"예뻐서."

엄주은, 너야말로 차곡차곡 깊어져 가고 있어서. 그런 네가
내 옆에 있어 줘 고마워서.

"나 예쁜 걸 이제야 알았단 말이야? 칫. 너한테 예쁘게 보여
서 뭐 할 거야. 율이라면 또 몰라."

"주은아."

"왜?"

"네가 있어서 참 다행이야."

"새삼스럽게 왜 그래? 사람 민망하게."

"넌 내 하객 명단 1순위잖아."

문득 주은이 입술을 앙다물었다. 재이를 보는 두 눈에도 물
기가 어렸다.

돌연 울컥해진 마음을 숨기려는 듯 고개를 숙인 채 포크로
떡볶이만 짓이기고 있던 주은이 결국 입을 열었다.

"윤이, 보고 싶지?"

가슴 저 아래에다 깊이 묻어 둔 아이, 윤이.

해외 입양으로 떠나보내지 않았다면 어떤 목록에서든 당연히 1순위여야 했을 내 동생.

재이는 고요히 고개 저었다. 윤이를 떠올려도 울지 않게 된 지 오래였다. 눈물 없이 그 애를 생각하게 된 날들이 이제는 더 길었다.

원래부터 없었던 것처럼, 그래야 윤이가 완벽히 행복해지기라도 할 것처럼, 그리움도 그렇게 박제하듯 다스려 온 세월이었다.

여덟 살 윤이는.

안 된다고, 헤어질 수 없다고, 절대 못 보낸다고 악을 쓰며 우는 언니를 힘껏 뿌리쳤던 아이였다.

보육원은 싫다고, 좋은 엄마 아빠랑 멋진 집에서 살고 싶다고 언니 앞에서 눈물을 글썽이던 아이였다.

그리고 양부모를 따라 떠나던 날엔 뒤도 돌아보지 않던 아이였다.

열 살 재이는.

동생과 찢기듯 헤어진 후로 하루도 울지 않은 날이 없었다. 동생을 보내 버린 원장님을 한참 동안 원망했다.

어른이 되면 윤이를 찾으러 가겠다고 다짐하면서도 한편으로는 늘 두려웠다. 윤이가 그걸 바라지 않을까 봐. 행여 만나더라도 언니를 외면할까 봐. 기억조차 하지 못할까 봐.

그래서 재이에게 윤이는 꿈이 되었다. 닿을 수 없을 멀고도 먼 꿈.

"이젠 보고 싶지 않아."

주은에게 거짓말을 했다. 거짓말로 버티는 그리움도 있는 것이다.

"예쁘기로는 윤이가 정말 똑 떨어지게 예뻤지. 인형 같았잖아."

주은의 말이 맞다. 그랬다, 윤이는. 보육원에 찾아오는 사람들 누구나 윤이한테 눈길을 멈췄으니까.

어린 윤이도 그걸 알았다. 사람들이 자기를 예뻐한다는 것. 희귀한 보석처럼 탐낸다는 것.

어린 재이는 싫었다. 사람들의 눈빛도, 윤이의 그 마음도.

"어디에서든 사랑받으며 행복하게 살고 있을 거야, 윤이는."

위로하듯 다가드는 말에 재이는 끄덕였다. 다시 만나지지 못해도 행복하기만 하다면 괜찮다고 내내 생각해 왔던 것처럼.

"그러니까 서재이는 김밥이나 먹어."

그러면서 주은이 집어 준 김밥을 마지못해 입에 넣으려는데, 휴대폰 진동음이 들렸다. 재이의 것이었다.

무영일까, 잠깐 생각했다.

재이는 책상 위에 둔 휴대폰으로 손을 뻗었다. 화면에 뜬 이름은 재이가 저장해 둔 여섯 글자가 아니었다.

"누구야?"

"김율."

"말 잘 듣네. 너한테 전화 꼭 하라고 그랬거든."

뿌듯해하는 주은에게 미소를 건네며 전화를 받았다.

―나야, 율. 집이야?

"응."

—미안해.

"괜찮아."

—괜찮긴 뭐가 괜찮아. 나 때문에 너한테 불똥이 튄 건데. 화라도 내. 그래야 내가 덜 미안하지.

"미안해하지 않아도 돼. 불똥이 아니라 기회라고 생각할 거니까. 그럼 돼. 그럼 우리 다 괜찮아지는 거야."

율이 하아, 길게 탄식했다. 그러고는 내지르듯 말했다.

—너 지금 나 먹이는 거지?

"아냐, 그런 거. 그냥 우리한테 주어진 현실을 확인하는 거야."

옆에서 귀를 쫑긋 세운 채 궁금해하는 주은을 본 재이는 스피커폰으로 바꿨다.

"율아. 나 지금 주은이랑 같이 있어."

주은이 냉큼 재이를 따라 말했다.

"응, 율아. 나 지금 재이랑 같이 있어."

짧은 침묵이 지나간 뒤에 율이 조금 퉁명스레 물었다.

—뭐 하냐, 거기서?

"밥 먹어."

—밥 뭐.

"순대랑 떡볶이랑 김밥이……."

—그딴 게 밥이냐?

"넌 밥 먹었어?"

—입맛이 없어.

"엄주은표 라면 끓여 줄까?"

주은의 말은 율한테 가겠다는 뜻이었다. 율이 좋아하는 청양 고추를 듬뿍 넣어 매콤한 라면을 끓여 주겠다는 뜻이었다. 같이 있고 싶다는 뜻이었다.

다시금 침묵이 지나갔다.

—안 돼.

깔끔한 거절의 말. 주은이 금세 풀이 죽었다.

—당분간 조심해야 돼. 그때 그 기자 년 지금도 집 앞에 매복 해 있을지 몰라.

"대스타께서 기자 년이 뭐냐? 말 좀 곱게 해."

주은이 다정히 타박했다.

—씨발. 그년이 우리한테 한 짓을 생각해 봐. 년 소리 안 나 오게 생겼냐.

"정정 보도에다 따로 사과문까지 올렸다면서?"

—억지 춘향 노릇한 거지, 지가 하고 싶어 했겠어? 미디어 필인지 뭔지, 거기도 잘렸나 보더라. 지 말로는 자기 발로 나왔 다던데, 보나 마나 잘린 거지 뭘. 아마 이를 바득바득 갈고 있 을 걸?

설마 그 일로 해고라도 된 건가. 그런 줄은 몰랐다.

기자들이 오보 내는 거야 하루 이틀 일도 아닌데, 그렇게까 지 되다니 심한 감이 있지 않나 싶었다.

—어제는 나한테 인터뷰를 요청하더라니까? 기자도 아닌데 무슨 인터뷰냐고 하니까, 이젠 프리랜서 기자라나?

"그래서? 인터뷰해 줄 거야?"

—미쳤냐?

휴대폰 앞에 바짝 다가앉은 주은과 율의 대화가 점점 길어지고 있었다. 모처럼 율과 긴 통화를 하며 생기로 반짝이는 주은이 보기 좋았다.

재이는 슬그머니 일어나 주방으로 나왔다.

정오

　체한 듯 속이 답답해 소화제라도 사러 갔다 올까 하고 주방
문을 열고 나서던 재이는 흠칫 몸이 굳었다. 평상 너머의 난간
에 두 팔을 얹고 느긋한 자세로 기대어 서 있는 남자 때문이었
다.

　뒷모습이던 남자가 재이 쪽으로 돌아섰다. 낯선 얼굴. 남자
의 손끝에선 담배 연기가 피어오르고 있었다.

　"재희?"

　남자가 친근하게 물어 왔다. 앳된 목소리가 재이에게 어떤
직감을 불러들였다.

　미국에서 교환 학생으로 곧 들어올 거라던 집주인 할머니의
손자.

　할머니한테서 이름을 듣긴 했나 본데 어설프게 기억하고 있
는 듯싶었다.

"재이."

간결하게 교정해 주자, 남자가 해사하게 웃었다. 웃으니까 더욱 어려 보였다. 많아야 스물두어 살쯤.

"재, 이."

또박또박 따라 하고는 담뱃불을 난간 아래의 벽에 비벼 껐다. 난간 곁 가로등 빛이 남자의 연갈색 머리 위를 비췄다.

"나 온다는 얘기, 우리 할머니한테 들었죠?"

한국어 발음이 유창했다.

"네."

"마당에서 담배 피울 때마다 할머니한테 등짝을 맞아서 이리로 피난 왔어요."

구사하는 어휘도 풍부한 편이다. 어릴 때 나갔다고 들었는데 부모로부터 한국어 교육을 철저히 받은 건가 싶다.

"왜 그렇게 굳어 있어요?"

어린 남자가 물었다.

재이는 문을 마저 닫고 다시 남자 쪽으로 돌아섰다.

"나 대마초 같은 거 안 피우는데."

"그런 말 한 적 없는데요."

"바짝 굳어 있으니까, 혹시 오해하나 하고."

"담배든 대마초든 나랑은 상관없는 일이에요."

"와. 되게 서늘하네."

그러면서도 남자의 얼굴엔 풋풋한 싱글거림이 묻어 있었다.

어떤 걱정도 없는 이의 얼굴.

세상의 풍파라고는 단 한 번도 맛본 적이 없는 자의 얼굴.

외로움을 모르는 사람의 얼굴.

그런 얼굴을 가진 사람들에게 재이는 본능적인 이질감을 느끼곤 했는데, 앞에 서 있는 남자가 그랬다.

"담배꽁초 거기다 버리는 건 좀 상관이 있을 것 같네요."

"그러니까 담배는 마음껏 피우되 꽁초 처리는 깨끗이 해 달라?"

"여긴 한국이에요."

"그래서?"

"초면에 반말하는 문화가 아니라고요."

"몇 살이에요?"

"할머니한테 나이는 못 들었나 봐요?"

"진짜 스물여섯 맞아요? 아무리 봐도 그만큼 안 된 것 같은데?"

말꼬리를 잡고 늘어지는 걸 보니 아무래도 심심풀이 대화 상대가 필요한 모양이었다. 재이는 더 말을 섞고 싶지 않아 계단 쪽으로 걸어갔다.

어린 남자의 발자국 소리가 뒤따라왔다. 어차피 1층으로 내려가는 길이겠거니, 하고 내버려 두었다.

계단을 다 내려와 대문을 나서는데, 남자의 목소리가 따라붙었다.

"어디 가요?"

재이는 대꾸 없이 골목으로 나섰다. 남자가 또 물었다.

"어디 가세요?"

피식 웃음이 났다.

극존대로 묻지 않아 대답 안 한 줄 알고 제꺽 바꾼 것 같은데.

단순하다고 해야 하나, 능란하다고 해야 하나. 전자라면 괜찮은데 후자라면 좀 곤란하다.

그새 남자도 대문을 나와 재이 옆에서 걷고 있었다.

"귀찮게 자꾸 따라오면 스토킹으로 경찰에 신고할지도 몰라요."

덤덤히 경고했더니, 남자가 소리 내어 웃었다. 그러고는 천연덕스럽게 말했다.

"무섭잖아요."

"할머니한테 등짝 맞을 일 더 만들지 말고 들어가지 그래요."

"궁금해서 그러는데 대답 좀 해 주면 안 되나?"

"편의점 갑니다. 됐죠?"

"편의점엔 왜?"

재이는 걸음을 멈추고 남자를 쳐다보았다. 남자가 움찔 놀라는 시늉을 하더니, 잽싸게 표현을 바꾸었다.

"다시. 편의점엔 왜 가세요?"

싱글싱글 웃음 짓고 있는 남자가 성가셨다.

"귀찮다고 말했는데 이해 안 돼요?"

"정오."

"……뭐라고요?"

"내 이름. 정오라고요."

"아."

"기, 정, 오."

각인시키듯 제 이름을 한 글자씩 끊어 읊는 남자에게 재이는 달래듯 말했다.

"알았어요. 알았으니까 이제 그만 들어가죠?"

"걱정돼서 그러잖아요."

"뭐가요?"

"이렇게 예쁜 사람이 밤길에 혼자 걷는 게 걱정돼서. 그래서 같이 걸어 주고 싶어서 귀찮게 하는 거잖아요."

출렁거리지 않는 말들 앞에서 재이는 잠시 머뭇거렸다. 곧장 대꾸할 말을 고르기가 어려웠다.

능란하다기보다는 단순함에 더 가까운 게 아닌가 싶었다. 좀 더 정확히는 진솔함. 그러니까 앞면과 뒷면이 다르지 않은 사람.

"몇 살이에요?"

"재이 씨보다 세 살 적어요."

"그럼 재이 씨가 아니라 누나라고 해야겠네."

"와. 딱 선 긋는 거 봐."

머리도 좋은 편이다. 누나라는 말에 담긴 의도를 바로 알아듣는 걸 보면. 그렇다면 에두르지 않고 말하는 편이 낫겠다.

"할머니한테서 무슨 얘길 어떻게 들었는지 모르겠는데, 나 곧 결혼해요."

"어……. 진짜예요?"

이번엔 시늉이 아니라 정말 놀란 표정이었다.

"네, 진짜예요. 그러니까 괜한 시간 낭비 안 하는 게 좋을 거예요.”

침착하게 확인해 준 다음 재이는 남자로부터 돌아섰다.

따라오는 기척은 더 이상 없었다. 깔끔한 포기를 아는 스물셋의 남자 정오에게 재이도 더는 반감을 가지지 않기로 했다.

골목을 천천히 걸었다.

저녁에서 밤으로 넘어가는 시간. 알맞게 싸한 공기를 마시며 걸으니까 속이 좀 편안해지는 듯했다.

주은과 율의 통화가 더 길어졌으면 좋겠다. 바쁜 스케줄에 쫓기는 율을 늘 이만큼의 거리에서 바라보아야만 했던 주은이 안쓰러웠던 것이다.

바쁘지 않을 때에도 주은에게 제 마음의 빈터를 선뜻 내어 주지 않는 율이 야속한 측면도 있었다. 주은의 입장에서만 생각하면 그랬다.

소중한 존재를 가슴속 제일 깊은 자리에다 간직해 두고서도 인정하지 않는 마음. 무의식 저편에 가둬만 두려는 마음.

그게 어떤 것인지 재이도 알고 있기에 율의 입장에서 생각하면 이해되지 않는 것도 아니었다.

시간이 필요할지도 몰랐다. 주은에게도 그렇지만, 무엇보다도 율에게.

인기 아이돌이라는 멍에를 내려놓게 되는 날. 나이도 몇 살 더 먹고 세월이 알차게 쌓였을 때.

그때쯤에는 스스로 내려 둔 경계를 허물게도 되지 않을까. 온전한 남자로 주은에게 다가서게 되지 않을까.

그러니 이번 드라마를 계기로 배우로서 제대로 자리매김하게 된다면 더없이 반가운 일일 테다.

 골목 끝 사거리의 편의점에 들어가 소화제를 사고도 재이는
좀 더 거기에서 머물렀다. 주은과 율이 같이할 미래를 소망하
면서.

내일은 내일에게

자고 갈까, 하며 뭉그적거리던 주은이 떨치고 일어났다.

유치원 근처의 사택에서 셰어 홈 형태로 다른 교사들과 같이 지내는 주은으로선 외박이 눈치 보이는 일이라고 했다.

주은이 다니는 유치원의 원장은 교사들에게 깨끗하고 살기 편한 아파트를 제공해 준 대신에 교사로서의 품위를 지켜 주길 원했다.

그래서 주은을 비롯한 다른 교사들도 부모님이 계신 본가에 가는 경우 외에는 대체로 그 불문율을 따르는 편이라는 것이다.

주은 역시 딱히 불만은 없다고 했다. 거실과 주방만 공유하지 각자 방 하나씩을 쓰고 있는 데다, 월세가 나가지 않으니 그만큼 돈을 모을 수 있어 이득이라는 얘기였다.

유치원까지는 걸어서 10분 거리라 교통비가 따로 들지 않고, 출퇴근의 고달픔에 시달리지 않아서 좋으니 그 또한 장점이라고도 했다.

재이 방에 왔다가 돌아가야 될 시간이 오면 매번 늘어져 게으름을 부리다가도 결국엔 스스로 일어나곤 했다.

주은이 가고 난 뒤, 재이는 사내 문고에서 빌려 온 책을 들고 쿠션에 기대어 앉았다.

책을 펼친 이래로 여러 페이지가 넘어가고 있었지만 도무지 앞뒤 내용이 연결되지 않았다. 글자들이 제각각 따로 놀았다.

9시를 갓 넘어선 시각. 잠에 들기엔 아직 이른 때였다. 아무 생각 없이 드라마라도 볼까 하고 노트북을 켜는데, 휴대폰이 진동음을 냈다.

잘 도착했다는 주은의 문자일 거란 생각에 미소 지으며 휴대폰을 집어 드는 순간, 가슴이 달캉 내려앉았다.

[전화해도 되겠습니까?]

발신자는 무영이었다.

무영에게서 문자를 받은 것은 처음이라 어쩐지 느낌이 색달랐다. 전화보다는 좀 더 내밀한 것 같은. 통화할 때에 비해 좀 더 친숙한 것 같은.

이 시간에 무슨 일일까? 의문이 일면서도 싫지는 않았다. 재이는 심호흡을 한 다음 답을 보냈다.

[네. 괜찮아요]

휴대폰을 들여다보며 기다리고 있으려니 곧 무영으로부터 전화가 왔다.

"네, 대표님."

—누구였습니까?

대뜸 날아든 질문에 재이는 어리둥절해졌다. 되묻지도 못하고 해답을 찾고 있을 때, 무영이 말했다.

—계속 통화 중이던데.

"아."

그제야 알아챈 재이는 그가 궁금해하는 것을 말해 주었다.

"율한테서 전화가 왔……."

—율이 왜?

"사과하고 싶었나 봐요."

—자주 통화합니까?

"그렇진 못하죠. 율이 워낙 바쁘니까. 아까는……."

율과 주은이 그렇게나 오래 통화했다는 걸 알게 해도 괜찮을까. 문득 드는 우려에 재이는 말을 삼켰다.

—아까는 뭐요?

"아니에요. 그런데 저한테 무슨 하실 말씀이라도."

—종합 검진 예약을 해 두었습니다. 아무 때나 가서 받으면 될 겁니다.

재이는 의아해졌다.

"제 생각엔 '예약'이랑 '아무 때나'가 서로 충돌하는 것 같은데요."

—지난번에 갔던 곳. 아버지 병원입니다. 일러두었으니까,

언제든 가서 이름만 대면 바로 진행될 겁니다.

"아빠 찬스네요?"

웃음을 머금고 가볍게 받았으나, 무영에게선 아무런 대꾸도 없었다.

우리 손 대표님, 겸손미도 없지만 유머도 많이 부족하시네요. 흉보듯 생각하면서도 입가에 미소는 그대로 머물렀다.

창밖은 온통 어둠일 텐데, 따뜻한 방 안에서 밤으로 흐르는 시간을 나누는 통화. 싫지 않았다.

"다음 주에 가서 받을게요. 배려해 주셔서 고맙습니다."

─고마울 건 없습니다. 어머니 때문에 받는 거니까.

"그래도요. 제가 받아 보고 싶어서 받는 거기도 하니까요."

─내일, 시간 어때요?

내일.

오늘 밤에 내일을 말하고 있다는 것도 일종의 배려일까. 전화해도 되겠느냐고 문자를 먼저 보내 온 것처럼.

곤란한데요, 라고 말해 버리면 그에게선 어떤 반응이 건너올까? 지극히 건조한 목소리로, 곤란해도 상관없습니다, 그럴까?

미소 띤 채 생각하고 있는데, 그가 물었다.

─없습니까?

"없어도 있어야 하잖아요."

─중요하지도 않은 말을 담아 두는 버릇이 있네.

"대표님한테는 배려가 아닌 것처럼 말하는 버릇이 있고요."

─함부로 속단하는 버릇까지.

"속단인지 아닌지는 두고 보면 알겠죠. 내일, 있어요, 시간."

내일 무엇을 하게 될지, 그가 계획해 둔 일이 무엇인지, 재이는 굳이 묻지 않았다.

오늘 밤엔 아무것도 모르는 채로 잠들었다가 내일을 반짝이듯 맞이해도 될 테니까. 그 정도의 소소한 즐거움쯤, 무자비한 이 결혼 과정에서 허용해도 좋을 테니까.

—내일에 대해서 안 묻습니까?

"내일은 내일에게 맡겨 두려고요."

먼 응시와도 같은 여백이 스쳐 가고서야 무영이 말했다.

—그럼 2시에 나와요.

지난번처럼 집 앞 골목 어귀에 차를 세워 두고 기다리고 있겠다는 뜻이겠지. 집까지 데리러 와 주는 남자, 나쁠 리가 없으니.

"네, 대표님."

선선히 대답했다. 그리고 내일을 기약하는 한마디도 보탰다.

"내일 봬요."

전화 너머에서는 별다른 대꾸가 없었다. 말이 채 끝나기도 전에 사라지지 않아 준 무영에게 재이는 한마디를 더 건넸다.

"안녕히 주무세요."

다시금 여백이 스쳐 지나가고.

—잘 자요.

다정하지도, 친밀하지도 않은 어조의 인사말을 남긴 채 귓가에서 무영이 떠났다. 재이는 그가 사라진 휴대폰을 가만히 내려다보다가, 방에서 나와 난간 앞에 섰다.

편의점에서 한 알 삼킨 소화제 덕분인지, 다른 무엇 때문인지 모르겠지만 더부룩하던 속이 완전히 가라앉아 있었다.

난간에다 팔을 얹고 밤하늘에 드문드문 떠 있는 별을 올려다보고 있을 때. 어디에선가 낮은 휘파람 소리가 들려왔다.

소리를 따라 무심코 고개를 내리니, 1층 마당가에 서 있는 사람이 보였다. 한 손엔 담뱃불이, 다른 손은 재이를 향해 팔랑이듯 흔들어 대는 남자. 정오였다.

재이는 웃고 있는 그를 외면하고 돌아섰다.

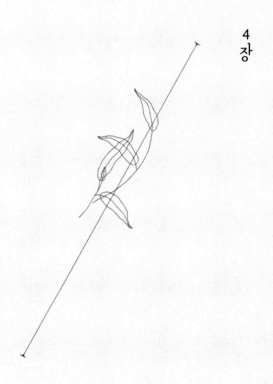

4
장

위기

"결혼 축하드립니다, 손 대표님."

웨딩숍 대표가 활짝 웃는 얼굴로 인사를 건넸다.

무영은 턱만 살짝 까딱였다. 형식적 인사치레 따위엔 워낙에 냉소적인 편이었다.

"우리 신부님께도 축하드려요."

재이한테도 흔연스러운 인사말이 건네어졌다.

돌아보지 않았으므로 곁의 재이가 어떤 표정으로 응했을지는 알 수 없었다. 아마도 단정한 자태로 엷은 미소를 짓고 있었을 것이다.

"손 대표님 연락 받고 제가 미리 점찍어 둔 게 몇 벌 있는데. 어떻게, 대표님도 같이 보시겠어요?"

"아니, 됐습니다. 이 사람이 직접 고르게 하세요."

무영은 재이를 돌아보곤 눈짓으로 숍 대표를 따라가 보라고 일렀다. 재이도 눈으로만 끄덕였다. 재이가 웨딩숍 대표를 따라 2층으로 올라갔다.

그녀가 웨딩드레스 고르기를 기다리는 동안, 무영은 1층의 응접실 소파에 앉아 윤 팀장에게 전화로 몇 가지 지시를 내렸다. 대부분 율과 관련한 것들이었다.

이카로스의 나머지 멤버들 관리를 한층 철저히 하라는 당부도 잊지 않았다. 멤버들 중 하나가 유독 도드라지는 시기엔 다른 멤버들 사이에 묘한 기류가 흐르기도 했다.

그러다가 자칫 또 다른 기삿거리를 만들어 내기라도 한다면 현재 진행 중인 광고 계약이 무산될 위험성이 있었다.

윤 팀장은 사람을 다루는 데 있어 진정성이라는 무기를 사용하는 수완이 뛰어났다. 그래서 무영은 의지를 관철시키기 위해 직접 나서기보다 윤 팀장을 앞세울 때가 많았다.

"같이 골라 주시면 좋을 텐데요."

차를 내온 여직원이 무영에게 말을 걸었다.

"막상 숍에 오면 어떤 걸 고를지 고민하시는 신부님들이 많으시거든요."

무영은 아무 대꾸도 하지 않았다. 이쪽에서 필요로 하지 않는데 조언이랍시고 끼어드는 건 질색이었다. 눈길조차 주지 않으니, 여직원이 은근하던 미소를 접고 물러갔다.

재이가 어떤 드레스를 고르든 관심도 없고, 알 바 아니었다. 아니, 반드시 그래야만 했다.

재이를 데리고 아버지의 병실에 갔던 날.

그 밤, 조그만 스노우 볼 하나가 불러일으킨 미묘한 감정의 편린들. 가슴 안에서 눈꽃처럼 아련하게 흩날리던 어떤 것들. 실체를 특정할 수 없고 개념을 정립할 수도 없는.

그런 것들에 무영은 익숙하지 않았고, 때문에 그 순간이 당혹스러웠다.

스노우 볼 자체의 문제는 아닐 테지만, 재이한테서 온 그 스노우 볼은 무영의 침대 곁 테이블에 잠시 놓였다가 서랍 속으로 치워져 버렸다.

그날 밤 무영은 오랜 뒤척임 끝에 다짐했다. 스노우 볼을 눈앞에서 미련 없이 치워 버리듯, 서재이라는 존재 또한 언제든 그럴 수 있어야 한다고.

한 세계에 시나브로 잠식해 들어오는 것. 그게 물건이든 사람이든 위험하기로는 마찬가지였다. 이 결혼의 목적은 감정적으로든 육체적으로든 위험에 빠뜨려지기 위함이 아니었다.

일석이조. 두 마리 새를 잡기 위한 한 개의 돌. 서재이는 그 한 개의 돌로서만 존재해야 마땅했다.

뜻하지 않게 닥쳐온 위기감에 효율적으로 대비하기 위해서 무영은 계약서를 준비했다.

궁극적으로는 재이를 위한 것이라 생각했다. 재이의 바람대로라면 배려일 수도 있겠지만, 무영으로선 그녀에게 출구를 마련해 주는 거라고 생각했다.

그러니까 적절한 시기에 떠날 수 있는 기회를 서재이에게 보장해 주는 것.

계약서에는 휴직 조항이 있었다. 결혼 이후에도 계속 회사를 다니기에는 그녀를 비롯해서 여러 사람이 껄끄러울 부분이 많을 터였다.

결혼이 종료될 시점에 재이에게 주어질 위자료 관련 조항과 금액도 명시해 두었다.

결혼 유지 기간에 대한 조항에서는 연수를 괄호로 비워 두었는데, 재이 스스로 숫자를 채워 넣게 할 참이었다. 선택권을 그녀에게 주고자 했던 거였다.

계약서에다 원하는 기한을 그녀 스스로 쓰게 함으로써 장차 그녀가 누릴 자유를 담보해 주려는 것이었다.

그러나 그 모든 설계에도 불구하고 무영은 파일 속에 미리 준비해 두었던 계약서를 재이 앞에 내어놓지 못했다.

갈 데가 없는 것.

가장 나쁜 것에 대해서 말할 때의 재이를 보면서 흔들려 버린 것이었다. 의도와는 다르게 받아들여질 것만 같아서 계약서 작성을 차마 강행하지 못하고 말았다.

계약서에 기재될 조항들로 인해 그녀가 갈 데 없이 버려지는 거라 느낄까 봐. 상처가 될까 봐.

그렇게 느끼건 말건, 상처가 되건 아니건, 도대체 무슨 상관이란 말인가.

자신을 독하게 다그쳤지만, 결국 계약서 파일은 그녀 앞에 펼쳐지지 못한 채 책상 서랍 속으로 들어가 버리고 말았다.

그리고 그 순간부터 무영은 마음이 몹시 불편해졌다. 계획대로 실행되지 못한 계약서 탓만은 아니었다. 재이 때문이었다.

서재이라는 한 존재.

불편 끝에 다짐을 하게 만들고, 예상치 못한 한마디 말로 계획을 어긋나게 하고, 이따금 유난히 신경 쓰이게끔 하는…… 여자.

점심 약속 같은 건 없었다. 불편해진 마음을 냉정하게 관리하려 했을 뿐이었다.

그녀를 혼자 두고 나와서 불편함이 좀 가셨느냐 하면, 그것도 아니었다. 종이에 물이 번지듯 마음은 점점 더 불편해져 왔다.

눈에 보이지 않으면 괜찮을 줄 알았다. 편안해질 줄 알았다. 차가워질 줄 알았다. 그렇지 않았다. 형편없는 놈이 되어 버린 기분이었다.

무영은 자신이 못마땅했다.

긴긴 통화 상대가 누구였는지가 대체 왜 궁금하냐는 거다. 율과 자주 통화하는지는 왜 물었느냔 말이다.

그런 쓸데없는 질문들을 하느라 전화를 걸게 된 용건도 뒤로 밀려, 그녀가 묻지 않았다면 말하기를 잊었을지도 모를 일이었다.

지금도 그렇다. 눈앞에도 없는 재이 생각이 이어지고 또 이어지는 중이니. 끝도 없는 생각의 고리들을 끊어 낼 것이 필요했다.

무영은 손목시계를 확인했다. 3시 30분. 시드니로 전화를 걸었다. 신호가 여러 번 간 뒤에야 무호가 전화를 받았다.

—누구야?

잠에 취한 목소리였다. 어쩌면 술일지도 모르겠다.

"나야."

─……손무영?

부스럭부스럭 일어나는 기척이 들리고, 유리병 같은 것이 바닥에 떨어져 굴러가는 소리도 났다.

─형이야? 진짜 형 맞아?

"그래."

─갑자기 뭐야, 씨발! 아버지 돌아가셨어?

흥분 뒤에 불안한 떨림이 고스란히 느껴졌다. 무영은 우선 안심부터 시켰다.

"아버지는 여전하셔. 아무 일 없어."

하아, 안도하며 길게 내쉬는 무호의 한숨 소리가 귀를 가득 채웠다.

─사람 놀라게 무슨 짓이야? 왜 안 하던 짓을 하고 그래? 형 어디 아파? 죽을 병 선고라도 받은 거야?

잠이 완전히 깼는지 말 마디마디마다 화가 잔뜩 묻어났다.

"무호야."

─왜!

"나 결혼한다."

─……뭐?

"결혼, 한다고."

─손무영이…… 결혼을 한다고? 누구랑? 어떤 여자가 형이랑 결혼 그딴 걸 하겠대? 진심이야, 형? 진짜로 결혼이란 걸 하겠…….

무영은 길어지는 무호의 말을 잘랐다.

"이달 25일. 들어올 수 있으면 오고, 못 와도 진행한다."

―설마. 사고 쳤어, 형?

내가 너냐? 그러려다 말았다. 부질없는 소리였다. 무호 말마따나 안 하던 짓인 이 전화도 형식적인 통보일 뿐, 결혼식 참석에의 강요는 아니었다.

다만 고 여사에게 전할 핑계 정도는 되어 줄 것이다. 결혼 소식을 알렸는데 오지 않는 것에 대해서는 무영의 책임이 아닐 것이므로.

―뭐야, 이 침묵은? 진짜 사고 제대로 쳤나 본데? 오올! 손무영 대표님. 빼도 박도 못하게 생겼나 봐. 이를 어째?

"5월에 들어온다고 했다면서."

―손 엔터 소속이야? 예뻐? 배우야? 열 살쯤 어린 아이돌 여자애는 아니겠지? 스폰만 해 주려다 애 생겨서 코 꿰인 거…….

"닥쳐."

너 따위의 입에 함부로 오르내릴 여자가 아니야.

튀어 나가지 못한 말을 삼키며 무영은 소스라쳤다. 무호의 말들이 심히 불쾌한 이유는 저급한 표현 탓이라고 생각하며 애써 마음을 다스리고 있을 때였다.

둥글게 휘어진 계단을 내려오는 여자가 무영의 두 눈에 들어왔다. 재이였다. 눈빛처럼 새하얀 웨딩드레스가 그녀를 휘감고 있었다.

어깨도, 두 팔도, 드레스 속에 전부 감춰져 있는데, 환히 드러나 있는 것만 같은 착시 현상에 사로잡혔다. 휴대폰을 쥐고 귓가에 있던 손이 스르르 아래로 내려갔다.

재이가 천천히 걸어와 무영 앞에 섰다. 무영이 앉아 있는 소파에서 테이블 너머의 재이까지는 약 3미터쯤.

돌연 초조해지려는 마음을 억누르기 위해 무영은 등을 뒤로 느긋이 기대고서 그녀를 바라보았다.

"제가 봐 둔 것들은 다 탈락했어요."

재이를 뒤따라온 웨딩숍 대표가 귀띔하듯 말하고는 자리를 피해 주려는 듯 무영의 시야에서 물러났다.

재이가 직접 고른 드레스는 군더더기 없이 심플했다. 레이스도 거의 없고, 이렇다 할 장식도 눈에 띄지 않았다. 그래서 더더욱 그녀가 돋보였다.

어깨에서 팔을 지나 손목까지 흐르는 곡선이 단아하면서도 매혹적이었다. 허리에서부터 부드러운 사선을 그리며 떨어지는 라인이 더할 나위 없이 아름다웠다.

웨딩드레스로는 업계에서 정평이 나 있는 곳이었다. 그래서일 것이다. 지금 이 순간 웨딩드레스 차림의 저 여자가 이토록 눈에 담기는 까닭은.

가까이로 다가가서 머리칼을 만지고 싶어지는. 머리칼 속에 숨겨진 귀와 귀 뒤의 목덜미를 들여다보고 싶어지는.

지난주 헤어숍에서와 같은 찰나의 이 욕망도 오로지 훌륭한 솜씨로 제작된 저 웨딩드레스 때문이다. 그게 아니라면, 시각적 자극으로 인한 조건 반사이거나.

"어때요?"

재이가 물었다.

조금 수줍은 듯, 조금은 긴장한 듯, 답을 기다리고 있는 얼굴을 보며 무영은 간신히 대답했다.

"예쁘네요."

그녀가 미소 지었다. 두 뺨이 연한 노을빛으로 물들었다.

지난밤의 통화 말미에서 그녀의 밤 인사에 '잘 자요'라고 겨우 말했던 기억이 소환되었다.

혼자였을 지난밤에도 저렇게 미소 지었을까. 뺨이 저녁 하늘처럼 아련히 물들었을까.

잘 자요, 라는 말. 예쁘네요, 같은 표현. 그런 안온하고도 일상적인 말들을 입에 올리는 것. 낯간지럽고 거슬렸다.

내게로, 내 세계 안으로 걸어 들어오라고 허락해 주는 것 같아서. 닫혀 있던 문을 절반쯤 열어 두는 것 같아서. 그래서는 안 되니까. 그러면 매우 곤란하니까.

형을 불러 대는 무호의 목소리가 내려뜨린 손안에서 먼 메아리처럼 들려왔다. 휴대폰을 다시 귓가로 가져왔을 땐 무호가 전화를 끊어 버린 뒤였다.

"통화 중이셨나 봐요."

대꾸 없는 무영에게 그녀가 또 물었다.

"누구였어요?"

마치 지난밤의 무영을 연상시키려는 듯이.

"무호."

미간을 살짝 좁힌 채 무영은 짧게 답했다.

"결혼식에 초대했어요?"

무영은 턱만 희미하게 끄덕여 보였다.

"오시겠대요?"

오건 말건 상관없다고 말하면. 그러면 저 여자는 또 내게 물어 올까. 그럼 상관있는 건 뭐냐고.

상관없는 것들 말고 상관있는 것에 대해서 얘기를 좀 해 보라고, 맑은 얼굴로 사뭇 당돌하게 따지지는 않을까.

"못 오신대요?"

"그걸로 결정한 겁니까?"

재이가 드레스에 감싸인 제 몸을 스윽 내려다보더니, 무영과 눈을 맞추고는 산뜻한 목소리로 대답을 주었다.

"네."

그녀의 입술에 맴도는 미소를 바라보며 무영은 배가 고팠다. 점심을 거른 것도 아닌데 불현듯 닥쳐온 허기를 이해할 수 없어 난감했다.

무영은 그녀를 외면하며 손목시계로 눈길을 내렸다. 오후 4시. 저녁을 먹으러 가자고 하기에는 애매한 시각이었다.

"갈아입고 올게요."

그러고는 계단 쪽으로 걸어가던 재이가 문득 몸을 돌려 무영에게 물었다.

"저녁에 약속 있으세요?"

무슨 뜻인지 눈으로 묻자, 재이가 말했다.

"방금 시계 보시기에 저녁 약속 있으신가 하고요."

"없습니다."

"바쁜 일 없으신 거죠?"

"네."

"잘됐다. 그럼 저랑 같이 소주 마실래요? 맘에 꼭 드는 웨딩드레스 고른 기념으로요."

기다리고 서 있는 재이에게 대답해 버렸다.

"그럽시다."

어쩔 수 없었다. 어쩔 수 있다 해도 지금은 끄덕일 수밖에 다른 도리가 없다고, 무영은 스스로에게 변명했다.

"저희 동네에 감자탕을 아주 맛있게 하는 집이 있거든요. 거기 가요, 우리."

우리.

재이의 입에서 너무도 자연스럽게 흘러나온 그 말이 굳게 닫아걸어 둔 무영의 문을 두드렸다. 함께 소주를 마셨던 그 밤, 스노우 볼 속에서 애잔하게 흩날리던 눈꽃송이들처럼.

이것은 분명 위기다. 조건 반사 따위가 아니라 심각한 위기 상황이다.

저만치에 선 재이가 고요히 웃었다. 무영은 이를 악물었다.

상상해 버렸다

시장 부근의 공영 주차장에 차를 세웠다. 재이가 안내한 곳
이었다.

"여기서부터는 걸어서 들어가야 돼요."

짐작하고 있던 바였으므로 무영은 별다른 대꾸를 하지 않았
다. 차에서 내려서자, 재이가 물었다.

"혹시 걷는 거 싫어하세요?"

"그건 왜 묻습니까?"

"오늘 우리의 목적지가 시장 제일 안쪽에 있거든요. 그리
고⋯⋯."

"그리고?"

"방금 전에 대표님 표정이 좀⋯⋯."

잠깐 틈을 두었다가 그녀가 말했다.

"걷는 건 귀찮은데, 뭐 이런 느낌이랄까?"

설혹 그리 생각했다 해도 그런 표정을 지었을 리가 없다. 상대가 자신의 감정을 읽지 못하게 가면을 쓰는 데에는 이력이 나 있었다.

다른 누군가한테서 이런 식의 추측을 들었다면 곧바로 서늘하게 정색해 보였을 테지만. 지금 무영은 그럴 수 없었다.

혼잣말 같은 그녀의 말끝에 매달린 웃음 한 자락 때문에. 그녀가 표정 하나하나를 섬세하게 살피고 있다는 느낌 때문에.

신경 쓰고 있다는 건가, 그녀도. 서재이라는 사람이, 손무영이라는 사람에게, 마음이 쓰이고 있다는 것인가.

싫어하진 않아, 에서 얼마쯤일지언정 변화가 생기고 있는 중인가. 그렇다면 그 변화는 과연 어느 방향으로 나아갈 것인가.

"다섯 시간쯤 걸어 들어가야 한다면."

"……네?"

"그러면 상당히 귀찮아지겠지."

순간 풉, 하는 소리를 들은 것 같았다. 착각이었다. 웃음이 터지기 직전의 얼굴로 재이가 무영을 올려다보고 있었다.

그녀의 얼굴에서 풉, 풉, 부드럽고 따뜻하고 가벼운 것들이 터져 오르는 듯했다. 풍선 같은 것. 팝콘 같은 것. 봄눈 같은 것.

재이에게서 눈길을 떼어 내고 싶었다. 그러나 마주 보며 서 있는 한은 그럴 수가 없었다.

무영은 떼어지지 않는 눈길 대신 걸음을 옮겼다. 그녀가 일러 준 대로 시장 입구를 향해 걷기 시작했다. 곁에서 따라오는 그녀가 느껴졌다. 걸음걸이보다는 숨소리가.

"대표님, 방금 저한테 농담하신 거예요?"

"그럴 리가."

"하마터면 막 웃어 버릴 뻔했잖아요."

막 웃어 버리지 그랬어. 그랬어도 괜찮았을 텐데. 거품 같은 웃음소리를 들었어도 좋았을 텐데.

입속의 말들은 가두고 다른 말을 꺼냈다.

"소주, 좋아합니까?"

"주량이 궁금하신 걸까요?"

"궁금하다고는 안 했을 텐데?"

"딱 세 잔이 한계치예요. 그 이상은 시도해 보지 못했어요."

"생각보다 겁쟁이네."

"그죠."

주로 담담한 기조를 이어 가다가도 어느 순간 소주 한 방울처럼 맑은 웃음기가 섞여 든다. 명랑하다기보다는 어딘가 애틋한.

그렇지만 그렇게라도 섞여 드는 웃음이 싫지 않다.

상대에 대한 배려나 예의 차원은 아니었으면 좋겠다. 그녀의 말속에 때때로 얼비치는 웃음 기운. 순간일지라도 진실이었으면 좋겠다.

"그런 거 있잖아요, 왜. 무너질까 봐 미리 견제부터 하는 거. 쓰러져 버릴까 봐 애당초 한계를 정해 두는 거."

숨을 고르듯 잠시 멈추었던 재이의 말이 이내 이어졌다.

"울게 될까 봐 단단히 거머쥐고 있는 거."

무영은 저도 모르게 곁의 그녀를 돌아보고 말았다. 시선은 앞으로만 둔 채 찬찬히 걸으며 그녀가 덧붙였다.

"소주 세 잔은 저한테 그런 것들일 거예요."

마음에 푸르른 너울이 밀려들었다. 밀쳐 내지 않고 내버려 두었다.

재이에게서 닮은 부분을 보아 버렸기 때문이었다. 외로움이라고 뭉뚱그려 말할 수만은 없는, 훨씬 더 구체적이고 아픈 부분을.

"저도 궁금해해도 될까요?"

"뭘?"

"대표님의 주량? 선호하는 술? 그리고 또…… 주사?"

장난처럼 덧붙여진 세 번째 질문에 피식 웃어 버렸다. 재이한테 들키지 않은 그 웃음을 무영은 재빨리 거두어들였다.

"주사 같은 건 없을 겁니다."

무영의 말투와 목소리를 그럴듯하게 흉내 낸 재이의 말이었다. 무영은 다시금 웃음을 머금었고 이번엔 거두어들이지 않았다.

"어. 대표님 방금 웃은 것 같은데."

무영더러 들으라는 듯 읊조리는 그녀의 혼잣말에도 굳이 부정하지 않았다. 그저 앞을 바라보며 걷기만 했다.

곁에다 누군가를 두고 입가엔 미소를 머금은 채 천천히 걷는 것. 생각해 보니 참으로 오랜만이었다.

까마득히 먼 시간들 속에서 무영의 곁을 자주 같이 걸어 준 사람은, 무원.

이젠 무영의 세상에 없는, 너무 일찍 떠나 버려 더욱 아프고

아깝고 그리운.

그해 여름. 햇빛이 작렬하던 강가에서 열세 살 무영은 살고, 열일곱 살 무원은 죽었다. 그날로부터 오늘까지 한 사람의 목숨을 등에 지고 살아온 날들이었다.

"복잡해졌다."

재이의 목소리가 무영의 상념을 깼다.

"무슨 생각 하고 계셨어요?"

"열일곱 살이 생의 한계치였던 사람."

"아……."

묵묵히 걷던 재이가 가만한 물음을 건네어 왔다.

"소중한 사람?"

"소중했던 사람."

"동의 안 하실지 모르겠지만, 대표님하고 저하고 닮은 데가 있는 것 같아요."

동의, 한다. 말로 표현이야 하지 않겠지만. 무영은 덤덤히 물었다.

"어떤 면이 닮았습니까?"

"거짓말로 버티는 그리움 같은 것."

촌철살인이란 이럴 때 쓰는 말이겠다. 무영은 슬쩍 재이를 돌아보았다. 재이는 여전히 걸어가는 방향으로만 눈길을 두고 있었다.

"그렇게 단정하는 근거는?"

"여전히 소중한데, '소중했던'이라고 과거형으로 말하고 있잖아요. 아닌 것처럼. 이제는 다 잊은 것처럼."

잊고 싶다. 그러나 결코 잊을 수 없으니, 다 잊은 것처럼 스스로를 기만하며 살고 있을 뿐이다.

"나도, 궁금해해도 되겠습니까?"

뺨에서 재이의 시선이 느껴졌다.

"이젠 다 잊었다는 거짓말로 버티는 그리움에 대해서."

"아."

몇 걸음 뒤에 재이가 입을 열었다.

"동생이 있었어요. 저보다 두 살 아래. 제가 열 살 때까지는 보육원에서 같이 살았는데, 떠나보내게 됐어요. 아주 멀리."

죽음일까, 입양일까.

후자라면 그나마 희망의 씨앗이 남아 있을 터. 무영은 희망 쪽에 걸어 보기로 했다.

"입양, 보낸 겁니까?"

"네. 이젠 어린 날의 얼굴만 남아 있어서, 그마저도 차츰 흐릿해져서, 언젠가 다시 만난다 해도 서로 얼굴조차 알아보지 못할 거예요."

"생각보다 비관적인 면도 있고."

"저 마구 낙관적인 사람은 아닌데요?"

웃음 스민 반박에 이어 그녀가 말했다.

"비관이라기보다는 아마 보호에 더 가까울지도 몰라요. 희망을 품고 살다가 끝내 좌절되고 나면……."

"쓰러질 테니까."

고요해진 그녀를 돌아보았다. 뺨에 엷은 미소가 머무르고 있었다. 노을빛으로 물들지 않아도 고운. 그래서 차마 눈을 뗄 수 없는.

"방금 인정하신 거예요."

"……뭘?"

"닮은 데가 있다는 말."

정서의 측면에서 보자면 닮은 데가 있다는 건 인정할 수밖에 없었다. 어린 날에 겪은 상실과 그로 인해 지속되어 온 삶의 태도에서 말이다.

"누구예요? 대표님의 소중한 사람."

"무원."

"무원……."

형의 이름을 나직이 되뇌는 재이의 목소리가 귀에 담겼다. 마치 위로처럼, 그리고 어떤 끄덕임처럼.

서로가 옛 사람들을 기억하듯 얼마간 조용히 걸어가다 보니, 재이가 말했던 식당이 나타났다.

구석지고 허름해서 여기까지 누가 찾아 들어올까 싶었는데, 안으로 들어서니 이른 시각임에도 손님들로 차 있었다.

"안녕하세요, 할머니."

재이가 정답게 인사하자, 식당 주인인 듯싶은 노파가 반색하며 맞았다.

"오랜만에 왔네?"

"네. 근데 예약하고 올 걸 그랬나 봐요, 할머니."

"그런 걸 왜 해. 방으로 들어가면 되지."

"그래도 돼요, 할머니?"

"되고말고. 어서 들어가."

재이가 무영을 보며 웃음 고인 눈짓을 했다.

무영은 재이를 따라 식당 제일 안쪽에 자리한 쪽방으로 들어 갔다. 마주 앉아 미닫이문을 닫으니 홀의 소음과 차단되어 제법 아늑한 분위기가 되었다.

감자탕과 소주를 주문한 것도 재이였다. 상 위에서 구수한 냄새를 풍기며 끓어 가는 감자탕을 보며 재이가 자랑스레 말했 다.

"이래 봬도 여기가 우리 동네 맛집이거든요. 대표님도 여기 감자탕 맛보시면 아마 또 오고 싶어지실걸요?"

무영은 말없이 그녀의 빈 잔에 소주를 채워 주었다.

"제가 드릴게요."

그러며 그녀가 무영에게서 소주병을 받아서는 무영의 잔을 채워 주었다.

"건배할까요, 우리?"

재이의 제안에 무영은 잔을 들었다. 잔과 잔이 허공에서 살 짝 맞닿았다.

"첫 잔은, 우리의 소중한 사람들을 위하여."

무영은 재이의 건배사가 담긴 잔을 한 입에 털어 넣었다. 재 이도 그녀의 잔을 말끔히 비웠다. 두 개의 잔에 무영은 다시 술 을 채웠다.

"주은이가요. 대표님 은근 도둑놈이래요."

이유를 묻기도 전에 재이가 웃으며 말했다.

"대표님 저보다 일곱 살이나 많잖아요."

"말해 준 적 없는데, 나이를 정확히 알고 있네."

"손무영 대표의 기본 정보에 대해서라면, 손 엔터의 모든 여사원들이 환히 꿰고 있을걸요?"

"서재이도 그중에 하나였다?"

"뭐, 아니라고는 말 못 하겠네요."

"열 살 차이도 아닌데 도둑놈은 좀."

"열 살 많았어도 괜찮았을 거예요."

무영의 시선을 오롯이 받으며 재이가 말을 이었다.

"열두 살쯤 많은 남자였으면. 중학교 때 막연히 그런 생각 했었거든요."

"중학교 때."

"네. 어린 마음에 나를 든든히 지켜 줄 어른을 결혼 상대로 꿈꿨던 것 같아요. 그러니까 배우자가 아니라 보호자 느낌?"

말끝에 말간 웃음이 뒤따랐지만 애잔했다. 너른 품 같은 보호자가 간절히 필요했을 사춘기 소녀 서재이가 그려진 것이다. 찬 바람 부는 벌판에 홀로 서 있는 어린 여자애가.

"그럼 스무 살쯤 많은 남자였어야지."

"앗. 그건 좀 징그럽."

곱게 찡그린 재이의 콧날에 눈이 갔다.

저런 표정도 지을 줄 아는구나. 저렇게 깜짝 발랄해지는 순간도 있구나. 다른 표정은 어떨까. 이를테면 밤의 침대에서, 남자의 무게를 온몸으로 기꺼이 감당할 때.

순백의 웨딩드레스를 벗겨 내 버린 그녀의 빈 몸을 상상했다. 남자의 어떤 손길에도 도망치지 않고 맞서는 그녀의 몸짓을 상상했다.

이마가 뜨거워져 왔다. 웨딩숍에서 돌연 닥쳐 왔던 허기의 원인을 이젠 알겠다. 허기에 더해 지금 이 순간 격렬히 덤벼드는 갈증의 이유도.

무영은 어금니가 부서져라 악물며 그녀에게서 눈길을 거두었다. 잔을 들자, 그녀의 잔이 다가왔다.

"두 번째 잔 건배사는 나의 손무영 대표님이."

나의…….

'우리'가 닫힌 문을 다정히 두드리는 느낌이었다면, '나의'는 열린 문 앞에서의 도발적인 호출처럼 다가들었다. '들어가도 돼요?'에서 '내게로 와요.'로의 진화.

무영은 재이의 눈을 똑바로 보며 입을 열었다.

"무자비한 결혼을 위하여."

경고일지도 몰랐다. 도망칠 기회는 지금뿐이라는. 이 순간이 지나면 다시 돌이킬 수 없을 거라는.

그러나 일말의 흔들림도 없이.

"위하여."

노래의 후렴구인 양 되새기고는 그녀가 잔을 비웠다.

예정과는 다르게 맞이할 첫 밤을 생각하며 무영 또한 잔을 비웠다.

무색무취의 계획이 부서질 것이란 예감. 탐욕으로 잔인해질지도 모른다는 생각. 거부하지도, 떨쳐 내지도 않았다.

무영은 잔을 새로 채웠다. 재이가 두 손에 감싸 쥔 빈 잔을 무영 쪽으로 내밀었다.

"세 잔이 한계치라고 하지 않았나?"

빠른 속도에 제동을 걸어 주려 한 것인데, 그녀가 태연스레 말했다.

"아껴 마실게요."

"한계를 깨 보는 건 어떨까."

"대표님 믿고 한번 그래 볼까요?"

믿지 마.

독하게 말하고 싶었다. 다시금 경고해 주고 싶었다.

경고 대신 무영은 묵묵히 재이의 잔을 채워 주었다. 휴대폰 진동음이 들린 것은 그때였다. 무음으로 해 두었으므로 무영의 것은 아니었다.

가방에서 휴대폰을 꺼내 발신자를 확인한 재이가 나지막이 중얼거렸다.

"선재다."

재이 얼굴을 보며 무영은 당장 묻고 싶었다. 선재가 누구냐고. 누구기에 전화도 받기 전에 표정부터 다정해지는 거냐고. 하지만 무영은 그러지 않았다.

"받아요."

그녀에게 덤덤히 수신을 허락했다. 전화 한 통 받게 하는 일에 대단히 너그럽게도 구는 것처럼.

따지고 보면 허락이 아니라 강요인지도 모르겠다. 나가지 말고 여기서, 눈앞에서 통화하라는 지시에 다름 아니었으니 말이다.

"선재야."

재이가 전화 너머의 인물에게 친근하게 이름을 불렀다. 그녀의 피를 타고 흐를 소주 두 잔의 영향은 아닌 듯했다. 본래부터 가까운 사람이 분명했다.

휴대폰에서 남자의 목소리가 어렴풋이 새어 나오고 있었다.

"들었구나. 고마워."

감자탕 속의 우거지를 건져 무심한 척 씹으면서도 무영은 재이의 통화 내용에 귀를 기울이게 됐다. 중간중간 '누나'라는 호칭이 들려왔고, 다소 마음이 놓였다.

"그게, 갑자기 그렇게 됐어. 응. ……있지, 선재야. 누나 지금 길게 통화하기가 좀 곤란하거든? 응, 누나가 나중에 다시 전화할게. 그래, 안녕."

짧은 통화를 마치고는 재이가 말했다.

"3호예요."

"3호?"

"하객 목록에서 세 번째요."

무영은 재이가 적어 준 목록을 떠올렸다.

쓰고 지웠던 율의 이름과 역시 두 줄을 그어 초대를 포기했던 또 다른 이름들. 그리하여 남겨진 단 셋뿐인 하객. 그중에서 세 번째라면 주은의 남동생일 터.

"결혼 축하한다고요. 주은이가 벌써 얘기했나 봐요."

"엄주은 씨 말고 다른 친구들도 초대하지 그래요."

"그럴까도 했는데……."

"그런데?"

"다들 믿지 못할 것 같아서요."

"뭘?"

"서재이가 손 엔터테인먼트 대표와 결혼한다는 것."

담담한 말투에 스민 미소가 무영에게 안타까움을 불러들였다.

"그러니까 보란 듯이 더더욱 초대하고 싶어지는 거 아닌가?"

"조마조마하고 싶지 않아요. 그래도 내 결혼식인데, 다른 사람들의 시선에 연연하느라 더 중요한 걸 놓치고 싶지 않아요."

"더 중요한 것?"

대답을 감추듯 재이가 반짝 웃었다. 그녀의 얼굴에 고요히 번지는 웃음에서 무영은 눈을 뗄 수 없었다.

"대표님. 우리 결혼식은 어디서 해요? 선재가 묻는데 아직 모른다고 대답하기 그래서 나중에 전화한다고 했거든요."

"어디서 하고 싶어요?"

어려운 질문이라도 받은 듯 재이가 말끄러미 무영을 쳐다보았다.

"결혼식 날의 풍경에 대해서. 생각, 안 해 봤습니까?"

"해 본 적 있긴 한데요. 이 결혼과 관련된 모든 것들은 하나부터 열까지 대표님 소관이잖아요."

"해 본 적 있는 생각, 들어나 봅시다."

"영화 같아서 이뤄지지 않을 거예요."

"이뤄 주겠다고 하진 않았는데."

"아. 그렇지, 참."

멋쩍은 웃음을 머금었다 지우고선 재이가 가만가만 말을 시작했다.

"언젠가 결혼을 하게 된다면, 인적 없는 강가에서 둘만의 예식을 올리면 좋겠다고 생각했어요."

둘만의 결혼식이야 딱히 어려울 것도 없겠지만. 하필이면 강가에서……라니.

"햇빛 아래 고요하게 흐르는 강물을 배경으로, 소담한 드레스를 입고 들꽃 묶음을 손에 쥔 신부의 모습."

그려진다. 본 적 있는 것처럼 생생하게. 오늘 그녀가 고른 웨딩드레스도 그 그림 속에서 더 어울리겠다.

"행복이 달아날까 봐 아마 활짝 웃어 대지는 못할 거예요. 은은한 미소만 지으면서 이따금 곁에 선 사람을 올려다보겠죠."

곁에 선 사람의 얼굴은 그려지지 않는다. 도무지…… 그릴 수가 없다. 미안한 마음에 한마디를 보탰다.

"머리엔 들꽃으로 만든 티아라를 얹어도 괜찮겠네."

"앗. 맞아요. 대표님 아니었음 빠뜨릴 뻔했다. 꽃을 엮어 직접 만든 티아라로 하늘하늘한 면사포를 고정시키는 거예요."

"자갈밭을 헤매 다니며 들꽃을 꺾어다 부케에 티아라까지 만들어 주려면 고생깨나 하시겠군."

재이가 웃었다.

"걱정 마세요. 대표님한테 그런 요망한 요구는 절대 안 할 거니까요."

선심이라도 쓰듯 말하고는 그녀가 국자를 집었다. 감자탕 냄비에서 뼈다귀 한 점을 퍼 무영의 그릇에 먼저 덜어 주고, 자기 그릇에도 놓았다.

"드세요."

무영에게 권하고서 살점을 발라내 먹던 재이가 젓가락을 내

려놓았다. 뼈다귀를 두 손으로 쥐고 야무지게도 먹으며 그녀가
말했다.

"잘 보이려고 애쓰지 않아도 되니까 이럴 땐 참 편하네요."

좀 어이없었다.

환심 사려 애쓰지 말라고, 경고라고 서늘하게 말해 둔 것은
물론 무영 본인이었다. 아무리 그래도 그렇지 그걸 이 시점에
적용하다니.

치킨 조각쯤이면 또 모르겠다. 남자 앞에서 돼지 등뼈 덩어
리를 손에 쥐고 저렇게 편안히 뜯어 먹을 수 있을 줄이야.

저럴 수 있다는 건 그야말로 무심 그 자체라는 방증일까. 건
배사를 빌어 '무자비한 결혼'이라 선포했음에도 그 어떤 동요
없이 '위하여'를 복창했던 것 또한 그래서인가.

혼란에 빠지기 직전, 재이가 말했다.

"그래도 그렇게 뚫어져라 쳐다보지는 말아 주셨으면 좋겠어
요. 애써 잘 보이고 싶지도 않지만, 그렇다고 막 못 보이고 싶
지도 않으니까요."

어처구니없어 무영은 하, 실소를 터뜨리고 말았다.

"어. 대표님 웃었다."

"웃은 게 아니……."

"웃었어요, 대표님. 방금 대표님 웃음소리 분명히 들었는데
요?"

"침대에서도 대표님이라 부를 셈인가?"

일순 재이가 움직임을 멈추었다. 불쑥 내던져 놓은 말을 주
워 담을 수도 없으니 낭패라 생각하고 있을 때, 그녀가 중얼거

렸다.

"상상해 버렸다."

외설스러움이라곤 손톱만큼도 찾아볼 수 없게 담백한 말투에 무영은 그만 웃어 버리고 말았다.

진짜로 웃었다면서 확인 사살이 들어올 줄 알았는데, 재이가 손에서 뼈다귀를 내려놓고는 일어났다.

"손이 좀 맵네요. 나가서 씻고 올게요."

그녀가 방에서 나갔다. 무영은 벽에 등을 기대고 긴 숨을 내쉬었다.

은근히 휘둘리고 있다는 생각.

특별할 것 없다고 여겼던 한 여자에게, 두 가지 문제를 동시에 해결할 하나의 방편으로만 선택했던 그녀에게, 그 여자의 삶 속으로 스며들고 있다는 느낌.

내버려 두어도 좋은가. 이대로 계속 나아가도 괜찮은가.

단순히 육체적 욕망을 넘어서서, 서재이라는 여자에게 깊숙이 개입되어도, 마침내 두 세계가 겹쳐져도 정말 상관없는가.

긴 한숨 끝에 골똘히 생각하고 있을 때, 방문이 열렸다. 돌아온 재이의 손에는 일회용 비닐장갑이 들려 있었다.

"손 매움 방지용으로요."

그러며 그녀가 무영에게도 비닐장갑을 건넸다. 무심코 받아들며 무영은 생각했다.

자신이야말로 안전망이 필요하다고. 서재이라는 파도에 휩쓸려 들어가지 않도록 단단한 방파제 같은 것이 있어야겠다고.

"결혼식은 호텔에서 할 겁니다."

최대한 건조하게 말하자, 끄덕이며 재이가 대답했다.

"네."

예약해 둔 호텔 이름도 말해 주었다. 그녀가 또 끄덕였다.

"청첩장은 다음 주 중에 나오고, 신혼여행은 생략합니다."

"네."

마치 그럴 줄 알고 있었다는 듯이 이렇다 할 반응 없이 대답하는 재이를 보며 무영은 착잡해졌다.

재이가 술잔을 들었다. 기다리듯 빤히 건너다보는 그녀에게 무영도 술잔을 들어 올렸다.

"세 번째 잔은 제 차례죠?"

잠시 여백을 두었다가 무영의 잔에 제 잔을 살짝 부딪치며 재이가 말했다.

"썸데이를 위하여."

"……썸데이?"

"그런 게 있어요."

"그런 게 뭡니까?"

"지금 대표님이 해야 될 말은 딱 하나. 제가 말 안 해도 아시겠죠?"

차분히 제 의지를 관철시키고 있는 여자, 서재이에게 무영은 그녀가 바라는 말을 주었다.

"위하여."

재이의 입가에 만족스러운 미소가 떠올랐다.

만지고 싶다. 미소가 머물러 있는 저 입술. 갖고 싶다. 그러나 이것은 그저 수컷으로서의 욕망일 뿐.

한계치의 술을 단숨에 마셔 버린 그녀가 빈 잔을 앞에 놓고 재촉의 눈길로 무영을 바라보았다. 무영도 술을 들이켜 세 번째 건배사가 담긴 잔을 비웠다.

재이가 무영의 잔에 술을 따라 주었다. 병에 남은 술로는 그녀의 네 번째 잔을 절반밖에 채우지 못했다. 술을 더 시키려는 무영을 재이가 말렸다.

"오늘은 여기까지만. 한계를 깨는 건 다음으로 미룰래요."

현명한 판단이었다. 마음껏 마셨다가는 재이가 아니라 무영 자신이 한계를 깨뜨리게 될 위험성이 있으므로.

"이제 밥 먹어요, 우리."

그러고는 방에서 나간 재이가 공깃밥 세 개를 쟁반에 담아 갖고 왔다.

"할머니가 바쁘셔서요."

일하는 사람이 바쁘거나 말거나 무영으로선 해 본 적 없는 일이었다.

앉아서 마땅한 대접을 받는 것에 익숙하지 않은 것 같아 안쓰러운 한편, 사회적 약자에 대한 그녀의 태도에 호감이 갔다.

허리 굽은 할머니가 아닌 젊은 사람의 서빙을 받는 거였다면 아마 비닐장갑이며 공깃밥 따위를 손수 가져오진 않았으리라.

강자 앞에서는 단단하고 약자에게는 다정한.

단지 외유내강으로만 설명할 수는 없을, 지금까지 재이가 보여 줘 왔던 그 모습들이 무영의 마음 안에 잔잔한 반향을 일으켰다.

그 반대 경우의 사람들을 더 많이 봐 왔기 때문일 것이다. 자기보다 강한 자에겐 비굴하고 약자 앞에서는 함부로 군림하는 부류들 말이다.

"많이 드세요."

공깃밥 두 개를 무영 쪽으로 건네주며 재이가 말했다.

문득 어떤 기억이 덮쳐 와 목이 메었다. 무영은 연거푸 떠 넣은 밥과 함께 옛 기억을 삼켰다.

불편하다

저녁 식사를 마치고 식당을 나서니, 밖은 이미 밤이었다. 왔던 길을 되짚어 차를 세워 둔 주차장까지 재이와 천천히 걸었다.

시장 안은 적당히 소란한데, 곁의 재이는 올 때와는 달리 조용했다. 술이 오르나 싶어 슬며시 살폈지만, 그녀의 걸음걸이는 침착하기 그지없었다.

몸도 마음도 흐트러지지 않을 만큼만을 한계치로 정해 둔 그녀를, 그녀의 그 마음결을 무영은 누구보다도 잘 이해할 수 있었다.

철저한 자기 보호일 터였다. 험한 세상에서 누구도 지켜 주지 못할 것을 일찌감치 깨닫고서 스스로 지켜 온 철칙이었을 터였다.

무영 자신이 그래 왔던 것처럼, 홀로 강인해지려는 마음으로 버텨 온 세월이었을 것이다.

그러므로 이제, 그녀가 가장 바라는 게 어른 같은 남자라면. 든든한 버팀목이라면.

그 정도 역할이라면 어려울 건 없겠지. 그녀에게로 뻗어 가는 잔인한 욕망을 최대한 억누른다면. 그러면 불가능하지야 않겠지.

그런데 언제까지……?

역시 그 계약서를 작성했어야 했다. 그까짓 말들에 흔들리지 말았어야 했다. 계획대로 냉철하게 진행했어야 했다.

두통 같은 후회를 떠안고도 무영은 자꾸만 곁을 돌아보게 됐다.

재이가 여전히 잘 걷고 있는지, 어떤 표정을 하고 있는지, 빈속에 술부터 마셔 혹여 속이 불편한 것은 아닌지.

"이상해요."

나직이 다가든 그녀의 말에 무영은 그녀로부터 황급히 눈길을 거두었다.

"대표님이랑 같이 술 마시고 나니까 왜 아버님 생각이 나죠?"

아버님. 그녀의 입에서 자연스레 흘러나온 호칭이 낯설지 않았다.

그날 밤 병실에서도 그녀는 선뜻 아버님이라 불렀다. 듣고 웃으며 반겨 주지도 못하는 사람에게.

"다음 주에 건강 검진 받으러 가면, 아버님한테도 잠깐 들러야겠다."

"······."

"그래도 되죠?"

"좋을 대로."

"좋을 대로. 상관없다는 말보다 듣기 좋은데요?"

듣기 좋았다, 나도. 그 밤, 내 아버지에게 아버님이라 부르던 너의 목소리.

세상과 단절된 채 누워 있는 내 소중한 사람에게 '많이 외로우시죠?' 하고 물어봐 주던 그날의 너, 그 다정한 목소리.

어느새 시장을 빠져나와 주차장 앞에 이르렀다. 대리 기사를 호출하고 난 직후, 어떤 목소리가 무영의 귓가로 날아와 꽂혔다.

"누나!"

무영은 반사적으로 고개를 돌렸다. 신호등이 없는 횡단보도 저편에서 한 남자가 손을 머리 위로 올려 크게 흔들어 대고 있었다.

한껏 반가워하는 남자의 동작이 재이에게 향해 있음을 한눈에 알겠는데, 정작 재이는 자기를 부르는지 알아듣지 못하는 눈치였다.

"재이 누나!"

남자가 이름까지 붙여 불러서야 재이가 남자 쪽으로 고개를 틀었다. 재이의 눈길을 받은 남자가 활짝 웃었다.

무영은 웃지 않는 재이에게 물었다.

"누굽니까?"

"집주인 할머니의 손자예요."

집주인도 아니고 집주인의 손자가 길거리에서 우연히 만난 세입자에게 왜 저다지도 신나게 아는 척을 해 대는지 의아했다.

"집주인 할머니의 손자와 꽤나 친하게 지내는 모양입니다."

말끝이 삐딱해지지 않도록 눌렀는데도 재이가 무영을 올려다보았다. 뭔가 기미를 알아챘는지 그녀가 의문이 서린 눈빛으로 물어 왔다.

"궁금하다는 뜻일까요?"

"궁금할 것까지야."

딱딱하게 대꾸하자, 재이가 바꿔 물었다.

"그럼, 불편하다는 뜻?"

불편하다. 그런데 왜?

명확한 근거를 댈 수 없는 상황인지라, 불편할 리가 있느냐는 거짓말을 해야 될 찰나. 다시금 남자의 부름이 날아왔다.

"누나!"

재이의 시선이 남자 쪽으로 되돌아갔다. 남자가 여전히 환한 얼굴로 이리로 오겠다는 손짓을 해 보였다.

연이어 달려오던 차들이 지나가자, 남자가 뛸 듯이 횡단보도를 건너와 무영과 재이 앞에 섰다.

"설마, 모르는 사람인 척 지나가려던 건 아니죠?"

대뜸 하는 말이 가관이었다. 동행이 있다는 걸 뻔히 보고서도 연거푸 큰 소리로 불러 댄 사람이 할 말은 아니었다.

"그런데 이분은 누구?"

도전이라도 하듯 무영을 쳐다보며 건넨 질문에 재이가 대답했다.

"약혼자예요."

대표님이에요, 하지 않아 다행이랄까.

"아하. 곧 결혼할 거라던 그 사람?"

그러고는 남자가 무영 앞에 손을 척 내밀었다.

"축하합니다."

알지도 못하는 녀석의 팔랑거리는 축하 인사에 응하고 싶은 생각은 한 톨도 없었지만, 내민 손을 무시하면 옹졸한 사람이 되어 버릴 것 같은 분위기였다.

무영은 남자의 손을 쥐고 차갑게 응수했다.

"감사합니다."

20대 초반. 무영과 엇비슷한 키에 호리호리한 체격. 연갈색으로 물들인 머리칼. 걸핏하면 웃음 짓는 해맑은 얼굴.

악수한 상태로 남자애의 외모를 스캔하고 있자니, 남자애 또한 쏘아보듯 무영에게서 시선을 떼지 않았다. 시선과 시선 사이에 미묘한 긴장이 흘렀다.

뺨에 부딪히는 재이의 눈빛이 느껴졌고, 무영은 얽혀 있던 손을 풀어냈다.

"와. 손 부서지는 줄 알았네."

남자애가 엄살을 피우며 너스레를 떨었다.

무의식중에 그렇게까지 세게 움켜쥐었던가. 무영이 스스로를 검열하고 있을 때, 남자애가 누구에게랄 것도 없이 말했다.

"은근히 목표 의식 생기네."

목표 의식? 무엇을 향한?

불쾌한 의문이 솟구쳤지만 무영은 내색하지 않았다. 새파란

애송이 따위한테 말길을 열어 먹이를 줄 의향은 조금도 없었다.

때마침 대리 기사가 나타났다.

"타요."

뒷좌석 문을 열고 재이를 먼저 태우려 하자, 재이가 사양했다.

"타고 가세요. 코앞이니까 저는 그냥 걸어갈게요."

"그러세요. 재이 누나는 제가 집까지 잘 모셔다드릴게요. 길 건너 골목으로 들어가면 차보다 더 빨라요."

남자애가 웃으며 서글서글하게 말했다.

굳이 강권할 수도 없어 무영은 혼자 차에 올랐다. 재이를 남자애 옆에 둔 채 주차장을 빠져나온 차가 도로로 접어들었다.

찜찜하기 짝이 없었지만 대놓고 뒤돌아볼 수 없으니 답답했다.

정확히 10분 후에 무영은 재이에게 전화를 걸었다. 받지 않았다. 신경이 바짝 곤두섰다.

대리 기사를 기다리게 하고서라도 그녀를 직접 바래다줄 걸 그랬나. 아니면 억지로라도 차에 태워 데려다줄 것을 그랬나.

후회를 닮은 생각들로 머릿속이 어지러웠다.

좋아요 버튼을

집에 도착한 무영은 샤워부터 했다. 난데없이 등장한 녀석으로 인해 복잡해진 머리를 정리하기 위함이었다.

욕실에서 나오자마자 사이드 테이블 위에 둔 휴대폰으로 손길이 갔다. 부재중 전화를 확인한 재이가 그새 전화를 걸어오지나 않았을까 싶어서였다.

예상은 빗나갔다. 두 통의 전화가 와 있었지만, 재이한테서는 전화는커녕 문자 한 통 온 게 없었다.

휴대폰 한번 안 들여다보고 여태 뭘 하고 있는 건가. 샤워 뒤의 쾌적한 심기가 불편함 쪽으로 슬슬 옮겨 가고 있었다.

무영은 받지 못한 두 통의 전화부터 해결하기로 했다. 윤 팀장에게 먼저 연결했다.

—대표님, 〈시그니처〉 제작이 하반기로 미뤄질 것 같답니다.

〈시그니처〉는 율이 출연할 드라마 제목으로, 4월 초에 첫 촬영이 들어갈 예정이었다.

"정확한 거야?"

—제작사 쪽 후배한테 들었으니 가능성이 높습니다.

상대 여배우가 스케줄 조정을 원한다는 얘기가 있더니만, 그예 제작이 지연되려나 보다.

"알았어. 다른 일은 없지?"

율에 대해서 묻고 있는 거였다.

—네, 특별한 건 없습니다. 다만……

"다만 뭐?"

—아닙니다. 제 선에서 컨트롤할 수 있습니다.

더 캐묻고 싶었으나 지금은 아니었다. 꼭 해야 될 일을 미뤄둔 채 어정쩡한 자세로 서 있는 기분이었다.

"내일 다시 얘기하지."

—네. 쉬십시오, 대표님.

두 번째 전화는 제휴 사업 팀 홍 팀장이었다.

"접니다. 전화하셨네요."

—네, 대표님. 월요일에 회사에서 말씀드릴까 하다가, 아무래도 그 전에 알고 계셔야 될 것 같아서요.

"무슨 일입니까?"

—오후에 어머님께서 제게 전화를 하셨어요.

"어머님, 이라면?"

—대표님 어머님이요.

"어머니가 무슨 일로 홍 팀장한테?"

—그게, 서재이 씨에 대해서 이것저것 물어보시더라고요. 말

하자면 회사 내에서의 평판 같은 거요.

머리가 띵했다. 재이의 직속상관에게 전화까지 걸어 새삼스럽게 그런 것들을 왜 캐고 있는지 고 여사의 심중이 의심스러웠다.

하지만 무영은 홍 팀장이 어떻게 말했는지에 대해서는 묻지 않았다. 홍 팀장의 성정으로 보건대 묻지 않아도 적절한 대처를 했으리라, 어렵지 않게 짐작할 수 있었다.

—서재이 씨야 뭐, 일에서나 처신에 있어서나 워낙 성실하고 단정해서 딱히 흠잡을 데도 없고. 그래서 있는 그대로 말씀을 드리긴 했는데요.

"그런데요?"

—율하고의 관계를 확인하시더라고요.

박 기사가 율과의 스캔들 기사도 꼼꼼히 스크랩해 올렸나 보다. 따로 불러 따끔한 충고를 넣는 게 좋을까, 생각하고 있는데 홍 팀장이 말을 이었다.

—오보라고, 정정 보도도 나왔다고 말씀드렸는데, 그것까지 다 보셨다고 하시더라고요. 제게 기사 이면의 진실을 추궁하시는 눈치라 좀 난감했어요.

"알겠습니다. 알려 주셔서 고맙습니다."

—대표님.

"네."

—서재이 씨, 결혼 후에도 회사는 계속 다니는 거죠?

휴직 조항을 써 넣었던 계약서는 사무실 책상 서랍 속에 폐기되다시피 했다. 다시 꺼내 재이에게 들이밀긴 힘들 것이다.

"그럴 겁니다."

─다행이네요. 책임감도 강하고 팀원들 중에서는 제일 싹수가 보이는 사람이어서, 제 자리까지 올 수 있게 키워 보고 싶었거든요.

듣기에 썩 싫은 말은 아니었다.

─아부는 아니랍니다. 아시죠? 저 그런 거엔 알레르기 체질인 사람이란 거.

"네, 압니다."

희미한 미소와 더불어 대답했다. 통화를 마친 뒤에도 미소는 사라지지 않고 무영의 입가에 그대로 머물렀다.

2층 거실로 나온 무영은 소파에 앉아 우주를 다룬 다큐를 틀었다. 우주나 동식물 관련 다큐멘터리를 보는 것은 아무 생각 없이 머리를 비우고 싶을 때면 취하는 방법이었다.

그러나 시작한 지 10여 분도 채 지나지 않아 휴대폰을 확인하고 있었다. 잠잠한 재이에게 무영은 다시 전화를 걸고 말았다.

10시가 가까워 오는 시각이었지만 지금 통화가 가능한지 문자로 타진해 보는 단계도 치워 버린 것이었다.

신호가 가고 얼마 뒤.

─네, 대표님.

여느 때와 다름없는 그녀의 목소리가 귓가로 흘러들었다. 마음이 놓이는 동시에 아까의 불편하고 거슬리던 심경이 훅 되살아났다.

"전화를 왜 안 받습니까?"

—진동으로 해 놔서 못 들었나 봐요. 좀 전에 들어왔거든요. 늦어서 전화드려도 되려나, 그러고 있던 참이었어요.

좀 전? 한 시간도 더 지났는데 어째서?

"여태 밖에서 뭐 했습니까?"

—아. 집엔 아까 왔고요. 옥상의 평상에서 좀 앉아 있었어요.

의구심은 해소되었으나 불편함은 물러가지 않았다.

"그 녀석이랑 같이?"

시비조까지는 아니라고 생각했건만. 잠깐 틈을 두더니, 재이가 되물었다.

—뭐가 불만이세요?

말문이 막혔다.

불만.

어지러운 모든 감정들을 한 단어로 간파해 낸 그녀가 지금 눈앞에서 총명한 눈빛으로 쳐다보고 있는 것만 같았다.

무영은 가까스로 마음을 가다듬었다.

"불만이라고 말한 적 없을 텐데?"

—말씀하신 적이야 없지만 그렇게 느껴지는걸요?

그러니 발뺌하지 말고 어서 불만의 원인을 대라고 재촉하는 듯했다. 무영은 거슬렸던 첫 순간의 느낌을 상기했다.

"누나라고 부르던데."

—그게 왜요? 선재도 절 누나라고 부르잖아요.

"걘 고등학생이고."

—재는 대학생인걸요.

"어떻게 같지?"

―둘 다 학생인 건 똑같죠.

"고등학생은 어린애고."

―정오도 어려요.

"정오?"

―이름이래요. 어린 녀석이 재이 씨라고 그러면서 맞먹으려 들기에 누나라고 일러 준 거고요.

선재의 전화를 받고 따뜻해지던 재이 얼굴이 떠올랐다. 자신을 누나라 지칭하며 무척이나 친밀해 보이던 그 순간이.

싫다.

정온지 뭔지 하는 녀석이 누나라는 호칭을 징검돌 삼아 재이와 친밀한 사이로 흘러 버리는 것. 정오든 다른 그 누구든 그녀에게 따뜻한 표정을 짓게 만드는 것.

"차라리 재이 씨가 낫겠어."

―저는 반대일 것 같은데요?

"반대라는 건?"

―묘령의 여자가 갑자기 등장해서 대표님한테 무영 씨라고 부르면. 그러면 기분이 별로일 것 같다는 얘기죠.

"오빠라고 부르면? 그럼 상관없었을 것 같아?"

전화 너머에서 재이가 머뭇거렸다. 공백은 그리 길지 않았다. 곧 그녀의 진솔한 목소리가 무영에게 다가들었다.

―상관, 있었을 것 같아요.

"정확히 말하면?"

―좀 싫었을 것 같아요.

이제야 말귀를 알아듣는 모양이라고, 그러니 이것은 어디까

지나 합리적인 불만이라는 결론을 내리다가 무영은 화들짝 놀랐다.

지금까지 재이와 나눈 대화의 맥락을 하나하나 짚어 나가면, 그 끝에서 만나는 것은 결국…… 질투?

—근데요, 대표님. 오빠랑 누나랑은 뉘앙스가 근본적으로 다른 거 아닐까요?

"크게 다를 바 없다고 보는데."

—저한테는 달라요. 저는 저보다 한 살만 적어도 도무지 남자 같지가 않거든요.

입술에 스미는 미소를 무영은 굳이 지우려 들지 않았다. 내버려 두었다. 비로소 긴장이 풀어지며 몸과 마음이 느슨히 이완되는 것을.

—대표님? 듣고 계세요?

"듣고 있어. 말해요."

—좋아요 버튼을 누르고 싶네요.

"무슨 소릴 하는 겁니까?"

—몹시 상관있어하는 대표님 모습에다가, '좋아요'를 톡 눌러 주고 싶다고요.

들켰다. 서재이한테 들켜 버렸다.

뭐라 대꾸해야 좋을지 몰라 살짝 당황하고 있을 때, 귓가에서 재이 목소리가 울렸다.

—톡.

상큼하고 청량하게.

무영은 공연히 낮은 헛기침을 했다.

─안녕히 주무세요.

통화를 맺으려는 재이의 인사가 아쉬웠다. 그렇다고 아직 잠자리에 들 때는 아니라고 말할 수도 없었다. 무영은 그저 덤덤히 받았다.

"잘 자요."

귓가의 재이가 떠났다.

커다란 화면에서는 별들을 품은 우주가 무한히 확장되고 있었다. 무영은 리모컨을 눌러 티브이를 끄고 방으로 들어왔다.

침대에 걸터앉아 사이드테이블의 맨 아래 서랍을 열었다. 그 속에 버려진 듯 놓여 있던 스노우 볼을 꺼내 가만 흔들어 보았다.

눈꽃들이 아련한 춤을 추기 시작했다. 조그만 우주 같은 스노우 볼 속, 더 조그만 집 지붕 위로 봄날의 꽃잎 같은 눈꽃들이 내렸다.

그 모습을 한참 들여다보다가, 고요해진 스노우 볼을 스탠드 곁에 두었다.

밤이 느리게 깊어 갔다.

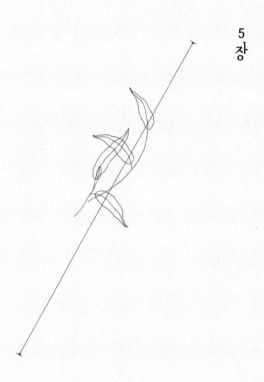

5
장

돌발 상황

지난밤 늦게까지 잠을 이루지 못했는데도 재이는 이른 아침에 깨 버렸다.

잠들지 못했던 이유는 오직 하나. 손무영.

몹시 상관있어하는 모습이라고 맘대로 넘겨짚어 버렸음에도 그에게서 단호한 부정의 말을 듣지 못했다. 은은한 두근거림이 시작된 것은 그때부터였다.

어쩌면 그도 '싫어하진 않아' 정도에서 이 결혼을 진행하기 시작했을 것이다. 그러니까 철저한 무관심을 기반으로 한 계획은 아닐지도 모른다.

싫지는 않은 단계에서 이제 그와 나란히 한 계단 올라선 게 아닐까. 어젯밤을 기점으로 하여 시선의 기울기 없이 둘이서 같은 층위에 서 있게 된 것은 아닐까.

'썸데이'가 그저 막연한 희망은 아닐 수도 있겠다는 생각에 재이는 조금 설레기까지 했다.

손무영이라는 남자에 대한 설렘이라기보다는 예상보다 빠른 시점에 실현될 썸데이에 대한 설렘이라고 하는 게 정확할 것이다.

서로에게 마음이 섞이는 날, 썸데이. 그리하여 마음도 나누고 몸도 나누는 사람. 그런 사람, 그런 관계에 대한 설렘이었다.

그렇게만 된다면 더는 외롭지 않을 수 있을 것 같았다. 더는 춥지도 않을 것 같았다. 태생적 결핍감에 더는 시달리지 않아도 될 것 같았다.

이제 더는 갈 데가 없어지는 순간에 맞닥뜨리지 않을 수 있게 될 것 같았다.

그래서 설레고 두근거리는 거다. 그래서 잠도 쉬이 이루지 못했던 거고, 일요일의 달콤한 아침잠도 저만치 달아나 버린 거다.

재이는 머그잔에 커피를 만들어 문밖으로 나섰다. 평상에 앉아 쨍한 아침 공기를 즐기며 커피를 마실 요량이었다.

그런데.

"좋은 아침."

평상을 점령하고 앉아 있던 불청객이 인사를 건네어 왔다.

싱글거리는 얼굴을 마주한 채 재이는 잠시 갈등했다. 되돌아 들어갈까 어쩔까.

"커피 향 되게 좋다."

"커피믹슨데요."

"그러니까. 나도 한 잔 주세요, 누나."

"이거 마셔요."

재이는 들고 있던 머그잔을 정오에게 내밀었다. 핑계 김에 커피만 넘기고 도로 들어갈 셈이었는데, 정오가 머그잔 대신 재이의 손목을 잡았다.

손등을 살짝 덮는 니트를 입고 있었으므로 정오의 손이 살갗에 직접 닿지는 않았다. 정오가 거칠게 움켜쥔 것도 아니었다. 그렇지만 좀 불쾌했다.

"뭐 하는 거예요?"

"도망치지 못하게 잡는 거예요."

"도망?"

"커피만 주고 들어가 버릴 생각이었잖아. 맞죠?"

"그럼 안 되는 이유라도 있을까요?"

"이유는…… 없겠죠."

"놔요, 그럼."

"이유, 있으면?"

재이는 미간을 약간 좁힌 채 정오를 쳐다보았다. 이 상태로 대화를 끌어가려는 정오가 못마땅했다. 그렇다고 잡힌 손목을 털어 내자니 뜨거운 커피가 담긴 머그잔이 문제였다.

"와. 눈빛 되게 서늘하네."

"그쪽이 지금 좋은 아침을 망치고 있으니까요."

"정오라니까?"

"말 놓지 말랬죠."

정오가 싱긋 웃고는 재이의 손목에서 손을 떼어 냈다. 머그잔을 받아 가며 정오가 말했다.

"잘 마실게요, 누나."

재이는 대꾸 없이 뒤돌아섰다. 주방문을 열고 들어가려는데, 등으로 정오의 물음이 날아들었다.

"많이 좋아해요?"

목적어가 생략된 질문이었지만 재이는 알 수 있었다. 손무영, 그에 대한 두 번째 공격이라는 것을.

어젯밤, 무영을 태운 차가 멀어진 뒤 집으로 가려고 걸음을 떼던 순간에도 정오는 재이에게 화두 같은 질문을 던졌었다.

저 사람, 진짜 좋아해요?

어째서 '진짜'라는 수식어를 붙이는지, 어젯밤의 재이는 정오한테 굳이 걸고넘어지지 않았다.

그렇게 보였나 보다, 생각했을 뿐이다. 결혼을 앞둔 연인 관계로는 느껴지지 않았나 보다, 생각했다.

타당한 느낌이라 여겼고 구구절절 변명처럼 늘어놓을 생각도 없었다. 정오가 아니라 다른 누구였어도 그랬을 터였다.

그러므로 재이는 이렇다 할 대꾸 없이 그냥 걸었고, 집까지 오는 동안 조용하기로는 정오도 마찬가지였다.

다만 방으로 들어가기 전 평상에 앉아서 무영과의 시간들을 하나하나 되새기며, 매 순간에 의미를 부여하며 내내 생각에 잠겨 있었더랬다.

그러나 오늘은, 뒤척이던 밤을 보낸 뒤에 설렘으로 맞이한 오늘 아침에는, 무례한 질문이 아니냐고 정오한테 따지고 싶었다.

그런 질문을 함부로 들이댈 만큼 가까운 사이가 아니지 않느냐고 깨우쳐 주고도 싶었다.

하지만 재이는 그러지 않기로 했다. 말을 섞으면 섞을수록 저 어린 녀석한테 말려드는 거라고, 그러니 어떤 여지도 주어서는 안 되는 거라는 데에 생각이 모였다.

재이는 묵묵히 안으로 들어가 문을 닫았다.

밖의 기척에 신경 쓰지 않으려고 휴대폰 속의 음악을 재생시킨 다음 볼륨을 평소보다 높였다. 그리고 새로 만든 커피를 천천히 마셨다.

정온지 뭔지 하는 녀석이 던진 질문 따위 잊고서 느긋하게 아침을 즐겼다.

두어 시간쯤 지났을까. 커튼 너머로 내다본 바깥은 아무도 없이 평온했다.

머그잔을 가지러 나갔더니, 빈 잔 옆에 20개들이 커피믹스 한 통이 놓여 있었다. 통 위에 붙인 포스트잇에는 글씨가 씌어 있었다.

날마다 좋은 아침!

글 뒤엔 웃는 얼굴 이모티콘도 그려 넣어 놓았다.

나름 귀엽긴 한데. 이 커피믹스 한 통을 받아도 되나 모르겠다.

한 잔을 한 통으로 되돌려 주는 마음. 그 이면에 무엇이 있는지 알 수 없으므로 그냥 돌려주기로 마음먹었다.

머그잔을 갖다 놓고 다시 나가려는데, 방에서 휴대폰 울리는 소리가 들렸다.

무영일지도 모른다는 생각에 뛰어 들어갔더니, 화면에 저장되지 않은 낯선 번호가 떠 있었다. 받지 않으려다 하도 끈질기게 울려 통화 버튼을 터치했다.

"여보세요."

—서재이 씨 전화 맞습니까?

젊은 남자였다.

혹시 할머니한테서 전화번호를 알아낸 정오인가도 싶었지만, 전화상이라 해도 목소리의 톤과 결이 정오하고는 달랐다. 훨씬 사무적이면서도 어딘지 모르게 강압적인 데가 있었다.

"네, 제가 서재인데요. 누구세요?"

—저는 손 원장님 댁 사모님을 모시는 사람입니다.

"손 원장님이라면……?"

—혜성 병원 원장님이요.

지난번에 무영이 그의 아버지께 데려갔던 그 병원이었다.

"손무영 대표님의 아버님 말씀하시는 거죠?"

—네, 맞습니다.

처음부터 손무영 대표의 어머니를 모시는 사람이라고 말하면 될 것을, 참 이상하게도 돌려 말하는구나 싶었다. 어쩐지 손무영이라는 이름을 입에 올리기 꺼린다는 느낌이랄까.

"제겐 무슨 일로 전화를 주셨을까요?"

—사모님께서 서재이 씨를 만나고자 하십니다.

이런 게 무영이 언급했던 '돌발 상황'일까?

―사모님께서는 오늘이 좋겠다고 하십니다. 그리고 또 한 가지…….

"손무영 대표님한테는 말하지 말라고 하셨을 것 같네요."

―네, 그러는 게 좋겠습니다.

재이는 드라마에서 봤음직한 장면을 잠깐 상상했다. 내 아들과 헤어져 달라는 요구와 당당히 내밀어지는 돈 봉투 같은 것 말이다.

상상 끝엔 푸시시 웃음이 났다. 설마.

이제 와서 그런 통속적인 장면을 연출해 낼 분으로는 보이지 않았다. 단 한 번 봤지만 무영의 어머니는 그런 스타일의 사람은 아니었다.

전화조차 직접 하지 않고 부리는 사람을 시켜 약속을 잡는 이가 마주 대면한 자리에서 그런 짓을 할 리가. 자존심이 상해서라도 그러지는 않을 분이라고 생각했다.

설혹 그런 일이 벌어진다 한들 심각하게 상처 받지도 않을 테지만.

재이는 그날의 첫 대면에서 고 여사가 뿜어냈던 비장한 기품을 믿어 보기로 했다. 집엔 무영이 있으니 밖에서 만나자고 할 것 같았다.

"몇 시에, 어디로 나가면 될까요?"

―11시까지 제가 그쪽으로 가겠습니다.

통화를 마친 재이는 얼마간 고심했다. 무영이 말해 둔 대로 이 돌발 상황을 그에게 알려야 하는지에 대해서는 아니었다.

아직은 어떤 상황도 발생하지 않았다. 그의 표현처럼 그에게

'보고' 하는 것은 우려할 만한 상황이 발생한 뒤여도 늦진 않을 것이다.

지금 재이의 고민은 입고 나갈 옷이었다. 무영의 계획하에 선택된 그날의 옷차림을 오늘도 똑같이 반복할 수는 없었다.

옷장을 열어 놓고 열심히 들여다보고 있을 때, 휴대폰이 다시 울렸다.

손무영 대표님

화면에 뜬 여섯 글자가 반가웠다.

"네, 대표님."

─오늘 뭐 할 겁니까?

단도직입적인 물음이 재이의 입가에 미소를 떠오르게 했다.

적응되어 가나 보다. 서서히, 그리고 어느새. 썸데이가 한 걸음씩 다가오고 있나 보다.

"대표님은요?"

─점심, 같이할까 하는데.

"누구랑요?"

앙큼하다, 서재이. 인식하는 순간 뺨이 따뜻해져 왔다.

그렇지만 나쁘지 않다, 이런 기분. 이렇게 조금 들뜨고 가볍게 떠오르는 기분. 맑은 일요일 오전, 이렇게 따뜻해진 뺨으로 전화를 받는 것.

─몰라서 묻는 겁니까?

건조함 속에 돋아난 불만 한 조각에도 기꺼이 '좋아요'를 눌러 주고 싶어진다. 그의 목소리에서 감정이 만져지는 것. 반가운 일이니까.

"조금 늦은 점심도 괜찮을까요?"

―얼마나?

"음⋯⋯. 2시쯤?"

―그럼 2시에 나와요.

"아니, 집으로 오지 마시고요. 제가 1시쯤에 전화드릴게요."

―무슨 일, 있습니까?

재이는 놀랐다. 섬세한 사람이라 느껴 본 적은 없는데, 예리하게 어떤 낌새를 짚어 내는 무영 때문에.

갈등이 일었지만, 당장 말하는 건 쪼르르 달려가 고자질하는 모양새라 내키지 않았다. 역시 좀 전에 생각한 대로 보고는 상황이 발생한 뒤로 미루는 게 낫겠다.

"밀린 빨래랑 청소를 좀 해 놓고 나가고 싶어서요. 오늘도 못하면 집이 엉망이 돼 버릴 거예요."

―집으로 오지 말라는 말에 대한 설명은 아닌 것 같은데.

"시간을 특정하기 애매해서 그래요. 대표님은 잘 모르시겠지만, 집안일이라는 게 원래 하다 보면 끝도 없이 늘어나기도 하거⋯⋯."

―알았어요. 나갈 준비되면 전화해요.

귓가의 무영이 사라졌다.

그에게 보고란 걸 하지 않아도 될 상황이기를 바라며 재이는 작년에 산 원피스를 골라냈다. 코트는 무영이 사 준 것을 그대로 입기로 했다.

시간에 맞춰 준비하고 나서다가 평상 위의 커피믹스 상자가 눈에 들어왔다. 일단 다녀와서 나중에 돌려줘야겠다고 생각했는데, 대문 앞에서 마당에 있던 정오와 마주쳤다.

"어디 가요?"

친근하게 말을 걸어오는 품이 대답하지 않으면 또 골목까지 따라붙을 기세다.

골목에서 정오와 실랑이하는 모습을 무영의 어머니를 모신다는 사람이 보게 되면 곤란해질 것이다.

"따라오면 화낼 거예요."

미리부터 엄포를 놓았더니, 정오가 짐짓 뒷걸음질을 했다. 딱 두 걸음만 물러선 채로 정오가 말했다.

"이만큼은 괜찮죠?"

이만큼의 거리를 유지하겠다는 말일까. 스스로 거리를 두겠다면야 곤란해질 일이야 없겠지만.

꼭 이만큼의 거리를 유지하며 위성처럼 주위를 맴돌겠다면. 그건 좀, 아니 많이 곤란할 것이다.

재이는 웃고 있는 정오를 외면하고 대문을 나섰다.

덮어쓰기

한적한 곳에 자리 잡은 카페의 주차장에 차가 멈췄다.

안전벨트를 풀어내는 재이에게 운전석에 앉아 있던 남자가 명함을 건넸다. 얼결에 받아 들고 나니, 남자가 말했다.

"사모님께서는 제게 고모뻘 되십니다."

고모도 아니고 고모뻘이라는 것은 촌수를 따지기 힘든 먼 친척쯤 된다는 얘긴데.

뜬금없이 건너온 이 말을 주은이 들었다면 '그래서 뭐 어쩌라고요?' 해 버렸을지도 모르겠다. 솔직히 재이도 비슷한 심정이었지만, 드러내지 않고 짧게 답했다.

"아, 네."

내리려고 차 문에 손을 대는데, 남자가 물었다.

"명함, 안 보십니까?"

정중한 어조 속에 감춰진 무언가가 미묘하게 불편했다.

재이는 명함을 들여다보았다. 박태상이라는 이름. 비서실장이란 직함 아래 휴대폰 번호가 박혀 있었다.

무영의 어머니는 현재 특별한 사회 활동은 안 하는 것으로 알고 있는데, 비서실장이라니 좀 의아했다.

"앞으로 사모님께 전하실 말씀이 있으면 저를 통하시면 됩니다."

월권 아닌가, 하는 생각이 들었으나 재이는 그 또한 곧장 내색하진 않았다. 앞으로 그렇게 할지 말지는 무영과 의논하면 될 일이었다.

"태워다 주셔서 고맙습니다."

인사하는 재이에게 남자는 앉은 채 고개만 까딱할 뿐이었다. 아까 집 앞에서도 차에서 내리지는 않고 경적만 울려 신호를 보냈던 사람이었다.

조수석과 뒷좌석 중 어디로 타야 될지 망설이고 있던 재이한테 손가락으로 조수석 쪽을 가리켜 보인 사람이기도 했다.

졸지에 남자의 아랫사람이 된 것 같은 기분에 다시금 미미한 불쾌감이 다가들었지만, 재이는 침착한 모습으로 차에서 내렸다.

무영의 어머니 고 여사는 카페의 제일 안쪽 자리에 앉아 있었다. 재이는 다가가 공손히 몸을 숙여 인사했다.

"안녕하셨어요, 어머님."

"앉아라."

"네."

두 사람 앞에 음료가 놓이기까지 고 여사는 우아한 침묵을 지키고 있었다. 전화를 받으며 언뜻 상상했던 장면이 전개되지는 않을 거란 느낌에 마음이 놓였다.

오늘 고 여사는 집에서와는 달리 선이 고운 블랙 원피스 차림이었다. 긴 목을 부드럽게 감싸는 진홍빛 스카프가 퍽 잘 어울렸다.

"이 자리가 편치만은 않을 테니, 거두절미하고 용건부터 말하는 게 좋겠구나."

녹차를 한 모금 마시고는 고 여사가 말을 이었다.

"회사에서는 평판이 나쁘지 않은 모양이다만. 손 대표의 위치나 입장을 고려할 때, 일을 그만두는 것이 순리 아니겠나 싶다."

퇴사를 명하는 것일까.

"손 대표뿐만 아니라 다른 직원들도 불편할 것이고 민폐가 되기 십상이니, 괜한 말들이 나오기 전에 네가 결정하는 것이 좋겠다."

결혼과 동시에 회사를 그만두는 경우에 대해서는 생각해 본 적이 없었다. 무영에게서도 그런 의향은 전해진 적 없었다.

"대표님과 의논해 보겠습니다."

차분히 말하자, 호수처럼 잔잔하던 고 여사의 눈빛에 시린 기운이 번뜩였다.

"의논이 필요할 일이면 널 불러내지도 않았을 것이다."

음성에도 냉기가 넘실거렸다.

"1년도 아니고 3개월 아니냐? 고작 3개월을 들어와 사는데, 직장을 다니면서 가풍은 언제 가르치고 배우겠느냐 말이다."

고 여사의 말은 차츰 싸늘한 호통으로 변해 가고 있었다.

듣고 보니 고 여사의 생각도 나름 일리가 있긴 했다.

1년에서 대폭 깎여 버린 3개월이라는 기간은 무영의 고집이지 재이의 의견이 아니었지만, 고 여사의 처지에서만 놓고 보면 이해 못 할 바도 아니었다.

생각 끝에 재이는 절충안을 꺼내 놓았다.

"휴직은 어떨까요, 어머님."

고 여사의 눈초리가 매서워졌다.

"퇴사하라고 일렀거늘, 지금까지 내가 한 말을 듣지 못한 거냐?"

사나운 일갈이 날아들었지만 두렵지는 않았다. 이 정도의 언행쯤, 아니 이보다 훨씬 심한 수준의 것들도 여러 곳의 위탁 가정을 거치면서 일상으로 겪어 낸 재이였다.

적어도 고 여사는 물리적인 폭력을 휘두르지는 않았고, 자신의 품위를 손상시키지 않으려 노력하는 모습을 기본자세로 깔고 있는 사람이니까.

하대와 멸시에도 품격이라는 게 있다면 고 여사는 그나마 상위에 속했다.

재이로서는 이쯤은 얼마든지 감당해 낼 수 있었고, 아끼고 존경하는 분이 아니었기에 딱히 상처가 될 부분도 아니었다.

재이는 호흡을 가다듬고는 하고 싶은 말들을 머릿속으로 가지런히 정리했다. 그런 다음 고 여사에게 찬찬히 말했다.

"손 엔터테인먼트라는 회사에 제법 높은 경쟁률을 이기고 입사했어요. 그런데 2년 만에 그만둬 버린다는 건 무책임한 일이라 생각합니다."

"……뭐라?"

"만약 제가 결혼을 이유로 퇴사한다면, 그때 저와 같이 지원했다가 기회를 얻지 못했던 사람들에게도 미안한 일이고, 앞으로 도전할 사람들, 특히 여자 지원자들에게 나쁜 선례가 될까 걱정스럽습니다."

고 여사가 입술을 가늘게 붙여 다물었다. 눈매 또한 엇비슷했다.

재이는 말을 마저 해 나갔다.

"어머님께서 우려하시는 마음은 이해하지만, 퇴사보다는 휴직하는 쪽이 여러모로 나은 판단이 될 것 같습니다."

잠시 팽팽한 침묵이 드리웠다. 재이가 느끼기에 냉기나 분노의 연장선 같지는 않았다. 아마도 재이처럼 할 말을 고르고 있는 듯했다.

이윽고 고 여사가 입을 뗐다.

"손 대표는 우리 집안의 귀한 장남이다."

오늘 고 여사가 한 모든 말들 중에서 재이 가슴에 가장 깊숙이 꽂힌 말이었다.

고 여사의 어조가 무겁게 가라앉아 있어서만은 아니었다. 무영에게서 죽은 형에 대한 이야기를 들었기 때문이었다.

무원.

무영이 차마 형이라고도 말하지 못한 채 그 이름 두 글자만을 입에 올렸던 사람. 무영의 가슴 깊은 곳에 소중하고 아픈 사람으로 묻혀 있을 사람.

그러나 무원을 그 누구보다도 소중히 여기고 아프게 간직하고 있을 사람은 고 여사일 터였다. 자식을 먼저 보낸 사람의 마음을 그 누가 감히 헤아릴 수 있으랴.

아이를 낳아 본 적도, 길러 본 적도 없지만, 고 여사의 지난 세월이 어떠했으리라는 것은 재이도 충분히 미루어 짐작할 수 있었다.

소중한 사람을 잃어버린 뒤의 상처에 대해서라면 재이도 모르지 않았다.

죽은 큰아들 대신에 둘째를 장남으로 여기며 살아왔을 고 여사의 심경에 재이는 아프게 공감할 수 있었다. 무영에게서 지난 세월의 상실과 상처를 치유하려는 마음일 터.

"어머님. 본가에서 지내는 기간에 대해서는 대표님께 잘 말씀드려 보겠습니다."

"그래?"

내장이라도 꿰뚫어 보려는 듯한 눈빛이 확인의 물음과 함께였다.

재이는 그 또한 두렵지는 않았다. 상스러운 욕설이 섞인 것도 아니고, 이 정도면 지극히 양반이었다.

"네, 어머님. 대표님이 제 말에 얼마나 귀 기울여 주실지 자신은 없지만, 그래도 진심을 다해 의논해 보겠습니다."

성심껏 대답하고는 말 끝자락에 웃음도 곁들였다.

고 여사가 재이에게서 눈빛을 거두고 찻잔을 들었다. 재이도 찻잔을 들었다. 고 여사에게 맞추느라 같은 걸로 주문한 녹차는 알맞게 식어 있었다.

찻잔을 내려놓고 고 여사가 물었다.

"빚이라도 있는 거냐?"

"……네?"

"네 힘으로는 도저히 감당하기 불가능한 채무가 있는 거냐고 묻는 거다."

재이는 비로소 조금 당황했다. 아니라고 잡아떼기 어려운 질문이었다.

스캔들로 발생할 경제적 손실을 들먹였던 것은 무영이었다. 책임을 묻겠다고, 감당하기 불가능한 경지가 될 것이라고 그는 진작 재이한테 말했었다.

혹여 고 여사가 그 과정을 다 파악하고 있는 걸까. 그렇지만 알고 있다면 굳이 물어볼 필요도 없을 터였다.

재이는 결혼에 이르기까지의 과정이 아닌 현재의 질문 자체에만 집중해 대답하기로 했다.

"대학 다닐 때 학자금 대출 받은 게 있었는데, 매달 조금씩 상환해서 작년 12월에 끝났습니다."

"그래?"

"네. 지금은 제 명의의 대출은 없습니다."

"다른 사람 명의로는?"

재이의 눈길을 받으며 고 여사가 덧붙였다.

"일가붙이들 말이다."

일가붙이들. 아내가 죽자마자 어린 두 딸을 보육원으로 보내버린 아버지라는 작자?

기억에도 없는 그 사람이 재이 삶에 등장했던 적은 지금껏 한 번도 없었다.

보육원에 내팽개쳐질 그 당시, 재이는 다섯 살이었다고 했다. 세 살배기 윤이 손을 꼭 잡고 보육원 문 앞에서 오들오들 떨고 있었다고 들었다.

그날의 정황들은 전부 까마득하기만 한데, 재이 기억에 오직 생생한 감정은 배고픔과 추위였다.

"결혼 후에 일가붙이들이 나타나 손 대표한테 수시로 손을 벌리는 일이라도 생긴다면. 그땐 어쩔 것이야?"

용서할 수 없는 사람이 어떤 모습으로 눈앞에 나타난들, 흔들릴 일도 없고 마음 쓰리지도 않을 것이다.

그립지 않은 사람의 일에 대해서는 생각조차 하고 싶지 않았으므로 재이는 그저 담담히 대답할 뿐이었다.

"그런 일은 없을 거예요."

"장담하지 마라. 한 치 앞도 모르는 게 인생이다."

장담이 아니라 다짐이라고 말할 수는 없었다. 적어도 그 방면에 있어서만큼은 독기를 발휘할 수 있다고 재이는 힘주어 말할 수도 없었다.

한번 돌아서면 뒤도 안 돌아보는 사람이구나.

그런 말을 들었던 적이 있었다. 대학 2학년 때였다.

가까워지기 시작했던 선배가 다른 후배한테도 공을 들이고 있다는 사실을 알게 됐고, 재이는 그길로 그에게서 돌아섰다.

아예 몰랐던 사람처럼 철저히 외면했다. 그 어떤 미련도 남겨 두지 않았다. 그런 건 조금도 어렵지 않았다. 더 깊어지기 전에, 상처 받기 전에 돌아설 수 있어 다행이었다.

얼마간 주변에서 질척대던 그 선배는 결국 그런 소릴 떠안기고는 재이에게서 멀어졌다. 동기들과의 어느 술자리에서 재이를 빗대어 '독한 년'이라 부르더란 소릴 전해 들었다.

그땐 눈곱만큼도 개의치 않았지만. 지금은…… 독한 여자로 보이기 싫었다.

잘 보이고 싶지도 않고 잘 보이려고 애쓰지도 않을 테지만, 고아원에서 자라 제 핏줄도 내치는 독한 사람으로 보이고 싶지는 않았다.

무영에게 그런 여자로 비춰지는 건 싫었다. 처음과는 다르게 지금 시점에서는. 그리고 앞으로의 시간들에서도.

"너도 참 가련하구나."

불현듯 내던져진 고 여사의 말이 재이 마음을 휘저었다. 어떤 의도로 던져진 말인지 알 수 없어 재이는 고 여사를 물끄러미 쳐다보았다.

"내가 알아본 바로, 이 결혼은 손 대표가 제 목적들을 위해서 너를 이용하려는 것에 불과하다."

역시 이 결혼의 배경을 알고 있구나. 집을 떠나기 위해 추진하는 결혼이라는 것까지도 알고 하는 말이겠지만.

그럼에도 '이용'이라는 단어가 명치에 걸렸다. 모멸스럽기보다는 아릿하다고 해야 할까.

이용은 아니었으면 하는 바람이 뒤늦게 다가왔지만, 애초에 동의하에 시작된 과정이니 이제 와 마음 아릴 일도 아니라고 재이는 스스로를 다독였다.

"떠나려고 돌아서 버린 마음을 어찌 붙들어 두겠느냐마는.

……내 너한테 희망을 걸어 보아도 되겠느냐?"

전혀 예상치 못했던 말에 재이는 탁자로 지그시 내려 두었던 눈길을 들어 고 여사를 보았다. 쉽사리 곁을 내어 주지 않을 것만 같은 얼굴이 재이 앞에 있었다.

짐작하는 대로가 맞는지 희망의 의미를 물어 확인하고 싶었으나, 고 여사가 먼저 입을 열어 재이의 말을 막았다.

"섣부른 대답으로 내 환심을 사려 들 필요는 없다."

환심.

어쩌면 이렇게도 무영과 똑같은 표현, 똑같은 방식으로 말하는지. 무영의 말들이 겹쳐지며 재이는 미소를 머금고 말았다.

고 여사의 얼굴에 불편한 의문이 서렸다.

"어머님하고 대표님, 은근히 닮으셨어요."

"뭐라……?"

믿을 수 없다는 듯 되묻는 고 여사에게 재이는 좀 더 환하게 웃어 보였다.

희망이라는 말 때문인지도 모르겠다. 지금 이렇게 웃을 수 있는 까닭은.

오늘의 이 만남에서 다른 것들은 다 지우고 꼭 하나만 남길 수 있다면. 그것은 고 여사가 내비친 '희망'일 것이라고, 재이는 웃음 가운데 생각하고 있었다.

오늘 고 여사의 진짜 용건은 방금 언급한 그 희망에 있는 것인지도 모르겠다는 생각도 들었다.

하지만 희망도 절망도 결국은 무영의 의지에 달린 문제라는 것을 재이는 알고 있었다. 그러므로 섣부른 대답은 아껴 두고 오늘 첫 순간의 느낌을 꺼내 놓았다.

"스카프가 참 잘 어울리세요, 어머님."

정답게, 진심을 담아서.

"마음에 들어서, 안목이 제법이다 싶었다."

그제야 재이는 오늘 고 여사가 두르고 나온 스카프가 첫인사를 드리러 갔던 날 무영이 따로 준비한 선물임을 알았다.

이 자리에 그 스카프를 하고 나온 고 여사의 마음에 대해 생각하고 있자니, 등에 따뜻한 손길이 닿아 머무는 것 같았다.

조금 전 고 여사의 입에서 나온 희망이라는 말. 그 글자에서 두 개의 이응이 풍선처럼 둥실 부풀어 오르는 느낌이랄까.

"고백할 게 있어요."

뻔뻔하게 시침 떼고 있을 수 없어서 말해 버렸다.

"실은 그 스카프, 제가 고른 게 아니에요. 제가 준비한 것도 아니고요. 대표님이 저 대신 준비하신 거예요. 아마도……."

"아마도?"

재이는 담백하게, 그러나 미소를 더해 말했다.

"제 안목을 믿지 못해서 그러셨을 거예요."

고 여사의 입술이 비틀렸다. 터뜨려진 것은 아니었지만 분명 웃음이었다.

문득 마음이 아려 왔다. 활짝 웃지도 못하고 살아온 세월이었을 것만 같아서.

세상을 향해 싱싱한 날개를 펼쳐 가야 했을 열일곱. 귀하디귀한 장남을, 가슴에 묻어야만 했을 그 청춘을 생각하면 마음껏 웃음 짓지 못한 나날들이었을 것이다.

웃음을 가두듯 감정들도 짓눌러 온 세월이 아니었을까. 마음도 버려둔 시간들이 아니었을까. 그리하여 폐허처럼 살아온 생이 아니었을까.

"어머님."

대답 없는 고 여사에게 재이는 다정한 마음을 건네고 싶었다.

그러나 대체로 그렇듯이 말은 언제나 마음에 뒤처진다. 제대로가 아니면 표현되지 않느니만 못할 때가 많으니.

재이는 웃음으로 말을 대신했다. 환히 웃음 지어 마음을 대신했다.

"웃음 헤픈 것들은 믿지 않느니라."

무안하리만치 맵짜게 내뱉고는 고 여사가 자리에서 일어섰다. 재이도 따라 일어났다.

"나오지 마라. 갈 때는 내가 차를 타야겠다. 너와 나란히 앉아서 가고 싶지도 않고, 네가 산다는 동네까지 둘러서 갈 생각도 없다. 택시를 부르든가, 손 대표한테 전화를 하든가."

"가는 길은 제가 알아서 할 테니 마음 쓰지 마세요, 어머님."

"마음 쓴 적 없다."

싸늘한 말에서 무영이 자주 쓰는 어법이 연상되어 재이는 또 웃어 버렸다.

조용한 웃음을 못마땅한 표정으로 보던 고 여사가 재이를 외면하고 돌아섰다. 쌀쌀맞은 그 뒷모습에다 대고 재이는 허리를 깊이 접어 인사했다.

"조심히 들어가세요, 어머님."

고 여사는 뒤돌아보지도, 대답을 주지도 않았다. 재이의 존재 자체를 잊은 듯 꼿꼿한 걸음걸이로 문을 향해 나아갔다.

아이를 셋이나 낳아 기른 노년의 몸 같지 않게 군살 하나 없는 실루엣이어서, 틀어 올린 흰 머리만 아니라면 30대 여자로도 보일 법한 뒷모습이었다.

재이는 고 여사가 카페를 나간 다음에야 문가로 가서 밖을 내다보았다. 아까 재이를 태워 왔던 차가 주차장을 빠져나가고 있었다.

자리로 돌아온 재이는 가방에서 휴대폰을 꺼냈다.

1시가 되려면 아직 30분가량 남았지만, 어쩐지 12시부터 기다리고 있을 것만 같은 무영에게 전화를 걸었다. 곧 그의 목소리가 귓가로 다가왔다.

—손무영입니다.

"저예요, 대표님."

—어딥니까?

"집은 아니고요. 밖에 나와 있어요."

—그러니까 어딘지 묻는 겁니다.

"저 있는 데로 오시려고요?"

—싫습니까?

나지막한 경계선 앞에서 툭 발길질을 하는 것만 같은 그의 어조가 재이에게 웃음을 불러들였다.

"그럴 리가요."

웃음을 숨기지 않은 채 말했더니, 그에게서 다시금 가벼운 시비조의 물음이 다가들었다.

─좋은 일이라도 있는 모양입니다?

"있죠, 좋은 일."

─뭡니까?

"손무영 대표님과의 데이트?"

─데이트라고 말한 적은 없을 텐데?

"대표님은 절대로 그런 말 안 하실 테지만, 제가 그렇게 느끼
면 그런 거예요."

─우기지 말고, 거기가 어딘지나 말해요.

재이는 무영에게 카페 이름과 대략의 위치를 설명해 주었다.

─거기까진 무슨 일로 간 겁니까?

휴직 건에 대해서도 의논해야 하니, 아무래도 고 여사와의
만남을 일정 부분까지는 말해 두는 것이 좋겠다.

"오시면 말씀드릴게요."

─20분쯤 걸릴 겁니다.

"네. 천천히 오세요."

귓가의 무영을 보낸 뒤, 재이는 카페 바깥으로 나왔다.

3월 초순치고는 날이 온화했다. 코트도 벗어 들고 고즈넉한
뜰을 한가로이 거닐다가, 키 작은 나무 곁의 벤치에 앉았다.

무영이 오면, 오늘 그의 어머니하고의 시간들에 대해서 어디
까지 어떻게 말하는 게 바람직할지 생각했다.

고 여사가 언급한 '희망'을 보다 솔직한 표현으로 치환하면
'소망'일 거라는 데에 생각이 모였다.

아들을 가까이에 두고 싶다는, 어머니의 바람.

어머니의 그 소망을 무영에게 최대한 왜곡 없이 전하는 것.

그것이 오늘 자신에게 주어진 중요한 과제라고 생각하고 있을 때, 눈에 익은 차 한 대가 주차장으로 들어섰다.

재이는 벤치에서 일어났다. 차가 멈추고, 무영이 모습을 드러냈다.

오늘도 무영은 핏이 똑 떨어지는 슈트 차림이었다. 싫지는 않았다. 그에게는 너무도 잘 어울리는, 가장 손무영다운 모습이니까.

미소 짓는 재이에게로 무영이 걸어왔다.

"15분밖에 안 됐어. 막 달려오신 거 아니에요?"

"그럴 리가. 길이 막히지 않아 일찍 도착한 겁니다."

재이는 고요히 웃었다.

'그럴 리가'까지만 무뚝뚝하게 내뱉는 게 그다운 대처일 텐데, 뒤에 해명을 붙이다니. 목소리에 감정이 실리는 것만큼이나 반가운 현상이었다.

재이를 보는 무영의 눈매가 살짝 갸름해졌다.

의문인가, 불만인가.

가늠하다 보니 고 여사의 얼굴이 떠올랐다. 재이의 웃음 앞에서 불편한 의문이 서리던 그 표정이.

"대표님이랑 어머님, 은근 닮았어요."

같은 말을 건넸는데.

"말도 안 되는 소리."

무영이 사뭇 차갑게 내쳤다.

모자간인데 말 안 될 것까진 없잖아요, 그러려다 말았다.

떠나려고 돌아선 이의 마음이었다. 어머니와의 자연스러운 분리를 위해 결혼이라는 형식을 이용하려는 사람이다.

그다지 탐탁치도 않은 예비 며느리에게 내밀한 소망을 희망으로 내비추기까지, 필연적으로 닥쳐올 분리를 막으려는 시도가 없었을까.

있었지만 소용없었을 것이다. 그래서 이곳으로 따로 불러내 희망이라는 말을 건네었을 것이다.

무영의 심장이 얼음으로 채워져 있을 거라던 율의 말이 생각났다.

이미 접힌 마음은 다시 펴지 않는 사람. 한번 얼린 마음은 끝내 녹이지 않는 사람.

그런 사람이 무영이라면······.

"닮은 데가 있다니까요."

재이는 가만히 중얼거렸다. 이번엔 재이 자신과의 닮음을 말한 거였다.

무영에게선 아무런 대꾸도 건너오지 않았다. 무시함으로써 어머니와의 닮음을 부정하고 있는 것일 테지만, 재이 마음은 그에게로 조금 더 흘러들었다.

"대표님. 오늘 점심 메뉴는 제가 정해도 될까요?"

"먹고 싶은 거 있으면 말해 봐요."

"뭐든 괜찮아요?"

"뭐든."

재이는 심호흡을 하고는 그에게 말했다.

"초밥."

무영의 눈빛이 눈에 띄게 흔들렸다. 흔들려 주어서 고마웠다. 무심히 듣고만 있었다면 새삼 서운해질 뻔했으니까.

"싫어하시는 거 아는데요. 오늘은 저랑 같이 앉아 초밥 먹어 주세요. 지우고 싶어서 그러는 거니까요. 나쁜 기억을 좋은 기억으로 덮어쓰기. 그런 차원이거든요."

미소를 머금고 말했는데도 그날의 쓸쓸함이 되살아왔다.

주인 없는 사무실에서 혼자 먹는 초밥이 많이 쓸쓸했다고, 일일이 풀어 말할 수는 없지만. 이렇게라도 투정을 부려 보는 거라고 생각하고 있을 때.

"그날은 내가 나빴습니다."

무영의 말이 마음을 저미고 들어왔다.

사막 같아도 괜찮았다. 어조 같은 건 어떻든 상관없었다. 얼려 둔 마음 한 곳을 깨고, 그 속에 든 것을 꺼내 주었으니까. 힘들 텐데도 보여 주었으니까.

뭉클해져서, 재이는 어떤 말도 할 수 없었다. 복잡해진 무영의 얼굴을 바라만 보았다.

재이의 눈빛을 받으며 한 그루 나무처럼 서 있던 무영이 문득 손을 뻗어 왔다. 그의 손길이 뺨에 와 닿는 줄 알았다. 그래서 하마터면 눈을 감아 버릴 뻔했지만.

아주 잠깐 무영의 손길이 스쳐 간 곳은 이마였다. 정확하게는 이마에 드리운 머리칼.

방금 연하게 불어온 바람 때문에 재이의 이마를 덮어 버린 머리칼 몇 올을 그가 직접 걷어 내 준 것이었다.

"또 엉망이 됐나 봐요."

머리를 쓸어 넘기며 말하자, 그가 변명처럼 대꾸했다.

"정돈하는 습성이 있어서."

"정돈이라면 저도 일가견이 있답니다."

"닮은 데가 있다고 주장하는 방법도 여러 가지네."

"그래서, 싫습니까?"

부러 불만스레 흉내 냈더니, 그가 입술 끝을 올렸다. 조금, 아주 조금.

무영이 차를 향해 걸어갔다. 재이도 뒤따라 걸었다. 그가 조수석 차 문을 열어 주었다. 얼마쯤 수줍어하며 재이는 차에 올랐다. 차 문이 닫히고, 그가 운전석으로 왔다.

안전벨트를 매는 그에게 장난스럽게 말을 걸었다.

"저 때문에 억지로 먹다가 탈나는 거 아닌가 몰라요."

"일식집에 초밥만 있는 건 아니니까."

"아. 그렇지, 참. 그럼 대표님은 초밥 말고 다른 걸 드시면 되겠다."

"질러 놓고 뒤늦게 미안해진 건가."

"앗. 표시 났어요?"

"벨트 매요."

"넵."

재이는 미소 띤 채 안전벨트를 끌어다 맸다.

차가 서서히 출발했다. 재이의 마음도 출발선을 지나고 있었다.

내 스노우 볼

무영이 선택한 일식당의 정갈한 방 안에 그와 둘이서 마주 앉았다.

어제 그를 데리고 갔던 시장의 감자탕 집과는 비교도 안 되게 고급스럽고 세련된 곳이어서, 불편했을 어제의 그에게 재이는 조금 미안해지려고 했다.

초밥을 비롯한 음식들이 식탁 가득 놓였다. 오늘은 먹음직스런 생선 초밥이 2인분이었다.

무영 앞에도 놓인 초밥 접시를 걱정 반 의아함 반으로 보고 있으니, 그가 덤덤하게 말했다.

"덮어쓰기를 도와주는 차원에서."

"그렇지만 싫어하시잖아요."

"그러니까."

싫어하는 음식을 굳이 같이 먹어 주는 것. 마주 앉아 대화를 나누면서.

그러니까 나쁜 기억은 잊으라고. 다 잊어버리라고. 좋은 기억만 남기라고. 오늘만 오래 기억하라고.

혼자서 더듬어 보는 짐작들이 다정해 입가에 절로 미소가 맴돌았다.

"많이 먹어요."

"덮어쓰기는 이미 진행된 거나 마찬가지니까 억지로 안 드셔도 돼요."

"탈 안 납니다. 걱정 말고 먹기나 해요."

"탈나면 제가 배 쓸어 드릴게요."

"뭐요?"

"엄마 손은 약손, 그런 거요. 제가 살살 쓸어 드리면 아프다가도 금방 나을 거예요."

복잡해지고 있다, 이 사람. 또 눈빛에 끝 모를 깊이가 담기고 있다.

어느 부분이 지뢰인 걸까. 엄마 손?

여느 모자간 같지 않게 서걱거리던 두 사람을 떠올리며 재이도 마음이 복잡해졌다.

겪어 본 적 없을지도 모르겠다, 이 남자. 배를 쓸어 주는 엄마의 따뜻한 손길 같은 것. 어린 날의 나처럼.

초밥은 지금껏 먹어 본 가운데 최상의 맛이건만. 기억이 새로 쌓이겠다. 덮어쓴 좋은 기억 옆에 또 하나의 공간이 만들어질 것 같다.

안쓰러운 마음, 이라는 기억.

"언제 말할 겁니까?"

"뭘요?"

"오면 말해 준다던 거 말입니다."

"아, 그거."

지금은 타이밍이 좋지 않다고 생각했다.

"일단 요 초밥으로 좋은 기억부터 더 쌓고 나서 말씀 드……."

무영이 재이 말을 잘랐다.

"혹시."

"……네?"

"어머니 만났습니까?"

나중으로 미룰 수도, 아니라고 잡아뗄 수도 없게 되어 버렸다. 재이는 순순히 인정하기로 했다.

"네, 만났어요."

"돌발 상황이 생기면 나한테 말하라고 했던 거, 잊었어요?"

"어머니 만났느냐고 금세 추측하시는 거 보니까, 돌발 상황은 아니네요, 뭐."

"그 만남에서는 덮어쓰기 해야 될 기억 같은 건 전혀 없었나 봅니다."

반어법을 사용하며 가시 돋친 그의 말이 재이를 다시금 아릿하게 만들었다.

어머니와의 세월에서 좋은 기억으로 덮어쓰기 해야 될 나쁜 기억들, 대표님한테는 너무 많았나 봐요.

그에게 하지 못한 말이 가슴 안에 너울졌다. 그를 웃게는 못

해도 조금이나마 가벼워지게 하고 싶었다.

"나오라는 전화 받고 제가 제일 먼저 고민한 게 뭔지 아세요?"

무영이 미간을 살짝 좁힌 채 눈으로 되물었다.

"오늘은 뭘 입지?"

맑게 말하고서 재이는 웃었지만 무영은 웃지 않았다.

"주은이 말대로 지난번에 주신 그 카드로 백화점부터 달려가 버릴 걸 그랬나 봐요."

여전히 굳은 표정인 그에게 재이는 고 여사가 건넨 표면적 용건을 꺼내 놓았다.

"퇴사를 권유하셔서, 휴직하겠다고 말씀드렸어요."

"퇴사든 휴직이든 원하지 않으면 안 해도 됩니다."

"원한다면요?"

"거짓말에 능숙한 줄은 몰랐는데."

"거짓말을 꿰뚫어 보실 만큼 섬세하신 줄은 저도 몰랐네요."

입을 꽉 다물어 무영의 턱이 강건해졌다.

어쩌면, 하고 재이는 생각했다.

이런 얼굴의 무영을 싫어하지는 않는다고. 서늘하지만 누구 보다도 강해 보이는 지금의 얼굴이 손무영이란 사람의 본질이 라고.

감정의 느슨한 부분을 잠깐 노출하거나, 덤덤한 어조로 지난 일을 사과하거나, 바람결에 흐트러진 머리칼을 정돈해 주거나, 싫어하는 초밥을 같이 먹어 주거나.

그런 모습들은 무영에게 특별한 예외일 뿐이라고.

예외가 하나씩 늘어나도 반갑겠지만, 설혹 그렇지 않더라도 본래의 그 모습 그대로를 곁에서 지켜보며 살아갈 수 있으리라고.

서로의 본질을 구태여 교정하려 들지 않는, 끄덕이며 지켜봐 주는. 그런 삶도, 그런 색깔의 결혼도 괜찮을 거라고. 나쁘지 않을 거라고.

"그것뿐입니까?"

무영이 물었다. 오늘 만남에서 고 여사의 용건이 그것뿐이냐고, 그럴 리 없다고 확인하는 물음일 터.

재이는 끄덕였다.

"네."

그 외의 것들에 관해서는, 특히 아들을 곁에 두고 싶어 하는 고 여사의 소망에 대해서는, 다른 날 다른 시간에 말해도 좋을 것이다. 아니, 그러는 편이 나을 것이다.

지금은 덮어쓰기의 시간이니까.

문서를 저장할 때 덮어쓰기를 해 버리면 이전 파일은 사라지고 새것으로 바뀌듯이, 혼자서 쓸쓸했던 순간을 지우고 둘이서의 다정한 기억으로 덮어쓰는 시간이니까.

"비서실장님 말이에요. 대표님 외가 쪽으로 친척 되시나 봐요?"

딱히 궁금하진 않았지만 화제를 돌리기 위한 물음이었는데, 무영이 뜨악한 표정으로 반문했다.

"비서실장?"

"어머님 모시는 사람이라면서 저한테 전화하고 카페까지 태워다 주셨거든요. 명함에 그렇게 적혀 있던데요?"

무영이 손을 내밀었다.

"봅시다, 그 명함."

재이한테서 명함을 받아 든 무영의 안색이 불편해졌다. 명함을 돌려주지 않고 바닥에 팽개치듯 놓고는 그가 말했다.

"기사입니다. 비서실장이 아니라."

"아……."

"앞으로는 박 기사라 지칭하면 됩니다. 그리고 멀든 가깝든 친척 따위 아니니까 조금도 신경 쓸 필요 없습니다."

재이는 아까 박 기사로 인해 느꼈던 미묘한 불쾌감과 상황들을 털어놓을까 하다가 그냥 담아만 두었다.

그 또한 다른 기회가 있을 것이다. 일회성이 아닌 게 될 때, 오늘과 엇비슷한 상황이 반복될 때, 그때는 무영에게 말하리라 마음먹었다.

다만 한 가지는 지금 무영에게 말해 두는 게 좋을 것 같았다.

기사가 비서실장이란 신분을 사칭하고 다니는 셈이니 무영이 적절한 조치를 취하겠지만, 아무래도 확인 삼아 물어봐야겠다.

"아까 박 기사님이 앞으로 어머님께 전할 말이 있거든 자기를 통하라고 그러시던데, 어머님 지시일까요?"

"호가호위가 따로 없군."

호가호위(狐假虎威). 여우가 호랑이의 위세를 빌리다.

그러니까 박 기사는 고 여사의 엄정한 권위에 기대어 상전 노릇이라도 하려던 거였나 보다. 찜찜한 의문이 풀리면서 슬며시 웃음이 났다.

"웃을 일은 아닌 것 같은데?"

"여우인지는 잘 모르겠지만, 호랑이는 맞는 것 같아서요."

무영의 입에서 하, 낮은 탄식이 새어 나왔다. 웃음까지는 아니었지만 동의임은 분명했다.

"많이 엄하셨나 봐요, 어머님."

"따뜻한 사람은 아니었지."

과거형 어미를 사용하는 게 좀 이상했다. 마치 옛 기억 속의 사람을 묘사하는 독백처럼 들렸기 때문이었다.

"아버님은 어떤 분이세요?"

"넓고 깊은 사람."

재이는 끄덕였다. 그런 아버지가 그의 곁에 있어서 다행이라고 생각했다.

기적처럼 건강이 회복되시면 더 다행스러운 일이겠지만, 그렇게라도 살아 계시니 존재만으로도 무영에게 큰 힘이 되어 줄 것이다.

"처음 뵙는데도 왠지 기대고 싶더라고요……."

무영을 따라 병실에 갔던 날을 떠올리고 있노라니, 그가 물어 왔다.

"어릴 때 기억, 남아 있습니까?"

"보육원에 들어가기 전의 기억은 거의 없어요. 다섯 살이었거든요."

"없는 쪽이 나을지도."

"맞아요. 우리가 보육원에 들어오게 된 이야기들 들은 걸 종합해 보면, 그 전의 기억들은 저도 없는 쪽이 낫다고 생각해요."

"보육원에선 어땠습니까?"

"괜찮았어요. 배고프지도 않았고, 춥지도 않았고, 원장님은 다정했고, 또래들도 있어서 외롭지 않았고."

그때의 그 또래들 중에 주은과 율이 있었다.

셋이서만 유난히 친했던 이유는 지금도 잘 모르겠지만, 앞으로도 그리고 어떤 경우에도 서로를 등지지 않으리라는 확신만은 든든했다.

이해할 수 없는 영역은 있어도, 받아들여 주지 않을 수 없는 관계. 서로 달라도 그 다름을 껴안아 줄 수밖에 없는.

주은과 율은 재이에게 그런 친구들이었다. 아마 그 둘도 자신을 그리 여길 것이라 재이는 믿어 의심치 않았다.

"다정한 원장님이라. 여자분이었습니까?"

"네. 결혼도 안 했는데 아이들의 인자한 할머니가 되어 주신 분이셨죠."

끄덕이는 무영의 얼굴에 어른거리는 기운이 추억의 빛깔 같아서, 재이는 신기한 느낌으로 그를 바라보았다.

이런 얼굴의 무영은 처음이다. 이렇게 편안히 생각에 잠겨 있는 얼굴은.

생각에 잠길 때면 대개 복잡해지게 마련이었는데, 지금은 뭔가 달랐다. 헤아릴 수 없을 깊이 대신 은은한 넓이가 느껴진다.

눈꽃들이 흩날리는 스노우 볼을 들여다보고 있으면 아련히 행복해지곤 하던 재이의 마음, 그 순간들처럼.

부족한 거라고는 없을 분에게 너무도 소소하지만 그 순간의 행복한 마음을 전하려 준비했던 선물이었는데.

"참. 내 스노우 볼은 어떻게 하셨어요?"

농담 건네듯 선물의 안부를 묻자, 평온하던 무영의 표정이 다소 흐트러졌다.

"내 스노우 볼?"

이미 준 선물에다 '내'를 붙이는 게 어이없다는 반응이었다.

재이도 태연스레 주장했다.

"어머님께 드리려던 건데 안 드렸을 거니까, 내 스노우 볼 맞죠."

"안 드렸다고 한 적 없는데?"

"드렸어요?"

짐짓 놀라는 시늉을 하며 물으니, 무영이 이내 대답은 않고 물부터 마셨다.

"안 드렸죠?"

"그런 걸 받아 들고 기뻐하실 분이 아니라는 거, 이젠 알고도 남았을 텐데?"

"그러니까요."

"그러니까 뭘?"

"그러니까 주인을 찾지 못한 내 스노우 볼은 도대체 어디로 가 버린 거냐고요."

"그게 그렇게 궁금합니까?"

"네, 궁금해요."

무영이 다시금 하, 나지막한 탄식을 내뱉었다. 궁지에 몰린

듯 보이는 그의 모습 또한 처음 본다.

은근히 신이 난 재이는 고소한 웃음을 머금고서 그를 추궁했다.

"내 스노우 볼, 대표님이 갖고 있죠?"

"그러면 안 됩니까?"

"안 될 거야 없죠."

"그런데 왜 따지는 거지?"

"어. 대표님 지금 저한테 반말하셨어요."

"그래서?"

"그래서, 좋다고요."

무영이 상체를 의자 등받이로 기댔다. 턱이 굳었지만 서늘하게만 보이지는 않았다. 더는 흐트러지지 않도록 표정을 관리하고 있다는 걸 알겠다. 보였다. 느껴졌다.

재이는 웃었다. 소리 없이 환한 이 웃음이 그의 가슴 가장 깊은 데까지 가서 닿기를 바랐다.

그런 말, 다른 데선 안 하는 겁니다

점심 식사 후에는 둘이서 백화점에 왔다. 무영이 가자고 했
다. 재이는 거부하지 않았다.

그가 살 게 있다면 옆에서 같이 봐 주고 선택하기 어려워하
면 골라도 주고, 뭔가를 사 주고 싶어 하면 그게 뭐든 흔쾌히
받기로 했다.

받는 쪽에서 부담 갖지 않는 적정선을 그가 지켜 주리라 생
각했다.

어디로 가는지, 왜 가야 하는지도 모르는 채로 그를 따랐던
시간들에 비하면 오늘은 확연한 진전의 날이었다.

그래서 마음은 더 포근해지고, 그래서 더 신뢰감이 생겼다.

"나를 믿는다는 뜻입니까?"

무영의 그 물음에 대답을 다시 해야 한다면.

오늘은 그날의 무심한 '아마도요' 말고, 마음이 깃든 '네'를 택하겠다.

믿는다는 말은 아무한테나 함부로 쓸 수 없다고 여전히 생각하고 있지만, 손무영이란 사람은 이미 '아무나'가 아니기 때문에.

지지난 주 금요일 저녁부터 오늘까지는 겨우 열흘. 길지 않은 그 시간들을 걸어오는 동안에도 둘 사이에 차곡차곡 쌓여 온 것들이 있기에.

매일 조금씩 더 쌓여서 공유하는 세월이 되었으면, 하는 마음이 시작되고 있기에.

오늘 무영의 목적지는 여성 의류 매장이 즐비한 층이었다.

"나 신경 쓰지 말고 천천히 둘러봐요."

"제 옷 사는 거예요?"

"뭘 입고 나갈지 고민 안 되게 여러 벌 골랐으면 하는데."

이러라고 했던 말은 아니었지만, 마음 한쪽에 담아 두고 있었을 그가 미더웠다. 옷을 사 입으라고 카드를 주는 대신 같이 와 주는 방식을 택한 그에게 고마운 마음이 들었다.

변화라고 느꼈다. 달라졌다고 말하면 그는 결코 인정하지 않을 테지만, 그래도.

"걸어 다니는 한도 무제한 카드네요?"

장난스럽게 말했지만 그는 웃음을 보이지 않았다. 본래의 그 얼굴로 덤덤히 재이 곁을 지켰다.

복장 규정이 워낙 자유로운 회사였으므로 평소엔 청바지나

셔츠 등의 캐주얼로 편하게 입고 다녔다.

광고나 제휴 사업 계약과 관련된 자리에 참석해야 할 때만 정장을 입곤 했다. 그마저도 저렴한 옷들이었다.

월급을 받고 좀 여유가 있어도 옷을 사 입는 일엔 손이 굳었다. 기댈 언덕이 없는 자신의 처지를 생각하면 불안한 미래를 예비하며 아껴야만 했다.

그런 연유로 백화점에서 옷을 사 본 적이 없는 재이로서는 눈이 가는 옷이 있어도 선뜻 손길이 나가질 않았다. 내 돈 나가지 않아도 몸에 밴 소비 습관은 어쩔 수 없었다.

만져 보지도 못하고 눈길만 두고 지나쳐 가기를 여러 차례. 옆에서 걸으며 묵묵히 지켜보던 무영이 더는 안 되겠던지 제동을 걸었다.

"신경 쓰지 말랬다고 그림자 취급이네."

타박은 아니었다. 핀잔도 당연히 아니었다. 그답지 않은 농담에 가까웠다.

재이는 배시시 웃어 버렸다. 조금 멋쩍기도 했다.

"한도 무제한 카드, 안 쓸 겁니까?"

"쓸 거예요. 단, 심사숙고해서."

"심사숙고 두 번 했다간 밤이 깊겠어."

"밤이 깊어도 같이 있어 주실 거잖아요."

"서재이 씨."

모처럼 불린 이름에서 차가운 거리감은 느껴지지 않았다. 재이는 '네, 대표님'이란 대답 대신 고개 돌려 무영을 올려다보았다.

"그런 말, 다른 데선 안 하는 겁니다."

"……네?"

"대답부터 해요."

"네."

강요 아닌 강요를 받들어 얼떨결에 대답부터 하고 나니, 그제야 맥락이 이해됐다. 재이는 방금 자기가 했던 '그런 말'을 입 안에서 가만히 되새겨 보았다.

"밤이 깊어도 같이 있어 주실 거잖아요."

'그런 말'의 의미가 비로소 피부에 와닿았다. 재이는 냉큼 무영에게서 시선을 돌렸다. 돌연 이마에 신열이 오르는 듯했다. 두 뺨에도 마찬가지.

"그러게 왜 밤을 들먹이세요?"

손등으로 뺨을 지그시 누르며 공연히 그를 탓했다.

못 들었는지 듣고도 모른 척하는 건지, 무영은 말없이 걸음을 옮겼다. 재이도 그를 뒤따랐다. 걸어가던 그가 멈춰 선 곳은 아까 재이의 눈길이 머무른 곳이었다.

그가 블라우스를 하나 골라냈다. 그의 정확한 기억력에 재이는 웃으며 끄덕여 주었다. 블라우스에 어울리는 스커트는 그가 직접 골랐다. 맘에 들었으므로 재이는 또 끄덕여 주었다.

"입어 봐요."

무영이 말했고, 재이는 그렇게 했다.

탈의실에서 새 옷으로 갈아입고 나온 재이를 보며 이번엔 그가 끄덕였다. 만족스런 웃음이나 허세 따위 없이 그저 눈으로만. 간결한 그 끄덕임이 재이를 미소 짓게 만들었다.

무영의 손에서 건너간 카드가 계산을 마친 뒤 그에게로 되돌아왔다.

재이는 일부러 가격을 보지 않았다. 숫자들로 오늘 그의 마음 씀씀이를 재단하고 싶지 않았다. 옷 가격이 앞서는 게 싫었다.

다음 매장에서도 같은 과정을 거쳤다.

재이가 눈여겨보았던 옷들이 하나씩 그의 손에 집혀 나왔다. 단품이면 그에 잘 매치되는 옷을 더 골라 주었고, 원피스나 투피스일 땐 깔끔하게 카드만 건넸다.

다섯 군데를 돌고 나서는 재이가 그에게 제동을 걸었다.

"이제 됐어요."

"아직 더 남았을 텐데?"

"제 눈길 닿은 옷은 모조리 사들일 생각이세요?"

"그럼 다음 단계로."

"다음 단계요?"

"의상이 준비되면 그에 걸맞은 신발과 가방도 있어야 하는 법."

"엔터 대표 아니랄까 봐 참 진지하게도 말씀하시네요."

"한도 무제한이라고 말했던 사람이 누구더라?"

"장난이었어요."

"어쨌든 갑시다. 나는 보기보다 꽤 바쁜 사람이고, 언제 또 서재이 씨 데리고 백화점에 나올 수 있을지 모르니까 오늘 다

해결해야겠습니다."

"바쁘신 대표님. 그냥 반말로 다 해결하시면 안 될까요?"

"안 됩니다."

그가 말한 다음 단계는 그나마 각각 한 곳에서 끝났다. 재이가 미리 봐 둔 것들이 없었기에 가능한 수순이었다.

양손에 쇼핑백들을 바리바리 든 무영과 엘리베이터에 올랐다. 나눠 들려고 해도 그가 완강히 거절해 어쩔 수 없었다.

마침 둘뿐인 엘리베이터 안에서 거울 같은 문을 바라보며 나란히 섰다.

"손무영 대표님 눈썰미는 인정."

"내가 골라 준 것들, 다 맘에 든다는 뜻입니까?"

"네."

"대답 한번 담백하네."

"그래서, 싫습니까?"

또다시 그를 흉내 내어 묻자, 엘리베이터 문에 비친 그가 미간을 확 좁혔다.

마주 보고 있지는 않았지만 보란 듯이 감정을 표현하는 모습이 좋았다. 그에게 활짝 웃어 주고 싶을 만큼.

그러나 무영의 그런 얼굴 앞에서 재이는 오히려 마음을 아끼게 됐다. 어쩌면 조금쯤 두려워졌는지도 모르겠다.

그의 감정들을 하나하나 알아간다는 것.

눈에, 머리에, 가슴에 담게 된다는 것.

그의 모든 표정들을, 그가 가진 다양한 얼굴들을 기억하게 된다는 것.

만약 그 모든 것들을 혼자서 추억하게 된다면…… 슬플 것 같다. 쓸쓸할 것 같다. 외로울 것 같다.

더는 외롭지 않게 되리라는 기대로 시작하고 있으면서, 외로움을 예비하는 스스로가 마땅찮았다. 그래서 재이는 한껏 명랑하게 말했다.

"그렇게 인상 써 봐야 하나도 안 무섭네요."

"무서워질지도."

"그럴까요?"

대답을 듣기 전에 엘리베이터 문이 열렸다. 지하 주차장이었다.

엘리베이터를 기다리고 있던 여자가 옆으로 비켜섰다. 재이와 무영이 내리고, 긴 머리의 그 여자가 올라탔다.

몇 걸음 내딛다 멈춰 선 재이는 문득 뒤를 돌아다보았다. 엘리베이터 문이 닫히고 있었다. 미모의 여자를 데리고 엘리베이터가 상승했다.

"아는 사람입니까?"

무영이 물었다.

재이는 고개를 저었다. 처음 보는 사람이라고 대답해야 할 텐데, 어쩐지 입이 안 떨어졌다.

잔상이 여운처럼 남는 얼굴이라고 대답하면. 저도 모르게 걸음을 멈추고 뒤돌아보게 되었다고 말하면. 스르르 닫히던 문 너머의 여자를 조금 더 뜯어보고 싶었다고 말하면.

그러면 무영은 어떤 표정을 지을까.

"너무 예뻐서 그런가."

중얼거리는 재이를 무영이 어이없다는 눈으로 보고 있었다.

"가던 걸음 멈추고 예쁜 여자 돌아보는 건 내 역할 아닌가?"

"그러게요."

그가 미간을 좁혔다.

"왜요?"

"가끔 느끼는 건데, 지나치게 초연한 면이 있어."

"제가요?"

"아니라고는 못 할 텐데?"

맞다. 그렇지 않다고 반박은 못 하겠다. 스스로도 알고 있는 면이니까.

일정한 선 밖에 서서 지켜보는 자세. 온몸을 던져 뛰어들지 않는 태도.

자기 보호의 측면에서 견지해 온 삶의 방식이 부지불식간에 언어로도 표출되곤 한다는 것을 재이도 알고 있었다.

덕분에 같이 있는 사람을 살짝 서운하게 만드는 때가 있다는 것까지도 안다.

하지만 지금의 무영에게는 서운함까지야 아닐 터였다. 그럴 정도로 깊이 스며든 사이는 아니니까. 그저 좀 독특하다는 느낌 정도?

물어보고 싶어진다. 초연한 면에 대해서 무영이 어떻게 느끼는지를.

"연연하지 않는다는 건 장점인가, 단점인가."

혼잣말인 척 읊조렸더니, 무영이 대꾸했다.

"때에 따라 다르겠지."

"사람에 따라, 아니고요?"

무영의 눈썹이 미세하게 꿈틀거렸다. 생각에 사로잡히기 직전의 얼굴이 된 그에게 재이는 웃으며 말했다.

"대표님도 막 연연하는 사람은 아닌 것 같은데요?"

그러므로 무영에게는 장점으로 작용할 가능성이 높다고, 재이는 생각했다. 그 누구에게도 스며들기를 쉽게 허용하지 않는 사람이 손무영이니 말이다.

질척거리는 사람. 끈질기게 연연하는 사람. 그런 유의 사람들을 그가 아주 싫어할 거라 짐작하는 건 이제 그다지 어렵지 않았다.

그리고 그런 면에서는 그와 자신이 닮았다고도 생각했다.

닮은 면을 자꾸만 찾게 되는 것. 깊이 스며들기의 전 단계일까.

어쨌거나 나쁘지 않다. 스며든다는 것.

스며드는 속도가 서로 엇비슷하기만 하다면야 더할 나위 없이 좋겠지만.

속도 차이쯤 있다 해도 얼마든지 극복할 수 있을 것이다. 결혼이라는 형식이 그걸 가능하게 만들어 줄 것이다.

그러니까 이 결혼은 서로에게 스며드는 속도뿐만 아니라 서로의 모든 차이를 서서히 좁혀 나가는 과정이 아닐까.

그러다가 서로가 완전히 겹쳐지는 날, 그날이 썸데이가 아닐까.

"서재이 씨."

무영의 부름이 재이를 상념들 속에서 끌어냈다.

"질문 던져 놓고 혼자 생각에 빠져 있는 건 뭐지?"

"그래서, 대표님 대답은요?"

"대답보다는 닮았다는 말을 하고 싶었던 거 같은데."

"닮은 면 인정하시는 거예요?"

"배고픈데 저녁이나 먹으러 갑시다."

무영이 걸음을 뗐다. 재이는 곁을 따르며 물었다.

"그런 적 있으세요?"

"그런 적?"

"걸음을 멈추고 서서 홀리듯 예쁜 여자를 돌아본 적."

없다고 단박에 대답할 줄 알았는데, 3초 정도 공백을 두고서 야 답이 건너왔다.

"없습니다."

"있구나."

돌아온 것은 말이 아니라 눈길이었다. 무영의 미간에 연한 금이 그어져 있었다. 서늘하지도, 두렵지도 않았다. 재이는 미 소 지었다.

무영이 눈길을 거두어 갔다. 멈췄던 걸음도 재촉했다. 차에 올라 안전벨트를 매며 그에게 말했다.

"저녁은 제가 살게요."

"됐습니다."

"근사한 데서 저녁 한 끼 정도는 저도 사 드릴 수 있어요."

"됐다고 했습니다."

"그럼 저녁엔 대표님이 좋아하는 걸로 먹어요."

"그럽시다."

"됐습니다, 했습니다, 그럽시다. 침대에서도 그러실 거예요?"

주차장을 부드럽게 빠져나가던 차가 급정거했다. 뺨에 와서 부딪는 무영의 눈빛이 느껴졌다. 수줍지는 않았다.

그러나 재이는 그를 마주 쳐다볼 수 없었다. 그와 눈길이 부딪치는 순간 일어날지도 모를 어떤 일이 예감처럼 닥쳐왔기 때문이었다.

결혼이 정해져 있는 상황이어서 연애에 수반되는 밀고 당김이라든가 긴장감, 불안 따위가 끼어들지 못하는 거라고 생각해 왔는데.

그래서 이렇게 담담히 진행되어 가는 과정이 편안하다고도 생각해 왔는데.

아닐 수도 있으리라는 생각. 미처 예상치 못한 어느 순간 스파크가 튈 수도 있을 것 같다는 생각. 이제야 들기 시작했다.

멈췄던 차가 다시 출발했다. 차 안에 감돌던 긴장이 차츰 느슨해졌다. 마음이 놓이면서도 미묘한 아쉬움 같은 게 남았다.

지상으로 올라온 차가 도심 속으로 들어섰다. 내일도 맑은 날일 거라 일러 주듯 빌딩숲 저편 하늘에 노을이 투명한 빛깔로 물들어 가는 중이었다.

재이는 무영을 돌아보았다. 빈틈 하나 없이 견고한 성채 같은 남자가 운전에만 몰두해 있었다.

침대에서의 이 남자는 과연 어떤 모습일까.

상상을 넘어선 궁금증이 처음으로 몰려들었다. 정서의 영역을 벗어난 구체적인 두근거림도 함께.

재이는 하아…… 낮은 숨을 내쉬었다.

"어디 불편해요?"

"아뇨."

"그런데 한숨은 왜?"

"실감이 나서요."

"……무엇에 대한?"

"손무영 대표님이 내 남자가 되는구나, 하는."

"슬슬 두려워지는 건가."

"아니에요."

"그럼?"

"……기다려지는 건가 봐요."

긴 숨을 내쉰 쪽은 무영이었다. 핸들을 쥔 그의 두 손에 힘이 들어갔다.

푸른 핏줄이 위협적으로 도드라진 저 손등 위로 손 뻗어 가만가만 쓸어 주면 어떨까. 그래도 될까. 위험해지지 않을까.

재이는 그에게서 눈길을 떼어 내고 차창 너머 점점 짙어지는 노을을 바라다보았다.

우리가 살 집

집으로 드는 골목 어귀에 차가 멈췄다.

둘이서 같이 나눈 저녁 식사와 더불어 저녁은 벌써 지나가고, 지금은 밤이 깊어 가는 시각이었다.

차에서 내린 무영이 쇼핑백 더미를 양손에 쥔 채 말했다.

"혼자 들기 무거울 테니, 집 앞까지 같이 갑시다."

"괜찮아요. 제가 들고 갈 수 있……."

재이 말을 다 듣지도 않고 그가 앞장서서 걸었다.

빤히 보이는 대문까지야 금방이지만 옥탑까지는 두 층 더 올라가야 했다. 좁고 가파른 옥외 계단이 익숙하지 않을 그가 걱정된 재이는 대문 앞에서 그를 막아섰다.

"이제 그만 가세요."

무영의 얼굴에 의문이 담겼다.

"옥탑이라고 하지 않았나?"

"맞아요. 근데 계단이 위험해서요."

"내가 서너 살 먹은 어린애도 아니고, 계단이 위험할 것까지 야."

"대표님은 겪어 본 적 없는 계단이라 그래요."

"겪어 본 적 없는······."

나직이 되뇌는 무영을 보며 재이는 지금 자신이 걱정하고 있 는 게 단순히 계단만은 아님을 깨달았다.

허술한 유리문 하나가 출입구의 전부인 옥탑 위의 집. 아니, 방.

날림으로 지은 가건물 같은 그 공간을 무영에게 보이기 꺼려 지는 마음.

그것이 지금 무영 앞을 막아선 진짜 이유임을 알아차린 것이 다. 알아채고 나니 조바심이 덜했다. 이럴 땐 차라리 솔직해지 는 편이 좋겠다.

"부끄러워서요."

"······뭐가?"

"제가 살고 있는 방. 대표님한테 보이는 거 좀 부끄러워요. 그러니까 옥탑까지는 안 올라오셨으면 좋겠어요. 대표님은 겪 어 본 적 없는 집이잖······."

"알았어요."

건조한 대꾸가 맘에 걸렸다. 원래 그의 말투임에도 그랬다.

"화나신 거 아니죠?"

"아닙니다."

"진짜요?"

"안 났습니다, 화."

"그럼 증명해 보세요."

"뭐요?"

"저한테 편안히 말 놓으시면 화 안 났다는 거 믿어 드릴게요."

"말도 안 되는 소리."

"정식 반말은 아니지만, '니다' 랑 '니까?' 는 아니니까 인정."

재이와는 달리 무영은 웃음 짓지 않았다. 딱딱해진 얼굴로 쇼핑백들을 재이 앞에 내밀었다. 재이는 그것들을 받아 들었다.

"조심히 가시고, 내일 회사에서 봬요."

"들어가요."

"가시는 거 보고 들어갈게요."

"먼저 들어가요."

아무리 권유해도 그가 먼저 돌아서진 않을 태세라 재이는 이쯤에서 져 주기로 했다.

"그럼 제가 먼저 들어갈게요."

대문 앞에 그를 세워 둔 채로 돌아서서 계단을 다 올라올 때까지 재이는 내내 뒤를 돌아보고 싶었다. 하지만 참았다.

뒤돌아봤을 때 무영이 사라지고 없을까 봐. 어둠이 고인 빈자리만 확인하고선 내심 서운해지기라도 할까 봐.

그렇게 제멋대로 부피를 키워 가는 마음에서 외로움의 씨앗이 자랄까 봐.

옥상으로 올라와 평상에다 쇼핑백들을 부려 놓던 재이의 손길이 멈칫 굳었다. 저편 난간에 가로등 빛을 받으며 기대어 서 있는 사람 때문이었다.

"뭐 하는 거예요?"

해사하게 웃고 있는 정오에게 따졌다. 정오의 손에는 핑계가 되어 줄 담배조차 들려 있지 않았다.

"기다렸어요."

정오의 대답에 재이는 화가 나려고 했다.

기다린다는 말은 세입자와 집주인의 손자 사이에 통용될 수 있는 말이 아니었다.

그럴 필요도, 이유도 없는 말이었다.

기다린다는 말은 마음이 서로 오고 가는 관계에서나 쓰일 수 있는 말이었다.

점점…… 점점…… 가까워지는 사이.

더 알고 싶어지고, 더 깊숙이 들여다보고 싶어지는 사이.

서로 겹쳐져도 괜찮다고 생각되는 사이.

같이 보내는 시간이 다정한 사람들끼리만 쓸 수 있는 말이었다.

그러므로 이런 식으로 오용되어서는 곤란했다.

"기정오 씨."

"뭐야. 무섭잖아요."

"할머니께 말씀드려야만 할까요?"

"신경 쓰이나 봐요?"

"뭐라고요?"

"곧 결혼한다면서요. 그럼 이 방도 비울 테고, 내 얼굴 다시 볼 일도 없을 텐데. 뭐가 그렇게 두려워요?"

"두렵다고 한 적 없어요."

"오케이. 신경 쓰이는 사람으로 정정."

"신경 쓰인다고 한 적도 없을 텐데요?"

씩 웃음 짓고는 정오가 말을 이었다.

"누나는 몰라도, 저기 저분은 아닌 것 같은데요."

재이는 정오의 시선을 따라 고개를 틀었다. 계단이 끝나고 옥상이 시작되는 지점에 나무처럼 서 있는 한 남자가 보였다.

가슴이 툭, 떨어져 내렸다. 놀라움만은 아니었다. 순수한 반가움이라고도 할 수 없었다. 설렘이거나 두근거림에 더 가까웠다.

무영이 재이에게로 걸어왔다. 평상에 놓인 쇼핑백들을 도로 집어 들고는 그가 말했다.

"갑시다."

건조하기 짝이 없는 그 본연의 어조였으나, 재이에게는 강력한 명령어로 들렸다. 그럼에도 싫지 않았다.

재이는 무영 곁으로 한 걸음 다가섰다. 그가 턱짓을 했다. 앞서라는 뜻이었다. 재이는 그렇게 했다.

계단을 되짚어 내려와 대문을 나왔다. 그림자처럼 무영이 재이 바로 뒤에 있었다.

골목을 걸어 나와 그의 차 앞에 이르렀다. 그가 쇼핑백들을 다시 싣고, 조수석 문을 열어 주었다. 재이가 차에 오르자 무영도 따라 올랐다. 차가 출발했다.

달리는 차 안은 바깥세상과 격리된 둘만의 공간이 되었다. 참 이상하지만 재이는 지금 자신이 안전하다고 느꼈다.

차가 도착한 곳은 초고층 주상 복합 빌딩의 지하 주차장이었
다. 재이가 사는 동네에서 그리 멀지 않은 거리였다.

무영을 따라 엘리베이터에 올랐다. 이곳까지 오는 동안 차갑
도록 묵묵하던 그에게 재이는 비로소 물었다.

"어디 가는 거예요?"

"집."

"······집?"

"우리가 살 집."

우리, 라고 했다. 처음으로, 게다가 너무도 당연한 듯이.

우리가······ 살······ 집.

입속에서 가만가만 굴려 보았다. 마음이 따듯해져 왔다.

재이는 살며시 고개 돌려 무영을 올려다보았다. 그는 앞만
응시하고 있었다. 차 안에서 내내 굳어 있던 턱은 지금도 그대
로였다.

가만히 만져 주면 느긋해질까. 차분히 쓸어 주면 나른해질
까.

재이는 두 손을 꼭 움켜쥐었다.

손이 넝쿨 식물처럼 그에게로 뻗어 올라가지 않도록. 그의
강건한 턱으로 가 닿지 않도록.

다행히도 초고속 엘리베이터는 금세 그가 누른 27층까지 이
르렀다.

재이의 눈길 앞에서 무영이 도어 록 비밀번호를 눌렀다. 그
가 마련해 둔 집으로 들어가는 문이 열렸다.

전체적인 분위기는 회사 건물 10층에 자리한 무영의 사무실과 엇비슷했다.

꼭 있어야 할 가구들이 제자리에 알맞게 위치한 데다, 어느 것 하나 들뜨지 않아 절제된 중후함이 배어 나오고 있었다.

그리고 피아노.

그와 어울리지 않는 상큼한 가구가 의외였다.

가로로 길게 낸 창 아래 육중하게 버티고 앉은 피아노를 호기심 어린 눈으로 바라보고 있을 때, 무영의 목소리가 들려왔다.

"당분간 여기서 지내요. 그러는 게 좋겠습니다."

권유의 형태를 띠고 있지만 이번에도 역시 명령어로 느껴졌다.

재이는 피아노에 향해 있던 눈길을 무영에게로 돌렸다. 그는 형형한 눈빛으로 재이를 지켜보고 있었다.

먹이를 눈앞에 둔 육식 동물의 눈빛이라고만 할 수는 없었다. 그에게선 고뇌가 엿보였다.

예정에 없이 닥쳐온 이 시간을 어떻게 처리할지, 물러서야 마땅하지만 폭주하고 싶은 자의 번민 같은 것.

"밤이 깊었네요."

선택권을 그에게 주는 심정으로 말했다.

밀도 높은 침묵이 지나간 뒤에 무영이 답했다.

"잘 자요."

돌아서 나가는 그를 지켜보다가 피아노 앞으로 와서 앉았다. 현관문 닫히는 소리가 아주 먼 데서 들려오는 듯했다.

재이는 진갈색 피아노 위를 손으로 천천히 쓸었다. 닿지 못한 그를 어루만지듯이. 밤이 깊어도 같이 있어 줄 그를 상상하면서.

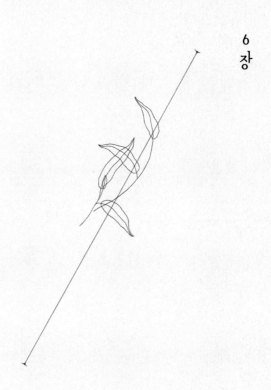

6
장

두 개의 침대

4시 정각에 노크 소리가 들렸다. 누구일지 알고 있었으므로 무영은 대답하지 않았다.

소파의 팔걸이에 두 팔을 얹은 채 제왕처럼 오만한 모습으로 앉아 호출 받고 급히 달려왔을 이를 기다렸다.

문이 열리고 박 기사가 사무실 안으로 들어섰다. 무영은 이리 와 앉으라고 고갯짓을 했다. 박 기사가 소파로 와 앉았다.

"사무실이 꽤 넓은데요?"

"여긴 처음이겠네요."

"그렇죠, 뭐."

"집에서 볼 수 있는 사람을 여기까지 불러낸 이유가 뭐라고 생각합니까?"

"어……. 그렇잖아도 오면서 생각해 봤는데, 저한테 무슨 중요한 일이라도 맡기……."

"틀렸어요."

"틀렸어요? 뭐지, 그럼?"

문을 열고 들어설 때만 해도 약간 주뼛거리는 기색이더니 능청스러운 얼굴로 박 기사가 되묻고 있었다.

무영은 재이가 받았다던 박 기사의 명함을 꺼내 탁자 위에 올려놓았다. 제 명함을 보고서도 박 기사는 딱히 대수롭지 않은 표정이었다. 이놈 봐라, 싶은 생각이 들었다.

"이 명함을 내가 왜 갖고 있을까?"

"글쎄요. 제가 드렸던가요?"

"그런 적 없다는 건 박 기사님도 알고 있을 텐데요."

박 기사가 후우, 한숨을 토해 냈다.

"언제부텁니까? 비서실장 사칭하고 다닌 거."

"사칭이 아니라……."

"언제부터냐고 물었습니다."

"명함 판 건 얼마 안 됐어요."

"왜?"

"사모님 모신 지 6년짼데, 명함에 이 정도 직함쯤 적어 넣는다고 해서 뭐가 그리 잘못인지 모르겠네요."

무영은 손끝으로 관자놀이를 눌렀다. 사흘 동안 잠을 설친 탓에 머리가 무거웠다.

납작 엎드린 자세로 나올 줄 알았다. 집에서 말하지 않고 굳이 회사까지 불러들인 까닭도 고 여사를 뒷배 삼지 못하게 하려는 의도였다.

그런데 상대는 기가 죽기는커녕 적반하장 격으로 나오고 있었다.

"명함, 당장 폐기하세요."

차갑게 명령했다.

박 기사가 명함에 두고 있던 시선을 들어 무영을 쳐다보았다.

지금 박 기사의 눈빛에 서려 있는 것은 원망이 아니었다. 좀 더 대담한 빛깔이었다. 이를테면 도전이나 대항 같은 것.

아니나 다를까, 박 기사가 사뭇 당당한 어조로 따졌다.

"너무하시는 거 아닙니까?"

"뭐라고 했습니까?"

못 들어서 다시 물은 것은 아니었다. 말을 내던지기 전에 너의 위치를 냉철하게 자각해 보라는 뜻이 담긴 대응이었다.

"너무하시는 것 같다고요."

머리가 나쁜 편은 아닌지 박 기사가 어조를 누그러뜨렸다. 그러나 무영에게 흡족한 대답이라고는 할 수 없었다.

"내가, 뭘, 너무했다는 거지?"

"반말은 좀. 나는 어머니를 모시는 사람입니다."

'저'에서 '나'로 바꾼 것도 모자라, '사모님'이라 해야 마땅할 지칭이 '어머니'로 탈바꿈했다. 묘하게 공격적인 느낌이었고, 무영은 와락 불쾌해졌다.

"나도 이젠 서른입니다."

제 나이를 들먹이는 박 기사를 무영은 찬찬히 건너다보았다.

박태상.

스물다섯에 고 여사의 기사로 채용되어 올해로 6년 차.

집안 돌아가는 사정에 대해서도 웬만큼 알고, 까다로운 고 여사를 시중드는 일에도 이력이 난 사람.

여태까지는 별 탈 없이, 그리고 너무도 조용히, 제 할 일만 해 왔던 터라 존재감조차 거의 느끼지 못하고 지내 왔건만.

새삼 거짓 직함까지 새긴 명함을 만든 이유는 무엇일까. 이 시점에서 왜 온당하지 않은 방식으로 자신의 존재를 내세우려 하는 걸까.

의문에 이어 무영의 머릿속 어딘가에서 붉은 경고등이 켜졌다.

"박태상 씨."

명함을 만지작거리고 있던 박 기사가 무영을 돌아보았다.

"본인이 말한 것처럼 박태상 씨는 어머니를 모시는 사람이지, 핏줄은 아닙니다."

재이한테 친척 운운했을 거짓말을 에둘러 지적한 것인데, 박 기사가 피식 웃음을 내비쳤다. 숨기지도 않는 웃음을 보자 머릿속 경고등 색깔이 더욱 또렷해졌다.

"그런 얘기, 손 대표님께 들으니 좀 우습네요."

무영은 이를 악문 채로 서늘한 미소를 지었다. 얼음장 같은 무영의 시선을 받으며 박 기사가 웃음을 거두어들였다.

잠시 침묵하던 박 기사가 변명조로 말했다.

"어머니를 핏줄 이상으로 걱정하고 있는 사람이 저라는 말씀을 드리는 겁니다."

"그래요?"

전혀 동의할 수 없다는 뉘앙스의 대꾸에 박 기사가 칼날을 들이밀듯 쏘아붙였다.

"나가실 거잖아요."

결혼하면 집에서 나갈 거라는 얘길 고 여사한테서 들었을까? 부리는 사람들에게 결코 친절하게 굴지 않는 고 여사가 그런 얘기까지 건넸다고?

막막한 의구심이 무영을 덮쳐 왔다.

"그 큰 집에 혼자 남겨질 사모님이 걱정돼서, 충직한 비서 노릇 하겠다는 의지를 표명한 거라 생각해 주면 안 되겠습니까?"

"비서가 필요하면 따로 사람을 쓸 겁니다."

"그거야…… 어머니 마음이겠죠."

말과 말 사이의 기분 나쁜 여백에 또 웃음이 섞여 들었다. 명함을 매만지는 손길에도 다시금 여유가 흐르고 있었다. 마치 이기는 쪽에 배팅한 자의 여유라고나 할까.

상관없다고, 무영은 생각했다.

집에 남은 이자가 고 여사 곁에서 어떤 속셈을 품고 지내건 상관없는 일이었다. 돌아서면 그만이었다. 그러려고 계획한 결혼이었다.

그러나 지금은 무영이 아직 집을 떠나기 전이었다. 완전히 정리되기 전이며, 끊어 내기 전이었다.

눈앞에서 뻔뻔하게 벌어지는 하극상을 내버려 둘 수는 없다. 고 여사를 염려해서라기보다는 무영의 자존심이 용납하지 않았다.

"박 기사님."

박 기사가 고개 돌려 무영을 보았다. 무영은 박 기사의 두 눈을 똑바로 응시하며 경고했다.

"나는, 두 번은 부르지 않을 겁니다."

기사로서의 위치를 일러 줌과 동시에, 이곳에 부를 일이 또 생길 경우엔 끝임을 각오하라는 의미였다.

풀어 말하지 않아도 충분히 알아들었으리라 생각했다. 앞으로의 처신을 똑똑히 지켜보겠다는 말이라는 것 또한 알아차렸으리라 생각했다.

자리에서 일어선 박 기사가 무영을 내려다보며 말했다.

"저도, 두 번은 달려오지 않을 겁니다."

박 기사가 걸어 나가고 문이 닫힐 때까지 무영은 꼼짝 않고 자리를 지켰다. 거칠게 움켜쥔 두 손이 뜨거웠다.

탁자 위에는 박 기사의 명함이 그대로 놓여 있었다. 거짓 명함을 회수해 가지 않는다는 건 무언의 저항인가.

무영은 휴대폰을 꺼냈다.

―접니다, 대표님.

"올라와."

―네, 바로 올라가겠습니다.

생동감 넘치는 대답이 있고 얼마 뒤, 윤 팀장이 무영 앞에 왔다.

"요즘 많이 바쁘지?"

"아닙니다, 대표님."

무영이 용건을 꺼내기도 전에 윤 팀장의 시선은 이미 명함에 꽂혀 있었다.

"그 사람, 배경 조사를 했으면 하는데."

"박태상…… . 누굽니까?"

"어머니 운전기사인데, 느낌이 안 좋아."

"제가 알아보겠습니다."

윤 팀장이 명함을 집어 재킷 안주머니에 넣었다.

"그리고 며칠 전에 했던 말."

"어떤 말, 말입니까?"

"네 선에서 컨트롤할 수 있다고 했던 거."

"아, 그거요."

"말해 봐."

"그, 조민경이라고, 미디어 필 기자 기억나십니까?"

당연히 기억한다. 재이를 약혼녀로 데리고 찾아가 사과를 받아 내고 정정 보도를 얻어 냈으니까.

"그런데?"

"율 주변에서 자꾸 얼쩡거리는 모양입니다."

"뻗치기를 하신다?"

또 다른 사진을 건져 지난번의 실수를 만회할 생각인가 본데.

"그래서 율이 집을 옮기겠다고 그러네요."

연습생 시절을 비롯해서 데뷔 후 몇 년 동안은 다섯 멤버가 함께 모여 숙소 생활을 했었다. 각각의 집을 마련해 따로 지내게 된 것은 작년 가을부터였으니 겨우 6개월 남짓.

나머지 멤버들은 보안을 잘 유지하고 있는데, 유독 율만 여러 기자들에게 사는 곳을 들키곤 했다. 성가셔하면서도 시선 집중을 즐기는 율의 성향 탓에 스스로 정보를 흘리는 것인지도 몰랐다.

"옮겨 봐야 금세 노출될 텐데."

"제 말이 그 말입니다. 그래서 들썩거리는 녀석을 나독이고 있는 중입니다. 그리고 조민경 그 애 말인데, 알고 보니 저랑 중학교 동창이더라고요."

"만났어?"

"네. 꼴통인 줄 알았는데 예상외로 말도 잘 통하고, 적당히 마사지해 주면 해결될 것 같습니다. 깔끔하게 처리되면 보고 드리겠습니다."

턱을 끄덕이는 무영에게 윤 팀장이 조심스레 말했다.

"대표님, 좀 피곤해 보이십니다."

"요 며칠 잠을 잘 못 잤어."

"피곤할 때 잠깐잠깐 쉬시게 저 안쪽에다 침대를 하나 놓으면 어떨지요."

"사무실에 침대는 무슨. 나가 봐."

윤 팀장이 공손히 허리를 접고는 방에서 나갔다.

무영은 책상 앞 회전의자로 옮겨 앉아 상체를 깊숙이 파묻었다. 윤 팀장이 뜬금없이 꺼낸 침대 얘기가 무영의 생각을 박 기사에서 재이로 전환시키고 있었다.

원래는 다가오는 주말쯤에 그 집으로 재이를 데려갈 예정이었다.

정오라는 녀석도 신경 쓰이고, 옥탑방도 불안했다. 그래서 그녀로 하여금 거처를 옮기게 할 생각이었다. 그러니까, 재이 방에 마련해 둔 침대를 치운 다음에 말이다.

그런데 일요일 밤의 그 녀석 때문에 계획이 어긋나 버렸다. 재이한테 두 개의 방, 두 개의 침대를 보이고 말았다.

무영이 직접 방문을 열어 보여 준 것은 아니지만, 그가 가고 난 뒤 잠들 곳을 찾아 문을 열다가 그녀는 보았을 것이다.

두 사람의 몫으로 준비된 두 개의 침실과, 각각의 침실 안에 하나씩 놓여 있는 침대를.

마음…… 다쳤을까.

밤이 깊었네요, 라고 말하던 순간의 재이를 무영은 지울 수 없었다.

밤이 깊어도 같이 있어 주실 거잖아요, 라고 말할 때의 그녀 목소리를 귓가에서 떼어 낼 수 없었다. 그날로부터 내리 사흘 밤을 무영은 재이에게 사로잡혀 보냈다.

밤이 오면 그녀가 잠들어 있을 그 집으로 달려가고 싶었다. 급기야 어젯밤엔 차를 몰고 달려갔다가 스스로를 책망하며 되돌아오기도 했다.

어제는 제작사 대표와, 그제는 광고주와 저녁 약속이 잡혀서 재이를 만나지 못했다.

차라리 만났다면. 그랬으면 매일 밤 찾아오는 적나라한 갈망에서 벗어날 수 있었을까.

무영은 눈을 감았다.

오늘은 재이를 만날 것이고, 얼굴을 보고 나면 그토록 비정상적인 열망에서도 빠져나올 수 있을 것이다.

분명, 그럴 것이다.

퇴근 시간이 임박해 올 무렵, 무영은 재이에게 전화를 걸었
다.

─네, 대표님.

목격했을 두 개의 침대 따위엔 상관없이, 여전히 침착하고 단
정한 그녀의 목소리.

줄곧 어수선하던 마음이 평온해지고 있었다.

변함없는 것들. 한결같은 것들. 세월의 모진 풍파를 굳건히
버티는 것들.

무영은 자신이 그런 것들에 위로받고 있음을 깨달았다. 재이
의 목소리가 그 사실을 일깨워 준 셈이었다.

단지 목소리 때문만은 아닐지도 몰랐다.

함부로 날뛰지 않는 사람. 나무 같은 사람. 시간의 수련을 담
담히 견디는 사람.

재이가 그런 사람이어서인지도 모르겠다.

잘은 모르지만, 그녀가 그런 사람이리라는 바람과 믿음이 가슴 안에 함께 싹트고 있어서인지도.

—······대표님?

"저녁 같이합시다."

—어. 선약이 있는데 어떡하죠?

"취소해요."

—누군지도 안 물어보고 취소부터 하라고 하시면 곤란하잖아요.

"누굽니까?"

—주은이요.

"그럼 더 쉽겠네, 취소."

—제가 와 달라고 부탁한 거라 그럴 수 없어요.

"부탁까지 한 이유는?"

이내 대답하지 않는 재이한테서 머뭇거림이 느껴졌다. 사무실에서 말하기 곤란한 내용일까.

"잠깐 올라와요."

—10분 뒤면 퇴근이니까 그때 올라갈게요.

"대표가 부르는데 퇴근 시간 칼같이 지킬 필요 있나?"

—웃어도 되죠?

"웃으라고 한 말 아닌데?"

—10분 후에 봐요.

귓가의 재이가 떠났다. 이따금 느끼는 거지만, 이 여자 미련 없이 잘도 끊는다.

그녀에게 다시 전화를 걸어, 끊어도 된다고 말할 때까지는 먼저 끊지 말라고 명령이라도 내려야 할까.

강렬하게 소용돌이치는 충동을 무영은 단단히 묶어 두어야 했다. 지난 사흘 동안 그녀에게 흐르던 몸의 모든 욕망들을 억누르고 다스려 왔듯이.

정확히 10분 후에 무영은 방을 나가 대표 전용 엘리베이터 앞에 섰다.

내려감 버튼을 눌렀다. 엘리베이터 문이 열렸다. 안으로 팔을 뻗어 제휴 사업 팀이 있는 3층을 누르고는 물러섰다. 빈 엘리베이터가 하강했다.

3층에 멈춰 선 것을 확인하곤 사무실로 되돌아와 다시금 회전의자에 몸을 묻었다. 일어난 적 없었던 것처럼. 오후 내내 거기 앉아 있었던 것처럼.

얼마 지나지 않아 노크 소리가 들리고, 문이 열렸다. 재이가 들어왔다.

무영은 일어나지 않았다. 책상 쪽으로 걸어오는 그녀를 의자에 느긋하게 기대어 앉은 채로 지켜보았다. 기다리지 않았던 것처럼. 기다려지지 않았던 것처럼.

육체에서 마음을 분리하는 일. 그런 것쯤이야 무영에겐 조금도 어려울 것 없었다.

그렇지만 눈빛을 숨기는 건 어려웠다. 눈앞의 재이에게로 날아드는 눈길을 다른 곳으로 돌리는 일. 그녀를 외면하는 일. 점점 힘들어지고 있었다.

눈은 마음의 창이라더니, 창이 눈이어서 그나마 다행이었다.

코나 귀, 혹은 어깨 같은 거였으면 감아서 감출 수도 없을 테니까.

재이가 책상 앞에 와 섰다. 결재 받으러 들어온 직원 같은 포즈였다.

"오늘은 지각 안 하셨네."

"오늘은 대표 전용 엘리베이터를 탔거든요."

"흠."

"엘리베이터가 마침 3층에 딱 내려와 있더라고요. 누가 저처럼 대표 전용 엘리베이터를 훔쳐 탔나 봐요."

"경고문이라도 써 붙여야겠군."

"뭐라고 쓰시려고요?"

"아무나 이용 절대 금지."

"아하."

"단, 서재이는 예외."

재이가 웃었다. 재이한테서는 드물게 보는, 소리 없이 얼굴을 환하게 물들이는 웃음이었다.

무영도 웃었다. 재이만큼 환하지는 않았지만 웃지 않았다고 고집할 수 없는, 명백한 웃음이었다.

"경고문이 구구절절 길어서는 효력을 발휘하기 힘들걸요?"

"친구를 부른 이유는?"

"아."

무영은 그제야 몸을 일으켰다. 소파로 자리를 옮겨 앉자, 재이도 따라왔다. 눈높이가 수평이 되었다.

"주은이랑 같이 집에 가려고요."

살던 동네 이름을 덧붙이고는 그녀가 말을 이었다.

"제 방에서 가져올 것들이 있어요. 그날 일도 있고, 저 혼자 가면 대표님이 싫어하실 것 같아서 주은이한테 같이 가 달라고 했어요."

"그런 부탁은 나한테 해도 됐을 텐데?"

"대표님 바쁘시잖아요."

어제와 그제, 그 집에 혼자 내버려 두었다고 책망하는 걸까?

납치하듯 낯선 집에다 덥석 데려다 놓기만 하고 한번 와 보지도 않는다는 서운함을 내비치는 걸까?

이틀 연속으로 저녁 약속이 잡히지 않았더라도 들르지는 못했을지도 모른다. 재이가 머물고 있는 그 집에 발을 들여놨다가는 되돌아 나오기가 몹시 힘겨워질 테니 말이다.

결혼식이 멀지 않았다. 디데이. 밤을 함께 보낼 수 있는 명분이자 합법적인 권리가 생기는 날.

그때까지는 욕망의 사나운 발톱들을 감춰 두어야 마땅했다. 그것이 그녀에 대한 최소한의 예의일 터였다.

"안 바쁘다면?"

"안 바쁘니까 같이 가 줄게, 라는 뜻일까요?"

"안 바쁘니까 필요한 것들을 다 새로 사 주겠다는 뜻이겠지."

"그러실까 봐 주은이한테 부탁한 거예요."

웬만한 생필품들은 모두 갖춰 놓은 집이었다. 그날 백화점에서 쇼핑도 넉넉히 했으니, 재이가 며칠 정도 지내는 데 부족한 건 없으리라 생각했다.

"가져올 것들이란 게 뭡니까?"

"노트북이랑 집에서 편하게 입을 옷이랑⋯⋯. 꼭 다 말해야 돼요?"

"말하지 못할 건 뭐지?"

"듣고 나면 괜히 물어봤다고 후회하실걸요?"

"후회 따위를 할 리가."

"⋯⋯속옷이요."

무영은 푸시시 웃음이 나려는 걸 겨우 눌렀다. 사춘기 소녀도 아니고, 그깟 속옷을 입에 올리기가 그렇게도 곤란했단 말인가.

밤이 깊어도 같이 있어 주실 거잖아요, 라고 말할 때는 무심결에 그랬다 치더라도.

밤이 깊었네요, 라고 도발할 때의 서재이는 어디로 간 걸까.

그 밤, 막상 품으로 끌어당겼다면. 그녀의 옷을 헤집고 깊이 파고들었다면. 그랬다면 바들바들 떠는 그녀 모습을 보게 되었을지도.

"단벌로 버틴 덕분에 밤마다 마릴린 먼로 흉내를 냈잖아요."

"뭐⋯⋯?"

"모르세요? 몸에 걸친 건 향수뿐. 그 마릴린 먼로 말예요."

무영은 하, 낮은 탄식을 내뱉고 말았다.

방금 전엔 수줍어서 간신히 대답하는가 싶었는데, 전설적인 글래머 여배우의 잠버릇을 너무도 태연스레 상기시키다니.

이 순간 무영이 상상한 것은 오직 향수로만 몸을 휘감고 잠든 마릴린 먼로가 아니라 침대 위에 놓여 있는 서재이의 맨몸이었다.

심란해진 무영의 눈빛에도 아랑곳없이 재이가 말을 계속 이었다.

"집에 멀쩡한 것들을 두고도 또 사들이기엔 좀. 대표님은 잘 모르시겠지만 여자 속옷이 은근 비싸거든요."

"모르진 않는데."

"잘 아세요? 그럼 살짝 실망인데요?"

실망인 이유를 물으려는데, 휴대폰 진동음이 울렸다. 재이가 그녀의 휴대폰을 확인하고는 말했다.

"주은이 왔나 봐요. 내려가야겠어요. 저녁은 내일 같이 먹⋯⋯. 아. 안 되겠다. 모레 건강 검진 받으러 갈 거라 내일 저녁은 금식이에요."

재이가 일어났다.

"아쉽지만 대표님과의 저녁 식사는 다음으로 미뤄야겠어요."

조금도 아쉽지 않은 얼굴로 말하고는 재이가 돌아섰다. 그녀가 이대로 눈앞에서 사라져 버리게 내버려 둘 수는 없었다.

무영은 그녀의 옷자락을 낚아채듯 말했다.

"같이합시다."

재이가 무영에게로 되돌아섰다. 그녀의 말간 눈을 보며 설명했다.

"엄주은 씨하고 셋이서 같이하자고, 저녁."

"그래도 괜찮으시겠어요?"

괜찮지 않다. 재이와의 저녁에 누구도 곁들이기 싫다. 그렇지만 어쩔 수 없으니 괜찮다고 자신을 속일 수밖에.

무영은 기꺼이 턱을 끄덕여 보였다. 재이가 미소 지었다.

재이와 같이 엘리베이터에서 내려서자, 1층 로비에서 기다리고 있던 주은이 총총 뛰어와 무영에게 허리를 접어 인사했다.

"안녕하세요, 대표님. 뵙게 되어 영광입니다."

갓 들어온 신인처럼 발랄한 인사말에 생글거리는 웃음도 함께였다.

"영광까지야."

덤덤히 받으니, 주은이 약간 들뜬 표정으로 말했다.

"율의 보스를 뵙는 건데 완전 영광이죠."

그러고 보니 율의 여자였던가.

썩 가깝지도 않은 여자를 집으로 불러들여 술이나 퍼마시곤 하는 율의 행태에 대해서는 모르고 있겠지. 지난번 재이와 관련한 스캔들의 내막도 아마 세세히는 모르리라.

"앗. 보스라고 해서 기분 상하신 건 아니죠?"

"보스한테 보스라고 한 건데, 그럴 리가요."

"그죠, 대표님. 앞으로도 우리 율, 잘 부탁드립니다. 앗, 우리 재이도요."

유치원 교사라더니 말투며 태도가 귀염성 있고 상냥한 편이다. 생김새와 분위기도 재이와는 색깔이 다르다.

재이가 깊숙이 감춰 두고 싶은 보석이라면, 그래서 혼자서만 들여다보고 싶다면.

주은은 도시의 거리 어디에서나 흔히 볼 수 있는 타입이랄까. 미울 것도 싫을 것도 없지만, 그렇다고 뒤돌아보게 되지는 않는.

"주은아, 대표님이 너랑 저녁 같이하자고 하셔."

재이의 말에 주은이 눈을 동그랗게 떴다. 반기며 냉큼 그러자

고 할 줄 알았는데, 주은이 재이 팔을 끼고는 무영에게 말했다.

"대표님, 재이 잠깐만 빌릴게요."

그리고는 주은이 재이를 잡아끌다시피 출입문 쪽으로 데려갔다. 소곤거리는지 둘이서 나누는 대화가 무영에게는 잘 들리지 않았다.

무슨 꿍꿍이인지 궁금해질 즈음, 주은을 거기 둔 채로 재이만 되돌아왔다.

"무슨 얘기 했습니까?"

"주은이가요. 대표님이 사 주시는 저녁 무지무지 먹고는 싶은데, 우리의 시급한 연애를 위해서 오늘은 빠져 주겠대요."

웃음이 나 버릴 뻔했다. 우스워서가 아니라 만족스러워서였다.

"센스 있는 친구를 두셨네."

"너무 대놓고 기뻐하시는 거 아니에요?"

웃음을 가둔 채로 말했는데도 알아채 버린 걸까? 무영은 굳이 부정하지 않았다.

저편에서 지켜보고 있던 주은이 무영을 향해 다시금 허리를 접어 인사했다. 무영도 묵례를 했다.

주은이 나가고 나자, 재이가 말했다.

"주은이가 혼자서 제 방에 다녀오겠다는 걸, 그러지 말라고 했어요."

"잘했어요. 저녁 먹고 나서 나하고 같이 가면 되니까."

"오늘 말고 주말에 가요. 이틀 연속 저녁 약속에다 오늘까지, 피곤하시잖아요."

"이틀 연속으로 저녁 약속 잡혀 있었던 건 어떻게 알았습니까?"

"잊으셨어요? 대표님 일거수일투족에 관심 집중인 사람들이 사내에 득실거린다는 거. 그쯤이야 뭐 정보라고 할 수도 없죠."

담백한 말투 때문인지, 담담한 표정 때문인지, 재이가 하는 말들이 수다스럽게는 들리지 않았다.

어떤 내용이든 괜찮으니 나직나직 이어지는 말들을 곁에서 계속 듣고 싶어지는 마음.

그녀의 이 목소리를 누구와도 공유하지 않고 독차지하고 싶어지는 마음.

때때로 말을 멈추고 생각에 잠기는 그녀의 얼굴을 그 누구의 방해도 없이 혼자서만 들여다보고 싶은 마음.

이 모든 욕구들에 어떤 이름을 붙일 수 있을까.

무영은 아직 알지 못했다. 다만 지금은 재이에게 물어볼 뿐이었다.

"뭐 먹고 싶어요?"

그녀가 좋아하는 것, 그녀의 모든 욕망들 가운데 지극히 조그만 하나에 불과할 저녁 메뉴를.

"제가 정하는 거예요?"

"초밥이어도 괜찮아."

재이가 웃었다. 그녀 얼굴에 은은히 퍼지는 웃음이 보기 좋았다.

목소리뿐만이 아닌가 보다. 계속, 독차지, 하고 싶은 것. 웃음 담은 이 얼굴 또한 그런가 보다. 자주 보여 주는 웃음이 아니기에 더더욱.

"오늘은 소박한 한식 어때요?"

"소박한."

일요일 저녁에 먹었던 한정식이 맘에 차지 않았던가, 생각하고 있으니 재이가 덧붙였다.

"엄마가 차려 주는 집밥 느낌 있잖아요."

"추천할 곳이 있나 본데."

"네."

무영은 다시금 기꺼이 끄덕여 주었다.

첫날

　재이가 안내한 곳은 중심가에서 벗어나 골목 안에 아담하게 자리한 식당이었다. 메뉴도 단출했다. '엄마의 밥상'과 '아버지의 밥상'과 '이모의 밥상', 딱 세 가지였다.

　각 밥상마다 구체적으로 어떤 음식들이 나오는지는 적혀 있지 않았다. 그래서 은근히 기대를 갖게 하는 면도 있었다.

　재이는 '엄마의 밥상'을, 무영은 재이의 권유로 '이모의 밥상'을 주문했다. 2인용 식탁에 마주 앉아 내다보는 격자무늬 창 너머로 가로등 불빛이 고왔다.

　소담한 대접에 담겨 나온 맑은 둥굴레차가 입맛을 당겼다. 두 손에 대접을 찻잔처럼 감싸 쥐고서 재이가 말했다.

　"장담하는데, 또 오자고 하실 거예요."

　"난 보기보다 음식 취향이 까다로운 편인데."

　"보기에도 충분히 까다로워 보인답니다."

"먹어 보면 알겠지. 또 오자고 할지, 다신 안 오겠다고 할지."

말은 그랬지만, 음식을 먹어 보기도 전에 무영의 마음은 이미 여기에 닻을 내린 참이었다.

소란스럽지 않아서, 내부 인테리어가 다감해서, 메뉴가 은유적이면서도 소탈해서 등등의 이유도 있었지만, 재이가 추천한 곳이라는 이유가 더 컸다.

모르고 있었던 재이의 나날들을 들여다보는 느낌이라고나 할까.

이곳에서 밥을 먹으며 잔잔히 즐거웠을 재이 모습을 그려 보게 되는 것이다. 여기에서 재이와 같이 시간을 보냈을 그 누군가가 궁금해지는 것이다.

내친김에 무영은 그녀에게 물었다.

"여기 자주 왔습니까?"

"자주까진 아니고, 가끔?"

"가끔 누구하고?"

재이가 대답은 않고 미소부터 지었다. 선뜻 답하지 않으니 조바심 비슷한 게 일었다. 무영은 기다리지 못하고 재우쳐 묻고 말았다.

"비밀입니까?"

"아니요."

"그럼 왜 대답을 못 하지?"

"못 하는 거 아닌데요?"

"그럼 뭡니까?"

"신기해서요."

"뭐가?"

"저를 궁금해하시는 대표님 모습."

들켰나. 냉정하리만큼 평정심을 유지하며 얼굴에서 감정을 걷어 내는 일쯤, 일상으로 굳어 왔다고 여겼는데.

어디에서 잡아챈 걸까. 목소리의 파동? 눈빛?

"톡."

재이의 입에서 낮게 터진 소리가 생각들을 흩뜨려 놓았다.

'좋아요'를 누르고 싶어진, 그래서 '톡' 소리를 내어 그 마음을 건네는, 솔직담백한 그녀 모습에 무영 역시 동조하고 싶어졌다.

그러나 차마 그녀와 같은 방식으로는 표현하지 못하고 웃음만 지어 보일 뿐이었다. 그녀에게도 보이도록, 찰나의 스침이 아니도록 긴 웃음이었다.

"부탁이 있어요, 대표님."

"뭡니까?"

"회사에서는 그렇게 웃지 마세요."

"부탁이 아니라 명령인데?"

"명령이라서 거절하실 거예요?"

"일단 이유를 들어 본 다음에."

"이유 안 들어도 짐작하시잖아요."

"전혀 짐작 못 하겠다면?"

"거짓말에 소질 있으신 줄은 몰랐네요."

"따를지 말지는 생각 좀 해 보고 결정해야겠어."

"의외로 밀당에도 소질이 있으시고."

무영은 또 웃었다. 어떤 의도도 없이 자연스레 흘러나온 웃음이었다. 손 뻗으면 뺨이 만져질 듯 가까이에서 재이도 무영을 따라 웃고 있었다.

　주문한 음식들이 재이와 무영 앞에 차례로 놓였다.

　'엄마의 밥상'엔 잡곡밥과 미역국, 삼치구이와 열무김치, 시금치나물과 매실장아찌, 메추리알이 든 소고기 장조림이 먹음직스럽게 차려져 있었다.

　'이모의 밥상'은 흰 쌀밥과 소고기뭇국, 동그랑땡과 배추김치, 연근조림과 양파장아찌, 삼색전으로 구성되어 있었다.

　"엄마하고 이모 사이에 대단한 차이는 없어 보이는데."

　"그죠. 그날그날 주방장 마음대로래요."

　"그럼 왜 이모의 밥상을 권한 거지?"

　"오늘은 어떤 반찬들이 나오나 궁금해서요. 어. 저 연근 좋아하는데. 하나 먹어도 돼요?"

　무영은 연근조림이 담긴 접시를 재이 앞으로 옮겨 주었다.

　"다 먹어도 돼요."

　재이 입가에 미소가 피어올랐다. 그 모습을 보고 있으니, 밥은 한 숟갈도 먹지 않는데 포만감이 밀려들었다.

　정말 엄마가 차려 준 밥상이라도 받아 든 것처럼 국이며 찬이며 알뜰히도 먹던 재이가 문득 말을 꺼냈다.

　"비번 말이에요."

　"비번?"

　"우리가 살 집."

　"아."

그날 밤에 집에 돌아와 문자로 현관문 비번을 알려 주었었다.

"의미가 뭘까요? 0121, 대표님 생일은 아니잖아요."

생일 또한 사내에 공공연히 알려진 정보들 중 하나일 터. 매년 생일 아침이면 사무실 문 앞에 꽃이며 선물 상자 따위가 쌓이곤 했다.

무의미하고 귀찮았던 무영으로선 쓸데없는 짓들을 한다고 생각했다. 선물을 일일이 열어 본 적 없으며, 알아서 처리하라고 전부 윤 팀장에게 떠안기기 일쑤였다.

"아무 의미 없는 숫자일 리는 없겠고. 궁금해요."

그동안 살아왔던 집을 떠나기 위해 마련해 둔 집.

새로운 생이 열릴 그 집 현관문에다 하필이면 왜 옛 날짜를 비번으로 삼았는지, 무영은 지금껏 헤아려 본 적이 없었다. 그렇지만 재이가 궁금하다니 말해 줄 수밖에.

"첫날."

"……첫날?"

1월 21일.

무의식중에 그 날짜에다 깊은 의미를 두고 있었는지도 모르겠다. 손무영으로서의 삶이 시작됐던 그 첫날을.

"성북동 집에 처음 들어섰던 날."

"성북동이라면, 지난번에 어머님께 인사드리러 갔던 대표님 본가 말씀하시는 거죠?"

무영은 턱을 끄덕였다.

"넓디넓은 정원에서 꼬맹이 시절의 대표님이 뛰어다니는 모습을 상상해 봤었는데, 태어날 때부터 사시던 집이 아니었나 봐요."

"여덟 살 때 처음 그 집으로 들어갔지."

"그러셨구나. 그럼 그 집으로 이사하기 전에, 더 어릴 때 살던 집은 거의 기억나지 않겠다."

더 어릴 때 살던 곳. 그리고 본래의 이름.

기억나지 않는 것이 아니라 기억하지 않으려는 것이 더 정확할 테지만, 무영은 덤덤히 긍정했다.

"그런 셈이지."

고개를 끄덕거리고는 재이가 말했다.

"대표님이랑 경우는 다르겠지만, 저도 그래요. 보육원으로 들어가기 전에 살았던 집에 대해서는 기억나지 않으니까요."

다르지 않다고 말해 줄까. 너와 내 경우가 다르면서도, 본질적으로는 같다고 말해 줄까.

무영은 순간적인 충동을 짓눌렀다.

박 기사가 눈치채고 있을지도 모를 약점이자, 누구에게도 말하고 싶지 않은 비밀이었다.

박 기사야 내보내고 다시 안 보면 그만이지만, 재이는 그럴 수 없다. 그럴 수 없게 되어 버렸다, 이젠.

"또, 닮았다는 말을 하고 싶은 건가."

"싫으세요?"

싫지는 않다.

닮은 면을 찾고 있는 그녀를 볼 때마다 연민이 느껴지곤 하니까. 그 연민의 방향이 때로 무영 자신에게로 향하기도 하니까.

"어린 마음에 집이 되게 인상적이었던가 봐요. 이사 들어간 첫날을 날짜로 각인하고 있는 걸 보면."

"그날의 첫 느낌은, 길을 잃어버릴 것 같다, 였어."

무영을 가만히 바라보던 재이가 혼잣말인 듯 중얼거렸다.

"안쓰럽다."

무영은 내심 놀랐다. 그 첫날의 어린 무영을 눈으로 보는 듯이 말하고 있어서였다.

재이가 이해한 바에 따르자면, 여덟 살 무영은 길을 잃어버리겠다고 느껴질 만큼 넓고 커다란 집에 이사 온 소년이어야 했다.

안쓰러움보다는 그 또래 특유의 자랑스러움이 앞서야 마땅했다.

그저 직관일 뿐일까. 숨겨진 모든 이야기들을 듣지 않고도 그녀에게 관통하는 정서가 있는 걸까. 말로는 설명할 수도, 해독할 수도 없을 어떤 동질감 같은 것일까.

닮은 면을 주장하는 그녀에게 이제는 순순히 끄덕여야겠다. 그럴 수밖에 없겠다.

"그날의 어린 무영에게 말해 주고 싶네요. 걱정하지 않아도 돼. 길을 잃으면 내가 널 찾으러 갈게, 라고."

그렇게 말해 준 사람, 그때에도 있었다.

"걱정 마. 길을 잃어버리면 내가 찾으러 갈 테니까."

열두 살 무원이었다.

나이에 비해 속이 깊고, 다정다감한 성정이며 반듯한 외모까지 아버지를 쏙 빼어 닮은 형이었다.

내내 혼자여서 외로웠던 시간들을 지우며 드디어 동생이 생겼다고 찬란히도 행복해하던 아이.

그 첫날 저녁 식탁에서, 제 밥그릇까지 새로 생긴 동생한테 밀어 주고는 많이 먹으라고, 먹고 더 먹으라고 부탁처럼 권하던 아이.

피아노를 너무나도 사랑하여 피아니스트를 꿈꾸던 소년이었다.

지금은 없는. 영원히 없을.

불현듯 메어 오는 목을 다독이려 무영은 둥굴레차를 들이켰다. 무영이 내려놓은 빈 대접에 맑은 차가 다시 채워졌다. 재이의 손길이었다.

무영은 내렸던 눈을 들어 재이를 보았다. 그녀의 입술이 곡선을 그렸다. 고요하고 평화로운 웃음이었다.

"여덟 살, 어린 재이는 어떤 아이였습니까?"

한결 차분해진 마음으로 물었다.

"여덟 살, 기억나는 어느 하루를 꼽자면. 주말마다 보육원에 봉사하러 오시던 선생님께 앙칼지게 대들었던 순간?"

"앙칼지게?"

재이가 웃으며 끄덕였다.

"어떤 일로?"

"윤이한테 밥은 오른손으로 먹어야 한다고 자꾸만 강요하잖아요."

"윤이라면, 동생?"

"네."

이번엔 무영이 끄덕였다.

"막 젓가락질을 배우기 시작하던 윤이는 울먹울먹하고, 그걸 보고 있는 나는 속상하고."

"왼손잡이를 못 봐주던 선생이었나 보네."

"그랬나 봐요. 안 그래도 서툰 젓가락질에 쓰던 손까지 바꾸라니 밥을 제대로 먹을 수나 있었겠어요?"

"그래서 앙칼지게 들이받으셨군."

"들이받은 건 아니고요. 말로만 항의한 거죠."

"말로만 어떻게?"

"내 동생이니까 상관 말라고 했어요. 오른손으로 먹든 왼손으로 먹든 밥 먹는 건 똑같다고 소리쳤어요."

"당찼네. 결과가 궁금해지는데?"

"맞춰 보세요."

"서재이 승."

"잘했죠?"

끄덕이며 무영은 말해 주었다.

"잘했어요."

진심이었다. 그 자리에 있었다면 재이에게 적극 동조했을 것이었다.

본 적 없는데도, 선생에게 앙칼지게 대들었을 어린 재이 모습이 선연히 그려졌다.

그때 재이 머리는 길었을까. 지금처럼 윤기 어린 단발이었을까. 자리를 박차고 일어나던 순간 머리칼이 찰랑였을까. 창으로 드는 햇빛을 받으며 반짝였을까.

"그맘때 사진, 있어요?"

평범한 가정에 비하면 시시때때로 사진 찍을 일 없었을 보육원 생활.

행여나 하고 물었는데, 가방에서 지갑을 꺼내 든 재이가 그 속에 품고 있던 사진 한 장을 무영에게 보여 주었다.

재이 손바닥 반만 한 크기의 사진에 인형같이 예쁜 여자애가 들어 있었다. 한눈에 봐도 재이는 아니었다. 그냥 알 수 있었다. 재이하고는 느낌이 달랐다.

"윤이예요."

재이가 말했다.

"윤이 여섯 살 때 둘이 같이 찍은 사진인데, 윤이가 보육원 떠나던 날 찢어서 반씩 나눠 가졌어요."

사진 오른쪽 면에 비스듬한 사선으로 찢어 낸 흔적이 보였다.

"그럼 여덟 살 재이 사진은 윤이가 갖고 있겠네."

"아마도…… 그렇겠죠?"

'아마도'와 '그렇겠죠?' 사이에 둔 여백이 쓸쓸하게 와닿았다.

어린 시절의 간절한 바람이 세월을 버티며 잘 유지되어 왔을지에 대해서는 무영으로서도 자신 있게 말할 수 없었다.

그렇지 못할 때가 훨씬 더 많다는 것을 지금까지 살아온 날들이 혹독하게 가르쳐 주고 있었기 때문이다.

그렇지만 지금은 어린 재이와 어른이 된 재이, 둘 다에게 말해 주고 싶었다.

"분명, 그럴 겁니다."

확신으로든, 위로로든, 다른 무엇으로든 무영은 그녀에게 건네고 싶었다.

재이가 웃었다. 고요히 번지는 웃음이 무영의 마음에 동심원 같은 파장을 일으켰다. 위로를 주는 건 재이 쪽이 아닌가, 생각했다.

그녀에게 사진을 돌려주다가 뒷면에 씌어 있는 글씨를 보았다. 서윤이, 라는 이름 세 글자였다.

"이건 어린 서재이 필체?"

"맞아요."

한 장뿐일 사진을 반으로 찢어 낼 때. 그 사진 뒷면에 제 이름을 쓴 다음, 떠나는 동생 손에 쥐여 줄 때. 어린 재이 마음은 어땠을까.

겨우 사진 반 장으로 기약 없는 미래의 해후를 꿈꿔야만 했을 열 살 소녀의 내면은 어떤 빛깔이었을까.

그 시절의 재이를 상상하자니 마음이 촉촉해져 왔다. 사막처럼 건조하던 삶 속에서 참으로 오랜만에 겪어 보는 기분이었다.

"어디서든 왼손잡이만 보면 윤이 생각을 해요. 왼손잡이라는 이유만으로 괜히 잘해 주게 되고. 그것 때문에 윤이가 양부모님한테서 싫은 소릴 듣는 건 아닌지 걱정도 되고요."

"무호도 처음엔 어머니께 많이 혼났지."

"무호. 대표님 동생?"

"걔도 왼손잡이라."

"아……."

뭔가 생각에 잠기려 드는 재이를 보고 무영은 실언했음을 알았다.

"젓가락질 처음 시작하던 무렵에."

'처음에'를 얼른 수정했는데, 다행히 재이는 끄덕이기만 할 뿐 별다른 의문은 내보이지 않았다.

"참. 집에 있는 피아노, 진짜 의외였어요."

재이가 화제를 바꾸었다.

"대표님, 피아노 잘 치시나 봐요?"

천재적인 재능을 뽐냈던 무원에 비하면 하잘것없는 솜씨였지만, 잘 쳤다.

열세 살 때까지는. 무영을 구해 낸 무원이 물속에서 숨을 거두기 전까지는. 그리하여 무영의 세상에서 아주 사라져 버리기 전까지는.

"못 칩니다, 피아노."

거짓말을 했다. 재이의 물음에 대해서는 거짓말이지만, 무영 자신에 대해서는 거짓말이라고 할 수 없었다.

못 치고 있으니까. 무원과 함께 피아노를 즐겨 치던 날들은 화석이 되어 버렸으니까.

"거짓말."

재이가 은근히 따졌다.

"못 치는 사람이 새 집에다 피아노를 놔둬요?"

무영은 그 집에 피아노를 사다 넣을 때의 마음을 더듬어 보았다.

추억이거나, 그리움이거나, 결코 잊지 않으려는 마음이거나.

그중 어느 것으로도 명확히 규정할 수 없어 손쉬운 핑계를 댔다.

"그럴듯한 장식품으로 놔둔 겁니다."

"차라리 가구라고 하시죠?"

"그래도 되고."

믿지 못하겠다는 얼굴로 쳐다보는 재이에게서 시선을 돌렸다. 창밖에서 저녁이 무르익어 가고 있었다. 밤이 다가들고 있었다.

지하 주차장에 차를 세웠다. 밤이 깊어 가는 시각이었다.

재이와 같이 올라갔다가 내려올지, 아니면 여기에서 이대로 헤어질지를 두고 무영은 잠시 갈등했다. 재이도 비슷한 마음인지 내리지 않고 그대로 앉아 있었다.

집까지 같이 올라갔다가는 재이만 두고 혼자 돌아서 나오기가 힘들 게 틀림없었다. 갈등을 깨뜨리듯 휴대폰 진동음이 연이어 울렸다. 재이의 휴대폰에서 나는 소리였다.

"주은이에요."

그러고는 휴대폰을 들여다보던 재이가 부드럽게 웃음 지었다. 웃음이 깃들어 둥글어지는 그녀의 뺨을 만지고 싶었다.

"보실래요?"

재이가 휴대폰을 무영 쪽으로 기울였다. 그녀의 머리와 어깨도 꼭 그만큼 무영에게로 기울었다. 일순 후각이 들짐승처럼 예민해졌다.

재이 냄새에 사로잡힌 채로 무영은 그녀가 보여 주는 주은의 문자들을 읽었다.

[노트북이랑 옷이랑 너희 회사 카페에 맡겨 놓고 왔어.]

[1층 할머니가 방문 열어 주셨어. 저녁도 먹고 가라고 하셔서 웬 떡이냐 하고 넙죽 받아먹고 왔지.]

[근데 여기 있는 별종은 뭐냐? 초면에 완전 친한 척. 밤길에 혼자 다니면 위험하다고 바래다주겠다나?]

[낯가림이라곤 1도 없어 누나, 누나 그러는데 하마터면 말 트는 사이 될 뻔.]

[방금 집 도착. 피곤하지만 보람찬 하루였음.]

[답은 내일 전화로. 즐데이트!]

가지 말라고 했는데도 혼자 재이 방에 다녀온 모양이었다. 별종이란 물어보나 마나 정오 그 녀석일 테고.

"그 별종 조심하라고 말해 둬야겠군."

"별종이 주은이를 조심해야 될걸요?"

의문 어린 무영의 눈길을 받으며 재이가 말했다.

"주은이 태권도 유단자예요. 요즘은 주짓수도 배우고 있고요. 허튼짓했다간 정오 녀석쯤 단번에 메다꽂아 버릴 거예요."

"흠. 그래서 내가 아니라 엄주은을 대동하려 했던 거였어."

재이가 웃었다. 이제 곧 그녀를 들여보내야 한다는 아쉬움 때문에 무영은 함께 웃을 수 없었다.

차에서 내려서자, 재이가 말했다.

"피곤하신 거 알지만, 집 앞까지만 같이 올라가실래요?"

대답 대신 무영은 묵묵히 걸음을 옮겼다. 오늘은 그녀가 선을 그었다고 생각했다. 집 앞까지만 같이, 라는 경계선을.

엘리베이터에서도 내내 조용하던 그녀가 현관문 앞에 이르렀을 때에야 무영에게 눈길을 주었다.

"이상해. 다시 못 보는 것도 아닌데 왜 이렇게 아쉽죠?"

말과는 달리 아쉬움이 환히 드러나는 얼굴은 아니었다. 이제 보니 감정의 파고를 조율하는 데에도 일가견이 있는 여자였다.

닮음, 인정.

무영은 두 손을 드는 심정으로 끄덕이고 말았다.

주섬주섬 가방을 뒤지던 재이가 무언가를 꺼내 무영 앞에 내밀었다. 재이의 손에 든 것은 사탕처럼 포장된 초콜릿 두 알이었다.

"당 충전용으로 갖고 다니는 건데, 지금은 시간 연장용으로 쓸까 봐요. 그러니까 우리, 되도록 천천히 먹어야 돼요."

무영은 재이 손에서 초콜릿 한 알을 가져와 껍질을 벗기고 입에 머금었다.

재이도 남은 한 알을 입 안으로 넣었다. 초콜릿을 품고 오물거리는 입술이 무영의 두 눈에 오롯이 담겼다.

사탕이면 시간이 훨씬 더 길었겠지만, 혀 위에서 초콜릿은 너무도 금세 녹아 버렸다. 재이도 마찬가지일 터.

"조심히 가세요."

담백한 인사를 건네고는 돌아선 재이가 도어 록의 비밀번호를 터치했다. 손무영의 첫날이 그녀의 손끝에서 재생되고 있었다.

"서재이."

재이의 손길이 멈췄다. 여전히 옆모습으로만 존재하는 그녀에게 무영은 손을 뻗었다.

무영에게 한쪽 손목을 잡힌 채로 재이가 무영을 올려다보았다. 이 순간 어떤 일이 일어날지 알고 있으며 거부하지 않겠다는 눈빛이었다.

한 걸음 다가선 무영은 재이의 입술을 머금었다. 깊이 침범했다. 그녀의 머리칼 속으로도 손가락들이 함부로 파고들었다. 혀에 남은 초콜릿 맛이 오래도록 달콤했다.

재이를 들여보내고 집으로 돌아온 한밤, 무영은 그녀의 문자를 받았다.

[비번, 바꿔도 돼요?]

전화를 할까 하다 문자로 답을 보냈다.

[무엇으로?]

[첫날로요.]

심장이 뛰었다. 믿을 수 없게도 두근거림이었다. 무영은 가슴
을 지그시 누른 채 그녀에게 물었다.

[어떤 첫?]

재이한테서 답이 오기 전에 한 번 더 물었다.

[오늘?]

재이의 답은 웃음 이모티콘이었다. 동의인 줄 알았는데 이어
서 문자가 왔다.

[우리가 살 집에 같이 온 첫날이요]

얼굴이 훅 더워 왔다. 오늘의 첫 키스에 의미를 부여하고 싶
은 속내를 들켜 버린 셈이니 말이다. 그럼에도 입가엔 미소가
맴돌았다.

무영은 정답을 맞히듯이 그녀에게 지난 일요일의 날짜를 숫
자로 찍어 보냈다.

[0306]

재이가 곧바로 답을 주었다.

[톡!]

'톡' 옆에 붙인 느낌표가 지금 그녀의 마음과 표정을 고스란히 나타내고 있는 것 같았다. 문장 부호 하나가 많은 말들을 담고 있다는 걸 무영은 처음 알았다.

침대에 나른히 기대어 앉아 스노우 볼을 바라보면서, 무영은 재이가 재설정해 준 첫날에 대해 생각하고 또 생각했다.

밤이 깊도록.

그리고 새벽이 다가오도록.

마음에도 무게 중심이 있다면

다음 날 저녁, 무영은 고 여사와 식탁에 마주 앉았다.

"오랜만이구나."

냉랭한 고 여사의 말이 식탁 위의 적요를 깼다.

틀린 말이라곤 할 수 없었다. 요 며칠 밖에서 저녁을 먹다 보니 집에서의 저녁 식사는 오랜만이었다.

"네."

무영은 짧게 대꾸했다.

"듣자 하니, 기어이 이달 중에 식을 치르겠다고?"

"누구한테 들으셨습니까?"

"그것이 중요할까."

"근본도 불투명한 사람을 섣불리 믿으시면 곤란합니다."

"뭐라?"

"어머니답지 않은 짓 아닙니까?"

"대체 무슨 소릴 하는 거냐?"

"박 기사 말입니다."

고 여사가 숟가락을 탁, 소리 나게 내려놓았다. 무영의 시선을 불러들이려는 의도가 빤했다.

그러나 무영은 고 여사에게 눈길을 건네지 않았다. 천천히 밥만 떠먹었다. 이마를 꿰뚫을 듯 노려보는 고 여사의 눈빛이 느껴졌으나 개의치 않았다.

상관하지 않기로 마음먹은 지 오래였다. 떠나려는 결심이 굳어진 뒤로는 고 여사의 어떤 언행에도 아랑곳하지 않았다.

속으로야 쓰리고 힘겨워도 겉으로는 조금도 드러내지 않을 수 있었다. 그럴 수 있게 되어 더욱 강해졌고, 지독한 외로움도 이겨 낼 수 있었다.

"네 말에 어폐가 있다는 생각은 안 드는 모양이지?"

"제 근본에 대해서 말씀하시려는 거라면, 이 집에서 일하는 사람들을 모두 내보낸 다음이어야 할 겁니다. 낮말은 새가 듣고 밤말은 쥐가 듣는다고 하지 않습니까?"

지금 고 여사가 어떤 표정일지는 보지 않고도 알 수 있었다. 한일자로 날카롭게 다문 입이 눈에 선했지만 무영은 밥을 먹는 데에만 집중했다.

"건강 검진 결과를 가져오라 일렀거늘. 왜 여태 무소식인 거냐?"

"내일 받을 겁니다."

"이제야? 느려 터졌구나."

"그렇게 궁금하시거든, 제 허락도 없이 불러내셨을 때 물어

보시지 그러셨습니까?"

"근본도 없는 아이 하날 만나는 일에 허락씩이나 필요할까."

화가 치밀었다. 자신이야 죄인 아닌 죄인으로 모든 수모를 견뎌 왔다고 해도, 아무 잘못 없는 재이를 모욕하는 건 참아 내기가 힘들었다.

무영은 서늘한 눈으로 고 여사를 보았다. 냉엄한 얼굴로 마주보며 고 여사가 말했다.

"애초에 근본 얘길 꺼낸 것은 너다."

"이런 식이면 3개월, 없던 일이 될 수도 있겠습니다."

"협박이라도 하는 모양새구나."

"불화 속에서의 3개월이 무슨 의미가 있겠습니까."

"서둘러 하는 결혼이라 네가 그 아이 의중을 잘 모르는 모양이다만, 만나서 이야기를 나누다 보니 그 아이는 이 집에서 살고 싶어 하더구나."

그럴 리가 없다고 받아치려니, 집에 인사를 왔던 날 재이가 했던 말이 떠올랐다. 1년이건 6개월이건 괜찮다고, 상관없다고 담담하게 말하던 그녀가.

그녀로선 정말 상관없어할지도 몰랐다. 그래서 고 여사의 말에 휘말려 그런 식의 확답을 주었을지도.

만일 그렇다면 난감한 일이었다. 무영으로서는 그럴 생각이 전혀 없기 때문이었다.

숟가락을 들고 밥을 먹기 시작하며 고 여사가 말했다.

"그 애 말이, 이렇게 크고 마당 넓은 집에서 살아 보는 게 소원이었다고 하더라. 왜 안 그렇겠니?"

"그런 말을 했을 리가 없습니다."

"잘만 버티면 물려받아 제집이 될 텐데, 욕심내는 것도 당연하겠지."

"그런 말을 할 사람이 아닙니다."

"그래?"

"네."

"머지않아 너한테도 하게 될 거다. 지금이야 서로 낯가리느라 속에 든 말을 다 하진 못할 거 아니냐."

"낯을 가리다니요? 저희는 곧 결혼할 사입니다."

"네가 나를 허수아비 취급하고 있었구나."

무영은 쓴웃음을 지었다.

이 결혼의 배경을 고 여사가 끝까지 모르리라는 생각이야 하지 않았다. 하지만 이렇게 빨리 알게 되리라고는 생각지 못했다. 역시 박 기사인가.

"허수아비가 아니시니, 박 기사가 비서실장을 사칭하고 다닌다는 것도 알고 계시겠군요."

"뭐…… 뭐라?"

"모르셨습니까? 박 기사가 어머니께는 잘난 명함 한 장 안 드렸던 모양입니다."

고 여사가 다시금 숟가락을 내려놓았다.

"그깟 비서실장 따위가 대수라고."

핏줄이 불거지도록 주먹을 꽉 움켜쥔 채로, 그러나 태연하려 애쓰면서 고 여사가 말을 이었다.

"그간 고생한 세월이 얼만데, 진작 적당한 직함 하나 줄 것을 그랬다."

이쯤 되니 박 기사가 정말 고 여사와 혈연관계가 아닌지 의심스러울 지경이었다. 그러나 무영은 오늘 저녁의 대화를 그만 종결짓고 싶었다.

혈연이건 아니건 상관없는 일이었다. 얼른 이 불편한 저녁 식사를 끝내고 방으로 올라가 재이의 목소리를 듣고 싶을 뿐이었다.

"먼저 일어나겠습니다."

수저를 내려놓는 무영에게 선전 포고라도 하듯 고 여사가 말했다.

"무호를 불러야겠다."

부른다고 선선히 오련마는, 그 또한 상관없는 일.

하지만 무호가 들어와 일으킬지도 모를 돌발 상황들을 생각하면 없는 쪽이 그나마 평온하긴 할 터였다.

"제가 전화해 보겠습니다."

"그래?"

매번 진실 여부를 캐는 듯한 저 물음에도 이젠 쓰라리지 않았다.

마음 기댈 곳이 생겨서인지도 모르겠다. 스크래치 난 마음을 들여다보고 가만히 다독여 줄 사람. 서재이라는 여자가.

2층으로 올라온 무영은 휴대폰을 손에 들고 잠시 생각했다. 우선 무호에게 전화를 걸기로 했다.

재이가 무호보다 후순위여서는 아니었다. 하기 싫은 숙제를 해치우고 난 뒤 먹기 위해 아껴 둔 초콜릿이라고나 할까.

초콜릿을 연상시키는 재이 입술 때문에 무영은 무호에게 전화가 연결되기까지 더운 숨을 가다듬어야 했다.

—손무영?

"그래, 형이다."

—뭐지? 이 친근함은. 뭐 좋은 일이라도 생겼어?

전화 속 무호 목소리는 약간 들떠 있었다. 밖인 듯 주위가 어수선했다.

—맞다. 형 결혼한댔지. 언제라고 했더라?

"25일. 스몰웨딩으로 간단하게 할 거니까 안 와도 돼."

—어차피 못 가. 미안!

'미안'을 외치는 소리가 '건배!'라고 하듯 즐겁게 들렸다.

어쨌거나 다행이었다. 다만 왜 못 들어오는지에 대한 이유를 만들어 두어야 고 여사에게 설명할 수 있을 터.

"어머니께는 뭐라고 말씀드릴까?"

—술독에 빠졌다고 해.

킬킬거리는 무호의 웃음이 뒤따랐다.

"너야말로 뭐 좋은 일이라도 생긴 것 같은데."

—와. 씨발. 어떻게 알았어? 손무영 대표님, 언제부터 이렇게 섬세해지셨어? 얼음 공장 문 닫아도 되겠다, 이제.

얼음 공장은 좀 심한 거 아니냐고 응수할까 하다 관두었다. 대신 습관적인 욕설을 트집으로 잡았다.

"욕 좀 안 섞어 말할 수 없어?"

—고상하신 형님하고 통화하는데 씨발거려서 미안!

"좋은 일은 뭐야?"

—궁금하긴 해?

솔직히 그다지 궁금하진 않다. 기껏해야 마음 맞는 술친구 하나 더 생긴 것일 테지.

—궁금하다고 거짓말이라도 좀 해라.

"궁금하니까 묻고 있잖아."

—거짓말도 시켜야만 하냐? 그러니까 엄마가 형한테 그러는 거 아냐. 얼음만 생산할 줄 알지, 사람이 융통성이 없어요.

닥치라고 말하려다 참았다. '그러는'의 의미를 따져 묻는 것도 눌렀다.

"끊자."

—닥쳐, 그러는 걸로 들리네.

능청스레 내뱉고는 무호가 다시금 낄낄거렸다. 무영은 전화를 끊었다.

스물여덟이 되도록 엄마라는 호칭이 이토록 자연스러운 무호가 싫었다. 어려서도 그랬던 무호였다. 처음부터 그랬던 아이였다.

무호의 첫날은 아홉 살이었다.

무원이 없는 빈 곳을 채우려 손 원장이 또다시 보육원에서 데려온 아이는 개구지기가 이를 데 없었다. 온 집 안에 아연 생기가 넘쳐흐르기 시작했다.

무호가 집에 온 그해 여름. 무영은 열네 살, 중학교 1학년이었다.

겨우 한 해 전 온 마음을 다해 사랑했던 형을 아프게 떠나보내고, 혹독하기 짝이 없는 사춘기를 맞이하고 있던 시기였다.

처음부터 싫었다.

무호가 이루어 내는 활기가 싫었고, 상심한 고 여사에게서 실소나마 끄집어내고 마는 무호의 의지가 싫었다.

무엇보다도 싫었던 것은, '엄마! 엄마!' 하며 시시때때로 불러 대던 무호의 그 명랑한 목소리였다.

그럴 때마다 무호를 바라보는 고 여사의 눈빛.

그것은 부름에 호응하는 사람의 눈빛이었다. 남은 하나를 보란 듯이 배제하는 이의 눈빛이었다. 완벽한 소외감이 무영을 괴롭혔다.

죄책감과 상실감만으로도 견디기가 힘겨운데, 뼈저리게 파고드는 외로움이 더해지면서 소년 시절의 무영은 나날이 차가운 얼음 동굴이 되어 갔다.

어지러운 마음을 정돈하려 무영은 테라스로 나섰다. 어둠에 젖은 하늘을 한참 동안 올려다보았다. 그런 다음에야 재이에게 전화를 걸었다.

—네, 대표님.

귓가에서 재이 목소리가 아련했다.

"저녁도 못 먹고, 배고프겠네."

—괜찮아요. 대표님은 저녁 드셨어요?

"먹었어요."

—앗. 의리 없다.

"반 공기만."

—안 돼. 가서 한 공기 더 먹고 오세요.

"명령하는 겁니까?"

—부탁하는 겁니다.

목소리를 깔고 진지하게 흉내 내어 말하는 재이 덕분에 무영은 웃음 짓고 말았다. 숨결에 실린 웃음소리가 그녀에게도 건너 갔을까.

—웃고 있네요.

나직한 재이 목소리에다 무영은 머리를 기대고 싶었다.

다시 올려다본 어둠 저편의 하늘에 유난히 밝은 별이 하나 떠서 무영을 내려다보며 반짝였다.

금요일 오전.

재이가 종합 검진을 받는 동안 무영은 손 원장의 병실에 들렀다. 전담 간호사가 무영을 보곤 반갑게 인사했다.

"오셨어요?"

"네. 수고 많으십니다."

"오늘은 꽃을 안 사 오셨네요?"

"아……."

재이를 태워 오느라 꽃을 잊었다. 재이의 검진이 아니었으면 오늘 병실에 오지도 않았을 것이다.

외로움이 깊을 때면 꺼내 쓰는 일기장처럼 다녀가던 곳이었는데, 지금까지의 흐름이 살짝 흐트러졌다.

재이 때문이다. 일상의 한가운데로 스며들어 와 버린 그녀 때문에 아버지를 잠시 잊고 지냈다.

고 여사를 등진 후에도 차마 발길을 끊을 수 없는 사람. 끝내 마음을 끊어 낼 수 없는 사람. 그런 손 원장을 뒤로 미뤄 두게 만든 여자가 재이라는 사실에 무영은 새삼 놀랐다.

스며들기를 허용한 자신에게도 놀라고 있었다. 불안한 의미에서의 놀라움은 아니었다. 좀 멋쩍지만 흐뭇해지는 놀라움이었다.

마음에도 무게 중심이 있다면.

옮겨 가고 있었다. 서재이에게로, 시나브로.

마음의 그 추이를 이제 무영은 기정사실로 인정하지 않을 수 없었다. 그 사실을 끄덕이며 기뻐해 줄 아버지 앞에 의자를 끌어다 앉았다.

침상의 손 원장은 변함없이 평화로웠다. 한때 잠들어 있는 거라면 좋겠지만, 아버지의 잠은 절망적으로 길었다.

"저 왔습니다."

무영은 미동 없는 아버지를 괴로운 심정으로 바라보았다.

다녀왔습니다, 하고 인사하면. 언제나 얼굴 가득 자애로운 미소를 띠고서 맞아 주던 손 원장을 기억했다.

아버지라는 말이 입에서 나오지 않아 어색해하는 무영에게 아무런 강요나 재촉도 한 적 없던 분이었다.

그뿐일까.

외아들을 잃고도 원망 한마디 없던 사람.

간신히 살아나고도 넋을 놓고 주저앉은 무영에게, 네 잘못이 아니다, 누구의 잘못도 아니다, 몇 번이고 반복해서 되뇌던 사람.

아무도 모르게 혼자 숨어 울던 사람. 다음 날이면 그 울음 감 쪽같이 지우고 다시 온화하게 웃어 주던 사람.

손 원장은 무영에게 그런 사람이었다.

그리고 내내 굳어 있는 무영의 어깨에 따뜻한 손을 얹고는 의학 관련 서적을 펼쳐 보여 주던 사람.

아마도 손 원장은 어려서부터 성적이 뛰어났던 무영이 가업 을 잇기를 바랐을 것이다. 피아니스트를 꿈꾸며 예술고에 진학 한 무원 대신 무영에게 병원을 물려주고 싶었을 것이다.

손 원장의 심중을 헤아리면서도 무영은 그와는 반대의 길로 나아갔다.

무원이 영영 떠난 뒤인 중고등학교 시절에는 공부도 적당히 만 했다. 매달릴 수 있는 건 공부밖에 없었지만 의대를 지원하 지 못할 만큼의 성적만 유지했다.

도둑질하는 것만 같았다. 무원을 죽이고, 무원의 몫이어야 마 땅할 것들을 송두리째 훔치는 것만 같았다.

무영에게 은연중에 그런 의식을 심어 준 사람은 하나뿐인 친 아들을 잃은 어미, 고 여사였다.

무원의 죽음에 대한 죄책감이야 평생 벗지 못할 굴레처럼 지 고 갈 것이나, 그다음의 것들까지는 감당하고 싶지 않았다. 욕 심낼 이유도, 권리도 없었다.

무영은 긴 침묵 속에 잠들어 있는 손 원장의 손을 쥐었다. 그 손에다 이마를 내리고 가슴 깊이 무겁게 남아 있던 말을 건넸 다.

"죄송합니다, 아버지."

이 한마디에 얼마나 많은 말과 마음이 들어 있는지, 손 원장은 잠든 채로도 충분히 알고 이해하리라 생각했다. 아니, 그래 주기를 바랐다.

손 원장의 병실에서 나온 무영은 재이에게로 향했다. 위 내시경을 마치고 나온 재이는 회복실 침상 위에 누워 있었다.

곁에 앉아 수면 상태에서 깨어나기를 기다리고 있을 때, 잠꼬대하듯 그녀가 중얼거렸다.

"가지 마……."

아무 데도 안 간다고, 무영은 말해 주고 싶었다. 재이가 완전히 깨어나면 놀려 주리라 마음도 먹었다.

그런데 그녀의 안타까운 중얼거림이 또 이어졌다.

"가지 마, 윤이야……."

가슴 어딘가에 유리 파편이 박히는 듯했다. 재이의 가슴 가장 깊은 곳에 시리게 박혀 있었을 그 파편이 실감 나게 닥쳐왔다.

한편으론 재이의 무의식을 지배하는 첫 번째 사람이 윤이라는 것에 미묘한 감정이 스치기도 했다. 서운함이거나 쓸쓸함 같은 것.

그런 스스로에게 무영은 다시금 놀랐다.

"가지 마……."

이번엔 울먹임이 한 방울 서린 목소리였다.

무영은 재이의 손을 끌어다 두 손으로 꼭 감쌌다.

꿈속일지언정 지금 재이가 그리운 동생의 손을 꼭 잡고 있는 거라 느꼈으면 했다. 행복한 그 꿈에서는 자매가 잡은 두 손을 절대로 놓지 않으면 했다.

그리고 또 하나.

재이 마음에도 무게 중심이 있다면.

옮겨 오고 있기를. 시나브로, 손무영에게로.

재이의 손을 처음 잡은 오늘 이 순간, 무영은 감히 바라고 있
었다.

재이를 만나서

　재이를 데리고 죽 전문 식당에 왔다. 기분 탓인지 마주 앉은 재이 얼굴이 좀 해쓱해 보였다.

　재이가 고른 전복죽을 주문해 놓고 따뜻한 숭늉부터 건네자, 그녀가 두 손으로 감싸 쥐고 한 모금씩 아끼듯 마셨다.

　"고생했어요."

　무영의 말에 재이가 미소 지었다.

　"저 때문에 대표님도 하루를 꼬박 날리게 생겼네요."

　"점심 사 주고 회사로 들어갈 건데?"

　"어. 진짜요?"

　무영은 입가에 미소를 띄워 올렸다. 재이도 미소를 지우지 않았다.

　"대표님 왠지 죽 싫어하실 것 같아요."

　"썩 좋아하진 않지만."

"않지만?"

"같이 먹어 줄 수는 있지."

"안 해도 될 검진 받느라 고생했으니까?"

끄덕이는 무영에게 재이가 좀 더 환하게 웃어 보였다.

"숙제 하나 마친 것 같아요."

"다행히 자랑해도 될 만큼 건강하고."

"마음 졸이셨나 봐요."

"내가?"

"혹시라도 검진 결과가 좋지 않게 나올까 봐."

"그런 걱정은 안 했습니다."

재이가 또 웃었다. 이제 보니 은은히 웃을 때 눈웃음이 곁들여진다.

그간엔 잘 몰랐던 것. 가만 들여다볼 때에만 보이는 것. 웃음을 구성하는 조그만 조각까지도 두 눈에 담기는 것.

마음이 기울어 가고 있음을 알려 주는 지표일지도 모르겠다. 마음의 무게추가 서재이라는 여자 쪽으로 기울어지고 있음을 말해 주는 증거일지도 모르겠다.

"습니다, 체. 듣다 보니 매력적인 데가 있네요."

무영은 조용히 웃었다. 그녀의 마음결도 자신과 같다고 생각했다.

거리감 느껴지고 불편하게 들리던 것을 매력으로 반전하게 만드는. 그 또한 무게 중심의 이동에 따른 변화가 아닐까 싶은 것이다.

한 숟갈 한 숟갈 죽을 떠먹는 재이를 보느라 무영은 식사를 제대로 할 수가 없었다. 검진을 앞둔 재이로 인해 어쩐지 긴장이 돼 아침도 먹는 둥 마는 둥 한 무영이었다.

무탈하게 마치고 결과도 괜찮아 식욕이 돌아오긴 했지만, 눈앞에 존재하는 재이가 시장기를 덮어 버렸다.

헝클어졌다고 해야 할까. 기존의 규칙과 질서를 마구 흩뜨려 놓았다고 해야 될까.

재이라는 존재가 지금의 무영에게는 그런 역할을 하고 있었다. 당혹스럽지만 싫지는 않았다.

하루의 모든 시간들이 재이로 빽빽해지는 현상.

다른 사람들도 다들 이런 과정을 거치며 연애라는 걸 시작하는 것인지, 무영은 궁금해졌다.

재이가 빈 그릇을 들어 무영에게 보여 주고는 엄지를 올렸다.

"인생 죽이었어요."

무영은 미소로 답했다. 양이 제법 많은 죽 한 그릇을 말끔히 비운 재이가 기특했다.

종업원이 빈 그릇을 치워 가며 후식으로 무엇을 먹을지 물었다. 무영은 수정과를, 재이는 홍시 셔벗을 시켰다.

"맛있을 것 같죠?"

눈으로 묻는 무영에게 재이가 덧붙였다.

"홍시 셔벗."

기껏 후식 하나를 기다리며 기대에 찬 재이 모습이 사랑스러웠다.

사랑스럽다니.

무영은 자신을 스쳐 가는 감정에 적응할 수 없어 그럴듯한 변명을 가져다 붙였다. 아이스크림을 기다리는 어린아이 모습처럼 사랑스러운 거라고.

또 다른 무영이 코웃음을 치는 소리가 들리는 듯했다. 마침 휴대폰 울리는 소리가 무영을 내적 혼란 속에서 끄집어내 주었다.

전화를 건 이는 윤 팀장이었다.

"음, 나야."

—대표님, 어디 계세요?

"밖에 나와 있어. 왜?"

—청첩장 나왔습니다.

"아."

지난주에 윤 팀장한테 지시해 두었는데, 오늘 받아 왔나 보았다.

—보셔야죠. 언제 들어오세요, 대표님?

"일단 갖고 있어."

—네. 그럼 들어오시면 부르십시오.

"그래."

통화를 끝내자 재이의 말간 눈망울이 무영을 기다리고 있었다.

난감했다. 웃음기 없이 담담한 얼굴로 보고 있을 뿐인데도 마음의 커다란 덩어리가 그녀 앞으로 훅 엎어지는 느낌이었다.

무영은 재이로부터 시선을 떼어 내 창밖을 바라보았다. 그러나 금세 그녀에게로 눈길을 되돌리고 말았다. 재이의 한마디 때문이었다.

"청첩장 나왔나 봐요."

무영의 눈길을 받으며 재이가 말했다.

"다 들리더라고요. 윤 팀장님 목소리가 워낙 씩씩해서."

"뭐, 그렇긴 하지."

"되게 아끼는 사람이죠?"

"아낀다기보다는……. 믿는 편이지."

"윤 팀장님. 회사에서 대표님이 유일하게 반말하는 분이잖아요."

"유일하게……."

사실이 그렇긴 한데, 재이의 말에서 풍기는 뉘앙스가 미묘하게 무영을 끌어당겼다.

뭘까. 지금 재이의 감정은.

알고 싶어진 무영에게 답을 주듯 재이가 말했다.

"불만은 아니에요."

"그럼 질투인가."

"앞서 가시네요."

미소를 머금고 있는 재이에게서 질투의 'ㅈ'도 찾아볼 수 없었다. 질투라는 말을 입에 올린 스스로를 탓하고 있는데, 후식이 나왔다.

티스푼으로 홍시 셔벗을 떠먹으며 재이가 물어 왔다.

"청첩장 제작을 윤 팀장님께 맡기셨나 봐요?"

담백한 어조임에도 어쩐지 타박처럼 느껴졌고, 무영은 좀 미안해졌다.

지난주 초반, 윤 팀장에게 청첩장 제작을 일임할 때까지만 해도 이런 감정에 휩싸일 줄은 예상하지 못했다.

아랫사람을 시켜 처리해야 할 하찮은 일에 불과했다. 형식적인 청첩장 따위, 라고 생각했던 것이다.

"어. 화내는 거 아닌데."

그러며 재이 눈가에 보드라운 웃음이 어렸다.

"화내는 거라는 생각, 안 했습니다."

"거짓말. 아, 어떡하지? 이런 표정이던걸요?"

큰일이다. 서재이 이 여자, 자주 내 얼굴에서 무표정의 가면을 벗겨 내 버리고 있다. 게다가 솜씨도 좋다. 어긋난 적 없이 맞히고 있으니까.

무영은 또다시 변명하는 심정으로 말했다.

"청첩장이라고 해 봐야 다 거기서 거기, 특별할 것도 없으니까."

"그건 그렇지만……."

"그렇지만?"

"보통 청첩장에다 누구누구의 장남 손무영, 누구누구의 장녀 서재이, 이런 식으로 써 넣잖아요."

"그런데?"

"제 인사 기록 카드에 아버지 이름이 적혀 있을 거거든요. 어쨌든 살아 있는 사람이니까. 가족 사항을 빈 칸으로 두긴 그랬으니까요."

무영은 끄덕였다. 여러 칸이나 되는 가족 사항 란을 하얗게 비워 두기 싫었을 재이 마음이 안쓰럽게 와닿았다.

학창 시절 가족 사항을 적어 내야 할 때면, 재이와는 조금 다

327

른 빛깔로 착잡해지던 기억이 떠올랐다.

부모 란에 손 원장과 고 여사의 이름을 차례로 적고 나서도, 이 사람들을 진짜 내 가족이라 당당히 말할 수 있을까 자문하게 되던 순간들이.

무호의 이름을 적고서는, 내 동생이 아니라는 반발심이 솟구쳐 자못 복잡해지곤 하던 마음이.

세상에 없는 무원의 이름을 무심결에 적어 넣고는, 눈시울이 뜨거워지던 그 모든 기억들이.

"대표님도, 그리고 윤 팀장님도 저한테 따로 물어보신 적 없으니까, 아마 그거 보고 제작하셨을 것 같아서요."

그제야 무영은 재이가 왜 이 얘길 꺼냈는지 알 것 같았다. 재이는 그들 자매를 버리고 가 버린 아버지의 이름을 청첩장에다 부모로 올리고 싶지 않았던 것이다.

'청첩장 따위'로 대단치 않게 여겼던 무심함을 자책할 수밖에 없었다. 그때까지만 해도 그런 사소한 것까지는 미처 신경 쓰지 못했고, 신경 쓸 생각도 안 했다.

"아버지 이름, 기억하고 있었나 보네."

"어릴 땐 기억 못 했어요. 겨우 다섯 살이었으니까요. 초등학교 들어가서는 알고 싶었죠. 누구인지, 이름 석 자 정도는 기억하고 있다가, 인생의 어느 길에서 혹여 마주치게라도 되면 철저히 외면해 주려고요."

어떤 마음인지 누구보다도 잘 알 수 있었으므로 무영은 끄덕여 주었다.

"그래서 원장님한테 가서 마구 떼를 썼어요."

"아버지 이름을 내놔라?"

"고집스레 조르고 또 조르니까 결국 '서'로 시작하는 이름 하나를 가르쳐 주시더라고요."

"어린 서재이 고집에 못 이겨 즉석에서 지어 낸 이름은 아닐까?"

웃게 하려고 해 본 말인데 재이가 정말 활짝 웃었다.

"실은 저도 그런 생각 해 본 적 있어요. 진짜 맞을까? 이 이름이 진짜 아버지라는 사람일까?"

"확인, 했구나."

재이가 끄덕였다.

"알고 보니 보육원에서 멀지 않은 곳에 살았더라고요. 마을 사람들도 대충 내력을 알고 있고요. 윤이랑 내가 어떻게 버려졌는지에 대해서도 그때서야 상세히 알게 됐죠."

"살던 집에서 이미 떠나고 없었겠군."

"네. 야반도주하듯 사라졌다고 해요."

이미 사라졌으니, 다시는 나타나지 말 것.

별안간 재이 앞에 나타나서 그녀 삶을 휘저어 놓지 말 것.

미지의 매정한 그 아버지를 향해 무영은 간절히 경고를 날렸다. 경고의 형태를 띠고 있지만 염원에 더 가까웠다.

재이를 위해서라기보다는 무영 자신을 위해서였다. 재이의 삶이 흔들리면 자신의 삶도 덩달아 흔들리고 말 테니까.

황폐했던 생에서 재이만큼은 오롯이 내 몫이기를 바라는 마음. 누구와도 나누고 싶지 않은 마음. 이기적인 염원이라 해도 어쩔 수 없었다.

"누구누구의 딸이라고 쓰지 않고는 청첩장을 못 만들겠죠?"

지나가는 말인 듯 건너오는 재이의 물음이 마음을 건드렸다.

"못 만들 것도 없겠지."

선선히 대답하고서 무영은 자리에서 일어났다. 올려다보는 재이에게 화장실에 다녀오겠다 말하고는 밖으로 나와 윤 팀장한테 전화를 걸었다.

—대표님, 들어오셨습니까?

"아니. 좀 전에 받아 온 그 청첩장 말인데."

—네.

"폐기해."

—……네?

"새로 만들어야겠어."

—아니, 보시지도 않고 왜……?

"누구의 장남, 이런 문구들 다 빼고 다시 만들어."

잠시 침묵하고 있던 윤 팀장이 조심스레 물었다.

—어머님께서 보시면 역정 내시지 않을까요?

"상관없어."

윤 팀장이 낮은 한숨을 지었다.

—알겠습니다. 말씀하신 대로 구성해서, 확인하실 수 있게 시안 먼저 보내 드리겠습니다.

"그래. 수고해."

자리로 되돌아오니, 머리를 숙인 재이가 종이 냅킨 위에다 펜으로 글씨를 쓰고 있었다.

"뭡니까?"

재이가 냅킨을 무영이 볼 수 있도록 방향을 바꿔 밀어 주었다. 무영은 그녀가 가지런한 필체로 쓴 글귀를 눈으로 읽었다.

무영일 때는 0이었지만
재이를 만나서 2가 되었습니다.

"우리 이름이요. 둘 다 숫자가 들어간다는 거 모르셨죠? 문득 떠올라서 낙서하듯 써 봤어요."

"한자로는 숫자 0의 의미는 아닌데."

"저도 2는 아니에요. 그래도 재밌잖아요."

무영으로 말하자면, 재미있지 않았다. 묵직한 뭉클함이 해일처럼 밀려와 가슴을 채우는 중이었으니 말이다.

재이가 장난스럽게 써 놓은 글귀가 무영에게는 어떤 운명처럼 와닿았다.

"무영의 무, '없을 무'도 아니죠?"

무영은 묵묵히 끄덕였다.

"저도 '있을 재'는 아니에요."

무영은 또 끄덕이기만 했다.

화장실에 다녀오겠다며 재이가 잠시 자리를 비운 사이, 무영은 그녀의 글씨가 새겨진 냅킨을 반으로 접어 상의 안주머니에 넣었다.

잠시 후 돌아온 재이가 눈으로 식탁 위를 훑었다. 그 냅킨을 찾고 있는 게 분명했다.

"어디 갔지? 그릇 치우면서 쓸려 갔나?"

추측하며 중얼거리는 그녀에게 무영은 아니라고 말할 수 없었다. 간직하고 싶어 가졌노라고 솔직히 말할 수도 없었다. 그저 잠자코 있었다.

장난 같은 낙서에 왈칵 휘말려 버린 마음을 그녀 앞에 고백할 수 없었다. 마치 돌풍처럼 깊이를 제어할 수 없는 이 속도가 무영은 차츰 두려워지고 있었다.

만약 그녀가 돌아선다면. 차갑게 외면한다면.

고통스러울 것 같다.

남은 날들이, 다시 0이 되어 버릴 날들이 몹시도 힘겨울 것 같다.

"이제 그만 들어가 보세요."

"회사 들어간다는 거, 그냥 한 말인데."

"알아요. 그래도 들어가세요. 저야 월차 냈지만, 대표님은 아니잖아요. 근무 시간에 여자나 만나고 있으면 곤란하죠."

"대표한테 할 소린가 싶네."

"나는 대표고, 너는 사원이야. 그런 멘트 날리실 거 아니죠?"

무영은 웃어 버렸다. 재이도 같이 웃었다.

둘 사이로 고요히 섞이는 웃음이 마음을 포근히 어루만져 주었다. 두려움 따위, 라고 생각하게 만들어 주었다.

퇴근 후, 집으로 돌아온 무영은 오후 내내 가슴 안에 간직하고 있던 냅킨을 꺼내 다시금 들여다보았다. 광고 카피처럼 짧은 글 속에 담긴 의미를 가만히 곱씹어 보았다.

0이었던 무영이, 재이를 만나서, 2가 되었다.

0이 2로의 도약적인 변화를 이루는 순간. 그 순간을 잘도 포착해서 글로 새겨 버린 그녀.

언젠가…… 2는 3이거나 4도 될 수 있겠지. 그리하여 진짜 내 핏줄, 진짜 내 가족을 이룰 수 있겠지.

무영은 스노우 볼을 집어 들고 살며시 흔들어 보았다. 눈꽃들이 아른거리며 환상적으로 흩날렸다.

스탠드 곁, 스노우 볼이 놓여 있던 자리에 재이의 냅킨을 두었다. 그리고 고요해진 스노우 볼을 그 위에 얹었다. 스노우 볼의 정사각형 지지대가 냅킨을 덮어 감쪽같이 숨겨 주었다.

무영은 눈을 감았다. 내 스노우 볼, 이라던 재이 목소리가 귓가에서 눈꽃들처럼 흩어졌다.

눈을 뜨고 재이에게 전화를 걸었다. 그녀의 목소리가 귓가로 다가들 때까지 시간이 더디게도 흘러갔다.

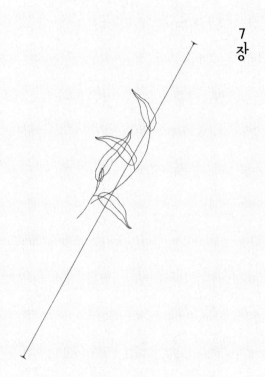

7
장

지구한테는 달이

무영의 차가 골목 어귀에 멈춰 섰다.

볕이 따사로운 일요일 한낮이라 골목 안에서는 조무래기 아이들이 뛰어놀고 있었다. 그 모습을 보고 있으니 재이는 기분이 포근해졌다.

"예쁘죠? 꼬맹이들."

"오래전 추억 같네."

뜻밖의 대답이어서 재이는 곁의 무영을 돌아보았다.

"대표님한테도 저런 날들이 있었어요?"

"누구한테나 있었던 날들 아닌가?"

이런 동네, 이런 골목. 놀이터도 아닌 곳에서 시끌벅적하게 그들 나름의 놀이를 즐기는 아이들.

'저런'의 의미를 보다 섬세하게 설명하려다가 말았다. 무영의 대꾸에서 정답을 슬쩍 비켜 가려는 느낌이 들었던 것이다.

넓은 의미 속에 묻어가려는 느낌이랄까.

"저맘때의 손무영이 궁금해."

"어느 모로 보나 또래 중에선 단연 군계일학이었지."

풋 웃음이 나 버렸다.

"세상에. 진심으로 말하고 있어."

"사실이니까."

"그러니까, 손무영에게 역변 따위는 없다?"

"없다."

단언하는 무영에게 재이는 웃음과 더불어 말해 주었다.

"이런 자신감, 아주 맘에 들잖아요."

무영의 얼굴에도 웃음이 떠올랐다. 환히 터뜨려지지 않아서 때론 조바심마저 불러일으키는 그의 웃음이 두 눈뿐만 아니라 마음에도 담겼다.

오늘은 재이가 살던 옥탑방을 완전히 정리하기 위해 나선 길이었다.

같이 들어가 도와주겠다는 무영에게 고개 저은 것은 부끄러움 때문이었다. 허술하기 짝이 없는 세간들이 무영 앞에 빤히 드러나는 게 싫었다.

미리 약속해 둔 주은이 먼저 와서 기다리고 있을 터였다. 대부분은 정리하고 꼭 필요한 것들만 무영의 차에 실어가기로 했다.

"주은이 기다리겠다. 들어갈게요."

"두 시간이면 되겠지?"

"할머니 손 안 대셔도 되게 청소도 말끔히 해 놓고 나오고 싶은데. 넉넉잡아 세 시간 어때요?"

"다 되면 전화해요."

"그럴게요. 여기서 기다리지 말고 집에 가 계세요. 우리가 살 집."

무영이 턱을 끄덕였다.

재이는 차에서 내려 골목 안으로 걸어 들어갔다. 대문 앞에 다다랐을 즈음 휴대폰이 울렸다. 주은이었다.

"주은아. 나 지금 왔어."

─난 조금 늦을 것 같은데 어떡하지? 율한테 전화 와서 도중에 내렸거든. 통화하다 보니 시간 순삭이지 뭐니.

전철역 어느 구석에서 율과 통화하며 시간도 잊었을 주은의 모습이 보이는 듯했다. 상기된 얼굴에 서려 있었을 미소까지도 눈에 선했다.

율의 목소리 말고는 아무것도 들리지 않았을 그 시간들 속에서 주은이 얼마나 어여뻤을지, 영화 속 한 장면처럼 머릿속에 그려졌다.

"엄주은 행복했겠네. 난 괜찮으니까 천천히 와."

─아무것도 하지 말고 기다려. 금방 가. 알았지?

"그래, 알았어."

웃으며 통화를 마친 재이는 아담한 마당을 지나 1층부터 들렀다. 집주인 할머니께 인사를 드릴 생각이었는데, 집이 비었는지 문을 두드려도 아무도 나오지 않았다.

주은이 올 때까지 기다릴까 하다가 곧장 옥상으로 올라갔다. 일주일 만에 돌아온 방은 변함없이 그대로건만, 1년쯤 비워 두었던 곳처럼 어딘가 낯선 데가 있었다.

사람이란 이렇게도 간사하구나, 생각했다. 고작 일주일 사이에 따뜻하고 쾌적한 고층 아파트에서의 생활에 익숙해져 버린 자신을 돌아보며 조금 놀랍기도 했다.

이제 이곳을 떠나면 이곳에서 보냈던 시간들은 과거 속으로 묻혀 버리겠지. 다른 세계가 시작되면 이 방에서의 나날들도 먼 추억이 되어 버리겠지.

과거나 추억의 영역으로 분류하고 보니 가져갈 것들이 생각보다 적었다. 무영에게 보이고 싶지 않은 것들이 더 많은 것인지도 모르겠다.

아무래도 대형 쓰레기봉투가 필요할 것 같았다.

편의점에 다녀오려 방을 나선 재이는 걸음을 멈추었다. 막 옥상으로 올라온 정오도 그 자리에 뚝 멈춰 섰다.

"오신 줄 몰랐어요."

정오가 말했다. 손에는 담뱃갑이, 왼쪽 눈 밑에는 생긴 지 얼마 안 된 듯한 피멍이 들어 있었다.

"방을 정리하려고요."

"아. 할머니한테 얘기는 들었어요. 나 때문이라고, 꾸지람도 실컷 듣고."

기다렸다는 말 때문에 신경이 날카롭게 곤두섰던 그날 밤 일을 할머니한테 이실직고라도 했던 걸까?

오늘 만나 뵙고 말씀드리려고 할머니한테 전화상으로는 결혼 얘길 아직 하지 않았다. 갑자기 방을 빼는 이유가 뭔지 의아했을 할머니가 정오 탓을 한 것인지도 모르겠다.

그날 일이 아니었어도 이즈음엔 어차피 정리해야 했을 방이었다. 게다가 가깝지도 않은 누군가에게 괜한 심적 부담을 남기고 싶지는 않았다.

"정오 씨 때문은 아니에요."

"옥상에 자꾸만 올라가서 담배 피우니까 누나가 나가는 거 아니냐고. 할머니한테 등짝 100대 맞았잖아요."

예의를 차린다 싶게 데면데면한 느낌이더니, 웃음기가 어리니까 정오 같다.

"100대라니. 등이 남아나질 않았겠네."

"거의 100대란 얘기죠."

그러고는 참 해맑게도 웃었다. 지금까지의 생에서 깊은 상처와 흉터를 가져 본 적 없는 이의 얼굴이란 생각이 다시금 들었다.

어려서 마음을 표현하는 데에 좀 서툴 뿐이지, 음흉한 의도를 가진 녀석은 아니라는 생각도 함께 들었다.

"재이 누나 불편해할까 봐 2층에 사는 사람들한테도 옥상 출입은 못 하게 했다고, 할머니가 그러시더라고요."

그러고 보니 여태껏 옥상에 드나드는 사람은 할머니 말고는 본 기억이 없었다. 할머니의 그런 배려가 깔려 있었는지는 모르고 있었다.

"우리 할머니한테 그토록 사랑받고 있는 줄 몰랐죠?"

"아무리 그래 봐야 손자만큼이야 하겠어요?"

"난 뭐……. 할머니 속만 상하게 했으니까……."

정오답지 않게 말의 마디마다 여백이 고였다. 얼굴의 피멍과 관련 있는 일일까 싶어 물어보았다.

"얼굴은 왜 그래요?"

"한 대 맞았어요."

"누구한테? 설마 할머니는 아니겠죠?"

"당연 아니죠. 별거 아니에요. 아, 뭐 도와줄 거 있으면 시키세요."

"괜찮아요. 친구가 올 거예요."

"그때 그 누나요?"

"네."

이쯤에서 대화를 마무리 지으려고 어렴풋한 미소를 지어 보이고는 지나쳐 가는데, 등으로 정오의 목소리가 날아들었다.

"잘못했어요."

재이는 걸음을 멈추었다. 뒤돌아보진 않았지만 등 뒤에서 정오의 말이 이어졌다.

"그날 밤에요. 기다렸다는 말이 그렇게 무섭게 들릴 줄은 몰랐어요."

단정한 사과의 말에 등만 보이고 서 있을 수 없어 정오 쪽으로 돌아섰다.

"누나한테 서운했나 봐요. 평상에 내버려 둔 커피 믹스."

"아."

까맣게 잊고만 있다가 이제야 생각이 났다.

"너무 보잘것없는 거라 그랬나 싶어서, 무시당한 것도 같았고."

"아니에요. 그런 생각은 안 했어요. 지금도 안 해요. 평소에

342

즐겨 마시는 건데요, 뭘."

"그죠?"

금세 해사한 웃음이 번지는 정오 얼굴에서 피멍 자국만 유독 도드라졌다.

"그래서 그거 따지려고 기다렸던 거예요?"

"따진다기보다는……."

얼버무리며 정오가 이마를 덮고 있는 머리를 쓸어 올렸다.

"할머니 말씀이, 정말 참하고 예쁜 아가씨라며 제 짝 삼고 싶다고 하도 그러셔서. 대체 어떤 여자기에 그러시나 궁금하기도 하고, 기대했거든요."

할머니가 재이한테도 했던 말이었다. 칭찬 삼아 한 얘긴 줄 알았는데, 정오한테도 여러 번 그런 식으로 말을 해 두었나 보다.

"근데 곧 결혼한다고 하니까……. 원래 내 건데 뺏긴 듯한 느낌? 조금만 일찍 올걸, 싶고."

말끝에 장난스런 웃음이 매달렸다.

말해 주어야 할까. 일찍 왔어도 너랑은 아니었을 거라고.

동갑은 물론이고 두세 살 위도 남자 같지 않은데, 심지어 연하를?

어린 남자애한테는 연애 감정 비슷한 것조차 생기지 않는다고, 지금이라도 똑똑히 말해 주는 게 좋을까.

"누나 그 사람 보니까 나랑은 비교도 안 되게 다 갖춘 사람 같아서 심술도 좀 나고, 그랬어요."

"정오 씨 아직 애기잖아요."

"와, 겨우 세 살 아랜데 애기는 좀 심한 거 아니에요?"

"그 사람에 비하면 그렇다고요. 그 사람 나이쯤 되면 정오 씨도 충분히 갖춘 사람이 되어 있을 거예요."

"……그럴까요?"

어울리지 않게 자조적인 반문에 재이는 격려 차원으로 힘껏 대답해 주었다.

"그럼요."

정오가 웃음 지었다. 특유의 맑음을 비껴 나 살짝 흐린 빛깔이었다.

하고 싶은 말들이 가득한 것도 같고, 물어봐도 선뜻 말하지 않을 것도 같은, 뭔가 복잡 미묘한 얼굴이었다.

마침 주은이 왔고, 주은과도 짧게 인사를 나누고는 정오가 아래층으로 내려갔다.

"쟤 얼굴은 왜 저러니?"

"나도 모르지."

"미국에서 명문대 다니다 왔다고 손자 자랑이 늘어지시던데."

"1층 할머니가?"

"응. 아무리 봐도 학구파로는 안 보이는데 말이지."

"그러게."

"짠."

주은이 가방에서 쓰레기봉투 한 묶음을 꺼내 재이한테 보여 주었다. 방금 사러 나가려던 대형 봉투였다.

"역시 엄주은."

"그치, 그치?"

주은이 활짝 웃었다. 오늘 주은은 그 어느 때보다도 화사해 보였다. 원인은 오직 하나, 김율.

"있지, 재이야. 저녁에 나 율이랑 만나기로 했다?"

뽐내듯 끌어 올린 어미에서 주은의 행복감이 느껴졌다.

"진짜? 축하해."

"나 지금 너무 설레서 하늘로 날아오를 것만 같아."

"율이 그렇게 좋아?"

"응. 나는 달이고, 율은 내 지구야."

"절대로 분리될 수 없겠네."

"그치!"

한껏 달뜬 주은을 보며 재이는 생각했다.

언제나 일정한 거리를 두고 돌며, 결코 하나로는 겹쳐지지 못할 달과 지구로 둘을 대입하는 주은의 마음.

그 심리에는 끝내 함께이지 못할 미래를 예비해 두는 비장한 각오가 숨어 있는 게 아닐까.

그러니 오늘 같은 기쁨이 주은에게는 보름달로 환해지는 날이 아닐까. 보름달 가운데서도 달과 지구의 거리가 가까워지는 시기에만 드물게 볼 수 있다는 슈퍼문.

어쩐지 애잔한 마음이 들어 주은을 꼭 안아 주고 싶었지만, 그새 주은은 버릴 것들을 골라내어 쓰레기봉투를 채우느라 바빴다.

"있지, 주은아."

"응?"

"다큐에서 봤는데, 지구의 자전축이 20 몇 도쯤 기울어져 있대."

"그런데?"

"지구의 그 자전축을 흔들리지 않게 고정시켜 주는 역할을 하는 게 달의 인력이라나?"

제 방 정리하듯 주도적이던 주은의 손길이 스르르 멈췄다. 재이에게 눈길은 주지 않고 물음만 건너왔다.

"달이 제 역할을 못 하면 어떻게 되는데?"

"자전축의 균형이 깨지게 되고, 그러면 지구는 급격한 기후 변화로 생물체가 살기 어려운 환경이 된다던가? 기억하기론 아마 그랬던 것 같아."

"역시 지구한테는 달이 꼭 있어야 한다니까."

"그러니까."

주은의 뺨에 꽃잎 같은 웃음이 물들었다. 멈춰 있던 손길도 다시 힘차게 움직이기 시작했다.

"지구한테는 달이~ 지구한테는 달이~"

노랫말처럼 흥얼거리는 주은을 보며 재이는 또 생각했다.

손무영이란 남자도 내 지구가 되어 줄까, 하고.

손무영이란 사람에게 나도 달이 되어 줄 수 있을까, 하고.

지구한테는 달이 꼭 있어야 하듯이, 무영에게도 내가 없으면 안 되는 사람으로 존재할 수 있게 될까, 하고.

재활용 쓰레기로 내다 놓을 것들까지 꼼꼼히도 구분해 상자에 담는 주은에게 재이는 짐짓 타박했다.

"그렇게 다 버리다간 빈 몸으로 나가겠다."

"버리고 새로 사. 손 대표님한테 다 새로 사 달라고 해. 아무리 봐도 신혼집에 끌고 들어갈 건 없어 보이니깐."

신혼집이라는 말이 달콤한 기분을 데려왔다.

'우리가 살 집'이라던 무영의 말이 외로움을 녹이는 뭉클한 감동이었다면, '신혼집'이라는 말은 무영과의 소소한 일상을 연상하게 만들었다.

무영과 같이 살게 되면.

그러면 둘이서 같이 집 안 정리 정돈을 하고 청소도 하게 될까. 계절마다 이불을 바꾸거나 커튼 색깔을 고민할 때도 둘이서 머리를 맞대게 될까.

그런 무영은 잘 상상이 안 됐다. 날카로운 정장 차림의 모습만 봐 와서 그럴지도.

펑퍼짐한 잠옷 차림으로 잠에서 깨어나 까치집 머리를 하고 있는 그를 그려 보며 미소 짓고 있을 때, 주은이 말했다.

"그리고 재이 너, 물건에 의미 두고 연연하는 성격도 아니잖아."

사람에도 연연하지 않는데 하물며 물건에야. 자신의 면면을 꿰뚫어 보는 주은에게 재이는 선선히 동의해 주었다.

"그건 그래."

"나만큼 널 잘 아는 사람이 또 있을까. 걱정 말고 앉아 있다가, 싹 다 치우고 나면 청소나 하셔."

"그럼 나 아래층에 잠깐 갔다 와도 돼? 할머니 들어오셨나 보고, 인사 좀 드리고 올게."

"그래, 얼른 내려가 봐. 참, 이 방 보증금도 받아야 하잖아."

"계약 기한이 여러 달 남아 있어서 어떨지 모르겠네."

"무슨 소리야? 큰돈도 아니고 고작 3백인데 온 김에 받아서 나가야지. 할머니 좋으신 분인 건 알지만, 방 빼고 나면 딴소리하는 사람들도 많대. 오늘 꼭 달라고 해."

충고 같은 주은의 당부를 뒤로하고 재이는 아래층으로 내려왔다. 1층 현관문 앞에서 할머니를 부르자, 정오가 나와 문을 열어 주었다.

"할머니 아직 안 들어오셨어요?"

"들어오셨어요. 근데 지금 좀……."

"왜요?"

"아니에요. 들어오세요."

재이가 들어오도록 비켜서 있던 정오가 운동화를 신고는 대문 밖으로 나가 버렸다. 거실로 들어선 재이는 소파 아래 쪼그리고 앉아 있는 할머니를 발견하고는 가까이로 다가갔다.

"할머니."

옆에 앉아 정답게 부르니, 할머니가 소맷자락으로 눈가를 닦아 내고는 재이 쪽으로 고개를 돌렸다. 서둘러 지웠다고는 해도 눈물 자국이 엿보였다.

"왔어?"

목소리에도 울음의 흔적이 남아 있었다.

"할머니, 저랑 헤어진다고 섭섭해서 우셨구나?"

웃으며 다정하게 말을 걸자, 할머니도 애써 웃어 보였다. 그러나 얼굴에 드리운 그늘은 지워지지 않고 그대로였다.

"무슨 일 있으셨어요, 할머니?"

"일은 무슨."

정오 얼굴에 맺혀 있던 피멍이 떠올랐다.

"정오 녀석이 할머니 속상하게 했나 보다. 맞죠?"

"정오가 뭐라고 해?"

"자기 때문에 할머니 속상하시다고요."

북받치는지 할머니가 다시금 눈물을 훔쳐 냈다. 재이는 할머니 등을 가만가만 쓸어내려 주었다.

어떤 사연인지 듣고 알더라도 실질적인 도움이야 드리지 못할 테지만, 떠나는 마당에 잠시 곁에 앉아 울음을 지켜 주는 일 정도는 해야 하지 않을까 싶었다.

얼마 뒤 울음을 눌러 삼킨 할머니가 입을 열었다.

"결혼한다면서?"

정오한테 들었나 보다.

"네."

"결혼할 사람 있는 것도 모르고 김칫국만 마시고 있었네."

"죄송해요, 할머니."

"죄송하긴 뭐가 죄송해. 축하해 줄 일이지. 엄청 멋지고 돈도 많은 사람이라고 그러던데."

"정오가 그래요? 잠깐 보고 어떻게 안다고."

"차도 좋은 거 타고, 딱 봐도 성공한 사람 태가 난다던데 뭘. 우리 재이 이제 고생 끝, 행복 시작이겠네."

가까스로 웃음을 머금는 할머니에게 재이도 잔잔히 웃어 보였다.

"할머니 덕분이에요. 좋은 집에서 할머니 사랑 받으면서 지

냈으니까요."

"좋은 집은 무슨. 매달 월세 받기도 미안했는데."

"할머니가 계셨으니까 좋은 집이라는 뜻이죠. 그리고 좋은 일 생겨서 나가면 좋은 집에 살았던 덕분이라고들 하잖아요."

"우리 재이는 말도 참 곱게도 하지. 이렇게 보내고 아까워서 어째."

"할머니 곁엔 사랑하는 손자가 있잖아요."

할머니가 휴우, 무거운 한숨을 내쉬었다.

"할머니, 정오한테 무슨 일이라도 생긴 거예요?"

"시장 입구에 주차장 있지? 그저께 밤에 거기서 싸움이 붙었다지 뭐야."

"정오랑요?"

끄덕이며 할머니가 털어놓은 사건의 전말은 이랬다.

금요일 밤, 근린공원에서 운동을 하고 내려오던 정오는 주차장에서 실랑이 중인 두 남녀를 발견했다. 남자는 완력으로 여자를 차에 태우려 하고, 여자는 뿌리치는 형국이었다.

남자로부터 여자를 떼어 내는 과정에서 정오와 남자 사이에 약간의 몸싸움이 있었고, 그쪽에서 들입다 주먹을 휘둘러 정오도 남자에게 똑같이 갚아 주었다.

정오한테 맞은 남자가 코피를 쏟자, 여자가 강력히 항의하고는 그 즉시 경찰에 신고해 버렸다.

결국 경찰이 출동해 셋 다 파출소에 가게 되었는데, 상대 남자 쪽에서 정오가 먼저 폭행했다고 주장하며 사과를 받기 전에는 절대 합의 못 하겠다고 버텼다.

사과는 절대 못 하겠다는 정오 때문에 속을 끓이다가, 오늘에야 경찰 입회하에 간신히 합의가 이뤄졌다는 것이다.

"그래서 정오가 사과를 한 거예요?"

"했지."

"억울했겠다."

정오 말에 따르자면 먼저 폭력을 쓴 것도 그쪽이고, 그렇지 않다 해도 쌍방 폭력이 아닌가 싶었던 것이다.

"억울해도 어떡해. 저희 부모 알기 전에 해결해야지. 안 그래도 속이 말이 아닐 텐데, 한국 들어오자마자 이런 일까지 생긴 거 알면 얼마나 속상할 거야."

"미국에서도 무슨 일이 있었나 봐요?"

"에휴, 내가 속이 상해서. 그 좋은 학교를 그만두고 왔다지 뭐야."

"정오가요?"

할머니가 힘없이 고개를 끄덕거리고는 파출소에 정오를 데리러 가서야 알게 되었다며 다시금 눈물지었다.

어떻게 된 상황인지 대강의 그림이 그려졌다.

아마도 정오는 교환 학생으로 들어왔다는 거짓말이 들통날까 봐 파출소에서 신원을 함구하고 있었을 테고, 찾아간 할머니가 자랑스레 얘기하면서 사실이 드러나 버렸을 것이다.

"잘 다니던 학교를 도대체 왜 관뒀는지 모르겠어. 미국서 분명 무슨 일이 있었던 것 같은데, 물어봐도 도통 말을 안 해."

답답한지 가슴팍을 팍팍 두드리는 할머니에게 재이는 물을 한 컵 갖다 드렸다. 물을 들이켜는 할머니를 보며 정오한테는 오늘이 사과의 날이구나, 생각했다.

할머니를 위해서 억지 사과를 하고 돌아와 재이와 마주쳤을 때.

그렇지 않아도 심란했을 상태에서 재이에게 사과를 하지 않고는 지나갈 수 없었을 정오의 마음. 그 내면이 얼마쯤은 헤아려지는 듯했다.

한편으로는, 사람 겉만 봐서는 모르는 거란 생각도 들었다.

학교를 그만두고 가족들을 떠나서 도피하듯 한국으로 들어올 만큼의 일이 무엇일까. 도저히 치유되기 힘든 상처일까.

깊이라든가 상처라든가 흉터라든가, 그런 것들과는 먼 부류로만 보였건만. 속단이었을지도 모르겠다. 상처를 견디는 방법은 사람마다 다를 수 있는 것을.

누구는 그림자처럼 침잠하고, 누구는 할퀴듯 드러내고, 그리고 또 누구는 해사한 웃음 뒤에 감추고.

할머니의 눈물, 그 진짜 배경을 알겠다. 다 해결되었으니 이젠 울지 마시라고 말할 수도 없겠다.

"그래도 정오가 많이 다치지 않아서 다행이에요."

"그럼, 그럼. 저 녀석 몸 건강한 거 하나만 생각해야지, 안 그럼 내가 속 시끄러워 못 살지."

끄덕여 주고는 그만 일어서려는데, 할머니가 방으로 들어가더니 두툼한 봉투를 들고 나와 재이에게 건넸다.

"보증금은 받아 나가야지."

"나중에 주셔도 되는데요, 할머니."

"그러면 쓰나. 3천도 아니고 3백인데 그걸 못 줄까 봐? 조심

히 잘 갖고 가. 계좌로 넣어 주지 뭘 이렇게 찾아왔냐고 정오가
한 소리 하더라만, 난 이게 편해. 손에 잡혀야 진짜 돈 같고. 온
다고 해서 미리 찾아다 놨지."

"고맙습니다."

"자기 돈 찾아가는 건데 고맙기는 뭘."

"그래도요."

"예쁘게 잘 살아. 사이좋게 잘 지내야 되지만, 혹시라도 신랑
이랑 다투고 갈 데 없거든 우리 집에 와도 돼. 내가 하룻밤은 재
워 줄 수 있으니까. 길게는 안 되고 딱 하룻밤만. 부부간에 오래
떨어져 있으면 못 써요."

코끝이 찡했다.

갈 데 없거든, 이라는 말. 우리 집에 와도 돼, 라는 말.

통점을 건드리는 그 말들 때문이었다.

울컥할까 봐 아무 말도 못 한 채로 재이는 그저 끄덕였다. 끄
덕이며 할머니에게 웃음 지어 보였다.

초콜릿 먹을래요?

　구석구석 청소까지 끝내고는 문을 닫고 나서니, 방을 비우고 떠나는 게 실감 났다.

　재이는 무영에게 전화를 걸어 놓고, 주은과 평상에 앉아 캔 음료를 마시며 잠시 숨을 돌렸다.

　무르익은 오후가 저녁으로 흘러드는 시간.

　하늘빛이 투명하게도 푸르렀다. 춥지도 덥지도 않아 머리칼을 스치고 가는 바람도 다정하게 느껴졌다.

　"처음 너 이사 왔을 때, 여기 앉아서 둘이 소주 마시던 생각 난다."

　주은의 말에 재이도 미소 띤 채 끄덕였다. 그때만 해도 오늘을 예상하지 못했다.

　다른 곳으로 이사는 갈 수 있겠지만, 결혼에 대해서는. 특히 무영하고의 결혼이란 상상도 할 수 없는 일이었다.

"재이야. 넌 그런 거 없어?"

"어떤 거?"

"날씨가 너무 좋으니까 공연히 불안해지는 거."

"마음 날씨를 말하는 거야?"

"포함해서. 오늘처럼 눈이 부실 만큼 화창한 날에도 소나기가 쏟아질까 봐 우산을 챙기게 되는 그런 거."

그런 거, 안다.

대체로 명랑한 편인 주은에게도 문득 달려드는 불안감이 있다는 거. 그 마음의 근원에 대해서도 알 것 같다.

기억하는 첫 순간부터 든든한 뿌리가 없었던 삶을 살아온 사람만이 알 수 있는 정서라고나 할까.

언제 들이닥칠지 모를 위험에 대비해 두려는 마음. 아마도 좌절하지 않기 위해서. 그리고 상처 받지 않고 잘 견뎌 내기 위해서.

재이에게는 그런 마음이 사람이나 사물에 일정한 거리를 두는 거라면. 흠뻑 빠져들지 않는 거라면.

주은에게는 불행을 예비하고 각오해 두는 마음일 터였다. 정말 오랜만에 율과의 만남을 앞두고 어떤 변수가 생기기라도 할까 봐 마음을 다독이는 중인지도 몰랐다.

"주은아."

"응?"

"오늘은 내내 맑을 거야."

"소나기 같은 건 없을 거야?"

"없을 거야."

"믿어 보겠어."

다짐하듯 말하고는 주은이 활짝 웃었다. 설렘에 물든 주은의 얼굴이 예뻤다.

"있지, 주은아."

"응, 나 여기 있어."

"윤이……. 한국에서 살고 있을 수도 있을까?"

주은의 눈이 동그래졌다.

"갑자기 왜? 혹시 무슨 소식 같은 거라도 들은 거야?"

"아니, 그런 건 아니고. 얼마 전에 백화점 주차장에서 어떤 여자를 봤는데. 걸음을 멈추고 뒤돌아볼 만큼 예뻐서……. 우리 윤이도 저런 모습으로 자라 있겠구나 싶더라."

"백화점에 차 몰고 와서 마음껏 쇼핑하는 모습으로?"

엄주은다운 해석에 재이는 웃고 말았다.

"얼마나 예뻤기에 뒤돌아볼 정도야? 나보다 더 예뻤어?"

장난 섞인 주은의 물음에 재이도 웃으며 대답했다.

"응, 엄주은보다 두 배는 더 예뻤어."

주은이 입을 비죽 내밀었다. 그러고는 이내 수긍했다.

"윤이라면 보기 드문 미인으로 살고 있겠지. 윤이가 우리보다 두 살 아래니까 올해 스물넷인가?"

"응, 스물넷."

"대학은 졸업했을 테고, 결혼은 아직 안 했겠다."

"한국에서 살고 있어도, 그래서 우연히 만나게 된다고 해도 서로 알아보지도 못하겠지?"

"글쎄. 서로 피가 끌리는 그런 게 있지 않을까?"

"원장님 살아 계셨으면 어느 나라로 갔는지 물어보기라도 할 텐데."

"그쪽 부모가 내건 조건이라면서 절대로 안 가르쳐 주셨잖아."

"그땐 어렸으니까 그랬다 쳐도, 이젠 둘 다 성인이 되었으니 어느 나라인지 정도는 가르쳐 주실 수 있을 것 같거든."

고개를 끄덕이던 주은이 제안했다.

"우리 이번 주말에 원장님 뵈러 갈까?"

"안 그래도 토요일쯤 가 볼까 하던 참이었어."

"그럼 원장님한테 갔다가 우리 집에 가면 되겠다. 엄마가 너 결혼하기 전에 밥 한 끼 해 먹이고 싶대."

"그래, 그러자."

"손 대표님한테도 미리 얘기해 놔. 주말에 너랑 데이트할 생각에 마구 설레고 있을지도 모르니깐."

"그런 사람 아냐."

"그런 사람? 어떤 사람?"

"마구 설레고 그러는 사람."

"겉으로야 안 그래도 속은 어떨지 모르는 거지."

"속도 안 그럴걸?"

"속 열어 봤어?"

"응?"

"손무영 대표님 옷 한 겹 한 겹 다 벗겨 내 봤냐고."

주은의 야심찬 공격에 재이는 웃어 버렸다. 웃으면서도, 본 적 없는 그의 모습을 상상하고 있었다.

그 사람은.

손무영이란 남자는.

누가 자기 옷을 벗기도록 내버려 두지 않을 것 같다.

제 몸에서 옷을 벗겨 내야 될 시점이 오면, 그 스스로 거추장스러운 옷들을 벗어 던질 것만 같다. 어쩌면 조금 거칠게.

그럴 수밖에 없을 시점이 오기까지 얼음성 안에 굳게 가두어만 둔 채 살아왔을 것이기에. 그런 사람으로 느껴지니까, 그는.

상상 속으로 그와 입술을 처음 나누던 밤의 기억이 스며들어왔다. 온몸을 위태롭게 관통하던 감각과 안온한 소속감에 사로잡혔던 그 순간이.

"뭐야, 서재이. 그 나른해진 얼굴은."

놀려 대는 주은을 피해 재이는 하늘로 눈길을 돌렸다. 기억이 뺨으로 불러들인 따뜻한 열기가 싫지 않았다.

새파랗기만 하던 하늘에 차츰 옅은 어둠이 스며들기 시작했다.

"대표님 올 때 됐겠다. 난 그만 비켜 줄게."

그러고는 주은이 따로 챙겨 둔 옷 가방을 들고 일어났다.

"왜? 같이 타고 나가면 되는데."

"둘 사이에 눈치 없이 끼어 있기 싫거든?"

"눈치 안 줄게."

"실은 율이 집 근처로 오기로 했어."

율의 집에서 만나는 줄 알았더니 여의치 않은가 보다. 오늘도 차 안에서의 데이트가 될 모양이었다.

"오늘은 매니저 없이 둘이서만."

과연 매니저를 떼어 내고 율 혼자 나올 수 있을지 모르겠다. 그러나 재이는 꿈에 부풀어 있는 주은에게 웃으며 말했다.

"좋겠다. 율한테 안부 전해 줘."

"당연하지! 손 대표님이랑 너랑 알콩달콩 연애 중이라고 말해 줄 거야."

"알콩달콩은 아니거든?"

"나 간다."

주은이 뛰다시피 가고 얼마 지나지 않아 무영에게서 전화가 왔다.

"네, 대표님."

—올라갑니다.

올라가도 되느냐고 묻는 듯이 들렸다. 깨끗이 비우고 닫아걸어 놓은 방이야 보여 줄 일도 없으니 이젠 상관없다.

근사한 테라스나 정원은 아니지만, 이 소박한 평상에서의 지난 시간들 한 자락쯤은 보여 주어도 괜찮겠지.

여기 앉아 하늘을 올려다보며 품었던 무수한 생각들을 그에게 한 조각 나눠 줄 수도 있겠지.

새로운 시작을 위한 이 집에서의 마지막을 그와 같이해도 좋겠지.

재이는 기꺼운 마음으로 대답했다.

"네."

곧 무영이 재이 앞에 나타났다. 평상에 앉은 채 그를 맞이한 재이는 곁을 톡톡 두드려 보였다. 그가 다가와 재이 곁에 앉았다.

평상 아래 놓인 캐리어와 책이 든 상자를 보며 무영이 물었
다.

"가져갈 건 이것뿐입니까?"

"네, 몽땅 다 버리고 이것뿐이에요. 간편하죠?"

"잘했어요."

"주은이가 옷도 반 넘게 빼앗아 가 버렸어요."

"안 어울릴 텐데."

"안 어울리니까 도로 내놓으라고 할까요?"

무영이 미소 지었다. 재이도 같이 웃었다. 조용한 웃음 사이
로 엷은 바람이 불고 지나갔다.

"밤에 여기 앉아서 별도 보고 달도 보고 그랬어요."

"혼자서?"

"혼자서."

"앞으로는 그럴 일 없겠네."

그럴 일.

여기 앉아서 밤하늘을 보는 일에 대해서가 아니라 '혼자서'
에 방점이 찍힌 말이라고 느꼈다.

앞으로는 혼자일 일 없겠네.

그렇게 말해 주는 것처럼 들렸다. 덤덤히 건네는 약속 같았
고, 뭉클해졌다.

막 시작되는 저녁이 아늑한 어둠을 데리고 왔다. 서녘 하늘에
서서히 번져 가는 노을을 바라보며 재이는 무영에게 말했다.

"초콜릿 먹을래요?"

권유가 아니라 요청이었다. 그리고 무영은 당돌한 그 요청에

기꺼이 응답해 주었다.

두 뺨이 무영의 손안에 과일 한 알처럼 담겼다. 머리칼 속으로 그의 손가락들이 파고들었다. 재이는 눈을 감았다. 입술이 따뜻해졌다. 심장이 바쁘게 뛰었다.

상견례 합시다

월요일 오전.

회의가 끝난 직후, 재이는 홍 팀장 앞에 섰다.

"팀장님. 잠깐 드릴 말씀이 있어요."

일어나려던 홍 팀장이 다시 자리에 앉았다. 이 대리를 비롯한 팀원들이 흘끔거리며 회의실을 나가고, 재이도 홍 팀장을 대각선으로 마주 보는 자리에 앉았다.

"뭔데?"

"휴직, 하려고요."

재이는 미리 작성해 온 휴직원을 홍 팀장에게 건넸다.

휴직원이 든 봉투를 내려다보며 홍 팀장이 희미하게 고개를 끄덕였다. 그럴 줄 알았다기보다는 뭔가 탐탁지 않은 얼굴이었다.

"얼마나?"

"1년이요."

"1년으로 될까?"

"······네?"

"아냐. 알았어. 그렇게 처리할게."

"이번 주까지는 근무하려고 해요."

"그래, 그렇게 해. 결혼 준비하려면 바쁘겠네?"

재이는 조금 겸연쩍은 미소를 지으며 솔직하게 대답했다.

"사실 특별히 바쁜 건 없어요."

"결혼식이 언제랬지?"

"25일이요."

"이달 25일? 코앞이잖아. 근데 이번 주 내내 나오겠다고?"

"제가 하던 일은 마무리 지어 놓고 가려고요."

재이를 빤히 쳐다보던 홍 팀장이 문득 물어 왔다.

"휴직, 서재이 씨 생각이야?"

질문의 의도를 헤아리느라 잠시 생각하는 사이, 홍 팀장이 덧붙여 물었다.

"혹여 대표님 의견에 어쩔 수 없이 따라가는 거 아니냐고."

"아. 아니에요, 그런 건."

"그렇지?"

무영의 의견이야 아니지만, 고 여사의 요구에 대한 절충안으로 선택하는 것이니 완전하게 자신의 생각이라고만 말할 수도 없었다. 재이는 미소로 답을 대신했다.

사회적 관계 속에서 진실을 적당히 채색하는 일에는 늘 어설펐다. 되도록 있는 그대로를 담백하게 말하는 게 편했고, 그러지 못할 경우엔 말을 아끼는 편이었다.

"서재이 씨 면접 볼 때 생각나네."

"저도 어제 일처럼 생생해요."

"내가 왜 서재이 씨를 뽑은 줄 알아?"

재이는 뜻밖의 느낌으로 홍 팀장을 건너다보았다. 지난 이야기를 들먹이며 감회에 젖는 건 홍 팀장의 스타일이 아니었기 때문이다.

휴직원을 받고, 처리하고. 그것으로 건조하게 끝날 줄 알았던 대화가 길어지고 있는 것도 예상 밖이었다.

"학벌도 더 좋고, 영어도 훨씬 유창하고, 내세울 만한 스펙을 가진 지원자가 둘씩이나 있었는데. 그 사람들 떨어뜨리고 서재이 씨를 골랐던 이유는, 서재이 씨가 신뢰감 가는 얼굴이기 때문이었어."

"아……."

데이터보다 직관에 의존해 일을 진행할 때가 있고, 그럴 때면 대체로 성공적인 결과를 내곤 하던 홍 팀장이었다.

그러니 이제 기대에 못 미치는 사람이었다는 말이 나올 차례인가 싶어 웃지도 못하고 있는데, 홍 팀장이 말했다.

"데리고 같이 일해 보니까 내 선택이 맞았다는 확신이 들었지. 본인이 망쳐 놓은 일을 수습할 생각도 않고 몸 사리며 도망부터 치려는 직원들이 태반인데, 서재이 씨는 그렇지 않았어. 자기가 벌인 일이 아닌데도 끝까지 남아서 책임지려 하더라고."

몸 둘 바를 모르겠는 기분이었다. 이분이 이런 사람이 아닌데 왜 이러나, 의아하기도 했다.

"내가 왜 이런 얘기를 하나, 이상하겠지. 잘 들어, 서재이 씨. 본론은 이제부터니까."

재이는 살짝 긴장한 채로 홍 팀장의 말에 귀를 기울였다.

"오늘 낸 휴직원은 말 그대로 휴직원이지, 사직서가 아니야. 어떤 경우에도 서재이 씨 자리는 비어 있을 거니까, 돌아오고 싶을 땐 언제든 돌아와."

"팀장님……."

"서재이 씨를 위해서만이 아니라 내가 선택한 내 사람들을 지키기 위해서 하는 얘기니까 감동 같은 건 할 필요 없어. 추후에 어떤 압력이 있더라도 서재이 씨 자리는 내가 최선을 다해 지킬 거야. 그러니까 복직을 원하지 않는다면 몰라도, 원하는 한에는 언제든 반드시 돌아와야 해."

감동하고는 좀 다른 감정이 찾아들어 말문이 막혔다.

지금껏 재이는 홍 팀장을 시니컬한 데다 잔정 없는 사람이라 생각하고 있었다. 오지랖 넓게 시시콜콜 참견하는 사람보다는 낫다는 정도로만 생각했었다.

그런데 오늘은 홍 팀장이 단순히 팀의 리더를 넘어 인생 선배로 느껴졌다.

호들갑스럽게 선의를 앞세우지 않고 뒤에서 은은히, 혹은 묵묵히 마음 쏟는 사람. 그래서 모르는 채로 받았을 배려가 더 있었을지도 모르는.

어쩌면 무영도 그런 유에 속하는 사람이 아닌지. 그래서 마음이 급류를 타고 흘러가는 것은 아닌지.

"대답 안 하는 거야, 못 하는 거야?"

365

"팀장님."

"왜."

"저 지금 팀장님한테 매료되고 있어요."

"뭐? 매료?"

홍 팀장이 웃음을 터뜨렸다. 재이도 웃었다.

"미안한데, 난 남자가 나한테 매료됐으면 좋겠거든?"

"여자라서 죄송해요, 팀장님."

"근데, 청첩장은 안 줄 거야?"

"드리고 싶어요. 드려도 돼요?"

"그걸 말이라고 해? 오늘 내로 안 주면 결혼식에 안 가는 수가 있어."

재이는 환하게 웃었다.

언제 이런 대화를 나누었냐는 듯 매끈한 얼굴로 일어난 홍팀장이 휴직원을 파일 속에 끼워 넣고는 회의실을 나갔다. 그녀의 뒷모습을 바라보며 재이는 가만히 뇌었다.

"고맙습니다."

점심시간이 가까워올 무렵, 무영에게서 문자가 왔다.

[내 방에서 점심 같이합시다.]

재이는 미소 지으며 답을 보냈다.

"대표님이야?"

옆에서 이 대리가 물었다. 의자를 재이 책상 쪽으로 바짝 밀어붙인 품이 문자 내용을 넘겨다보고 싶은 눈치였다.

"네."

담담히 대답해 주고는 휴대폰을 책상에다 엎어 두었다.

"데이트 신청?"

"점심 같이하자고요."

"그게 데이트지 뭐야. 근무 중에 짬짬이 데이트라니. 부럽다. 나도 이참에 사내 연애나 해 볼까 봐."

그러자 저편에서 누군가의 대꾸가 날아들었다.

"연애는 혼자서 하나."

사무실 내에 와르르 웃음이 터졌다. 가벼운 농담이었기에 재이도 웃음 지었는데, 이 대리가 샐쭉해진 표정으로 재이를 노려보았다.

"비웃는 거 아니지?"

따지듯 묻는 이 대리에게 재이는 웃음을 거두고 말했다.

"그럴 리가요."

"재이 씨 요즘 웃음을 달고 지내는데, 그거 은근 기분 나빠."

어이가 없었다. 이런 식으로 제 감정은 거르지 않고 다 말하면서 걸핏하면 뒤끝 없다고 자부하다니.

재이는 침착하게 말했다.

"이 대리님 기분 좋으시라고 웃는 거 아니니까, 제가 웃건 말건 상관 안 하셔도 될 것 같은데요."

"이거 봐. 말도 아주 길어졌잖아. 내 뒤엔 대표님이 있다, 뭐 그런 거?"

유치하네요, 이 대리님. 나잇값 좀 하시죠.

그러고 싶었지만 참았다. 재이는 이 대리와 말을 더 섞지 않으려고 모니터로 시선을 돌렸다.

"휴직할 거라면서? 나한테 일거리 떠맡기지 말고 하던 일들 확실하게 끝내고 가."

"네."

"네에~?"

말을 늘이며 이 대리가 혀를 찼다. 그러거나 말거나 내버려 두었다.

어떤 측면에서 보자면 이 대리 같은 사람이 명쾌할지도 모른다. 앞에서는 간이라도 빼 줄 듯이 굴다가 나중에 뒤통수치는 사람에 비하면 말이다.

이런 사람에게는 상관하지 않으면 그만이었다.

테두리 바깥에 세워 두는 것. 안으로는 들이지 않는 것.

재이에게 그런 것은 아주 쉬웠다. 따라서 이 대리 같은 사람으로 인해 크게 상처 받을 일도 없었다.

12시 정각, 이 대리가 자리에서 일어났다. 다른 팀원들도 하나둘씩 일어나고 있었다.

재이는 보고서를 마저 마치려고 좀 더 앉아 있었다. 10여 분쯤 지나자 문자가 도착했다. 무영이었다.

[안 올라옵니까?]

기다리다 못해 휴대폰을 들고 문자를 찍고 있는 무영의 모습
이 선연히 그려졌다. 입가에 절로 미소가 맴돌았다.

[5분만요]

답을 보내 놓고 작업 중이던 문서를 저장했다. 곧장 사무실을
나와 대표 전용 엘리베이터 앞에 섰다.

1층에서 올라온 엘리베이터 문이 열리는 순간, 재이는 멈칫
했다. 당연히 비어 있을 줄 알았던 엘리베이터 안에 젊은 남자
가 타고 있었다.

손 엔터 직원은 아니었다. 처음 보는 사람이었다.

파마한 것인지 본래 곱슬머리인지 자연스러운 컬에 붉은 기
가 심하게 도는 머리칼. 자유분방한 차림새에다 날렵하게 생긴
얼굴.

어딘지 음악 하는 사람 분위기가 나는데, 새로 들어온 연습생
이라기엔 나이가 좀 있어 보였다.

"안 타요?"

재촉 같은 남자의 물음에 재이는 엘리베이터에 올랐다. 버튼
을 누르려고 보니 10층에 이미 불이 들어와 있었다.

"이거 대표 전용인데."

남자가 느긋한 어조로 중얼거렸다. 재이더러 들으라고 한 말

이 틀림없었다. 타기를 종용할 때는 언제고 타자마자 딴죽을 거는 건 무슨 심리인지 모르겠다.

재이는 차분히 대꾸했다.

"알아요."

문에 비친 남자의 얼굴이 느른하게 웃음 짓고 있었다. 유유자적 그 자체였다.

10층에 가는 걸로 봐서 무영의 손님인 듯한데, 선약은 되어 있지 않은 사람일 터였다. 다른 이와 약속이 잡혀 있었다면 점심을 같이 먹자고 부르진 않았을 테니 말이다.

10층에서 엘리베이터가 멈추고 문이 열렸다. 내려서는 남자를 보며 재이는 갈등했다.

어쨌거나 이 남자가 무영을 찾아온 사람이라면 동선이 겹치지 않도록 간격을 두는 게 좋지 않을까 싶었던 것이다.

"안 내려요?"

재이를 향해 돌아선 남자가 이번에도 약간 다그치듯 물었다.

"네."

짧게 대답하고는 닫힘 버튼을 눌렀다.

스르르 닫히는 문 너머로 싱그럽게 웃음 짓는 남자의 얼굴이 보였다.

웃음이 헤픈 남자였다. 끼를 감추지 않는 남자이기도 했다. 무영이 발굴 중인 신인이 아닐까 생각했다.

사무실로 되돌아온 재이는 무영에게 문자를 보냈다.

[손님이 오신 것 같네요. 오늘은 사내 식당에서 먹을게요.]

방금 올라간 남자를 맞이하고 있는 중인지 무영으로부터 답은 바로 오지 않았다. 재이는 식당으로 올라갔다.

오늘의 주요 메뉴는 닭볶음탕과 쌀국수, 두 가지였다. 재이는 쌀국수를 받고, 짜조 두 개를 곁들인 다음 식당 안을 둘러보았다.

팀원들이 모여 앉은 식탁 쪽은 다른 팀 직원들까지 꽉 차 있어서, 출입구 가까이의 비어 있는 식탁에 앉았다.

따끈한 국물부터 떠먹고는 쌀국수를 먹고 있는데, 옆자리에 쌀국수 대접이 담긴 식판이 놓였다. 무심코 돌아보니 무영이었다.

재이는 입 안에 든 면발 때문에 뭐라 말도 못 하고서 조금 놀란 눈으로 무영을 올려다보았다. 사내 식당에서 식사하는 그를 본 적이 없었으므로 더 놀란 부분도 있었다.

놀란 것은 재이뿐만이 아니었는지 식당 안이 돌연 즐거운 수런거림으로 가득했다. 그러나 무영은 전혀 아랑곳하지 않고서 예의 그 건조한 얼굴로 재이 옆에 앉았다.

재이는 입속의 국수 가락을 부지런히 삼키고는 그를 돌아보지도 않고 말했다.

"굳이 옆에 앉으실 건 없잖아요."

"굳이 옆에 못 앉을 이유도 없을 텐데."

"앞자리도 비어 있는걸요."

"대표가 자기 회사 식당에서, 앉고 싶은 자리에 앉지도 못하나?"

"하나도 안 웃기거든요."

"쌀국수 좋아하는 줄 몰랐는데."

"좋아해요."

"나도."

여러 사람의 시선들이 의식되어 최대한 담담함을 유지하려 노력했지만, 이쯤 되니 그러기가 어려웠다. 재이는 슬며시 새어 나오려는 웃음을 물과 함께 삼켰다.

나도, 라니.

맥락상 그도 쌀국수를 좋아한다는 말인 줄이야 알겠는데, 말과 말이 연결되는 타이밍이 기가 막혔다. 쌀국수를 좋아한다는 거라고 명확히 짚어 주려다 말았다.

"점심 맛있게 드세요, 대표님."

지나가던 어느 여직원이 웃으며 상냥하게 인사를 건넸다.

딱히 대꾸가 없는 걸로 봐서는 그가 오만하게 턱만 까딱였을 가능성이 높았다.

답례로 희미한 미소나마 지어 보여도 되었겠지만, 그건 그것대로 썩 유쾌하지만은 않았을 성싶었다.

원래 그러던 사람이 아니니까. 그러던 사람이라도 지금 그러는 건 왠지 마땅치가 않으니까. 회사에서는 그렇게 웃지 말라고 부탁해 둔 것은 재이 자신이니까.

"많이 먹어요, 서재이 씨."

"네, 대표님도요."

"앞에 앉을 걸 그랬나."

무슨 뜻인지 생각하고 있는데, 그가 스스로 답을 주었다.

"도통 얼굴을 안 보여 주니까."

재이는 고개를 조금 숙인 채로 웃고 말았다. 안 보는 척하면서 보고 있는 시선들이 불편하면서도 막 싫지만은 않았다. 옆자리를 차지하고 앉은 이 남자의 당당한 태도도.

식사를 제대로 할 수나 있을지 모르겠다는 생각을 하고 있을 때.

"여기 와 있었네."

귀에 설지 않은 목소리가 들려 고개를 들었다.

앞자리에 삐딱한 자세로 걸터앉은 남자가 재이와 무영을 보며 흔연히 웃고 있었다. 엘리베이터에서의 그 남자였다.

무영이 젓가락을 내려놓았다.

"그러니까, 손무영의 피앙세가 그쪽?"

사뭇 도전적인 물음을 던지는 남자에게 재이는 찬찬히 되물었다.

"그쪽은 누구신데요?"

대답은 옆의 무영이 했다.

"무호."

참 특이한 첫 대면이구나, 생각했다.

당장 일어나서 공손히 인사를 건네어야 할까. 안녕하세요, 처음 뵙겠습니다, 하고.

그러면, 처음 뵙는 건 아니지, 하고 무호가 능청스레 받아칠 것만 같았다.

예비 시동생과 첫인사를 나누기엔 그다지 적합한 장소가 아니었다. 호기심 어린 직원들의 눈길도 여전했다.

373

식탁에 세워 올린 두 손에다 턱을 괸 무호가 재이에게 눈을 맞추고는 싱글거리며 말했다.

"상견례 합시다, 정식으로. 오늘 말고 내일, 우리 집에서."

그럼 어떻게 할까

두 번째로 온 무영의 집.

두어 걸음 뒤에서 뒤따랐던 첫 번째와는 달리 대문에서부터 먼 본채까지 재이는 무영과 나란히 걸었다.

첫 번째 방문 때의 막막한 긴장감은 들지 않았다.

무영에게 마음의 문을 열어 두었기 때문에. 그 문을 자주 넘나드는 것은 무영뿐만이 아니라 재이 자신이기도 했기에.

그리고 무엇보다도 오늘은 이 어마어마한 저택의 안주인인 고 여사가 부재하기 때문에.

회사에서 같이 퇴근하고 온 재이와 무영을 맞아 준 사람은 무호였다. 현관문을 활짝 열어 둔 채로 기다리며 서 있는 무호에게 재이는 미소와 더불어 인사를 건넸다.

"자주 뵙네요."

"정들겠죠?"

킥킥대며 대꾸하는 무호에게 재이는 조용히 웃어만 보였다.

어제 사내 식당에서 제멋대로 집으로의 초대를 결정하던 모습이 떠올랐다. '우리끼리 상견례'라고 덧붙이며 낄낄거리던 웃음도 함께.

"그거, 내 거예요?"

무호가 턱짓으로 가리킨 것은 재이 손에 들린 와인이었다.

재이는 미소를 머금은 채로 말했다.

"어쩌죠? 어머님 거예요."

"안 계신다고 말 안 했나?"

"아침에 제주도 내려가셨다고, 대표님한테 들었어요. 그래도 빈손으로 올 수는 없어서요. 어머님께서 와인 좋아하신다고 해서 대표님한테 골라 달라고 했어요."

"와인은 나도 좋아하는데. 주세요. 엄마한테는 내가 잘 전해 드릴게."

내밀어진 무호의 손을 가로막으며 무영이 재이에게 말했다.

"아주머니한테 드려요."

무호가 코웃음을 쳤다.

"나 못 믿어, 형?"

"못 믿어."

단호한 대답에 재이 앞이라 조금쯤 무안해질 법도 하건만, 무호는 익살스러운 표정을 지어 보이며 어깨만 으쓱할 뿐이었다.

상견례를 빌미로 무호가 설계한 오늘의 저녁 식사는 1층 거실 바깥에 위치한 테라스에서 하게 될 모양이었다.

테이블 세팅이 된 식탁 위로 우아하게 내려뜨려진 조명이 분위기를 돋워 교외의 카페에 앉아 있는 느낌을 주었다.

편한 옷으로 갈아입고 오겠다며 무영이 2층으로 올라간 사이, 무호가 말을 걸었다.

"우리 엄마 고향이 제주도거든요."

"네, 아까 대표님한테 들었어요."

"이제야? 우리 형, 엄마 얘기 잘 안 하죠?"

험담이라도 하려는 것 같은 뉘앙스였다.

무영과 고 여사가 여느 모자간처럼 원만한 관계가 아니라는 것 정도는 짐작하고 있었으므로 재이는 말의 길을 슬쩍 틀었다.

"서른 넘은 남자가 엄마 얘기 달고 살면 그것도 좀 곤란할 것 같은데요."

"하하. 그러네."

웃으며 동의하는 무호를 보며 재이는 좀 궁금해졌다. 맺힌 데 없이 즐거워 보이는 무호와 무영이 왜 소원한 사이인지가.

"오늘, 외할아버지 기일이에요."

그 또한 무영에게 들어 알고 있는 얘기였다. 오늘 아침, 고 여사의 제주도행도 그래서라고 들었다.

무호가 어제 '오늘 말고 내일'이라 못 박은 까닭도 거기에 있었던 것이다. 재이의 부담을 덜어 주려는 무호 나름의 배려라고 이해했다.

무영이야 어디든 고 여사와는 동행하지 않을 테고. '우리 엄마'라고 칭하는 무호는 좀 다를 것 같아 물어보았다.

"무호 씨는 안 가 봐도 돼요?"

"네, 안 가도 돼요. 가 봐야 반가워도 안 하걸랑요."

무영에게 듣기론 고 여사의 남동생 집에서 제사를 모신다고 했다. 그러니 무영과 무호에겐 외삼촌 집인데, 조카를 반가워하지 않는다고?

의아했지만 더 캐묻지는 못했다.

어느 집마다 그 집안만의 고유한 가족사가 고분 속의 벽화처럼 숨어 있는 것이다. 습한 어둠에 파묻혀 있을 벽화들을 손끝으로 더듬어 볼 권리는 가족 구성원에게만 있는 것이니.

"손무영, 진짜 외로운 사람이에요."

알아요, 그럴 뻔했다.

잘 모르면서.

결핍 없이 자라 왔을 사람치고는 사막 같은 면이 언뜻언뜻 엿보여서, 조심스레 파헤치고 들여다보고 싶어지고는 하지만.

재이로서는 손무영이란 남자에 대해 아직은 모르는 부분들이 더 많았다. 시간이 쌓이지 않았으니 당연한 일일 테다. 같이한 세월이 없으니까.

"행복해졌으면 좋겠어."

무호가 또 독백하듯 말했다. 허랑한 웃음기가 밑바탕에 깔린 말인데도 진심처럼 들렸다.

이 남자는 위악에 더 익숙한 사람일지도 모르겠다는 생각이 들었고, 율에게서 그런 사람들의 내면을 익히 봐 왔기에 친숙한 느낌이었다.

"형을 행복하게 만들어 달라고, 저한테 부탁하는 것 같네요."

"대박. 어떻게 알았어요?"

무호의 과장된 제스처가 방금 전의 진심을 희석해 버렸다.

진심이라 느낀 건 착각일까? 아니면 들켜 버린 진심이 당황스러웠던 걸까.

재이는 종잡을 수 없는 무호를 가만히 뜯어보았다. 형제간인데도 무영과는 참 다르다. 생김새도 그다지 닮은 데가 없다.

둘 다 평균치를 훌쩍 뛰어넘는, 그래서 눈길을 불러 모으는 외모이긴 한데. 색깔이 서로 판이하다.

무영이 무채색이라면, 무호는 열대의 현란한 원색이라고나 할까.

무영이 클래식에 가깝다면, 무호는 즉흥적인 재즈.

"시드니에는 얼마나 계셨어요?"

"내 얘기도 거의 안 하는구나?"

"대표님, 본인 얘기도 잘 안 하는 사람이잖아요."

"대표님이라고 불러요?"

"아. 입에 붙어서요."

"오늘부터 바꿔요. 무영 씨. 아님 오빠? 로맨틱하잖아요."

"그럴까요?"

"고집 있어 보이는데, 착하네?"

마치 동생한테 말하듯이 툭. 그럼에도 거슬리지 않는다.

이처럼 경계를 너무 쉽게 허무는 타입에게 재이는 오히려 거리감을 두는 편이었다. 그렇지만 무호의 경우는 좀 달랐다.

무영의 동생이기도 하지만, 무영으로부터 무호가 왼손잡이라는 말을 들었던 탓일 수도 있었다.

왼손잡이 편애 현상은 남녀를 불문하고 나타나는 재이의 습성이었다. 윤이를 향한 근원적인 그리움이, 이루지 못할 그 꿈이, 현실 생활에서 엉뚱한 방식으로 구현되는 것인지도 몰랐다.

"대답, 아직 못 들었는데. 자기 얘기 잘 안 하는 건 형이랑 닮았나 봐요?"

"닮은 데 찾으려 애쓰지 마세요. 나랑 닮았다 그럼 우리 형 아주 질색할 거니까."

"안 그래도 닮은 데가 너무 없어서 고민스럽던 참이에요. 어떤 면을 연결 고리로 삼아야 하나, 싶기도 하고요."

"대단히 진솔하신데? 형이 이런 면에 반한 건가?"

재이는 웃으며 받았다.

"반한 적 없을걸요?"

"그쪽은요?"

"네?"

"그쪽은 우리 형한테 반한 적 없냐고."

"첫눈에 반하지는 않았지만, 앞으로는 모르죠. 반하게 되는 순간들이 찾아올지."

"솔직하다니까."

크크, 무호가 악동처럼 웃었다. 막내 같다. 순간순간 막내 기질이 드러난다.

그러고 보니 저렇게 웃고 있지만, 무호도 무영과 마찬가지로 상실의 슬픔을 겪었겠다. 형이 죽었을 때 무영은 열세 살. 그러면 무호는……

"몇 살이에요?"

"열흘 뒤에 결혼할 사이 맞아요?"

"그러게요."

"스물여덟. 그쪽은요?"

"제가 두 살 아래네요."

"흠. 살짝 억울하지만, 이제부턴 형수님이라고 부를게요."

"저는 살짝 쑥스럽네요."

"두 살 많은 시동생이라서?"

"나이차보다는 호칭 때문에요."

"형수님? 익숙해질 거예요. 그러려고 이렇게 상견례도 하는 거고. 오기 전엔 별로 내키지 않았겠지만, 잘 왔다 싶죠?"

재이는 웃으며 수긍해 주었다.

"네."

"근데 형 왜 안 오지? 잠깐만요."

무호가 휴대폰을 꺼내 무영에게 전화를 거는가 싶더니, 이내 폰을 내려놓았다.

"통화 중이네. 기다리기 지루한데 집 구경이나 할래요?"

무호가 워낙 흥미로운 유형이라 지루하다는 생각은 들지 않았지만, 집 구경이란 말에 재이는 솔깃해졌다.

지난번에는 현관에서 거실을 거쳐 고 여사의 방으로 직진했는지라 집 전체 구도는 보지도 못했고, 볼 생각도 안 했다.

무영에게는 억지로 3개월. 고 여사의 소망대로라면 최소 1년.

휴직 기간을 1년으로 잡은 것도 고 여사의 소망에 최대한 부응하기 위해서였다.

그러므로 그 기간 동안에는 어차피 둘 사이를 조율하며 이 집에서 지내야 할 터. 고 여사가 없을 때 편안히 집을 둘러봐 두면 좋을 것 같았다.

재이는 무호가 이끄는 대로 따라가며 그가 곁들이는 설명도 들었다. 넓은 거실 중심에 고 여사의 방이 있고, 왼쪽 복도로 들어가면 마주 보는 방 두 개가 있었다.

"여기는 아버지 서재, 여기는 게스트 룸."

오른쪽 복도 안쪽으로는 주방과 다이닝 룸이 자리하고 있었다. 거기서 끝이 아니었다. 길게 이어지는 복도 저편으로 넘어가자 조금 작은 크기의 거실과 문 세 개가 보였다.

"저긴 도우미 아주머니가 쓰는 방, 여긴 박 기사 방, 그리고 이건 손무영이 애용하는 피트니스 룸."

무호가 문을 열어젖히자, 벽 한 면이 거울로 채워진 공간이 눈에 들어왔다. 헬스장처럼 각종 운동 기구들이 들어차 있는데 규모가 제법 컸다.

재이는 이곳에서 트레이닝복을 입고 운동하는 무영의 모습을 그려 보았다. 땀에 젖은 이마와 등이 사뭇 섹시할 것 같았다.

아직 보지 못한 무영의 모습들이 많아도 너무 많았다. 날마다 하나씩 둘씩 발견해 갈 미지의 모습들로 이 집에서의 신혼이 은근 즐거울 듯했다.

"정원사 방은 없어요?"

재이의 농담을 무호가 천연덕스럽게 받아 주었다.

"아쉽게도 정원사가 없네. 정원사 일은 박 기사한테 시켜야겠……."

딸깍, 방문 열리는 소리가 무호의 말을 잘랐다. 방에서 나선 사람은 박 기사였다.

"깜짝이야. 씨발, 왜 거기서 나와?"

욕설까지 섞어 짜증스레 내던지는 무호에게 박 기사가 무뚝뚝하게 대꾸했다.

"제 방인데요."

"알아. 아는데, 아침에 우리 엄마 모시고 같이 간 거 아니었어?"

"공항까지만 모셔다드렸습니다."

"뭔 소리야? 당연히 같이 갔어야지. 제주 내려서 엄마 어떻게 움직이라는 거야?"

"외숙부님 자제분께서 마중 나오신답니다. 사모님께서 저한테 집 지키고 있으라 하셨습니다."

"아 놔. 어이없네. 우리 집을 박 기사가 왜 지켜? 개야?"

언뜻 모욕적으로 들릴 수 있을 말에도 별다른 대꾸 없이 서 있던 박 기사가 재이에게로 눈길을 던졌다.

호의인지 적의인지 도무지 파악할 수 없는 시선. 무영의 무감한 얼굴과는 결이 다른, 늪을 연상시키는 눈이었다.

재이는 단정하게 묵례만 했다. 들어오며 아주머니와는 웃으며 인사말을 나누었지만 박 기사한테는 그래지지가 않았다.

고 여사를 만났던 날의 묘하게 불쾌했던 기억이 남아 있는데다, 무영에게서 비서실장 사칭에 대한 이야기까지 들었던 터라 반가울 리가 없었다.

"근데. 여태 집에 있었으면서 왜 없는 척하고 있었어?"

시비조로 건너간 무호의 말에 박 기사가 단단히 대답했다.

"없는 척이라니요. 그런 적 없습니다."

"사람이 드나드는데 나와 보지도 않는 게 없는 척이 아니고 뭐야?"

"방해될까 봐 그랬습니다."

"핑계 한번 그럴듯하네."

둘이 연배는 엇비슷해 보이는데 한쪽만 존대를 하니 듣고 있기가 거북했다. 기본적으로 유쾌해 보이는 무호가 박 기사에게 유독 날 선 태도를 취하는 모습이 좀 낯설기도 했다.

재이는 박 기사에게 다시금 묵례를 하고는 길고 긴 복도를 되짚어 거실로 나왔다. 2층으로 오르는 계단 앞에서 위를 바라다보고 있으려니, 금세 뒤따라온 무호가 말했다.

"2층은 형한테 보여 달라고 해요."

"대표님 방도 2층에 있겠죠?"

"물론. 아, 천천히 내려와도 돼요. 지금부터 2층에 아무도 접근 안 할 테니까, 둘이서 마음껏!"

짓궂은 무호의 말에 재이는 웃음으로만 답했다. 계단을 오르는데, 등 뒤에서 무호 목소리가 들렸다.

"난 애피타이저로 와인이나 한 잔 마셔야겠다."

들으랍시고 하는 말 같아 돌아보는 재이에게 무호가 눈을 찡긋하며 말했다.

"엄마 선물 말고, 다른 거."

과연? 싶었지만 그냥 두었다. 이제 곧 무영의 방을 보게 되는 두근거림이 앞섰다.

무영이 마련해 둔 주상 복합 아파트 내부는 어딘가 세트 같은 느낌도 없지 않았다. 살아가는 데에 필요한 모든 것들이 모자람 없이 채워져 있지만, 재이가 머무르기 전까지는 사람의 온

기가 없었던 곳이어서 그랬을 것이다.

각각의 침대가 놓인 두 개의 침실은 크기나 인테리어에서 이렇다 할 차이라고는 없었다.

그러나 이곳 본가에서 무영의 방은 가장 내밀하고도 사적인 공간. 어쩔 수 없이 그의 취향과 지나온 삶이 반영되어 있을 터였다.

둥글게 휘어지는 계단을 다 올라가니 아래층 넓이와 크게 다르지 않은 거실이 나타났다. 양쪽으로는 아래층처럼 긴 복도가 열려 있었다.

어느 쪽이 무영의 방을 품고 있을까. 기대감으로 양쪽 복도를 돌아보고 있을 때, 왼쪽 복도 안에서 문이 열렸다.

문밖으로 나온 사람은 무영이었다. 천장에서 드리운 연한 빛살이 무영의 머리와 어깨를 비추었다.

얇은 니트에 면바지 차림의 그를 보며 재이는 미소 지었다. 어둠과 빛이 절반씩 섞여 든 복도에 서서 그도 미소를 지었다.

재이는 복도를 천천히 걸어 들어가 무영 앞에 섰다.

"이런 데서 마주치다니, 반갑잖아요."

장난스럽게 말하자, 무영의 미소가 짙어졌다.

"통화 중이라고 하던데. 누구였어요?"

"윤 팀장."

"그렇게 오래?"

"얘기하다 보니 좀 길어졌어."

"어. 질투할 시점인가?"

"질투?"

되새기듯 말하고는 그가 웃었다. 소리 없이 얼굴 가득 번지는 웃음이 재이의 가슴을 물들였다.

은은한 어둠 속에서 가장 빛나는 남자.

엷은 어둠을 배경으로 거느리고 있을 때, 저녁이 물러나고 밤이 시작될 때. 그럴 때에 가장 매력적인 사람.

이 순간의 무영을 올려다보며 재이는 새삼 느끼고 있었다. 깊어진 밤의 무영을 상상하며 설렘에 사로잡혔다.

"계속 여기다 세워 두실 거예요?"

"그럼 어떻게 할까."

나직한 읊조림 가운데 파고드는 저 눈빛은.

그가 '우리가 살 집'으로 데려갔던 첫날, 그 밤에 본 적 있는 고뇌의 빛. 눈앞의 먹이를 휘어잡고 목덜미를 단숨에 물어뜯고 싶은 짐승의 눈.

자칫하다가는 이 저녁에 깊은 밤을 불러들이고 말겠다. 1층 테라스에서는 지금쯤 저녁 식사가 차려지고 있을 텐데, 둘만의 분리된 시공간에 휩쓸리고 말겠다.

팽팽한 긴장 속으로 무영의 목소리가 스며들었다.

"초콜릿······?"

재이는 은은히 미소 지으며 대답했다.

"아니요."

"······왜?"

"그다음은 감당 불가일 것 같으니까."

"마음에 드는 대답인데."

"곤란해."

"어째서?"

"여긴 대표님 집이잖아요."

아래층에서 언제라도 누군가가 올라올 수 있음을 암시한 말이었다. 그러니까 키스는 물론이고 그다음 상황으로는 넘어갈 수도 없고, 넘어가서도 안 된다는 뜻이었다.

그러자 무영이 닫혀 있던 방문을 열었다. 손목 하나가 그의 손아귀에 갇혔다. 동시에 그에게 몸이 이끌린 재이는 방 안으로 들어와 버렸다.

다시 방문이 닫혔다. 재이에게 문을 등지고 서게 한 다음, 무영이 마주 섰다. 낮고도 부드러운 소리가 났다. 무영에 의해 방문이 잠기는 소리였다.

손목은 여전히 그에게 갇힌 채로 재이는 그를 올려다보았다. 방 안 또한 어둠에 빛이 절반쯤 가라앉아 있는 상태였다.

저편 어딘가에서 흘러드는 오렌지색 빛을 역광으로 받아 그의 얼굴은 아늑한 그늘을 품고 있었다. 그 얼굴이 재이에게로 다가들었다.

무영이 재이의 윗입술과 아랫입술을 차례로 머금었다. 오직 둘뿐인 공간에서 아껴 먹듯 스며 오는 그로 인해 애가 달았다.

더운 숨결을 나누며 겹쳐 있던 입술이 잠시 서로에게서 떨어졌을 때, 재이는 속삭이듯 무영에게 요청했다.

"손 좀 풀어 주면 안 돼요?"

무영이 그렇게 해 주었다. 재이는 자유로워진 두 손을 올려 그의 얼굴을 감쌌다.

속 쌍꺼풀이 유려하게 진 두 눈과, 대담하게 내려 뻗은 코와,

방금 치밀하게 접촉했던 입술을 새기듯 하나하나 마음에 담았다.

무영은 재이의 오롯한 눈길을 그대로 내버려 두지 않았다. 그의 두 팔에 허리가 포박되었다. 남자의 품 안에 갇힌 채로 재이는 한껏 발돋움을 했다.

입술과 입술이 서로를 찾았다. 오가는 숨결이 더욱 깊고 진했다. 재이는 두 팔로 매달리듯 무영의 목을 휘감았다. 몸과 몸이 하나로 맞붙었다.

이대로 시간을 잊을 것만 같은 두려움.

시간 따위 잊어버려도 괜찮다는 욕망.

상반된 두 가지가 재이의 내면에서 맹렬하게 싸워 댔다.

재이를 현실로 불러낸 것은 휴대폰 울리는 소리였다. 재이의 폰은 아래층에 두었으므로 무영의 것일 터였다.

집요하게 울려 대는 벨 소리에 무영이 재이의 입술에서 물러났다. 재이는 숨을 고르듯 무영의 가슴에 이마를 기댔다. 입에서 달뜬 숨이 새어 나왔다.

"던져 버릴까."

무영이 말했다. 건조한 음성 뒤에 밴 불만이 여실히 느껴졌고, 재이는 웃어 버렸다.

"던지고 나면 후회할걸요."

"바꿀 때도 됐으니."

"핑계 김에 새 폰 장만하려고요?"

위협이라도 감지한 듯 벨 소리가 멎었다. 재이는 무영과 눈을 맞추며 웃었다.

"누군지 맞히기 할까요?"

"무호겠지."

"아닐걸요?"

"그럼 누구?"

"윤 팀장님?"

"확실하네, 질투."

"직감이에요."

"내기엔 전리품이 있어야겠지."

"뭘 걸고 싶은데요?"

"……다크 초콜릿?"

재이는 조그맣게 소리 내어 웃었다.

"누가 이기든 상관없겠네요."

잠잠하던 휴대폰이 다시금 울어 대기 시작했다. 그제야 무영이 품을 열어, 깊숙이 가두고 있던 재이를 풀어 주었다. 휴대폰을 확인한 그가 방을 가로질러 창 쪽으로 걸어갔다.

재이는 아쉬웠다. 온몸을 사로잡고 있던 한 사람의 체온이 벌써 그리웠다.

이런 거구나. 이런 거였구나.

개체로 존재하던 각자의 몸이 흡반처럼 서로에게 깊이 맞붙어, 호흡을 나누고 시간을 나누고 공간을 나누어, 마침내는 각인하게 되는 것.

얼마 되지 않는 그 순간이 몸의 기억으로 오래 남겨지고 마는 것.

이런 것이었구나. 남자와 여자가 서로를 껴안는다는 것은. 둘 사이의 모든 틈을 없애고 하나가 된다는 것은.

이토록 하나였다가 다시 둘로 갈라지는 순간이 닥친다면. 감당할 수 있을까.

지금의 이 분리도 아쉬운데, 그 기간이 기약 없이 길어진다면. 그것이야말로 감당 불가……이겠지.

저만치 창가에 나무처럼 굳건히 선 무영의 뒷모습을 바라보며 재이는 부유하는 마음을 애써 가다듬었다.

통화를 마친 그가 재이에게로 되돌아왔다.

"결과는요?"

"서재이 승."

"진짜요?"

무호가 아니리라는 확신은 있었지만 정말 윤 팀장일 줄은 몰랐다. 아까 긴 통화를 했다기에 생각나서 짚어 본 것뿐이었다.

"무슨 일일까요?"

그새 연이어 전화가 오다니. 뭔가 평화롭지 못한 상황이 전개되고 있는 게 아닌지 걱정스러웠다. 혹여 소속 연예인들 중에서 불미스러운 사고라도 일으킨 거라면?

"배고프겠다. 그만 내려갑시다."

대답을 피한다는 느낌이 들었으나 재이는 더 묻지 않았다.

무영이 회사 일에 대해서 재이에게든 누구에게든 속속들이 꺼내 놓을 사람이 아니라는 것쯤은 알고 있었다.

말하려 하지 않는 것을 말하게 만드는 데에는 더 많은 시간이 필요하리라 생각했다. 말해 주는 것들에만 귀를 기울이기에도 지금은 시간이 모자랐다.

무영과 같이 아래층에 내려와서야 재이는 무영의 방을 제대로 들여다보지 못했음을 깨달았다.

　손무영이라는 사람의 사적인 공간에 첫 발을 들여놓고도 어느 것 하나 눈에 담아 오지 못했다니. 못내 아쉬운 한편, 미루어 둔 즐거움이라 여기기로 마음먹었다.

자고 가요

"왜 벌써 내려왔어요?"

싱글대며 놀리듯 묻는 무호에게 재이는 대답을 생략하고 웃음만 건넸다.

테라스의 식탁에 세 사람의 저녁 식사가 차려졌다. 불고기와 도미찜을 메인으로 된장찌개와 각종 반찬들까지 깔끔하게 차려낸 한식이었다.

"형수님이 집밥 스타일 좋아한다고 해서, 너무 거하게 차리지는 말라고 했어요."

재이는 무호에게 엄지를 치켜 보였다.

"정보를 알려 준 건 난데."

곁의 무영에게도 재이는 엄지를 올려 보였다.

고급 한정식 집 못지않은 음식 맛에다, 무호가 간간이 건네는 우스갯소리 덕분에 자잘한 웃음이 끊이지 않는 저녁 식사였다.

식사가 끝난 뒤에는 가볍게 맥주 한잔을 하기로 했다. 안주는 무호가 직접 만든 감바스였는데 솜씨가 일품이었다.

"혹시, 셰프?"

시드니에서 무슨 일을 하는지 궁금하기도 해서 칭찬을 겸해 던졌더니, 무호가 웃으며 대꾸했다.

"알바."

농담인지 진담인지 아리송했다.

"어깨 너머로 배운 거긴 하지만 한식, 중식, 양식까지 웬만한 건 다 만들 줄 알아요."

"대단한데요?"

"내가 원체 다재다능한 인간이라. 마음만 먹으면 못 하는 게 없어."

넉살 좋게 자화자찬하고선 크크, 웃어 대는 무호에게 재이도 웃음을 보탰다.

맥주는 물론이려니와 안주에도 손을 안 대고 묵묵히 앉아 있던 무영이 문득 휴대폰을 꺼내 들여다보았다. 문자가 온 모양인지 화면을 확인하더니, 재이한테 말했다.

"집 앞에 잠깐 나갔다 와야겠어."

"누가 왔나 봐요?"

"윤 팀장."

무슨 일인지 궁금했지만 끄덕여만 주었다. 들어와도 될 일이면 윤 팀장더러 들어오라 했을 텐데, 무영이 직접 나가려는 걸 보면 그럴 만한 이유가 있을 것이다.

무영이 일어나 나가고, 무호가 맥주를 더 갖고 오겠다며 안으로 들어가 테라스엔 재이만 혼자 남았다.

불빛이 퍼져 나가 운치 있는 정원을 바라보며 맥주를 한 모금 들이켜는데, 시야에 불쑥 사람의 형체가 잡혀 들었다. 건물 그늘에서 걸어 나온 사람은 박 기사였다.

거리도 제법 있었고 가던 걸음 그대로 지나쳐 가는 줄만 알았다. 그런데 박 기사가 돌연 테라스 쪽으로 방향을 돌렸다.

테라스 바로 앞까지 온 박 기사가 허리를 굽혀 바닥에서 무언가를 주워 들었다. 좀 전에 무호가 비우고는 구겨 내던져 버린 맥주 캔이었다.

"여기다 버리면 안 되는데."

어조로만 보면 혼잣말 같긴 한데, 내용상으로는 재이를 탓하는 것처럼 들렸다.

내가 버린 게 아니라고 변명하기도 뭣하고, 무턱대고 미안하다는 말을 건네기도 썩 내키진 않았다. 불편하기도 하고 어색하기도 해서 캔을 든 채 집 안으로 들어가려 일어서다가, 박 기사와 시선이 마주쳤다.

"서재이 씨."

"······네?"

"거기, 그것도 주세요."

재이는 식탁 위를 둘러보았다. 빈 캔은 보이지 않았다.

"옆에 있는 거 말이에요."

따 놓기만 하고 입에는 대지 않은 무영의 맥주 캔을 말하는 듯했다.

"아직 남았어요."

"아. 다 마신 줄 알았네."

태연스레 말하고는 박 기사가 돌아섰다. 그러나 몇 걸음을 채 떼기도 전에 박 기사가 우뚝 그 자리에 멈춰 섰다.

"야!"

무호의 사나운 외침 때문이었다.

박 기사가 테라스 쪽으로 되돌아섰다.

"개 빡치게 하네, 진짜."

상스럽게 내뱉은 것도 무호였다. 갖고 온 맥주 캔 두 개를 식탁에 탁 내려놓은 무호가 테라스를 성큼 넘어가 박 기사 앞에 섰다.

"방금 뭐라고 했어? 뭐? 서재이 씨? 우리 엄마한테도 고승애 씨, 그러겠다? 어?"

"무슨. 사모님이라고 하죠."

웃음을 내비치며 느물느물 대답하는 박 기사에게 무호가 기세등등하게 따졌다.

"근데 형수님한테는 왜 서재이 씨야?"

"반말 그만하죠? 내가 나이도 두 살이나 윈데."

"두 살? 아 놔, 진짜 어이없네. 다섯 살 많은 우리 형한테도 안 하는 형님 소릴 너한테 하란 얘기야?"

"형님 소리 듣자는 게 아니라……."

"아니면, 우리 형한테도 안 하는 존대를 기사한테 하라는 그 말씀이신가? 그래요, 박 기사님?"

박 기사가 한숨을 푹 내쉬었다.

"앞으로는 사모님이라고 불러."

"그러면 어머님과 구분이 안 되지 않습니까?"

"구분? 구분이 지금 왜 필요하지? 여기 우리 엄마가 계신 것도 아닌데."

"아니, 어머님하고 같이 계실 때도 있을 거 아닙니까?"

"말 한번 잘했네. 우리 엄마하고 형수님하고 같이 계실 때도, 아까처럼 이거 달라 저거 달라 막 시키고 그러겠단 소리는 설마 아니겠지?"

다시금 눅눅한 한숨만 내쉴 뿐 박 기사한테서는 아무런 대꾸가 없었다.

"다시 말하겠어. 사모님이라고 불러."

"……"

"대답 안 해?"

"……"

"대답 안 합니까, 박 기사님?"

"……네."

기어이 대답을 끌어내고서야 무호가 테라스로 올라왔다. 고개 돌려 잠시 재이를 쳐다보던 박 기사가 터벅터벅 걸어 반대쪽 그늘 너머로 사라졌다.

이 모든 소란이 자신으로 인한 것 같아서 재이는 맘이 편치 않았다.

정제되지 않은 반응으로 상황을 키우는 무호도 무호지만, 마주칠 때마다 미묘한 불쾌감을 일으키는 박 기사가 더 신경 쓰였다.

선명한 악의라도 들이대면 그에 맞게 대응이라도 할 텐데, 의도를 명확히 알기 어려운 언행들이라 대처하기가 더 난감한 것이다.

"내가 불의를 보면 못 참는…… 뭐 그런 성격은 절대 아닌데."

흐흐, 웃고는 무호가 말을 이었다.

"투명하지 않은 인간은 아주 밥맛이라서."

재이는 끄덕이고 싶었다.

투명하지 않은 사람. 너무도 적절한 표현이 아닌가 싶었다. 박 기사의 눈에서 늪을 연상했던 것도 그래서였는지도 모르겠다.

무표정하다고 해서, 또는 감정을 잘 드러내지 않는 사람이라고 해서 곧장 늪과 연결 짓게 되는 것은 아니었다.

무영의 경우, 모래바람이 불어 대는 사막이거나 물결이 치지 않는 호수를 떠올리게 되니 말이다.

오로지 투명하기만 한 사람이 세상에 있을까마는. 그리고 투명하다고 해서 반드시 선(善)이라 규정할 수도 없겠지만. 내면이 복잡한 것과 불투명한 것은 분명 차이가 있다.

복잡한 사람은 시간이 걸리더라도 알게 되고 이해하게 되지만, 불투명한 사람은 시간을 들여 봐야 해독하기 힘들다.

복잡한 사람에게는 같이 아파하며 공감도 해 줄 수 있지만, 불투명한 사람한테서는 공감의 근거를 얻기 어려울 뿐만 아니라 때론 위험하기까지 하다.

"한잔 합시다."

무호가 새로 딴 캔을 재이 앞에 내밀었다.

재이는 들고 있던 캔을 무호의 캔에 댔다. 맥주를 벌컥벌컥 들이켜는 무호를 보며 생각했다.

결혼식 후에도 무호가 시드니로 돌아가지 말고 당분간 이 집에 머물렀으면 좋겠다고. 무영이 출근해서 집에 없는 동안에도 무호가 있으면 그나마 마음이 놓일 것 같다고.

어쩌면 이런 불안의 근본 원인도 지금 무영이 곁에 없기 때문일 거라고. 그러니 어쩌면 스스로가 느끼는 것보다 훨씬 더 손무영이라는 남자가 마음 깊이 파고들어 와 있는 거라고.

생각이 거기까지 흐르자 한결 안심이 됐다.

무영을 바라볼 때의 설렘이 결코 호르몬의 장난 따위는 아니라는 것.

들뜬 환상도 자기기만도 아니고, 진심이라는 것.

마음이 그에게로 부지런히 걸어가고 있는 중이라는 것.

결론처럼 도출된 생각을 소중히 껴안고 있을 때, 무호가 새 캔을 따며 퀴즈라도 내듯 말했다.

"천생연분 테스트. 탕수육은, 부먹? 찍먹?"

박 기사와의 일로 무거워진 기류를 전환하기 위한 무호 특유의 화법이라 여기며 재이는 웃음과 함께 호응해 주었다.

"찍먹."

무호가 거실을 향해 손을 높이 들어 흔들어 댔다. 무영이 이리로 다가오고 있었다. 반가운 나머지 재이는 환하게 웃었다.

무영이 재이 곁에 앉자마자 무호가 또 물었다.

"우리의 손무영 대표님. 탕수육은, 부먹? 찍먹?"

이게 뭐라고 재이는 은근한 긴장감으로 무영의 답을 기다리게 됐다. 별 쓸데없는 걸 다 묻는다는 듯 달갑지 않은 얼굴이던 무영이 재이의 눈빛을 받고는 답을 주었다.

"찍먹."

재이는 다시금 활짝 웃었다.

"합격!"

무호가 유쾌한 목소리로 선언했다.

한 손을 가슴 높이로 올려 들고 하이파이브를 기다리는 재이에게 무영이 미소 띤 얼굴로 그의 손을 마주쳐 주었다.

"말 나온 김에 탕수육 한 접시 만들어 와야겠다."

그러고는 마시던 캔을 쥐고 일어난 무호가 재이를 내려다보며 말했다.

"자고 가요."

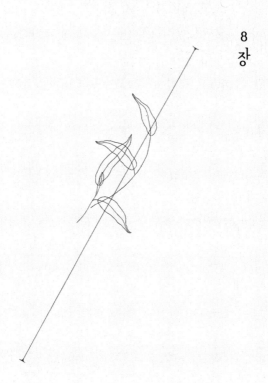

8
장

데리러 갈게

지난밤, 꽤 늦게 잠들었는데도 무영은 새벽녘에 깼다.

자고 가요.

무호의 그 발칙한 권유는 현실로 이루어지지 못했다. 재이의 뜻이기도 했지만 무영의 뜻이기도 했다.

고 여사도 없는 집에서 재이를 재웠다가 공연히 재이의 허물만 만들어질 가능성이 높았다. 무호한테야 대수롭지 않은 일이지만, 고 여사한테는 트집거리 삼기에 충분한 문제였다.

한밤, 재이를 데려다주고 돌아설 때, 극심한 갈등에 휘말리긴 했다. 갈등이라기보다는 욕망이라고 하는 게 더 정확할 것이다.

현관문 너머로 두 발을 들이고 싶다는. 잠긴 문안에서 재이를 마음껏 껴안고 싶다는.

본가의 방에서보다 더 깊고 더 진하게. 그곳이야말로 오로지 둘만의 시공간이니까.

그러나 조금 피곤해 보이는 재이의 안색이 무영으로 하여금 날뛰는 그 욕망을 가두도록 만들었다.

재이에게는 다음 날 출근해야 할 아침이 기다리고 있었다. 1년 동안의 휴직을 앞둔 그녀로서는 지각이나 결근으로 얼룩을 남기고 싶지 않을 터였다.

그런 재이의 심정을 짐작하는지라 무영은 그녀만 안으로 들여보내고 현관문을 닫았다.

닫힌 문 앞에 얼마간 서 있었던 것은 그녀도 모르겠지만. 집으로 돌아오는 길에 마음이 얼마나 허전했던가 하는 것 또한 그녀는 모르겠지만.

무영은 카디건을 어깨에 걸치고 테라스로 나섰다. 희뿌연 안개가 너른 정원의 나무들을 에워싸고 있었다.

저 멀리 대문과 가까운 지하 차고 쪽에서 정원으로 올라오는 사람이 보였다. 박 기사였다.

트레이닝복을 입은 박 기사가 팔다리를 아래위로 뻗으며 스트레칭하는 모습을 얼마간 내려다보다가 방으로 들어왔다.

무영은 책상 앞에 앉아 서랍에 넣어 두었던 서류 봉투를 꺼냈다. 엊저녁에 윤 팀장이 갖고 온 박 기사의 사진들이었다.

친구들과의 술자리에서. 스포츠센터에서. 고 여사의 차 운전석에서. 차에 기대어 선 채 누군가와 통화하면서. 백화점의 명품 매장에서.

사진 자체가 특별할 것은 없었다. 문제는 모든 사진들마다에서 박 기사가 짓고 있는 표정이었다.

자신만만하고 여유가 넘치는 웃음. 이를테면 사회적으로 성공한 남자의 모습.

그 사진들 속에는 무영이 지금껏 한 번도 본 적 없는 박 기사의 얼굴과 포즈가 들어 있었다.

그래서 윤 팀장의 차에서 사진들을 하나씩 들여다보던 순간, 무영의 등줄기로 서늘한 기운이 흘렀던 것이다.

윤 팀장이 조사해 온 바에 따르면, 친척 어른으로부터 곧 엄청난 재산을 물려받게 될 거라며 박 기사가 친구들에게 자랑하고 다닌다는 거였다.

단지 허세에 불과할 수도 있겠지만, 실제로 어떤 보장을 약속받고 있어서 그러는 게 아닌지 확인이 필요하지 않겠느냐는 것이 윤 팀장의 의견이었다.

윤 팀장의 생각에 동의하면서도 무영은 마음이 복잡했다.

만약 친척 어른이라는 사람이 고 여사를 지칭하는 거라면? 그리고 재산을 물려받을 거라는 박 기사의 그 말이 사실이라면?

결혼과 함께 이 집을 떠날 결심을 굳힐 때부터 고 여사에게서는 이미 마음을 떼어 낸 무영이었다. 그러므로 그 뒤에 이 집에서 어떤 일들이 벌어지든 상관없다고 생각해 왔다.

그러나 지금은 집을 떠나기 전이었다. 게다가 결혼하고도 3개월은 마지막 의무처럼 고 여사 곁에서 살아야 했다.

모르면 몰라도 알면서 방관만 하기에는 지금까지의 세월이 깊었다. 뿌리 깊은 애증에서 '애'와 '증' 둘 다 휘발되어 버린 상태일지라도, 알게 된 이상 철저히 무심할 수만은 없었다.

고 여사를 위해서라기보다는 아버지를 위해서라는 게 더 옳을지도 몰랐다.

무영은 사진이 든 봉투를 다시 서랍 속에 넣어 둔 다음, 샤워를 하고 아래층으로 내려왔다.

아침 식탁에는 뜻밖에도 무호가 기다리고 있었다. 오전엔 대부분 잠으로 때우는 녀석이라 무슨 바람이 불었나 싶었더니, 묻기도 전에 답을 주었다.

"나 오늘 선보는 날이잖아."

"선이라니?"

"선 몰라? 결혼 적령기의 남녀가 호텔 커피숍에 마주 앉아서 우아한 얼굴로 열심히 탐색전 펼치는 거."

"결혼 적령기라."

"알아, 알아. 그깟 개소리. 상투적으로 말하자면 그렇다는 거지."

지금까지 무호를 스쳐 간 여자들의 숫자에 대해서라면 무영이 아는 것만 꼽아도 두 손이 모자랄 지경이었다. 길어야 서너 달, 대개는 한두 달이면 끝이었다.

한국에서도 그랬을진대 시드니에선 더하면 더했지 덜하진 않았을 터였다. 한 군데 얽매이는 걸 질색하는 성향에다 사람에든 물건에든 싫증도 쉽게 내는 무호였다.

당연히 결혼 생각 따위는 눈곱만큼도 없을 녀석이 갑자기 선이라니, 어처구니가 없었다.

혹시 고 여사의 계획일까?

무영의 짐작을 무호가 확인해 주었다.

"엄마가 강력하게 추진하는 플랜이야."

"그래서 들어온 거로군."

결혼식 때문이 아니라, 라는 말이 내포된 단정이었다. 알아챘는지 무호가 흐흐, 웃으며 영혼 없이 사과했다.

"미안."

어차피 무호가 와 주길 바라지도 않았기에 상관이야 없었다. 생각지 못한 변수를 곧잘 발생시키는 녀석이었다. 의도의 유무나 호오를 떠나서 자주 그랬다.

무영의 입장에선 무호가 눈에 띄지 않을 때 평화가 유지되는 측면이 있었다. 무호와 함께일 때의 고 여사를 지켜보는 것 또한 무영에게는 심적으로 곤혹스러운 일이기도 했다.

선이라는 것. 지금껏 무영에게는 고 여사가 단 한 번도 입에 올린 적 없던 얘기였다. 그런데 스물여덟밖에 안 된 무호에게?

더구나 일정한 직업도 없이 1년 넘게 시드니에서 떠돌다시피 멋대로 살고 있는 남자에게 딸을 선보이려는 집안이 과연 있을까?

아무래도 고 여사의 속내가 궁금해질 수밖에 없었다. 아주머니가 갓 내려 가져다준 커피를 마시며 무영은 넌지시 물었다.

"어떤 여자야?"

"몰라. 아, 부모가 둘 다 교수라던가?"

관심도 흥미도 없으면서 일단 나가는 주겠다는 얘긴데. 여자 앞에서 함부로 행동해서 판을 깨고 올 모양이었다.

"그럴 거면 나가지 마."

"그럴 거면?"

"애먼 여자한테 모욕이나 줄 생각이라면 그만두란 얘기야."

"안 그래도 엄마한테 선 같은 건 내 스타일 아니라고 딱 잘랐는데, 여자가 졸라 예쁘대."

고 여사가 '졸라' 같은 표현을 썼을 리가.

"안 보면 후회할 거라나? 크크. 얼마나 예쁘기에 그러나, 궁금해서 견딜 수가 있어야지."

베이글에 크림치즈를 발라 한입 크게 베어 물고는 무호가 말을 계속했다.

"엄마 말로는, 그쪽 집에서 나를 간절히 원한대. 손인국 원장님 아들인데 뭘 더 바라겠냐고 그러더래."

낄낄낄, 웃어 대는 품이 스스로도 웃겨서 못 견디겠다는 듯했다.

손인국 원장의 아들이라는 지위.

그것이 허상임을 알게 되었을 때에도 그쪽 집안에서는 지금처럼 기꺼워할까?

하긴, 중요한 것은 무호가 손인국 원장의 핏줄이냐 아니냐 하는 것이 아니라, 혜성 병원을 비롯한 손 원장의 재산을 물려받느냐 아니냐에 딸린 것일지도 모르겠다.

"아버지한테는 안 가 봐?"

"갈 거야."

"언제?"

"나 들어온 지 이제 겨우 사흘째다. 뭘 그렇게 다그쳐? 내가 어련히 알아서 찾아뵐까."

"우선순위라는 게 있어."

"알아, 나도 안다고. 언제부터 그렇게 형 노릇 했다고 그래?"

비꼬면서도 실실대는 웃음은 지우지 않던 무호가 무영의 곧은 눈길을 받고는 입을 다물었다. 그러나 그것도 잠시, 들으란 듯이 무호가 툴툴거렸다.

"가 봐야 어차피 알아보지도 못하시잖아."

아버지가 병상에서 의식 없이 누워 계시지만 않는다면, 누가 뭐라지 않아도 제 발로 뛰어가 뵈었을 무호이긴 했다.

고 여사한테도 늘 그러듯이 손 원장에게 아빠, 아빠 부르며 나이에 걸맞지 않는 어리광도 피워 댔을 것이다.

그러니 지금 무호의 심리를 무영도 모르지 않았다.

아프니까. 알아보지도 못하고 누워만 있는 아버지를 보면 너무 아프니까.

그래서 자꾸만 뒤로 미루게 되는 그 마음을 알기야 하지만. 그렇다고 해서 무영은 무호가 취하는 삶의 방식에 온전히 동조할 수도 없었다.

고통을 직면하지 않고 피하려는, 순간순간의 즐거움을 추구하는.

미래라든가 계획이라든가 중심이라든가 규범이라든가, 그런 것들과는 거리가 먼 무호에게 무영은 도저히 적응하기 힘들었다.

무호의 휴대폰이 진동음을 낸 것이 여러 번. 귀찮은지 피하는지 매번 화면만 확인하곤 내려놓기 일쑤이던 무호가 활짝 웃으며 전화를 받았다.

"엄마!"

무영은 짐짓 외면했다. 하지만 귀까지 닫을 수는 없었다.

"걱정돼서 아침부터 전화하셨어? 일어났지, 그럼. 이렇게 바로 전화 받는 거 보면 모르겠어? 걱정 마셔. 시간 맞춰 나갈 테니까."

전화 속 고 여사의 목소리는 들릴 듯 말 듯 멀었다.

"에이, 그건 곤란하지, 엄마. 시드니에서 나도 하던 일들이 있는데."

고 여사가 언성을 높였는지 무영에게도 몇 마디가 들렸다. 돈도 안 되는 그따위 것을 일이라고 할 수 있느냐는 핀잔이 요지였다.

고 여사의 말이 끝나기 무섭게 무호의 태평스런 반박이 이어졌다.

"인생에서 돈이 전부가 아니지, 엄마. 그리고 내가 아등바등 돈 벌어서 뭐 할 거야. 엄마 재산이 다 내 건데."

어이가 없어진 무영은 고개 들어 무호를 보았다. 저런 소리를 고 여사 같은 사람한테 저토록 당당하게 말할 수 있는 사람이 무호 말고 또 있을까.

무영의 시선은 조금도 개의치 않는 얼굴로 무호가 천연덕스럽게 말했다.

"형한테는 1원도 안 줄 거잖아. 맞지, 엄마?"

저렇게 굴 땐 꼭 10대 소년 같다.

학교에서 크고 작은 사고를 치고 들어와서도 전혀 기죽지 않고 고 여사 앞에서 강아지처럼 굴던.

거실 구석에 무릎을 꿇려 앉혀 놔도 헤실헤실 웃으며 자꾸만 말을 걸어 고 여사의 냉엄한 얼굴을 풀어 버리고 말던.

"근데 엄마. 박 기사 좀 내보내면 안 돼?"

고 여사의 기사로 채용되어 들어오던 무렵부터 박 기사에게 유난히 반감을 내보이던 무호였으므로 딱히 놀랍지는 않았다. 그렇지만 그다음 말은 좀 놀라웠다.

"내가 엄마 기사 해 주면 되잖아."

그렇게까지? 싶었던 것이다.

고 여사가 하는 말을 듣고만 있던 무호가 실실 웃으며 화제를 바꿨다.

"우리 엄마 언제 오셔? 왜는 뭐가 왜. 보고 싶으니까 그렇지."

그러고도 낯간지러운 소리들을 더 늘어놓고서야 통화를 맺었다.

"진짜 그럴 생각이야?"

"뭘?"

"기사 해 드리겠다는 말."

"미쳤어?"

탁 튀어 오르듯 대꾸하곤 무호가 금세 낄낄거렸다.

"언제 오신대?"

"왜, 형도 엄마 보고 싶어?"

대꾸할 가치도 없는 말이라 그만 일어서려는데, 휴대폰을 집어 든 무호가 몇 번 터치를 하더니 툭 내던지듯 말했다.

"사진 몇 장 보냈어."

"무슨 사진?"

"보면 알아."

메시지가 왔다는 알람이 울렸다. 무영은 휴대폰을 열었다.

불빛이 아련한 밤의 정원을 배경으로 테라스에 나란히 앉아 있는 두 사람이 담긴 사진들이었다.

여자가 미소 짓고, 남자는 그 미소를 바라보고.

남자가 웃고, 여자는 그 웃음에 가만한 눈길을 두고.

그윽하게 내리깔린 여자의 눈빛을 따라가는 남자의 눈길.

그리고 서로 마주 보며 고요히 웃음 짓는 두 사람.

"어때? 맘에 들어?"

맘에 들었다. 그렇지만 이상하게도 가슴 저 어딘가가 뻐근해져 왔다.

언젠가 휴대폰에 저장된 이 사진들을 들여다보며 그 순간들 속으로 시간을 되돌리려 애쓰고 있을 것만 같은 기분.

"선물이야. 결혼 선물."

무척이나 대단한 거라도 내놓은 듯이 뻐기는 무호에게 무영은 덤덤히 대꾸했다.

"고맙다."

진심이었다.

"흐흐, 별말씀을."

그러고 보니 재이와 한 앵글에 담긴 사진은 처음이었다.

휴대폰으로 아무렇게나 찍은 것 같은데 무호가 포착해 낸 순간들에는 뭐라 표현하기 어려운 분위기가 깃들어 있었다.

영화 속의 한 장면 같기도 했다. 말하자면 개봉을 앞둔 영화의 주요 스틸 컷들. 촬영 중인 걸 알게 하고 찍은 사진들이 아니어서 더 그럴지도 몰랐다.

구도며 인물의 표정은 너무도 자연스러운데 작품 사진 느낌이 났다. 한 장 한 장 인화해서 액자에 넣어 두고 싶을 만큼.

"아우라가 있지?"

찬사를 원하는 무호에게 이번에도 담담히 대답했다.

"솜씨 좋네."

"폰이 구려서. 필카로 찍었으면 더 제대로였을 텐데."

"휴대폰 사 달라는 소리야?"

"사 준다면 굳이 사양은 않겠어."

크크, 웃어 대는 무호를 내버려 두었다.

생각지도 못한 선물이 맘에 들었으니, 답례로 휴대폰 하나쯤이야 사 줄 수 있겠지. 어제 재이한테 이른바 '나이스' 하게 굴었던 것들에 대한 보답을 겸해서.

"몇 시야? 선."

"11시."

"오후에 회사로 와."

"진짜 사 주려고? 돈으로 줘."

"돈으로 주면 다른 데 써 버릴 거잖아."

"귀신이네. 그럼 폰 말고 필카 하나 사 줘. 봐 둔 게 있거든. 좀 많이 비싼 거야."

"알았어."

"예스!"

그러고도 모자라 무호가 괴성에 가까운 환호를 연이어 내질렀다.

방으로 올라온 무영은 재이에게 사진들을 전송했다. 얼마 지나지 않아 그녀에게서 답이 왔다.

[톡! 톡! 톡!]

'좋아요'가 무려 세 개다. 발랄한 느낌표도 덩달아 세 개.

지금 재이 표정이 어떨지 눈에 선하면서도 무영은 눈앞에서
그녀를 직접 보고 싶었다.

[출근 준비하고 기다려요. 데리러 갈게]

문자를 보내자, 곧 그녀의 답이 도착했다.

[신난대]

목소리가 바로 곁에서 들리는 듯했다. 무영의 입가에 미소가
맴돌았다.

가고 싶은 곳

엘리베이터에서 나온 재이가 사뿐거리는 걸음으로 다가와 기다리고 있던 무영의 차에 올랐다. 미소를 건네는 그녀에게 물었다.

"잘 잤어요?"

"네. 대표님은요?"

"난 별로."

"왜요?"

눈길도 물음과 함께 다가들었지만, 무영은 앞을 응시하며 대답했다.

"자꾸만 생각이 나서."

"뭐가요?"

"서재이가."

곁에서 나지막한 웃음소리가 들렸다.

"그렇게 말하니까 꼭 진짜 같잖아요."

"진짠데."

"진짜는 가슴 저 밑바닥에 숨겨 두고 끝까지 꺼내 보이지 않을 사람이라 생각했거든요."

재이의 통찰력에 아니라고 말하지는 못하겠다. 지금까지 그렇게 살아왔으니까. 앞으로도 그러지 않으리라고 장담할 수는 없으니까.

그렇지만 오늘 아침엔, 지금은 진짜를 솔직하게 끄집어낸 것이라고 그녀에게 말해 주고 싶다.

재이의 얼굴을 보며 조바심 같던 갈증이 차분히 채워지고 있었으니까. 지난밤 혼자였던 차 안에서의 허전함도 파도에 밀리듯 씻겨 가고 있었으니까.

"아까 그 사진들 보면서도 진짜같이 느껴졌어요. 대표님 얼굴…… 내 얼굴. 우리 둘이 짓고 있는 표정들. 누가 봐도 이건 진짜다, 느낄 것만 같았어요."

"그래서 '좋아요'가 셋이나?"

"응."

낭랑한 대답, '응'이 마음을 헤집었다. 사랑스럽다고 느꼈다. 지금 이 순간의 서재이가.

"근데, 우리 둘……. 분위기가 좀 애잔했어요."

아마 재이도 비슷한 기분이 들었나 보았다. 애잔한 기운에 오래 파묻히지 않도록 무영은 그럴듯한 이유를 들이댔다.

"둘뿐이라서 그렇지 않았을까?"

"밤이기도 했고."

"조명도 한몫했을 테고."

"맞아. 빛의 질감이 너무도 아련해서."

"무호가, 사진 몇 장으로 결혼 선물이라고."

"무호 씨답네요. 고맙다고, 잘 간직하겠다고 전해 주세요."

그러고는 안전벨트를 매는 재이에게 무영은 지나가는 말인 양 물었다.

"가고 싶은 곳, 있어요?"

"가고 싶은 곳?"

"……허니문."

"아."

보고 싶어서, 더는 참고 있을 수 없어서 재이를 돌아보았다. 그녀의 뺨에 보드라운 웃음이 물들고 있었다. 수줍은 빛깔은 아니었다.

드디어, 라는 느낌. 기다리던 것을 마침내 얻어 낸 이의 웃음. 만족과 기쁨과 기대와 설렘이 혼재된 얼굴.

무영은 좀 멋쩍어졌다. 이마가 따끈해져 오는 듯했다.

"생략한다고 그러셨잖아요."

재이의 다부진 공격에 무영은 덤덤함을 가장하며 대꾸했다.

"그땐 그랬고."

"지금은요?"

"계획이란 건 상황에 따라 얼마든지 조율될 수 있는 거니까."

"아하."

산뜻한 추임새가 무영에게도 웃음을 불러들였지만 신난 모습처럼 보일까 봐 눌렀다.

가슴 저 밑바닥에 놓아둔 마음들을 재이에게 온통 들켜 버릴 것만 같아서. 연약해질 것 같아서.

"딱히 없으면 됐습니다."

재이를 외면한 채 부러 건조하게 말하자, 그녀도 담백하게 답했다.

"생각해 볼게요."

"여권은 있어요?"

"입사하고 바로 만들었어요. 홍 팀장님이 만들어 두라고 하셔서요."

"그럼 생각해 보고 말해요."

"그럴게요."

"내일까지."

"내일까지?"

"시간이 촉박하니까."

"제 탓은 아닐걸요?"

"인정."

다시금 고소한 웃음소리가 들려왔다. 어쩔 수 없이 그녀를 또 돌아보고 말았다. 눈이 마주친 순간, 재이가 입술을 부딪쳐 왔다. 작은 새가 부리로 콕 쪼듯이 상큼한 찰나였다.

"솔직해질 때마다 이럴 거예요."

"경고치고는 달콤한데."

"지각하겠다. 얼른 가요."

무영은 차를 출발시켰다.

그러나 출근하고 싶지 않다고 생각했다. 일주일쯤, 아니 한

달쯤. 회사와 일을 완전히 떠나 재이하고만 지내고 싶다고도 생각했다.

"신난다, 허니문."

곁에서 휘파람처럼 흐르는 중얼거림이 무영의 소망에 더욱 불을 지폈다.

회사까지 가는 동안 충동적으로 방향을 틀지 않기 위해 무영은 핸들을 쥔 두 손에 내내 힘을 주어야만 했다.

오후에 오라고 일러두었건만, 퇴근 시간이 가까워지도록 무호가 오지 않았다.

필름 카메라를 사 준다는 말에 그토록 환호했던 무호였으니 그새 잊었을 리는 없겠고.

예쁜 여자들을 두루 섭렵하다시피 해 온 무호가 약속도 잊고 몇 시간째 홀려 있을 만큼의 미모인 건가. 좋은 현상인지 나쁜 현상인지는 아직 판단하기 어렵겠다.

무영은 강 변호사에게 전화를 넣었다.

손 원장의 아버지 대부터 집안과 재단의 법률 자문을 맡아 온 분으로, 손 원장은 물론이고 고 여사도 지금껏 신뢰하고 있는 사람이었다.

"어르신, 저 무영입니다."

—오랜만이네. 자네가 어쩐 일인가?

"건강하시지요? 한 가지 여쭤볼 게 있어서 전화드렸습니다."

―그래, 말해 보게.

"최근에 저희 어머니께서 유언장을 작성하신 적이 있습니까?"

―혹여 자당께서 편찮으신가?

"그런 것은 아닙니다."

―그렇다면 다행이고. 내가 알기로는 유언장 얘긴 꺼낸 적도 없네.

박 기사와 관련하여 일단 법적인 부분은 걱정하지 않아도 될 모양이었다.

―유언장이라면 5년 전에 자네 부친께서 작성해 두시긴 했다네.

"아버지께서요?"

―그래. 그때만 해도 건강하셨기에 좀 이른 감이 있지 않나 싶었는데, 그리 사고를 당할 줄이야 누가 알았겠나.

"……네."

―아버님은 여전하시지?

"네, 어르신."

―그렇게라도 살아 계시니 자네한테는 큰 힘이지 뭔가.

문득 울컥해져서 무영은 말을 잇지 못했다. 어찌 자신에게만 힘이 될 리 있으랴. 그럼에도 '자네한테는'이라는 말이 이해와 위로처럼 와닿았다.

손 원장의 둘째 아들이 되기까지 과정도 잘 알고 법적인 절차를 마무리해 준 사람이기도 해서, 무영으로선 집안의 어른들보다도 오히려 편안한 데가 있었다.

─참, 결혼한다는 소식은 들었네. 축하하네.

"급히 진행된 일이라 미리 말씀드리지 못했습니다. 죄송합니다."

─아닐세. 그런 말은 말게. 손 원장이 알면 누구보다도 기뻐할 일이 아닌가? 나라도 대신 축하를 해 줘야지.

"고맙습니다."

─그래, 또 궁금한 게 있거든 언제든 전화하게나. 집으로 찾아와도 좋고.

"네, 건강하십시오."

통화를 마친 무영은 손목시계를 들여다보았다. 퇴근 시각 10분 전이었다. 재이에게 문자를 보냈다.

[주차장으로 와요 같이 나갑시다.]

조금 뒤 재이한테서 답이 왔다.

[오늘 저희 팀 회식할 것 같은데요.]

무영은 곧장 문자를 날렸다.

[빠져요.]
[저를 위한 송별회 성격이라 그럴 수 없겠어요.]

목이 탄 나머지 하아, 한숨이 나왔다. 창가를 서성이다가 다

421

시 문자를 찍었다.

[그럼 내일로 미루자고 해요]

재이는 묵묵부답이었다. 갈증이 더욱 심해졌다.

결국 무영은 3층으로 내려갔다. 재이가 일하는 제휴 사업 팀으로 들어서자 직원들의 시선이 무영에게로 집중되었다. 그중에는 당연히 재이의 시선도 포함되어 있었다.

무영은 홍 팀장 자리로 걸어갔다.

"오늘 회식 있습니까?"

"어……. 그럴까 하고 의견들을 모으던 중인데요."

"아직 확정된 게 아니라면 내일로 미뤄도 되겠습니까?"

"특별한 이유라도……?"

"서재이 씨가 선약이 있습니다."

"서재이 씨는 그런 얘기 없……."

"방금 생긴 약속이라서."

"아."

홍 팀장이 피식 웃었다.

이렇게 갑작스런 방문이 전에 없던 일인 데다, 개개 팀의 회식 여부에 관여하는 경우도 처음이라 내심 놀랐을 터. 비로소 상황 파악이 된 듯했다.

"그럼 회식은 내일 하는 걸로?"

홍 팀장의 말에 다른 사원들도 흔쾌히 긍정의 대답들을 했다.

무영은 재이의 자리로 직진했다. 살짝 난감해진 얼굴로 앉아 있는 재이에게 지시를 내리듯 말했다.

"갑시다, 서재이 씨."

재이는 이내 일어나지 않았다. 어찌할 바를 모르겠다는 표정이었다. 무영은 의자 등받이에 걸쳐 놓은 재이의 재킷과 가방을 챙겨 들고는 턱으로 출입구를 가리키며 재촉했다.

재이가 몸을 일으켜 무영 앞에 서자, 직원들 틈에서 선망 섞인 환호가 터져 나왔다. 약혼 사실을 알리러 왔던 날의 분위기를 방불케 했다.

무영은 재이 손목을 끌어다 쥐고 걸음을 옮겼다. 이끌려 오는 그녀에게서 약간의 저항이 느껴졌지만 나쁘진 않았다.

고요하지만 타오르는 심지를 지닌 여자. 마치 촛불 같은. 재이는 그런 여자니까. 그녀의 그런 면에 자극받게 되기도 하니까.

둘만 남겨진 엘리베이터에서 재이가 무영을 곱게 노려보았다. 매섭지는 않았다. 무영은 입가에 미소를 머금었다. 승리자의 미소였다.

"이런 짓 또 하시면 화낼지도 몰라요."

"화내도 돼."

"저 화나면 좀 무서울걸요?"

"나보다 더?"

엘리베이터 문이 열렸다. 주차장으로 나가며 재이가 말했다.

"사람들 다 보는 데서 무슨 이벤트 같은 거 막 벌이는 남자, 저 별로 안 좋아해요."

"그런 거 나도 싫어합니다."

"그런데 오늘은 왜 그러셨어요?"

"보고 싶어서."

찬찬히 건너오던 말이 멎었다. 재이의 걸음도 멈췄다. 무영은 계속 걸었다. 차 앞에 이르러 재이를 돌아보았다. 무영을 바라보고 선 그녀의 얼굴에 웃음이 환했다.

한 여자의 환한 웃음이 가슴 안에 스며서 꽃으로 피어난다는 것을 무영은 처음 알았다. 저 웃음을 다시 보지 못하게 된다면 몹시 슬프겠구나, 예감했다.

영원할 수 없는 것이 사람의 마음이라. 꽃 같은 찰나를 영원으로 간직하고 싶어서 사진을 찍는 것이구나, 생각도 했다.

저 웃음이 사진 대신 기억으로 각인되겠구나. 머리에, 그리고 가슴에.

벅차면서도 애틋한 마음이 되어 무영은 조수석 차 문을 열고 그녀를 기다렸다.

천천히 걸어온 재이가 발돋움을 해 무영에게 입을 맞췄다. 나비의 날갯짓 같은 입술이 안타까웠다.

무영은 재이의 허리를 끌어당겨 그녀에게 키스했다. 대표 전용 주차장이었으나, 누가 보건 말건 상관없었다. 길고도 짙은 시간이 지나갔다.

차 안에서 재이가 말했다.

"가고 싶은 곳, 생각났어요."

"어디?"

"대만."

"괜찮네."

"가 보셨죠?"

"두 번."

"저는 처음이에요."

"날씨가 맑았으면 좋겠는데."

갈 때마다 비가 뿌리던 대만을 생각한 것인데, 재이가 차분히 말했다.

"비가 내려도 괜찮을 거예요."

날씨 같은 것과는 상관없이, 둘이 같이 있을 수만 있다면 다 괜찮을 거라는 의미로 다가왔고, 마음이 촉촉해졌다.

빗속을 함께 걷는 것. 비 내리는 창 안에 둘이서만 갇혀 있는 것. 어느 쪽이든 괜찮을 것이었다. 그러므로 무영은 끄덕여 주었다.

"그런데 출발은 결혼식 며칠쯤 뒤에 했으면 좋겠어요."

"왜?"

"여자들은 몸이 가뿐한 상태로 여행을 누리고 싶어 하거든요."

"몸이 가뿐한?"

"무슨 뜻인지는 생각해 보세요."

오래 생각할 것도 없었다. 그러니까 결혼식 즈음에 생리 주기가 걸린다는 말을 돌려서 하고 있는 셈이었다. 아쉬움보다는 미안함이 더 컸다.

"그럼 그때 곤란하다고 말했어야지."

"어떻게 그래요?"

맞는 말이었다. 결혼식 날을 디데이로 정해 일방적으로 알려 준 것도 무영 본인이었으니 말이다.

"그때만 해도 오늘 같을 줄 몰랐으니까. 그리고 대표님이야 말로 결혼 이후에도 각각의 생활을 계획해 두셨던 거 아니었어요?"

이건 두 개의 침실에 놓인 두 개의 침대를 이제야 에둘러서 말하는 것일 터.

재이의 말마따나 무영이야말로 그때만 해도 오늘 같을 줄은 몰랐다. 불과 3주 만에 두 마음이 이토록 겹쳐져 버릴 거라고는 재이 또한 예상하지 못했을 것이다.

"자고 가요, 말하고 싶었어요."

돌아보는 무영에게 재이가 덧붙였다.

"어젯밤, 현관에서."

하아……. 더운 숨이 무영의 입술 새로 흘러나왔다.

"그랬으면."

무영과 눈을 마주친 채로 재이가 말을 이었다.

"자고 갔을 거예요?"

"오늘 밤에 말해 봐요."

재이 입술에 웃음이 번졌다. 두 눈과 뺨에도. 차마 보고만 있기가 괴로워진 무영은 조금 거칠게 차를 출발시켰다.

주차장을 빠져나와 도로로 접어들기 직전, 낯익은 차 한 대가 달려와 무영의 차 앞에서 급정지했다. 부딪칠 듯 앞을 막아선 스포츠카에서 내린 사람은 무호였다.

무영은 차에서 내려섰다. 무호가 싱글거리며 말했다.

"하마터면 놓칠 뻔했네."

"허락도 없이 차를 몰고 나가?"

"차고에 처박혀 있는 게 가여워서 바람 좀 쏘여 준 거지."

차에서 내린 재이가 무영 옆으로 왔다. 기다렸다는 듯 무호가 너스레를 떨었다.

"형수님 덕분에 형한테 혼 안 나겠어요."

"혼날 일 했나 봐요?"

웃으며 받아 주는 재이에게 무호가 천연스레 대꾸했다.

"형이 버려 둔 차를 점검해 준 거?"

버려 둔 것이라고 할 수는 없었다. 자주 타지 않을 뿐이지. 예전에 비하면 타는 횟수가 급격히 줄어들어 차고에 있는 날이 훨씬 많은 것은 사실이었다.

"여태 같이 있었던 거야?"

차 쪽을 슬쩍 일별하곤 묻자, 무호가 웃으며 답했다.

"응. 형도 볼래?"

물건이냐? 그러려다 말았다. 무호의 어법에 휘둘리다 보면 자칫 동급이 되어 버리기 십상이었다.

무호가 차 안을 향해 손짓했다. 조수석에서 내린 여자가 무호 옆에 와 섰다.

"가히 경국지색이라 할 만하지?"

소개도 없이 대뜸 지껄이는 무호의 말에 민망할 지경인데, 여자 쪽에서는 아랑곳하지 않는 듯 무호에게 애교 어린 타박을 했다.

"아이, 오빠는. 부끄럽잖아요."

선 본 첫날부터 오빠라. 무호와는 달리 한없이 가벼워 보이는 스타일도 아닌데, 지나칠 만큼 친근하게 굴어 의아했다.

경국지색은 너무 나간 표현이라 해도, 업계에서 어지간한 미인들 정도야 심심치 않게 봐 온 무영에게도 눈에 확 들어오는 외모이긴 했다.

의학의 힘을 빌리지 않았다는 전제하에 어디 하나 흠잡을 데 없는 완벽함이랄까. 그래서 오히려 기계에서 나온 인형 같은 이미지라고나 할까. 이를테면 향기 없는 꽃.

무호의 휘황한 연애사에 스쳐 가는 여자들 중 하나일 이 여자와 통성명하며 정식으로 인사를 나누어야 할지, 목례만 하고 이대로 돌아서야 할지 무영은 판단이 서지 않았다.

무호로서는 여자의 미모를 자랑하고 싶어 데려온 게 분명한데, 호응해 주기에는 썩 내키지 않는 부분도 있었다.

관계의 지속성 면에서 볼 때, 무호 역시 고 여사와 마찬가지 범주에 둘 계획이었기 때문이다. 그러므로 무영은 무호와 관련된 사람과 새로운 관계를 만들고 싶지 않았다.

"사람 앞에다 세워 놓고 뭘 그렇게 관찰 모드야?"

무호가 불만을 드러냈다.

"공부만 한 모범생이라 연예계 쪽으론 관심 없는 애야. 괜히 침 바르지 마셔."

무호의 엉뚱한 오해와 저열한 말투가 거슬렸지만, 무영은 내색하지 않았다. 말을 섞어 여자에게 어떤 여지를 주기 싫었다.

엔터테인먼트 대표라고 밝히면 기회로 생각하며 어떤 식으로든 들이밀어 보려는 이들이 적지 않는데, 무영이 질색하는 경우들이었다.

"원래 말수가 적으신가 봐요."

여자가 상냥한 태도로 말을 걸어 왔다. 무영은 무미건조하게 대꾸했다.

"낯을 가리는 편이라서."

경계를 뚜렷이 하고자 내민 말이었는데, 여자가 웃으며 받았다.

"어머. 전혀 그렇게는 안 보이는데요?"

무영은 더 대꾸하지 않았다. 무심코 옆을 돌아보니, 재이의 눈길은 오롯이 여자한테만 꽂혀 있었다.

관찰 모드는 무영이 아니라 재이 쪽에 해당되는 게 아닌가 싶을 정도였다. 그런 재이를 발견하니 기분이 묘했다.

설마, 갑자기 등장한 여자의 빼어난 미모 앞에서 본능적인 방어 의식을 가지는 것?

공연한 걱정일랑 접어 두라고, 무영은 재이에게 말해 주고 싶었다.

이쯤이야 손 엔터에 오디션을 보러 오는 지망생들 중에도 차고 넘친다고. 그렇지만 언제나 눈 하나 까딱하지 않는다고 말이다.

"마침 형수님도 계신데, 우리 더블데이트 할까?"

무호의 장난스런 제안에 무영은 단호하게 대답했다.

"아니."

"네!"

여자의 반가운 대답이 무영보다 반 박자 늦게 나왔지만, 무영의 목소리를 묻어 버리지는 못했다.

약간 무안해진 듯 여자가 입가에서 웃음을 거두어들였다. 그러자 새침하면서도 이지적인 얼굴이 되었다.

"오늘은 선약이 있으니, 다음에 하죠."

여자에게 말하는 것이었지만 눈길은 무호에게 두었다. 그쯤해 두라는 의미였다.

"그럴까?"

말은 그렇게 하면서도 미련을 못 버린 듯 뭉그적대고 있던 무호를 붙잡은 것은 재이였다.

"같이해요."

무영은 재이를 돌아보았다. 재이의 시선은 여전히 여자에게로 향해 있었다.

"역시 형수님밖에 없다니까?"

넉살 좋게 재이 편을 든 무호가 무영도 알고 있는 레스토랑 이름을 대며 거기서 만나 저녁을 먹자고 했다. 재이가 원했으므로 무영은 끄덕일 수밖에 없었다.

"그럼 이따 봬요."

여자가 다시금 상냥하게 말하곤 무호를 따라 차로 돌아갔다. 무영도 재이와 같이 차로 돌아왔다.

"굳이 그러지 않아도 됐는데."

무호를 배려하는 차원이었을 거란 생각에 말했더니, 재이가 뜻밖의 얘길 했다.

"기억 안 나세요?"

돌아보는 무영에게 재이가 말을 이었다.

"지난번 백화점 주차장에서 그 여자."

기억났다. 재이를 데리고 백화점에 갔던 날, 지하 주차장에서 가던 걸음 멈추고 뒤돌아서서 엘리베이터에 오르던 여자를 바라보던 그녀가.

"그때 그 여자예요."

"아."

"신기해. 어쩜 이렇게 만나지? 나는 딱 보고 알았는데, 모르셨죠?"

당연했다. 지금 무영이 기억하는 것은 그날 재이의 자태뿐이니까.

"눈썰미 좋은 손무영 대표님 어디 가셨을까?"

웃으며 건너오는 말에 무영도 미소 지었다.

그날 그 순간 내 눈에 담겨 있던 모습은 오로지 서재이뿐이었다고, 다른 여자의 얼굴 같은 건 눈에 들어오지도 않았다고 솔직히 말해 주면.

그러면 다시금 나비의 날갯짓 같은 입술을 건네어 줄까. 재이의 입술을 되새기는 지금, 가슴 안에 일렁이는 것들을 일컬어 설렘이라고 해도 좋을까.

"궁금해졌어요. 그래서 같이하자고 말했어. 괜찮죠?"

"예쁜 여자를 나보다 더 밝히는 줄은 몰랐어."

재이가 소리 내어 웃었다. 고소한 그 웃음소리가 가슴속 물가에서 동심원을 그리며 퍼져 나갔다.

무호가 몰고 나온 무영의 세컨드 카가 도로를 메운 차량들 속으로 합류했다.

"우리도 가요."

"저녁만 같이 먹고 일어납시다."

"둘이서만 있고 싶다는 말인 거죠?"

"들켰다고 말해야 될 시점인가."

"들켜 주셔서 고마워요."

미소를 머금은 채로 무영은 차를 출발시켰다. 저녁이 내리는 도시에 불빛들이 찬란했다.

점점 더, 점점 더

　먼저 도착한 무호 커플이 창가의 식탁에 나란히 앉아 기다리고 있었다.

　무영은 재이와 함께 그들을 마주 보는 자리에 앉았다. 통유리창 너머 아름답게 꾸며진 정원에 불빛들이 은은했다.

　와인과 스테이크를 주문해 놓고 무호가 입을 열었다.

　"밥 먹기 전에 정식으로 인사부터 나눌까요? 이쪽은 편유진 씨. 그리고 이쪽은 우리 형과 예비 형수님."

　편유진이라 소개받은 여자가 웃음 지으며 무영과 재이에게 고개를 살짝 숙여 보였다.

　"만나 뵙게 되어 기뻐요."

　유진의 말에 재이도 웃으며 응답했다.

　"반가워요, 유진 씨. 저는 서재이예요."

　"서……재희?"

433

"아뇨. 서, 재, 이."

재이가 한 글자씩 끊어 말해 주자, 유진이 입을 꼭 다물었다. 이름을 한 번에 알아듣지 못하고 되물은 것을 실수로 여기는 듯했다.

"아, 죄송해요."

허둥대는 느낌으로 사과까지 하는 걸 보면, 아까 무호가 공부만 한 모범생이라 언급했던 게 틀린 얘긴 아닌가 보았다.

"괜찮아요. 흔히 겪는 일인걸요."

재이가 다정하게 말하는데도 유진은 난처한 기색을 숨기지 못했다. 물을 반 컵이나 마시고는 내려놓다가 컵을 엎을 뻔했다.

"우리 형수님 이름이 좀 특이하긴 하지?"

끼어드는 무호에게 유진이 확인하듯 물었다.

"좀 전에 예비 형수님이라고 하지 않았어요?"

"다음 주에 결혼할 거니까 뭐."

"다음 주? 다음 주 언제요?"

"왜, 너도 가려고?"

키득거리며 묻는 무호가 못마땅했지만 무영은 모른 척 놔두었다. 정식으로 소개시키는 마당에 함부로 대하는 것 같은 무호의 태도가 재이에게 어떻게 비칠지 마음이 쓰이기는 했다.

"다음 주 금요일이에요. 무호 씨랑 같이 오세요."

재이의 초대에 유진이 대답 없이 미소만 지었다. 날짜를 캐물을 땐 언제고 초대하는 사람에게 기꺼운 대답을 떼어먹는 건 뭔가 싶어 무영은 조금 언짢았다.

오든 안 오든 결혼식 얘기를 들었으면 형식적으로나마 축하한다는 인사말 한마디쯤은 건네는 게 예의 아닌가.

무영이 보기에 제멋대로인 무호하고는 결이 다른 여자였다. 대체로 상냥하고, 남자에게 애교도 부릴 줄 알고, 특별히 낯을 가리는 사람도 아니었다.

그런데 정작 해야 될 때에 적절한 인사치레를 하지 않는 게 어딘가 어색하게 느껴졌다.

차례로 나오는 음식을 먹으면서도 무영은 거의 침묵을 지켰다. 재이를 데려다주어야 했으므로 와인도 잔에 받아만 두고 입에 대진 않았다.

무호는 흥겨워 보였다. 유진을 자랑스레 내세우고 싶은 트로피 정도로 생각하는 줄 알았더니, 그렇지만은 않은 모양이었다.

무호와 유진이 하는 말을 종합해 보자면, 오늘이 첫 만남이 아니라는 것이었다. 2년 전에 한국에서, 두어 달 전에 시드니에서, 그리고 오늘.

"엄마한테 떠밀려 억지로 나왔던 건데, 무호 오빠였다니. 우리, 결국은 만날 인연이었나 봐요."

오늘의 세 번째 우연에 대해서 유진이 내린 결론이었다. 말끝엔 수줍은 웃음도 곁들였는데 무호를 보는 눈빛에 애정이 가득했다.

세 번의 우연만으로 저렇게까지? 의구심이 들었지만 무영은 내색하지 않았다.

사람과 사람이 만나고, 서로를 마주 보고, 마음이 서로에게로 겹쳐지고. 그러기까지 생각보다 많은 시간이 필요치 않을 수도 있다는 것을 재이로 하여금 체득한 탓이었다.

재이의 잔이 비어 와인을 따라 주려다가 무영은 멈칫했다. 유진을 보고 있는 재이의 표정이 심상치 않았다.

재이의 눈길을 따라 고개를 돌린 무영은 이내 그 이유를 알아챘다. 무호처럼 유진도 나이프를 왼손에 쥐고 있었던 것이다.

왼손잡이만 보면 어쩐지 눈길이 흐르고 잘해 주고 싶어진다던 재이 말이 떠올랐다.

아마도 그녀는 지금, 어쩔 수 없이 동생 생각을 하고 있으리라. 세상 어딘가에서 누군가와 저녁 식사를 하고 있을 윤이를 상상하며 애틋한 마음이 되었으리라.

무영은 식탁 아래로 손을 뻗어 허벅지 위에 놓여 있는 재이의 손을 감싸듯 덮었다.

재이가 무영을 돌아보았다. 지금껏 유진을 물끄러미 바라보고 있던 그녀의 두 눈에 미소가 피어올랐다.

무영도 미소 지어 보였다. 위로하듯이, 그리고 마음의 빈 곳을 어루만지듯이.

유진이 화장실에 가느라 자리를 비운 사이, 재이가 무호에게 물었다.

"유진 씨는 몇 살이에요?"

"스물네 살."

"아……. 스물넷. 나보다 두 살 아래구나."

윤이도 두 살 아래라고 했던 것 같은데.

무영은 입속에 맴도는 말을 삼켰다. 윤이 얘길 입에 올려 그렇잖아도 심란할 재이를 뒤흔들어 놓고 싶지 않았다.

"나이도 똑같네."

재이의 중얼거림을 무호가 기민하게 잡아챘다.

"누구랑 똑같은데요?"

"아니에요."

차분히 대답하고선 재이가 조용히 웃었다. 와인을 한 모금 마시더니, 재이가 무영에게 속삭였다.

"저도 화장실 좀 다녀올게요."

무영은 끄덕여 주었다. 멀어지는 재이의 뒷모습을 바라보고 있는데 무호가 제안했다.

"먹고 2차 가야지?"

"둘이서 가."

"편유진, 마음에 안 들어?"

"무슨 상관이야."

"정 없게도 말한다. 나는 상관있어. 나는 형수님 아주 맘에 들거든."

듣기에 싫은 말은 아니었다. 무영은 좀 전에 재이가 눈여겨보던 부분을 확인할 겸 물었다.

"너랑 똑같던데."

"뭐가?"

"왼손잡이."

"처음엔 나도 그런 줄 알았는데, 양손잡이래."

"왼손잡이니까 오른손으로 고치려다 양손을 다 사용하게 된 거 아닌가?"

"나도 그렇게 말했거든? 아니래. 원래부터 양손잡이라고 박 박 우겨. 말이 돼? 왼손잡이 트라우마라도 있는 애 같아."

왼손잡이 트라우마라. 평생을 결코 뗄 수 없는 기억으로 살아 있을 테니까, 재이한테도 적용되는 말이라고 해야 할까.

"시드니엔 언제 갈 거야?"

"기왕 온 김에 결혼식만 보고 갈까 했는데……."

"그런데?"

"더 있을까 봐."

"저 여자 때문에?"

잠시 와인 잔만 만지작거리던 무호가 툭 던지듯이 말했다.

"나랑 같아. 그래서 안쓰러워."

유진에 대한 말이라는 건 알겠는데, 구체적으로 뭐가 같다는 건지는 모르겠다. 화장실에 갔던 유진이 자리로 돌아오는 바람에 물어볼 기회를 놓쳤다.

"재이 씨하고는 어떻게 만났어요?"

무영에게 유진이 물었다.

"나도 궁금해. 둘이 어떻게 시작한 거야?"

흥미진진하다는 눈으로 무호도 덩달아 물어 왔다.

"얼마나 됐어요? 1년? 2년? 더 오래?"

스스럼없이 공격적인 유진의 질문이 무영은 좀 불편했다. 화장실에서 자신감 패치라도 붙이고 온 사람 같았다.

"1년은 무슨. 12월까지만 해도 우리 형 솔로였는데."

무호가 장담하자, 유진이 무슨 반가운 소식이라도 들은 것처럼 활짝 웃었다. 무호 말이라면 덮어놓고 웃어 주기부터 하는 듯했다.

"그럼 겨우 석 달밖에 안 된 사이네요?"

유진이 묻고, 또 무호가 답했다.

"근데 갑자기 결혼을 한다니 내가 얼마나 놀랐겠어."

"그럼 혹시…… 속도위반?"

웃음을 버무린 유진의 물음에도 무호가 냉큼 나서서 대답했다.

"무슨 소리. 우리 형, 나랑은 완전 다른 종류의 인간인데."

"다행이다."

무영의 눈길이 유진에게로 향했다. 맥락상 적당하지 않은 말이라 느낀 것은 무영만이 아니었던지, 무호도 유진을 쓱 돌아보았다.

"아니, 웨딩드레스 입을 때 곤란하니까. 신부가 배 나오면 안 예쁘잖아요. 제일 예뻐야 하는 날인데."

웃으며 유유히 늘어놓는 유진에게 무호도 동의했다.

"그건 그렇지."

무영은 자리에서 일어났다.

"어디 가게? 화장실?"

턱만 까딱여 주고는 돌아섰다. 화장실에서 오래 있는 재이가 걱정됐다. 혹여 윤이 생각에 눈물짓고 있는 거라면?

마음이 다급해져 화장실 쪽으로 바삐 걸어가다가, 여자 화장실에서 막 나서는 재이와 마주쳤다. 운 것 같은 얼굴은 아니었다. 그러나 애잔했다.

무영을 올려다보며 가만히 웃어 보이던 재이가 복도 반대편을 가리키며 말했다.

"요 뒤에 정원이 참 예쁘던데, 바람 쐬러 나갈래요?"

"그럽시다."

저녁이 물러가고 밤이 물들어 고즈넉한 정원에 바람이 불어 들어와 키 작은 나무들의 잎사귀가 흔들리고 있었다.

연한 바람결에 몸을 내맡긴 채 나뭇잎들의 춤을 바라보고 서 있던 재이가 나직이 중얼거렸다.

"오늘 밤엔 '자고 가요' 못 하겠다."

무영은 끄덕이며 말했다.

"대신에 해 주고 싶은 게 있는데."

"뭔데요? 다크 초콜릿?"

웃음 스민 말에 무영 또한 웃으며 고개 젓고는 기다리듯 두 팔을 넓게 열었다. 한 걸음 다가선 재이가 무영의 가슴팍에 머리를 파묻었다. 품으로 들어온 그녀를 무영은 꼭 껴안았다.

무영의 품 안에 아득히 갇혀서 재이가 말했다.

"어떡하죠?"

"……왜?"

"좋아지고 있어요. 대표님……. 아니, 손무영."

목이 뜨거워져 와서 무영은 말을 잊었다.

"점점 더, 점점 더. ……그래도 돼요?"

"좋아해. ……그래도 돼."

허락을 빙자한 고백일지도 몰랐다.

재이에게서 더 이상의 말은 다가들지 않았다. 다만 허리를 감아 안는 그녀의 손길이 느껴졌다.

남자와 여자 사이에 몸의 욕망보다 더 깊은 어떤 것도 존재

한다는 것을.

때로는 그것이 몸의 열망을 앞지르기도 한다는 것을.

무영은 오늘에야 비로소 깨달았다.

경고

제주도에서 돌아온 고 여사와 하루 종일 밖에 있다 시간 맞춰 들어온 무호까지, 셋이서 함께 저녁 식탁에 앉았다.

"사람 사는 집 같구나."

무영이 식탁으로 와서 앉자마자 나온 고 여사의 첫마디였다.

양쪽으로 무영과 무호를 거느리듯 상석에 앉은 고 여사는 나름 흡족한 표정이었다. 그래 봐야 웃음기라고는 찾아볼 수 없는 얼굴이었지만 평소의 냉엄함은 충분히 가셔 있었다.

"엄마가 계셔서 그렇지. 안 그래, 형?"

무호가 엽렵하게 고 여사의 비위를 맞추었다. 무영은 아무 대꾸도 하지 않았다.

고 여사가 제주에 내려가면 대개 일주일쯤 머물다 돌아오곤 하는데, 이번엔 귀가가 이른 편이었다.

"청첩장 나왔어, 엄마."

무호가 청첩장을 흔들어 보이자, 고 여사가 미간을 찌푸리며 일갈했다.

"치워라."

"벌써 보셨구나?"

눈치 빠른 무호의 말에 고 여사가 차갑게 대꾸했다.

"부모 이름도 지우고 저희들 멋대로 찍어 낸 기념품에 불과한 것 아니냐."

"그러니까. 왜 그랬어, 형? 그러지 말지. 난 안 그래, 엄마. 나는 우리 고승애 여사님의 아들이라고 당당하게 새길 거야."

무영과 고 여사 앞에서 시누이처럼 얄미운 부채질은 무호의 특기였다. 그러거나 말거나 무영은 묵묵히 밥만 떠먹었다.

무영을 앞서 고 여사에게 고자질하듯 청첩장을 보여 준 것은 당연히 박 기사일 터. 주지도 않은 청첩장은 어디서 입수했는지 박 기사를 따로 불러 따져 봐야겠다.

이제부터는 사소한 잘못이라도 단단히 추궁할 생각이었다. 박 기사를 정리하기 위한 명분들을 하나씩 쌓아 가기 위해서였다.

"편 교수 댁 여식은 어떻더냐?"

"여식이 뭐야, 엄마?"

싱글거리며 무호가 되물었다. 몰라서 그러는지 알면서도 일부러 그러는지 모르겠지만, 고 여사의 실소를 끌어내는 데는 성공했다.

"무식한 놈 같으니."

힐난하면서도 무호를 보는 고 여사의 눈가에는 방금 터뜨린 실소의 자취가 고스란히 남아 있었다.

한결 온화해진 얼굴. 무원이 떠난 뒤로 무영에게는 결코 보여 준 적 없는 얼굴.

무영은 그런 고 여사를 외면했다. 기계적으로 밥을 씹고 있는데도 입 안에서 밥알들이 헛돌았다. 재이의 고운 눈웃음이 보고 싶었다. 먹을 때 예쁘게 오물거리는 입도.

지금 이 시간 팀 회식 자리에 앉아 있을 그녀를 상상하고 있는데, 무호가 말했다.

"환상으로 예뻤어."

"그럴 줄 알았다."

"뭐가?"

"마음에 쏙 들었다는 얘기 아니냐?"

"와. 우리 엄마, 내 여자 취향도 이렇게나 잘 아시고. 엄마랑 나는 좀 더 일찍 만났어야 했어. 그치, 엄마?"

무영은 나오려는 한숨을 간신히 눌러야 했다. 고 여사 앞에서 일말의 거리낌도 없이 자신이 입양되어 온 자식임을 대화의 소재로 삼는 무호를 이해할 수 없었다.

"말도 안 되는 소리."

고 여사의 저 말에 어떤 의미가 내포되어 있는지, 과연 무호가 알까? 무원의 죽음이 아니었다면 애초에 계획에도 없던 입양이었음을 무호는 모를 것이다.

"편 교수님 댁 여식, 아니, 유진이 오늘도 만났어."

무호가 말했다.

"이름이 유진이라고?"

"응. 이름도 예쁘지, 엄마?"

"너 같은 한량을 이틀 연거푸 만나 주다니, 꽤나 너그러운 아인가 보구나."

"한량? 그건 또 뭐야? 나같이 매력 철철 넘치고 다재다능한 남자, 뭐 그런 뜻인가? 맞아, 형?"

어이가 없어 무영 또한 피식 웃어 버릴 뻔했다.

무호가 말을 이어 나갔다.

"걔네 집에서는 대학원 보낼 예정이라던데, 공부 그거 지겹지도 않나 몰라."

"능력 되면 해야지. 하나 있는 딸, 자기들처럼 교수 만들고 싶어 한다더구나. 너한테야 차고 넘치는 자리지."

"난 아직 결혼 생각 없는데."

"내일모레면 서른이다. 사람 나섰을 때 약혼이라도 해 두면 좋지."

"나 같은 한량이 무슨 수로 여자를 먹여 살려?"

진담인지 농담인지 구분 안 가게 실실대며 말을 잇는 무호에게 고 여사가 특유의 낭독하는 듯한 어조로 말했다.

"별걱정을 다 하는구나. 혜성 재단에 네 자리 하나쯤이야 얼마든지 만들 수 있거니와, 부동산 관리만 전담해도 눈코 뜰 새 없이 바쁠 것이야."

"우와. 역시 우리 엄마 짱이라니까. 결혼하면 엄마 재산 관리는 전적으로 나한테 맡기겠다는 말씀이신 거지?"

아니라고 대꾸하지 않는 고 여사를 보니 정말 그럴 생각도 있는 모양이었다. 재산을 볼모로 삼아 무호 부부를 곁에 데리고 살 생각인가.

무영의 입장에서야 나쁘지 않겠지만, 무호가 그런 일들을 제대로 해낼지나 모르겠다. 탕진이나 하지 않으면 다행이랄까.

무엇보다도 둘 다 무호에게 어울리는 일들이 아니었다. 정시에 출퇴근하는 직업도, 부동산 관리도 무호에게는 맞지 않는 옷이나 다름없었다.

"그만하면 집안도 좋고, 교수 며느리라면 나는 언제든 환영이다."

고 여사가 쐐기를 박았다. 만나 본 적조차 없는 여자를 무호의 짝으로 선선히 낙점하다니. 고 여사의 속내를 알다가도 모를 일이었다.

게다가 은연중에 재이와 비교해서 말하려는 의도를 내비치는 것 같아 무영은 꽤나 거슬렸다.

"지난번 통화 때 좋은 일 있다고 했던 건 뭐야?"

화제를 돌리려는 무영의 물음에 무호가 반색했다. 그러면서도 대꾸는 퉁명스러웠다.

"일찍도 묻는다."

"그깟 게 뭐 대단히 좋은 일이라고."

고 여사의 말은 마치 무영에게 날아드는 타박처럼 느껴졌다. 이미 알고 있는 걸로 봐선 무호가 고 여사한테는 자랑을 해 둔 듯했다.

"나 곧 음반 나와, 형."

"음반이라니?"

"피아노."

무영은 좀 놀랐다. 무호가 피아노를 비롯해서 몇 가지 악기를 자유자재로 다룬다는 거야 알고 있었지만, 음반을 낼 정도일 거라고는 상상도 못 했다.

"확실한 거 맞아?"

"사기 아니냐고?"

킥킥 웃으면서 무호가 음반 회사 이름을 댔다. 영국에 본사를 둔 회사로 세계적으로 이름이 알려진 곳 중 하나였다.

"계약서도 썼고, 곡 작업 마무리되면 녹음 들어갈 거야. 아마 7월쯤?"

"곡 작업이라면, 피아노곡을 네가 직접 쓴다는 얘기야?"

"당연하지."

연주 실력뿐만 아니라 작곡까지? 더욱 놀라웠다.

점심때 회사로 온 무호와 같이 나가 그토록 원하던 고가의 필름 카메라를 사 줄 때까지만 해도 사진 쪽에 생각이 있나 싶던 차였다.

"뭐야, 믿을 수 없다는 그 표정. 손무호 이 새끼 대박인데? 이러는 얼굴. 완전 재밌잖아. 진작 얘기해 줄 걸 그랬지?"

유유히 늘어놓고는 무호가 낄낄거렸다.

어제 아침 고 여사와의 통화에서 고 여사가 무호에게 '돈도 안 되는 그따위 것'이라고 내려친 게 바로 그것이었나 보다. 돈이 되건 안 되건 무호에게는 특별한 성취가 틀림없다.

고 여사 말마따나 그야말로 한량처럼, 술이나 퍼마시고 식당에서 알바나 하면서 하루하루를 허비하고 있는 줄 알았는데. 먼타국에서 제 몫은 알뜰히도 채워 가며 살고 있었나 보다.

"축하한다."

"내 이름을 건 생애 첫 이벤트니까, 잘되라고도 빌어 줘."

"그래, 잘될 거야."

"고마워, 형."

무호가 웃었다. 불량스러운 웃음소리를 빼 버려 무호에게선 보기 드물게 정다운 웃음이었다.

노크 소리가 들렸다. 방문을 여니 무영이 호출한 박 기사였다.

"거실로 갑시다."

방을 나선 무영은 거실로 향했다. 박 기사가 두어 걸음 뒤에서 무영을 따라왔다. 무영이 먼저 앉고 대각선으로 어슷하게 마주 보는 위치에 박 기사가 앉았다.

무영은 단도직입적으로 물었다.

"청첩장은 어디서 얻었습니까?"

"무슨 말씀이신지……?"

되물으며 짓는 어리둥절한 표정이 가장인지 실제인지 판별하기 위해 무영은 박 기사의 두 눈을 주시했다.

평소 같았으면 두 가지 측면을 염두에 두지 않았을 테지만, 윤 팀장한테서 받은 사진들을 본 이후로는 이면을 생각하게 되곤 했다.

무영의 시선을 피하지 않고 견디던 박 기사가 슬며시 웃음 지으며 말했다.

"아, 대표님 결혼식 청첩장 말씀이시군요."

"누구한테 받았냐고 물었습니다."

"사모님 지시로 윤 팀장한테 받아 왔습니다."

예상대로 고 여사를 방패막이로 앞세울 속셈인가 보았다.

"이상하네."

"……뭔가요?"

"나한테 달라고 하시면 될 것을, 어머니께서 왜 그리 복잡한 단계를 거치셔야 했을까."

"그러게 말입니다."

박 기사의 입가에 맴도는 순박한 웃음이 오늘따라 섬뜩하게 느껴졌다. 여느 때와 다를 바 없는 웃음이건만, 이런 느낌이 드는 것 또한 그 사진들 때문일 터였다.

"친척 어른께서는 건강하십니까?"

무심한 듯 던지자, 박 기사가 다시금 어리둥절한 얼굴로 되물었다.

"……네?"

"박태상 씨에게 어마어마한 재산을 물려주실 친척 어른 말입니다."

생각지 못한 공격이라도 받은 듯 박 기사의 안색이 눈에 띄게 굳었다.

"제 뒷조사라도 하고 다니시는 겁니까?"

"풍문이 사실이었나 봅니다. 그럼 곧 우리 집 일도 그만두시겠군요."

"그만두라는 얘기처럼 들리네요."

"그만두지 못할 이유라도?"

"저를 채용하신 분은 대표님이 아닙니다."

"박태상 씨를 어머니의 기사로 채용한 사람은 어머니가 아니라 아버집니다."

"원장님께서는 지금 병상에 계시지요."

혹시 박 기사가 말하는 친척 어른이 손 원장?

돌연 치솟는 의문에 머리가 띵해져 왔다. 손 원장이 5년 전에 유언장을 작성해 두었다는 강 변호사의 말도 떠올랐다.

"그래서, 돌아가시기만을 기다리고 있다, 뭐 그런 소리는 설마 아니겠지?"

박 기사가 픽 웃고는 느물느물 대꾸했다.

"제가 왜요? 대표님 생각을 저한테 떠넘기시면 곤란합니다."

일순 피가 차가워지는 기분이었다. 복잡하던 머리가 명료해졌다. 여러 가지 변수들로 들끓던 생각도 석상처럼 얼어붙었다.

무영은 몸을 소파에 파묻고 다리를 꼬아 올렸다. 오만한 자세로 싸늘한 웃음을 머금은 채 박 기사를 응시했다. 무영의 눈빛을 받은 박 기사가 얼굴에서 웃음을 거두었다.

"박태상 씨."

"……."

"대답하세요, 박태상 씨."

"……네."

"경고하는데, 선을 넘는 건 이번 한 번으로 족해야 할 겁니다."

"……."

"매번 대답을 떼먹는 습관이 있네."

"……네."

풀 죽은 목소리로 겨우 대답하는 박 기사를 무영은 냉혹하게 다그쳤다.

"알겠습니다, 라고 대답하는 게 피고용인의 올바른 태도 아닌가?"

"……알겠습니다."

"알았으면 가 봐요."

박 기사가 일어섰다.

"참."

돌아서 가려던 박 기사의 움직임이 멈췄다. 그 등에다 대고 무영은 경고하듯 말했다.

"결혼 후에도 나는 이 집을 떠나지 않을 겁니다."

잠시 그대로 서 있던 박 기사가 말없이 걸음을 뗐다. 거실을 가로지르는 걸음걸이가 사뭇 무거워 보였다.

거짓 경고라고는 할 수 없었다.

박 기사의 계약 만료 시점은 5월 31일. 지금까지는 1년 단위로 재계약을 해 왔다. 그러나 매년 형식적이던 재계약 사인이 이번에는 이루어지지 못할 것이다.

고 여사가 결혼 허락 조건으로 내건 3개월. 재이와의 결혼 이후 집에 머무는 그 3개월 동안, 박 기사와 관련된 부분을 말끔히 정리할 수 있을 터였다.

방으로 들어온 무영은 사이드 테이블에서 휴대폰을 집어 들었다. 재이에게 전화를 걸 생각이었는데 부재중 전화가 와 있었다. 연결하자마자 윤 팀장이 바로 받았다.

—대표님, 잠깐 뵙고 싶은데 시간 괜찮으십니까?

"지금?"

—네. 긴히 의논드릴 일이 있습니다.

"뭔데?"

—전화로는 좀……. 지금 대표님 댁 앞에 와 있습니다.

무영은 미간을 좁혔다. 무영의 지시가 있었던 그저께 저녁과는 달리 무작정 집으로 찾아온다는 것은 긴급한 일이 발생했다는 의미였다.

"알았어."

무영은 곧장 1층으로 내려갔다. 그새 또 나갔는지 무호는 보이지 않고, 고 여사의 방 방문도 닫혀 있었다.

어둠과 빛이 절반씩 섞여 있는 정원을 걷고 또 걸어서 대문 밖으로 나섰다. 대문 앞에 주차된 윤 팀장의 차가 보였다.

차에서 내린 윤 팀장이 공손한 자세로 인사하고는 조수석 문을 열어 주었다. 차에 오른 무영은 윤 팀장이 차에 오르기를 기다려 물었다.

"무슨 일이야?"

"우선 이것부터 보시죠."

윤 팀장이 건넨 것은 박 기사의 사진을 담아 온 것과 같은 서류 봉투였다.

무영은 봉투를 열었다. 짐작대로 안에서 나온 것은 사진이었다. 사진 속의 인물은 율이었다. 그리고 차 안의 율은 혼자가 아니었다.

다정한 연인의 모습이 몇 장.

애절하게 키스하는 남녀가 몇 장.

당겨 찍은 각도가 워낙 절묘한 데다, 누구라도 얼굴을 알아볼 수 있을 만큼 화질마저 선명했다.

무영은 어금니를 악물었다.

"누구야?"

"엄주은이라고, 유치원 교산데요. 서재……."

"알아. 누가 찍은 거냐고."

"아. 조민경 기자요."

"지난번 그, 미디어 필?"

"네."

"그런데?"

특종으로 기사화하지 않고 왜 윤 팀장에게 사진들을 넘겼느냐는 질문이었다.

"걔가 거기 그만두고 요즘 형편이 좀 어려운 모양입니다."

"그래서?"

"돈을 원하고 있습니다."

무영은 쓴웃음을 지었다. 재이를 약혼녀로 대동하고 미디어 필 사무실로 찾아갔을 때, 조민경 기자에게 엄포해 두었었다.

내 사람들에게 또 한 번 같은 일이 반복될 경우, 사과를 넘어서서 법적인 책임을 묻겠다고 말이다.

그런데 파파라치처럼 몰래 찍은 사진을 앞세워 돈을 요구한다? 간이 배 밖에 나오지 않고서야 감히 어떻게 그런 시도를?

어처구니가 없었지만 어디까지 가려나 싶어 되도록 무감하게 물었다.

"얼마나?"

"1억이요."

다시금 쓴웃음이 나왔다. 저쪽에선 아마도 적정한 금액을 제시했다고 생각했을 것이다. 그쯤이면 주는 쪽에서도 부담은 되진 않을 수준이니 과욕은 아니라 여겼을지도 모르겠다.

무영의 생각은 전혀 달랐다. 부담스러운 액수여서는 물론 아니었다. 당장이라도 준비할 수 있는 금액이었다.

그러나 테러리스트와는 협상하지 않는 것이 원칙이듯 나쁜 선례를 만들어 줄 수는 없었다. 이번 시도가 순순히 먹혔을 때, 손 엔터의 또 다른 아티스트들에게도 연달아 같은 종류의 위험이 닥칠 수 있었다.

무영은 단호하게 말했다.

"안 돼."

"대표님. 제 생각에는 그 정도 선에서 처리를 하시는 게 좋……."

"안 된다고 말했어."

"이거 터지면 진짜 빼도 박도 못합니다. 사귀는 여자는 없다고, 일에만 매진할 거라고, 바로 얼마 전에 연예 프로 나가서 말한 게 율 본인 아닙니까?"

그날 방영분은 무영도 다음 날 찾아서 봤다.

그러지 않으면 좋았으련만 율이 앞서간 거였다. 즉답을 피하고 두루뭉술하거나 은유적으로 말하라고 일러두었음에도 율은 자주 즉흥적이었다.

윤 팀장의 설득이 이어졌다.

"드라마 계약도 끝장나는 거고, 진행 중인 광고들도 물 건너갈 거란 말입니다."

계약 파기로 인한 경제적 손실도 막대하겠지만, 거짓말로 인한 이미지 추락이야말로 복원하기 어려울 것이다. 어려움을 넘어 아주 불가능할 수도 있다.

그러나 이런 식의 협박 또한 일회성으로 그치지는 않을 것이 분명할 터. 족쇄가 되기 전에 잘라 내야 했다.

"한 번으로 끝날 것 같아? 1억이 2억이 되고 3억이 될 수도 있어."

"설마 그렇게까지야 하겠습니까?"

"그야 모르는 일이지."

"민경이 걔가 그렇게까지 욕심부릴 녀석은 아닙니다."

그 기자와 중학교 동창이라던 윤 팀장의 말이 생각났다.

"동창이라고 옹호하기엔 상황이 매우 고약한 것 같은데."

"……죄송합니다."

"약점 잡힌 것처럼 굴지 말고 합리적인 해결책을 찾아."

윤 팀장이 푸우, 전에 없이 무거운 숨을 내쉬었다.

"자신 없어? 그럼 내가 직접 만나야겠군."

"아니, 아닙니다. 제가 다시 만나서 잘 얘기해 보겠습니다."

"일단 시간을 좀 벌어 봐. 특종보다 돈이 목적이라면, 이쪽에서 역공이 필요할 수도 있으니까 증거가 될 만한 것들도 모으고."

"역공이라 하시면……?"

"협박은 명백히 범죄야."

"아……."

곤혹스러운 얼굴의 윤 팀장을 뒤로하고 무영은 차에서 내렸다.

이상한 점 하나. 윤 팀장이 따라 내려 인사하지 않는다.

루틴을 벗어나는 지극히 소소한 부분에서 언제나 문제의 씨앗을 엿보게 되는 것.

무영은 멀어져 가는 윤 팀장의 차를 지켜보고 서 있다가 휴대폰을 열었다. 율의 매니저가 전화를 받았다.

서재이 한정으로

문을 열어 준 것은 이즈음 율의 집에서 함께 기거하고 있던 매니저였다.

"오셨습니까, 대표님."

"율은?"

매니저가 옆으로 비켜섰다. 소파에 느른히 기대어 앉아 있는 율이 보였다. 들어서는 무영을 보곤 율이 귀찮은 기색을 숨기지 않은 채 몸을 일으켰다. 탁자에는 마시다 만 맥주병이, 율 곁에 는 드라마 〈시그니처〉 대본이 놓여 있었다.

"대표님. 저는 요 앞 카페에 잠깐 나갔다 오겠습니다."

매니저의 말에 턱을 끄덕이고서 소파에 앉았다.

"갑자기 여긴 어쩐 일이실까?"

삐딱한 어조로 인사를 대신하는 율 앞에다 무영은 사진이 든 봉투를 들이밀었다.

"이게 뭔데요?"

"열어 봐."

봉투에서 사진을 꺼내 후루룩 훑어본 율이 거칠게 욕설을 내갈겼다.

이상한 점 둘. 당사자인 율에게는 이 사진들이 아직 건네어지지 않았다. 돈을 요구하려면 소속사 대표가 알기 전에 율한테 먼저 딜을 거는 게 자연스러운 순서일 텐데도.

"언제야?"

"일요일이요."

지난 일요일이면 재이가 옥탑방을 정리하던 날이다. 그날 오후 재이 방 정리를 도와주고 난 뒤에 주은이 율을 만나러 갔던 모양이다.

"조민경 짓이죠?"

"집 앞에서 뻗치기하고 있다는 거 알면서도 이렇게 만들어?"

"아니까 집으로는 안 불렀잖아요. 매니저가 따돌려 준다고 해서 나만 따로 움직였단 말이에요."

이상한 점 셋. 결과적으로 매니저와 손발이 맞지 않았는데, 여태 율이 그걸 모르고 있었다. 본래 믿는 도끼에 발등이 찍히는 법. 믿지 않는 사이에서는 애당초 발등을 내어 주지도 않으니까.

"엄주은하고는 어떤 관계야?"

"사생활이거든요?"

"이미 사생활 아니게 되었거든요?"

어조를 흉내 내어 말하자 율이 인상을 팍 구겼다.

율이 뭐라고 말하든 무영으로선 주은을 보호해야 했다. 재이의 친구니까. 재이한테는 하객 목록 첫 번째이자 가족 같은 사람이니까.

그렇기에 더더욱 율의 진심도 확인해야 했다. 이 일을 수습하는 과정에서 주은이 상처 받게 될 가능성이 높았다.

예전 같았으면 율의 상대 여자쯤이야 상관도 안 했겠지만, 지금은 달랐다. 주은도 주은이지만, 주은으로 하여 재이가 상심하게 되는 상황만은 어떻게든 막아 내고 싶었다.

"말을 해야 적절한 대처를 하지."

"친구예요."

"친구랑 키스를 하나?"

"키스 따위가 뭐라고."

"이 사진들 보고도 그런 말이 나와?"

"사진도 어차피 연출이에요. 아시잖아요. 어떤 각도, 어떤 관점에서 찍느냐에 따라 인물의 표정과 분위기가 달라지는 거."

"공부 좀 하셨네."

"다음 달에 드라마 촬영 들어가는데 당연히 해야죠."

여배우 스케줄 핑계를 대며 하반기로 미뤄지려는 걸 제작사 대표와 만나 기껏 협의해 놓았더니만, 자칫하면 차질이 생길 수도 있겠다.

무영은 치미는 화를 억눌렀다. 이미 일어난 일에 감정을 내세워 봐야 아무런 실익이 없다는 것을 잘 알고 있었다.

"그럼 엄주은은 어떻게 되건 상관없겠군."

"무슨 소리예요?"

"친구라면서. 친구 하나쯤 남자와 키스하는 얼굴 세상에 다 알려지고 악플에 시달려도 상관 안 할 테니 하는 말이야."

율이 또다시 거친 욕설을 내뱉었다. 반쯤 남은 맥주병을 집어 단숨에 비우고는 쓴 약을 토해 내듯 말했다.

"지켜 주세요."

"누구를? 김율을?"

"……주은이요."

무영은 탁자 위에 널브러진 사진들을 간추려 봉투에 넣었다.

"어떻게 하실 거예요?"

"이상한 점들 몇 가지를 들여다본 연후에."

"재이랑 결혼식이 코앞인데, 결혼 카드를 또 쓸 수도 없잖아요."

말해 놓고는 자조적으로 키들대는 율에게서 무호가 보였다.

연습생 시절 무호와 죽이 맞아 어울려 다니던 율이 떠올랐다. 그리 오래지 않은 것 같은데 어느새 까마득한 시절이 되었다.

"네가 쓰면 되겠네, 결혼 카드."

떠보듯 말하자 율이 불퉁스럽게 대꾸했다.

"뭐래."

"최악의 경우엔 그거라도 써야지."

"드라마는 어떡하고요?"

"접어야겠지."

"계약서 조항 잘 살펴보라고 했던 게 누구시더라?"

"너 돈 많잖아."

"하. 진심이세요?"

"네가 자초한 일이니 책임도 스스로 지는 게 당연하지 않겠어?"

티격태격 주고받은 말이지만, 주은과의 키스 사진이 세상에 뿌려질 경우엔 고려해 볼 만한 방법이겠다.

최소한 이미지 추락은 막을 수 있을 테니까. 숨겨 둔 연인과의 결혼 콘셉트로 간다면 차선책은 되어 줄 것이다.

"무호 형 귀국했다던데, 나한테는 연락도 안 하네."

"둘이 만나서 또 뭔 사고를 치려고?"

"사고는 무슨 사고를 친다고 그래요?"

"기억 안 나? 술 먹고 돌아다니다 남의 차 부순 거."

"부순 게 아니라 살짝 터치한 거죠."

여러 사람 성가시게 만든 사건을 대수롭지 않은 일로 치부해 버리는 성향도 무호와 비슷하다.

무영은 상의 안주머니에서 청첩장을 꺼내 율에게 건넸다. 청첩장을 들여다보며 율이 뇌까렸다.

"우리 재이가 진짜 결혼을 하네."

우리 재이, 라는 표현이 썩 달갑지는 않았지만 무영은 덤덤히 말했다.

"양쪽 하객 구분 없이, 비공개로 할 거니까 편하게 와도 돼."

재이를 위해서 초대하는 거였다. 재이가 하객 목록에 주은 다음으로 썼다가 지웠던 이름이라서. 주은과 율, 둘 다 참석해 주어야 재이에게는 가족이라는 의미가 완성되는 거니까.

그리고 보니, 이제부터는 김율 이 녀석도 특별해지겠다. 재이를 생각하며 좀 더 배려해 줄 수밖에 없겠다.

무영의 내면이야 알지 못할 율이 단단한 말투로 쏘아붙였다.

"끝까지 책임져야 돼요."

"뭘."

"서재이."

시비라도 걸듯 율이 덧붙였다.

"재이 울게 하면 가만 안 둘 거예요."

재이가 울게 되면. 그녀의 눈물을 보게 되면.

그러면 마음이 부서질 것 같다.

상상만으로도 뜨끈해져 오려는 목을 다스리며 무영은 짐짓 건조하게 대꾸했다.

"너나 잘해."

율이 비식 웃었다.

율의 집에서 나온 무영은 차에 올라 재이에게 전화를 걸었다. 곧 귓가로 재이 목소리가 다가들었다.

—저예요.

드디어 바뀌었다.

전화를 걸 때마다 담백하게 건너오던 '네, 대표님'이 밀려나고, '저예요'로 한층 친밀해졌다. 무영의 입가에 절로 미소가 감돌았다.

"술 안 마셨어요? 목소리가 말짱하네."

—세 잔. 이제 네 잔째 받아 놓고 마실까 말까 고민하고 있었어요.

세 잔의 한계를 재이 혼자서 깨뜨리게 둘 수는 없었다. 달려가 같이 있어 주거나, 다음으로 미루게 하거나.

"어딥니까, 거기?"

조바심으로 회식 장소를 묻자, 그녀가 회사 근처의 식당 이름을 댔다.

―데리러 오려고요?

"안 되나?"

―돼요.

"기다려요."

―응.

사탕 한 알 입에 깨문 듯 사랑스러운 대답이 조바심을 더욱 키웠다. 무영은 곧장 재이가 있는 곳으로 출발했다.

왁자지껄한 식당 안에서도 재이의 자태만은 또렷이 눈에 들어와 박혔다. 무영은 성큼 걸어가 재이 앞에 섰다. 무영을 쳐다보는 재이의 두 눈에 말간 웃음이 고였다.

"대표님! 또 손목 잡고 데리고 나가려고 오셨어요?"

술기운에 물든 목소리가 누군가의 입에서 뛰어나왔다.

"네. 그래도 되겠습니까?"

선선히 인정해 버리고는 허락까지 구하자, 다들 환호하며 동의의 박수를 보내 주었다.

무영은 재이에게 손을 내밀었다. 재이가 무영의 손 위에다 제 손을 얹었다. 힘껏 움켜쥐고 식당 밖으로 데리고 나왔다.

주차장과 도로 사이, 은은한 어둠과 호화로운 빛의 경계에서 재이가 이끌려 오던 걸음을 멈추었다.

무영도 걸음을 멈추고 그녀에게로 돌아섰다. 눈빛과 눈빛이 서로 섞였다. 미소도 서로에게로 오갔다.

"네 번째 잔의 안부가 궁금한데."

"맞혀 보세요."

"마시지 않았다."

"빙고."

"왜?"

"이유도 맞혀 보세요."

"손무영이 같이 있지 않아서."

"이토록 섬세하다니."

"서재이 한정으로."

"아주 맘에 들잖아요."

그러고는 발돋움을 한 재이가 입술을 콕 부딪쳐 왔다.

무영은 그녀의 허리를 감아 안고 물러가려는 입술을 깊이 품었다. 쌉쌀한 소주의 맛이 혀에 감겨들었다.

겹침과 스밈의 시간.

심장이 바쁘게 뛰었다. 재이의 심장일지도 몰랐다.

어디선가 가파르게 울리는 경적 소리, 도로 위의 차량들이 내는 온갖 소음들이 점점 아득해졌다.

무자비한 결혼 2권에서 계속……